B
E
S 嚴
T 選

奇幻基地出版

刺客後傳1

經典紀念版

The Tawny Man Trilogy 1

弄臣任務・上冊

Fool's Errand

羅蘋・荷布 著
麥全 譯

Robin Hobb

BEST嚴選

緣起

在繁花似錦的奇幻文學花園裡，你或許還在門外徘徊，不知該如何抉擇進入的途徑；也或許你已經置身其中，卻因種類繁多，或曾經讀過不合口味的作品，而卻步、遲疑。

BEST嚴選，正如其名，我們期許能透過奇幻基地對奇幻文學的瞭解，以及對讀者的理解，站在出版者與讀者的雙重角度，為您精選好作家與好作品。

他們是名家，您不可不讀：幻想文學裡的巨擘，領域裡的耀眼新星。

它們最暢銷，您怎可錯過：銷售量驚人的大作，排行榜上的常勝軍。

這些是經典，您務必一讀：百聞不如一見的作品，極具代表的佳作。

奇幻嚴選，嚴選奇幻。請相信我們的眼光，跟隨我們的腳步，文學的盛宴、幻想世界的冒險，就要展開。

excellent bestseller classic

讓想像飛翔

人活在眞實與想像之間。

眞實有具象的一切：工作、學習、親人、朋友……想像則無所不能：可能存在、也可能發生，但更可能永遠不實現、也不可能發生。想像塡補了眞實的不足，可能也引領了眞實的未來方向，更彌補了人類眞實的痛苦，形成一個可以寄託的空間。

奇幻文學是人類諸多想像的一部分，和許多的創作類型一樣，自成一個流派、各自吸引一群讀者，形成一個以想像爲主軸，與眞實相去甚遠的虛擬世界。

在西方，這個閱讀（創作）類型是成熟的，從中古的騎士、古堡、魔怪，到演化成科幻……等不同特性的分支類型。本身就有足夠的閱讀人口，不斷形成創作的動力。

有時候也會因爲某些事件、作品，一下子使奇幻文學成爲大眾關注的焦點，像《哈利波特》、《魔戒》等作品，不但擴張了奇幻文學的版圖，也給奇幻文學帶來新的生命。

在華文世界裡，沒有西方式的奇幻文學，或者說沒有出版機構，有計畫大規模地引進西方式的奇幻作品。但是我們逃不過穿透力強大的奇幻話題，《哈利波特》、《魔戒》都是例證。可是中國有他自己的奇幻傳統，從《鏡花緣》、《東周列國演義》、《西遊記》，到近代的武俠，其想像與虛擬的特質，其實是東西相互輝映的。

我們可以確定，奇幻文學已在中國社會萌芽，雖然人口可能不夠多，雖然讀者的理解可能像瞎子摸象一般，人人不同，人人只得其中一小部分，但做為一個出版工作者，我們要說：是時候了！應該下定決心，在閱讀花園中，撒下奇幻的種子，並許願長期耕種、呵護。

「奇幻基地」出版團隊是在這樣的心情與承諾下成立的。以基地爲名，意義深遠。這是奇幻讀者永遠的家，這是意義之一，家是不會關門的，永遠等待奇幻讀者的遊子們，隨時回來，補充知識、停留、分享。當然也是所有奇幻作者、工作者的家，長期陪伴奇幻文學前進。

不擇類型、不論主流與支流、不論傳統或現代、不論西方或中國本土，這種寬容的出版涵蓋面，則是基地的第二項意義。讀者可以想像，未來奇幻基地的出版園地，繁花似錦、眾聲喧譁。

從原點出發，奇幻基地是城邦出版團隊的新許願，讓想像飛翔，在眞實之外，有一個讀者可以寄託的世界，有興趣的，大家一起來！

奇幻基地發行人　何飛鵬

For RUTH AND
HER LOYAL STRIPERS,
ALEXANDER AND
CRUSADES

謹獻給
茹絲與她的忠實夥伴，
亞歷山大
及
好朋友們

瞻遠家族家系表

THE FARSEER

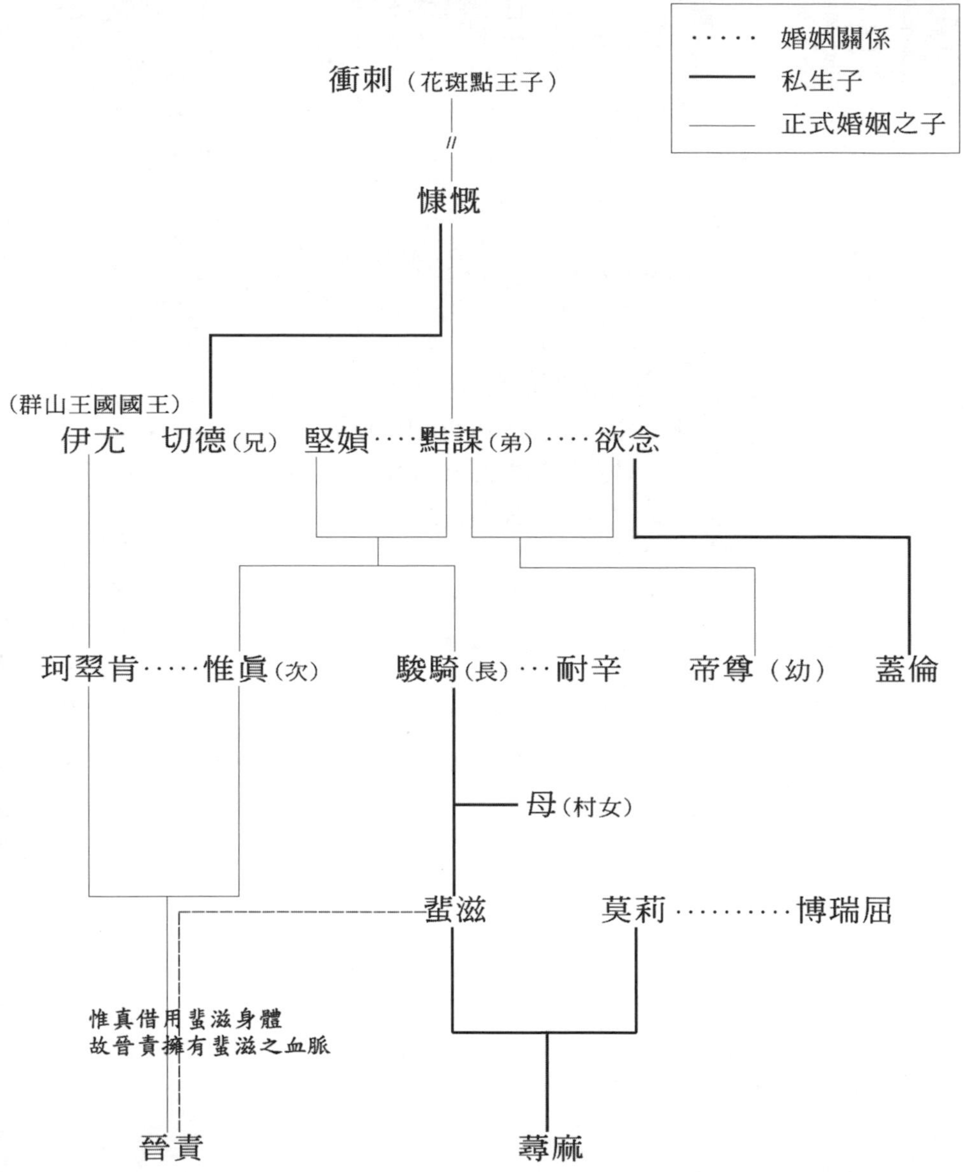
婚姻關係
私生子
正式婚姻之子
衡刺（花斑點王子）
慷慨
（群山王國國王）
伊尤
切德（兄）
堅媜
黠謀（弟）
欲念
珂翠肯
惟真（次）
駿騎（長）
耐辛
帝尊（幼）
蓋倫
母（村女）
蜚滋
莫莉
博瑞屈
惟真借用蜚滋身體
故晉責擁有蜚滋之血脈
晉責
蕁麻

〔前情提要〕

刺客正傳．蜚滋駿騎自述

撰文整理：莎拉

六歲前，我的人生是一片空白。直到某個寒冬，外祖父將我交給在月眼城裡的一群陌生人。那一天，我遇見博瑞屈，公鹿公國的馬廄總管；也聽說我是當時的王儲駿騎王子的私生子；還遇見第一個與我分享夢境的狗兒，大鼻子。就在同一天，我開始有了名字：蜚滋*，而我豐富又坎坷的人生也就在那一刻開展。

當我隨著一行人回到公鹿堡時，我的父親駿騎因爲發生這件醜聞，已放棄王位繼承權，和王妃耐辛夫人提前離開至細柳林，所以我沒見著他，但我與他幾乎相似的容貌以及私生子身分，讓我在公鹿堡中

*譯注：Fitz用在名字的字首，有「……之子」的意思（如現在頗爲普遍的Fitzgerald這個姓，本意就是「Gerald之子」），尤其是指國王、王子的私生子。博瑞屈以這個詞來稱呼他，其實帶有貶意（跟直接叫他bastard差不了多少，只不過fitz同時還指出父親方面的王室血緣），因此本書音譯爲「蜚滋」，借取「蜚」短流長由此而「滋」生之意。

過著衆人指指點點的日子。

我在公鹿堡城區裡結識不少可以一起玩的夥伴，其中一位叫莫莉．小花臉的女孩，身上總是有新舊交錯的瘀傷，但她有張漂亮的臉，跟她的名字一點也不配。她父親常常醉醺醺的，把家中經營的蠟燭店生計都丟給了她，而且只要一喝醉酒就對她拳腳相向。

大鼻子始終跟在我身邊，我們互相分享彼此的一切，到最後，我和牠建立起非常深厚的牽繫，很少把自己的頭腦跟牠的頭腦完全分開來。我用牠的鼻子、眼睛、利牙就像用自己的一樣方便自然。悲劇發生在某個夏日，因爲一樁偷香腸事件，博瑞屈發現我和大鼻子間親密的連繫。那個晚上，我第一次在博瑞屈氣呼呼的警告中聽到古老原智會讓人變得像野獸一樣失去人性的事，我不懂原智到底跟我有什麼關係，只明白我因此失去了大鼻子。在那之後，我有好長一段時間不敢碰觸身邊動物的心靈，生怕被博瑞屈發現之後，我又會失去牠們。我永遠忘不了當晚放聲尖叫捶著門，卻尋不著我和大鼻子之間的牽繫時，心中那股絕望的孤寂。

在我快滿十歲的某天早上，我遇見了我的祖父，黠謀國王。他用物質而不是用我們之間的血緣關係收買我的忠誠，只爲了不讓我這個擁有王室血統的私生子，最後變成別人用來對付他的工具。於是，我開始上課學寫字、學劍術，也擁有自己的馬兒，煤灰。但這些都不比黑夜來臨時切德這位老刺客教我成爲刺客的課程來得有趣。切德教我的事，全都只爲了一個目的——殺人，爲國王殺人。而且，關於切德這個人和所有這些夜半課程，全都得保密，不得向任何人透露。

在堡裡接受訓練，讓我幾乎有一年左右的時間都無法進城去，但在一次外出的機會中，我再度和莫莉重逢。她變得像個小女人一樣，披散過肩的長髮和裙裝打扮，完全不像以前的她。她和我分享她製燭的生活，言談間，我們似乎又尋回過往的溫暖情誼。在那之後，我不見得每次進城都有機會跟她相處，但我一有機會就會去看看她，久而久之，彼此也產生了情侶般的感情。

我十三歲那年，父親死了，不管他是像外傳的那樣從馬上摔下來死的，還是如切德和我所猜測的是被謀殺而死，他的死就像是一種警告，警告我這個私生子別對王位有所覬覦。而我也因此對欲念王后更加提防。我猜想，爲了讓她的兒子，也就是我父親同父異母的弟弟帝尊登上王位，她什麼都做得出來。

我父親遜位後，由他的親弟弟惟眞繼任王儲，捍衛王國的任務就落在他身上。有一次，爲了解決紅船劫匪對沿海公國的劫掠，他必須到潔宜灣去協調瑞本與修克斯兩大公國間的問題，而我也被指派陪同前往。知道要出任務的那一天，我恍恍惚惚，心裡納悶著他們爲什麼會要我去。也在那一天我遇見國王那外表蒼白的弄臣，他瘋言瘋語、莫名其妙地對我說了一堆我聽不懂的話，他說這是一個訊息，但他不是解夢人，不能告訴我那是什麼意思。事後證明他的這段訊息，解決了我在這次任務中遇見的一件難題，也讓惟眞得以順利完成任務。後來許多機會中，也都顯示不管弄臣的預言多麼晦澀難懂，他所預測的事情確實都成眞了。

十四歲那年，我首次遇見我父親的妻子，耐辛夫人。我父親死後，她從細柳林回到公鹿堡來。在別人眼中，她是一個怪人，滿腦袋都是奇幻的想像。她對適合她這個階級女子該學的課程很排斥，反而去學了一些製陶、種植植物一類的手藝。很多事情她喜歡自己動手，不知情的人老以爲她是哪位夫人的侍女。她對我沒有接受適合王子的教育感到非常不諒解，也向黠謀要求要親自教我很多東西，後來也把我當成她的孩子般教會我許多事情。更重要的是，她讓黠謀答應讓我學習精技。

當時的精技師傅蓋倫對我敵意甚深，他認爲都是我的緣故，才讓我父親遜位甚至死去，而我的存在是侮辱了我父親的聲名。他對我父親情感之深，也讓他對我恨到極點。學習精技的過程中，他用言語對我們這群學生百般羞辱，看不順眼的便用鞭子極盡所能地鞭打我們。有些人受不了這般的訓練而離開，留下來的八個人也正式被傳授了精技運用方式。我的精技能力比我或蓋倫能想像得更強大，他幾次進入我腦海中與我對抗時，我們總是勢均力敵。在一次試驗中，他突然朝我的腦中撞進來，洗劫我的思緒，亂翻我的隱私，我無力對抗；但在他掉以輕心時，我找到一處開口，抓住他不放。我在精技的狂喜中忘了一切，只知道探索這種至樂，忽略了他已離開我的思緒。他不停地踢打我的身體，雖然我全身疼痛，但精技的迷醉卻讓我醒不過來。當那股歡欣過後，取而代之的是失敗與罪惡的感覺。那次事件過後，蓋倫疑似在我身上留下疤痕，彷彿讓我活在迷霧之中，造成日後我使用精技時的某種殘缺。時間過去，當其他學習精技的成員彼此間已經建立起某種網絡，宛如一體時，我卻無法感覺到他們的碰觸。

王儲總是要娶妻，好確保有人繼承王位。惟眞同意了這項建議，並授權帝尊替他找一位王妃；因爲惟眞得用精技維護沿岸安全，而大量使用精技的結果，幾乎耗盡他的精力。我陪同帝尊前往群山迎娶珂翠肯公主，這次的行程還有另一項任務，就是帝尊要我暗殺珂翠肯的哥哥盧睿史王子，好讓珂翠肯成爲群山唯一的繼承人，繼而擴張六大王國的勢力。但我卻反遭帝尊設計，和盧睿史一同喝下毒酒。盧睿史死了，而我只剩下顫抖和虛弱，還被帝尊狠狠踢打。雖然花了很長一段時間休養，我還是無法掌控自己的體力，隨時都會痙攣或出其不意地垮倒。而惟眞吸取原本想謀害他的蓋倫的力量，順利地用技傳的方式讓珂翠肯看見他的影像，讓她知道自己嫁了一位高尙的人，繼而心甘情願啓程前往公鹿堡。但來自群山的珂翠肯，在六大公國的宮廷上顯得格格不入，且此時公鹿堡正爲劫匪的問題而亂成一團，加上人民對王室失去信心，她的處境可一點都不好受。

莫莉在她公親死後揹了一筆債，不得不賣掉店面，到泥濘灣的親戚家幫忙。在一次劫掠事件過後，她回到公鹿堡，並在耐辛夫人身邊當侍女，也和我培養出更親密的關係。但帝尊暗地裡威脅她，警告她王室可不能生出個僕人小孩，王國不容許任何醜聞發生，加上我一直都將王國的命運擺在她之前，於是，她選擇離開了我。她說，她生命中有了另一個重要的人，為了那個人，她一定要離開。她沒告訴我那是我的孩子。

某次進城，我在市場裡救下一隻關在籠中即將被賣掉的小狼。我將牠帶回去，時間一久，便培養出原智牽繫的默契。牠叫夜眼，牠說我和牠是同個狼群，所以我們可以在需要時分享彼此的心靈。於是我們一起打獵，一起守護彼此的身軀與思緒。

人們對弄臣幾乎一無所知，他冬月般蒼白的臉及不尋常的外表和怪異的言語，總是讓人們離他遠遠的。我從群山回來之後，他來看過我幾次，並用一些怪異的方式關心著我。

精技，是一種利用心靈便可以傳遞訊息或者改變對方想法的能力，他們將這個過程稱之為「技傳」。黠謀國王的精技能力，因帝尊不斷以燻煙麻痺他，讓他思緒昏沉、身體狀況也越來越差，到後來就彷彿帝尊操弄的傀儡一般。而我也沒好到哪兒去，每一次嘗試技傳都會掏空我所有的心神及體力，加上精技小組裡的端寧及擇固不時在我的意識邊緣技傳，試圖攫取我鬆散的思緒，好獲知我腦海中的一切，讓我不得不戰戰兢兢地過每一天。

紅船劫匪的劫掠行動總是在夏天進行，遭殃的沿海村落幾乎被燒燬殆盡，人們也被一種不明的方式給「冶煉」，變成沒有思想、不具人性的邪惡行屍。連我平常得以探尋人們心靈的能力，也幾乎感受不到他們。當紅船大肆劫掠，六大公國的命運一息尚存之時，惟真決定前往群山後方的雨野原尋求古靈協助，而博瑞屈也在遠征行列中。古靈，就像織錦掛毯上的影像一般，是個神祕而又模糊的盟友。睿智國王在位時，古靈曾許諾，如果有一天六大公國需要協助，牠們會再度回來。然而，惟真就這麼一去不回，帝尊也宣告了惟真的死訊。但我透過技傳，能感受到他微弱的氣息，我相信他並沒有死。

不久後，帝尊自封為王儲，不僅大肆將公鹿堡中所有的良駒及庫藏拋售一空，並計畫將國王及珂翠肯送往內陸法洛的商業灘去。爲了不讓國王及懷了身孕的珂翠肯，成爲帝尊日後用來對抗返鄉試圖取回王位的惟真的人質，切德建議我應將國王及珂翠肯送走。在帝尊的王儲繼位典禮那天，我們展開行動，意外的是，國王不肯離開，他以精技跟我連結，讓我明白他對我的愛之後，就斷了氣。此刻，我感受到是端寧和擇固在吸取國王的精技能力，讓國王緩慢地衰竭而死。國王的死，讓計畫變了調，珂翠肯和弄臣連夜逃出公鹿堡，往群山而去。我則一心只想爲我的祖父報仇。我找到端寧和擇固，並殺了他們倆，而自己也被侍衛擊昏關入地牢中。地牢中的日子，是用酷刑堆疊而成的，帝尊命人毒打我，好讓我鬆懈心防，讓另一名精技小組成員欲意得以進入我的思緒，證明我的確擁有邪惡的野獸魔法。那一次的毒打，讓我日後頭上冒出一撮白髮，臉上也有著一道明顯的傷疤和看得出被打斷的鼻子。就在我將要被執行吊刑前夕，博瑞屈送來一種毒藥讓我服下。我的靈魂跟著夜眼離開牢房，去過狼兒的生活，而軀體則被埋入冰冷的雪地裡。後來博瑞屈和切德挖出我的屍體，並用他本身的原智魔法召喚我的靈魂回來。我又是一個人了，然而我卻花了好長一段時間才記得我曾經是個人。

博瑞屈帶著我住在夏季放牧區的一間小屋中，切德偶爾會來探望我。我在半人半狼的思緒中過了好一段日子，學習成爲一個人可花去我不少時間。一次爭吵後，我和博瑞屈及切德分道揚鑣，我還告訴他們，我可以自力更生，而且我要去商業灘殺帝尊。在那段路途中，我喬裝成文書學徒，盡量避開人群及被冶煉的人，終於來到目的地。當我潛入王宮，等待機會下手暗殺帝尊之時，卻發現自己落入欲意事先設計好的圈套之中，讓自己身陷險境。而惟真和我一直沒斷過的精技連結在此刻救了我，他犧牲他所有的精技力量救了我，並呼喚我去找他，那道命令就灌輸在那股精技力量之中，讓我毫無選擇餘地。於是，我離開了商業灘，步上尋找惟真之路。

博瑞屈離開我之後，曾回到小屋去找我，卻發現小屋曾被被冶煉者攻擊過，他也傷心地以爲我已經在攻擊中喪命。之後，我從我的精技之夢中得知他離開我後，便和莫莉在一起。一開始，他只是幫我照顧著她，我驚訝地在夢中看見，莫莉生下了一名女嬰，取名蕁麻，是我的女兒。爲了讓她王室私生女的身分不致被發現，進而被帶回公鹿堡，博瑞屈和莫莉結婚，將蕁麻視如己出。

我在尋找惟眞的路途中，遇見一位名叫椋音的女吟遊歌者，她的願望是目睹重大事件並將它編寫成歌，流芳百世。當她知道我是那個被通緝的小雜種時，她並沒有出賣我，反而在一路上幫了我不少忙，只因，她覺得跟著我，必定能得到她想要的那個可以讓她流芳百世的故事。我們跟著走私車隊以及一群朝聖者渡過藍湖，前往群山王國，途中還有個旅伴水壺嬸陪同，她說她的目的是尋找白色先知，她認爲每個世代中都會有一位先知出現，讓整個時代好轉，而此刻正逢先知來臨的關鍵。

帝尊從不肯放過我，他駕馭他的精技小組成員四處搜尋我。我在無意中能感受到帝尊對精技小組的技傳，當然，他是利用欲意的精技能力，將自己的思緒傳達給博力及愒懦兩位精技小組成員。當我們一行人抵達月眼城時，我不幸被逮住，也被迫和椋音及水壺嬸分開。後來椋音救了我，於是我們再度會合，三人一直往群山而去。即使如此，我仍時刻感覺得到欲意在和我的心防作戰，我的人是自由的，但卻必須牢牢看守住自己的心。爲了躲避帝尊爪牙的追捕，我和她們兩人分開來前進，途中我和夜眼卻遭到攻擊，在逃亡過程中，我受了箭傷。當我以爲死神降臨而昏死之時，竟遇見了弄臣，此時的他，膚色不再似以往蒼白，反倒成了象牙色。弄臣告訴我，他就是別人口中的白色先知，而且打從小時候他就知道，只有透過他和我兩人才能讓歷史步入正軌。他的預言告訴他，瞻遠家族會有繼承人，而他也相信我是催化劑，我會與他一同改變歷史，然而這一切全都在聽見我的死訊以及珂翠肯產下死嬰後幻滅了。現在再次遇見我，更讓他相信他的預言還會繼續下去。幾天後，椋音和水壺嬸找到了我。

珂翠肯回到群山後，在一次搜尋惟眞的行動中發現惟眞的物品散布在一堆骨骸上時，她認爲惟眞已經過世，哀痛逾恆；加上產下死嬰後，弄臣就很少看見她。直到弄臣救了我，由我這兒得知惟真還活著的消息後，珂翠肯便計畫前往雨野原找尋惟真。而我、弄臣、椋音和水壺嬸也加入了她的遠征計畫。我們依著地圖上標示的小路前行，穿過林間小徑，進入一片古老的森林，直到我看到如箭般筆直的裂痕穿越我們前方的樹叢。一條寬闊的路面出現眼前，這時夜眼感覺到了一股強大的氣息，而我們也發現沒有半棵樹的樹根擠到路面上，沒有樹芽由路上長出來，覆蓋在地上的積雪更沒有任何獸類的爪印。我走到路面上，感覺自己彷彿從冰冷的寒風中一腳踏進炎熱的廚房般，是一種無法形容的強烈感受。水壺嬸說這是一條精技淬煉而成的路。而我發現走在這條路上，讓我心智恍惚，總是走著走著，會超越整個隊伍而不自知。為了讓我能集中思緒，不被精技之路誘惑，他們會盡量不讓我呆坐或睡太久。而水壺嬸更教我玩起一種石頭棋局，讓我更能全神貫注，不致心思渙散，也藉此避開心防鬆散時，精技小組其他成員的入侵。

我們隨著路不停盤旋向上，越走越高。弄臣在一次高燒之後，膚色變得越來越深，眼珠顏色也變成像麥酒一般的色澤。而他也用某種嘲弄的方式告訴我他愛我之類的話語。

精技夢境困擾了我好一陣子。我在夢中看見惟真在一個城市裡，他把手和手臂浸在一條神奇的河流中，然後滿載力量地離開。還有一次我深陷夢中，身處在那個城市裡，看見了許多不可思議的畫面。水壺嬸說，我的思緒在一個路標處離開了身體，而在另一個路標才清醒過來。我會在某些地方看見一座城市街道人群擁擠，而其他未受過精技訓練的人卻看不見。

我們經過一處石頭花園，裡頭全是一隻又一隻伸展著四肢、有著翅膀的石龍，但我的原智卻能感覺到，牠們是活的。最後來到露天石礦場，這裡是地圖上所標示的終點，顯然也是精技之路的盡頭。我感受到在礦場更深處有活的東西存在，全部的人便一起小心翼翼地接近那兒。我們沿路經過一座石雕，是一位年輕女騎士跨騎在翅膀半開的龍身上，她的表情痛苦，線條繃緊，而龍嘴唇扭曲，應該是雙腳及尾巴的地方只見膠著的黑石，彷彿踩在瀝青中無法脫身。這是座令人感到痛苦的雕像。她，是乘龍之女。

更深處有另一隻石龍，牠的每一個線條都顯露出力量和尊貴，深深打動了我。我注視著牠片刻，竟在牠身旁發現了惟眞的身影。他像個心智衰退的老人，對於過去的事，似乎有些已經找不到回憶。他專心雕著龍，完全不放鬆。當我朝他探尋時，發現他的生命在他的身體和巨龍雕像間擺盪。我很訝異惟眞爲何會和雕像產生牽繫。後來才知道，這些石龍就是古靈，惟眞因爲無法喚醒牠們，只好雕刻自己的龍，透過精技的雕刻，他將他的記憶收藏在巨龍體內，等完工後，他將喚醒牠，回到六大公國對抗紅船。爲了幫助惟眞完成這條龍，水壺嬸透露了她在兩百三十年前曾是精技小組成員茶隼，因某次的錯誤，被榨乾體內的精技，驅逐出六大公國。她請求惟眞重新開啓她的精技，讓她用記憶幫忙塡滿這條龍。最後弄臣利用他在某次碰觸精技河流留下的銀色指尖觸摸我，藉由我這個催化劑開啓了茶隼的精技能力。

與惟眞的重逢，讓珂翠肯在感動之餘卻也悲傷不已，因爲惟眞充滿精技魔法的雙手不能碰觸她，連一個擁抱也給不起。珂翠肯只能默默在惟眞身旁支持著他。直到惟眞什麼都不剩，沒有任何感情可以放進龍中。眼看龍差點就可以完成時，他向我提出一個要求，允許他的靈魂和我交換身體，讓他得以多燃起一夜的熱情，將珂翠肯擁在懷裡，並將這樣的熱情和對我的羞愧感放進龍中。我答應了，這是我唯一能幫助他的。惟眞的龍完成之後，他和水壺嬸告別大家，兩人融入石龍之中，惟眞化成龍展翼醒了過來，載著珂翠肯與椋音返回六大公國。

而弄臣被乘龍之女的哀傷所吸引，不停地幫她把深陷黑石的雙腳及尾巴給雕刻完成。然而他明白，即使他將生命給了她，也喚不醒她。那時的弄臣，膚色是淡淡的金色，頭髮也變成黃褐色。

帝尊的追兵來到露天礦場，博力被夜眼狠狠地咬死了，而他的鮮血噴灑在乘龍之女的龍身上，龍醒了，載著弄臣展翼飛上了天，也喚醒了群龍，聲勢浩大地升天，往六大公國而去。龍群，也就是傳說中的古靈，依照約定在六大公國需要時前來相助，將紅船逐出六大公國沿海。

而我則在和欲意的對決中得知，帝尊要的並不是我們這些人，而是露天礦場的這群龍，他要喚醒這些龍，讓六大公國甚至外島人都臣服於他。可惜他失敗了，乘龍之女攻擊了欲意，讓將精神灌注在欲意體內的帝尊縮了回去，而我則利用欲意斷氣前與帝尊的那一絲精技連結找到帝尊，我恫嚇他，用精技在他腦中烙下忠誠的烙印。在他變了個人一般回到公鹿公國，宣示效忠珂翠肯及她懷的王位繼承人後，便不知原因地死了。

後來，珂翠肯生下了晉責王子。博瑞屈和莫莉除了蕁麻之外，也有了更多自己的孩子。我和夜眼過著隱士般的生活，身邊有著椋音在某日從比目魚灣帶回的小男孩，幸運。椋音偶爾會來探訪我，並和我有了更深一層的親密關係。切德成了王后的榮譽顧問。而弄臣則在短暫地回到公鹿堡之後，就再沒有人知道他的消息……

弄臣任務 1

目錄

上冊

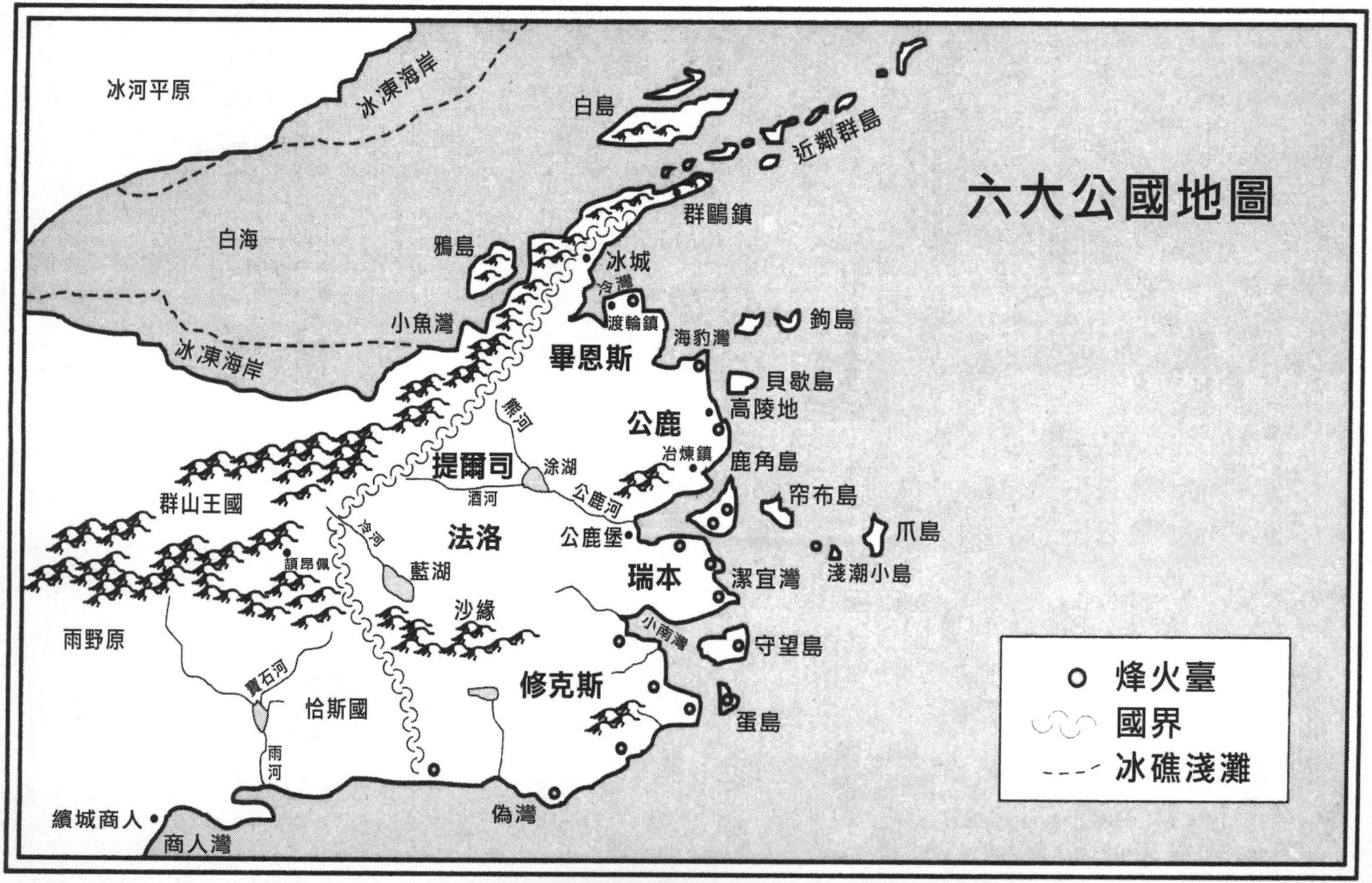
六大公國地圖
冰河平原
冰凍海岸
白島
近鄰群島
白海
鴉島
群鷗鎮
冰城
冷灣
渡輪鎮
小魚灣
冰凍海岸
海豹灣
鉤島
畢恩斯
貝歇島
高陵地
熊河
公鹿
冶煉鎮
鹿角島
提爾司
涂湖
酒河
公鹿河
帘布島
群山王國
冷河
法洛
公鹿堡
爪島
頡昂佩
藍湖
瑞本
潔宜灣
淺潮小島
沙緣
小南灣
守望島
雨野原
寶石河
修克斯
恰斯國
蛋島
雨河
繽城商人
偽灣
商人灣
烽火臺
國界
冰礁淺灘

1

切德・秋星

時間，到底是那運轉不停的巨輪，還是巨輪行過之後的轍痕？

——凱士達的謎題

潮溼的晚春，他翩然駕到，並再度把外頭擾攘的世界帶到我家門前。我三十五歲了。二十歲時，我總覺得三十五歲已是近乎老朽昏聵的邊緣；然而臨到頭來，我才知道這年紀既非青春，亦稱不上老邁，而是毫無著落地懸浮在青春與老邁之間。我既不能以年少輕狂為藉口，也不能以老邁孤僻為託詞。我變了很多；從各方面來說，我都已經與昨日之我相去甚遠。有時候，我的人生如同雨中的足印一般，逐漸地消逝在我身後；其消逝之遽，彷彿我從來就只是個棲身於小屋中的寡言男子，又一直在森林與大海的交界處過著毫不起眼的平凡日子似的。

那天早上我賴在床上，聆聽那些偶爾能令我歸於平靜的細碎聲音。燃燒的柴火劈啪輕響；狼兒躺在壁爐前，發出安穩的呼吸聲。我以原智來探索狼，並溫柔地拂過牠那熟睡的心思。那夢境是一大群狼奔過白雪皚皚的起伏山丘的情景；對夜眼而言，這代表著沉靜、寒冷與疾速。我輕輕地退了出來，讓夜眼獨享自己的私密空間。

鳥兒已返回此地迎接繁春，此時正在我那小小的窗外，激切地打起歌唱擂台。微風不時輕拂，吹得樹梢也不禁抖動，將昨晚剛下的雨水灑落在草地上。樹是銀色樹皮的樺樹，一共四棵。當年我栽種時，不過是幾根光禿禿的樹棍而已，如今樺樹卻亭亭玉立，葉子隨風飄動時，在我臥室外鏤刻出一幅絕美的光影畫。就算閉著眼，我也幾乎感覺得到光影在我眼皮上跳動。我還不想起床，現在還不想。

我前一天晚上過得天翻地覆的，而且還不得不一個人獨自面對。我那小子，幸運，早在差不多三個星期之前，就跟椋音出門遊蕩去了，直到現在都還沒回來。其實這也不能怪他。我這種平靜的隱士生活，大概已經開始讓這年輕人寢食難安了。椋音一談起公鹿堡的種種，就顯出吟遊歌者的本領講得天花亂墜；而那些意象在幸運心裡造成了鮮明到難以忽略的印象。所以我只好不情不願地讓椋音帶著他去公鹿堡過節，好讓幸運親自體會一下公鹿堡的春季慶，吃個卡芮絲籽蛋糕、看場木偶戲，說不定還跟哪個小姐親個嘴兒。幸運已經過了那種只要三餐吃飽、晚上睡好就會覺得心滿意足的年紀。我已經想過，該是放手讓他走，幫他找個好師傅，以便學做大件木工或是精細木工的時候了；他對手工藝還滿拿手，再說不管年輕人將來要做哪一行，都是越早開始學越好。可我就是還捨不得讓他走。眼下我則暫且享受這個把月的寧靜與孤獨，順便溫習一下怎麼自己親力而爲地過日子；況且還有夜眼與我彼此爲伴，我夫復何求？

不過他二人剛一上路，這小屋子就顯得太過安靜。那小子出門前興奮得很，像極了當年我萬般期待公鹿堡春季慶之類的慶典的模樣。然而一觸及卡瑞絲籽蛋糕和青年人所仰慕的少女，我以爲自己早在多年前便將之淹溺的記憶便一湧而出，而且景景鮮明。也許是因爲這些記憶，所以才萌生了鮮明到我難以忽略的夢境。晚上我驚醒了兩次，兩次都大冒冷汗、全身發抖而且肌肉緊縮。我本來已經多年不發作了，但是近四年，迷心病（fixation）又再度找上門來。最近這病時好時發，毫無規律可言。感覺上像是精技魔法突然想起世間還有我這個人，所以發狠地搜尋，想把我從寧靜且孤獨的生活中拔出來；於是原本如同一顆顆串起來的珠粒般平順且規律的日子，便硬生生地被精技魔法的召喚給打亂了。有時候，對於精技的渴望，彷彿爛瘡吞噬血肉般激動地啃蝕著我；有時候，就只是幾晚輾轉難眠、惡夢連連。要是那小子在家的話，我大概可以把精技對我的執著拔扯給甩掉。但那小子出門了，所以昨晚上我無力抵抗，只能任由因爲這種夢境而引起的無從克服的癮頭驅使，走到了海邊的懸崖，在那小子給我做的椅凳上坐下來，然後對著大海釋出精技。狼兒坐在我身邊，一臉的不以爲然。我盡量不予理會。

「豪豬那麼不好惹，你還是見到豪豬就忍不住要上前戲弄一番；我這可沒你那壞習慣糟糕吧。」我對牠說道。

別傻了，被豪豬刺刺到是拔不出來的。你越是拉扯，豪豬刺就刺得越深，而且會開始發膿。夜眼在與我分享牠那尖刻的論點時，眼光不是看著我，而是看著我身外的遠處。

你何不去追兔子？

你已經把那小子跟他的弓箭打發走了。

「你靠自己就能把兔子弄到手，對吧。以前你都是自己逮兔子。」

那時候你常常跟我去打獵呀。我們何不現在就去打獵，別在這兒徒勞無功地搜尋了？你要到什麼時候才肯承認，這世界上根本沒有別人聽得到你的呼喚？

但我得……試試看。

何必？難道有我陪你還不夠嗎？

當然夠。有你陪著我就夠了。我敞開自我，讓夜眼藉著我倆所共享的原智，親自體會精技對我的強大拉扯。不是我想做，而是精技魔法要我這麼做。

拿開，拿開。我不要看。而當我把這部分封閉起來，不讓夜眼接觸到之後，牠憐惜地問道：那東西永遠都不會放過我們嗎？

這我答不上來。過了一會，狼兒躺了下來，把頭枕在腳爪上，閉上了雙眼。我知道牠會守在我身邊，因爲牠擔心我。剛過去的那個冬天裡，我曾經兩次在施展精技的時候走火入魔，因爲心靈探索太過而耗盡了體能，整個人虛弱到連踉蹌地走回小屋都不能；兩次都幸虧夜眼去把幸運找來，我才回得去。這次我們可沒援手了。

我知道這樣的搜尋既無謂且愚蠢；不過我也知道我停不下來。飢餓的人爲了撫慰空虛得可怕的肚腹，連青草都吃得下去；而我則是不得不大力施展精技，接觸我能力所及的範圍內的所有生命，因爲拂過衆生的心思之後，我那空虛至極的巨大飢渴感，才總算得到了暫時的撫慰。我知道儘管風大浪大、卻仍出海捕魚的那一家子有什麼打算。我知道那船長擔心的是漁獲重量比船的最大載重還高了些；船長太太擔心的則是女兒的婚事——她女兒的意中人是個好吃懶做的虛華傢伙。至於船上的那個男孩子，則怨嘆自己運氣不好：眼看著他們是趕不上大好的公鹿堡春季慶了。等他到了公鹿堡的時候，連堆在水溝裡的花環都已枯萎發黃，獨留一地的悵然。他大嘆自己眞倒楣。

其實這些心得有點索然無味。雖說知道這些事情使我重新體會到，世界不僅比我那小屋子遼闊，也比我自己圈起來的花圃更加遼闊；但是這畢竟跟眞正以精技互相溝通不同。這種探索當然遠遠不及以精技交流那麼圓滿：當心靈與心靈結合在一起時，你會感受到世界是個偉大的整體，而一人之身不過是這世上的一粒塵沙。

狼兒固執地叼住我的手腕，將我從精技的搜尋中驚醒。走吧。夠了。如果你倒下來，就得在溼冷的

野地裡露宿一夜。那小子能拖著你站起來，我可不行。我們現在就走。

我剛一起身，就發現眼角餘光處有大片黑暗。那風潮是過了，但是跟著那風潮而來的晦澀性靈還沒過去。我跟在狼兒後面，走過陰暗且滴水的樺樹叢，回到我那壁爐的火變小、蠟燭油也流到桌上的小屋裡。我泡了精靈樹皮茶，泡得又濃又苦，知道喝了它將使我備感孤寂，不過我頭痛欲裂，只能靠這茶來緩解了。爲了耗去精靈樹皮中令人緊張不安的成分，我開始鑽研一份講述石子棋的棋局和玩法的卷軸。我之前好幾次想把這份專論看懂，但是每次都半途而廢。我心裡想道，要學會石子棋，一定要邊學邊玩才行，所以這次我除了看專論之外，還一邊揣想一般的石子棋會怎麼進展。天亮之前，我把卷軸放下來，只覺得自己竟選了這個時機要把石子棋搞懂，眞是愚蠢至極。我上床睡覺；今天就寢的時間不比平常晚，而是比平常早。

我醒來時，早上已經過了一半。院子裡衆母雞吱吱咯咯地閒話了半天；公雞啼叫了一聲。我不禁滿心不情願地悶哼一聲。是該起床了。我早該把蛋撿一撿，順便撒一把穀子，好讓雞群安分些。院子裡萬物滋長，野草不除一除是不行的了；蛞蝓吃掉的那一排幼苗，也該重新播種。我得趁著紫招花盛開時多採一些；我之前想用紫招花做墨水，結果弄得四不像，但我還想再試一次。柴火得劈好、堆整齊。我該煮鍋粥，並把壁爐清一清。我得爬到橫在雞舍上空的梣樹上，把那根搖搖欲墜的樹枝砍掉，免得風雨一來，打落了枝椏，砸壞了雞舍。

還有，我們也該到河邊去看看漁汛開始了沒。鮮魚的滋味最好了。夜眼把牠自己記掛的事情，補在我心裡開列的行動計畫單上。

去年你吃了腐臭的魚，差點就丟掉性命。

那就更該趁著魚還活蹦亂跳的時候就下手。不如我們現在就出門。你可以用那小子的長矛來叉魚。

好讓我把全身弄得溼淋淋地直打冷顫？

就算溼透打冷顫，也好過餓肚子。

我翻個身，又繼續睡覺。我就是打算把這個早上打混過去，怎麼樣？難不成有誰會曉得我今早偷懶、或在乎我今早偷懶？雞嗎？可是過了一會兒，夜眼又再度以思緒鬧我。

好兄弟，你醒醒。有匹陌生的馬兒來了。

我一下子警覺起來。從偏斜的陽光看來，我已睡了幾個鐘頭。我起身，拉了件袍子套在頭上，繫了腰帶，拖了雙夏天穿的便鞋——這所謂的鞋，其實就是用幾條帶子跟腳上的皮底綁在一起，如此而已。我把掉在臉上的頭髮撥到後面，揉了揉惺忪的雙眼，然後對夜眼吩咐道：「去看看是誰來了。」

要看你自己去看。人已經快到門口了。

我這地方人跡罕至。椋音一年來個三、四次，一次待個三、五天，並帶來好紙、好酒和磕牙的閒話；但是她和幸運不會這麼快回來。除此之外，我這兒的訪客少之又少。隔壁山谷裡有個養豬的，叫做貝勒，但是貝勒並沒養馬。有個走遍四方的修補匠，一年總來找我一、兩次。這修補匠會認識我純粹是巧合。他碰上暴風雨，馬跛了腳，從林間他看到我這兒的燈光，所以棄了正路，找上門來。這修補匠來過之後，陸續有像他這類遊走討生活的人來訪；這是因為通往我這小屋的岔路上有棵樹，而那修補匠在樹幹上刻了隻蜷縮的貓——意謂此乃和善待客之家——引著過路旅人前來。我雖發覺了樹上的印記，卻沒動手抹去，就留著給偶然的過客一個方便。

所以，這個人要不是個迷途的行路人，就是飽經風霜的商旅。我對自己說道，來個客人，能迫使自己放下心事倒也不錯；但不知怎麼，總覺得這念頭不大有說服力。

我聽到那馬在門外停下來，接著那人下馬，發出輕碎的聲音。

是灰衣人。夜眼低低地吼了一聲。

我一聽，心臟幾乎停住。當我慢慢地打開門時，那人正要伸手敲門。他朝我上下打量了一番，接著嘴角冒出笑容。「蜚滋，好孩子。哈，蜚滋！」

他伸出雙臂把我抱住。在那一剎那間，我僵住且無法動彈。我的心中五味雜陳。都過了這麼多年，我的恩師還能一路追蹤到這裡來，這實在非同小可；他來找我，必然事出有因，絕不是爲了要看看我這麼單純。但我同時也感到親密且熟悉，好奇心一下子就被挑起——跟切德在一起總是如此。我小時候住在公鹿堡，切德祕密地召喚我爬上一道隱密的樓梯，越走越高，來到他位於我臥室上方的巢穴裡。他在他的巢穴裡調製毒藥，把我引入刺客這一行，而我對他是心服口服。每次打開那一扇門的時候，我總是心跳加速。雖然過了這麼多年，心境又十分痛苦，但是切德給我的感覺依然如舊。他身上環繞著神祕與冒險的氛圍。

所以下一刻，我便伸出手臂，攬住他垂垮的肩膀，將他抱個滿懷。這老傢伙本來就瘦，現在又更瘦了，那瘦骨嶙峋的形貌就像當年我第一次看到他的模樣。只不過，現在我是穿著灰色羊毛袍子的隱士，而他則穿著寶藍色緊身褲，搭配同色無袖外套、衣服上還鑲著綠色的飾條以襯托他的眼睛。他腳蹬黑色皮馬靴，手上套著黑色皮手套；他那件綠斗篷的綠，跟他無袖外套的綠飾條相同，而且還以毛皮鑲邊。他舊時曾令他引以爲恥並因此而深居簡出的衆多疤痕，如今已經褪爲他那飽經風霜的臉上的淡色斑紋。他的白髮鬆鬆地披在肩上，而額頭上的白髮做成了漂亮的捲子。他戴了好幾個翡翠戒指，連他頸上的金項鍊，也在正中間鑲了個大翡翠。

切德發現我在打量他那一身豪華的行頭時，乾笑了兩聲，說道：「啊，王后的私人顧問，若想要在辦事的時候，得到自己與王后所應得的尊敬，就得穿得有個樣子。」

「我懂了。」我輕輕地應了一句；這時我才突然想到這樣站著不是待客之道。「進來，快進來。雖說你顯然老早就習慣亂七八糟的屋子，只是這裡恐怕比你想像中還要糟糕；不過還是一樣歡迎你駕臨寒舍。」

「我可不是爲了對你的房子品頭論足而來的，孩子。我來是爲了要見你。」

「孩子？」我一邊笑著問道，一邊把他迎進屋子裡來。

「啊，這個嘛。在我眼裡，你大概永遠算是小孩子吧。這就是年紀大的好處，我愛怎麼叫人，人家都得應，而且還不敢唱反調。啊，我看到啦，這狼還跟著你。又長高了嘛；我記得以前你鼻子上沒有白毛斑的。過來過來，好傢伙。蜚滋，你能否去打點一下我的馬？我昨晚在一處糟糕透頂的小旅館過夜，今天又騎了一早上的馬，人都僵啦。還有，你順便把我的鞍袋拿過來好不好？眞是個好孩子。」

他彎下身來搔搔狼的耳朵，背對著我，看來他很自信我一定會照辦，而我也的確咧嘴笑開，照他的吩咐去做了。他騎的黑色母馬倒是匹良駒，性情溫和又聽話。照顧這麼出色的動物，總是令人感到暢快。我讓那馬喝飽了水，吃了些養雞的穀粒，然後把馬牽到養馬用，但目前閒置的小牧場裡。我揹著那幾個鞍袋走回小屋；鞍袋沉甸甸的，而且其中一個裡面還有液體晃蕩著，令人充滿期待。

我進門的時候，切德待在我的書房裡，坐在我的寫字桌前翻閱我的文件，彷彿在自己的地方、看他自己的書卷那般自在。「啊，你回來了。謝謝你，蜚滋。這就是那個石子棋，是不是？水壺孀就是教你這個，好讓你集中心神，以免被精技之路所惑？眞有趣。等你研究完了，我倒想借來看看。」

「好啊。」我平靜地說道。一時之間，我感到坐立難安。有些人名和事情，我刻意深藏在心底，盡量不去翻攪，但是切德卻一下子把這些都挑起來了。水壺孀。精技之路。我用力地把這兩個字眼塞回過去的時光之中。「我不叫蜚滋了。」我愉悅地說道。「我現在叫做湯姆·獾毛*。」

「哦？」

「因爲這個。」我碰了碰從疤痕上長出來的那一撮白髮。「這個名字很好記；我跟大家說，我一出生就長了這麼一撮白髮，所以雙親才叫我這個名字。」

「我懂了。」切德不置可否地應道。「這的確合情合理，而且也滿實用。」切德說著，往後靠在我的木頭椅子上，椅子發出吱嘎的聲音。「其中有個鞍袋裡裝的是白蘭地，如果你有杯子，咱們就可以小酌一番了。我還帶了些老莎拉做的薑汁蛋糕來……你大概沒想到我還記得你有多愛吃這種點心。薑汁蛋糕可能壓扁了，不過這種東西，口味才是最重要的。」夜眼已經坐直起來；牠把鼻子靠在桌緣上，鼻尖對著鞍袋。

「這麼說來，公鹿堡還是莎拉掌廚？」我一邊問著，一邊找出兩只比較像樣的杯子。我平時倒不在乎杯盤缺角這種事，但此刻我卻突然很不願意用這種杯子待客。

切德離開書房，走到廚房的餐桌邊來。「噢，也不算是啦；她的腿撐不住，所以不能久站。廚房角落有個高台，莎拉就坐在高台上那把背靠、扶手都有軟墊的大椅子裡監督廚房的一切。她只做她愛做的東西，花俏的糕餅、香料蛋糕和甜點什麼的；平日的烹煮，則由一個叫做布丁的年輕人負責。」切德一邊說著，一邊打開鞍袋，拿出兩瓶標著「沙緣白蘭地」的瓶子。我已經很久沒喝沙緣白蘭地，都忘記自己上次喝是什麼時候的事了。至於薑汁蛋糕，果眞如切德預告的，有些壓扁了；切德打開亞麻布，拿出蛋糕來的時候，細屑紛紛落下。夜眼大力地嗅味道，開始流口水。「我懂了，原來薑汁蛋糕也是牠的最

＊譯注：獾全身披覆著濃厚的灰色毛皮。

愛。」切德詼諧地評論道，丟了一塊蛋糕給夜眼。夜眼矯捷地接住，叼著蛋糕，走到火爐前的毯子上去享用美味點心。

接著各種寶藏一一從鞍袋裡現身。一捆上好的紙、幾瓶藍、紅、綠的墨水、一塊肥大的薑——剛開始孵出芽，到夏天時正好可以栽種，另外還有好幾包香料，與一塊已經熟成的圓乳酪，這對我而言是少有的珍饈；此外，在一個小木箱裡，裝了好些既陌生、又熟悉，而且都是我老早就散失、以爲再也找不回來的東西。木箱裡有個戒指——這戒指原來乃是群山王國的盧睿史王子所有的；又有個箭頭——那個一箭插入盧睿史王子的胸膛、差點就要了他性命的箭頭；還有我多年前親手雕製、用來裝毒藥的盒子。我打開盒子，裡面是空的，於是蓋上蓋子，把盒子推到一旁，直視著切德。切德並非只是單純上門來探望我的老人家。他就像女人走進禮堂時，身後拖著的曳地長紗；他拖著我過往的一切，並找上了我。當我開門讓他進來的時候，也等於是開門讓我昔日的世界隨他而入。

「爲什麼？」我平靜地問道。「都過了這麼多年，爲什麼你還要把我找出來？」

「噢，這個嘛。」切德拉了張椅子過來，坐定，然後嘆了口氣。他拔開白蘭地的塞子，給我們兩人各斟了一杯。「很多理由呀。我看到你那小子跟椋音了。我一看就知道那孩子是跟著你的。倒不是說他長得像你；蕁麻*長得也不像博瑞屈呀。但那小子有你的癖性，你那種保留的態度和看事情的角度，再加上他在決定自己要不要退縮回去的時候，頭會這麼一偏。他讓我一下子就想起你在他那個年紀——」

「你見過蕁麻了。」我平靜地插話。我不必問，我知道他一定見過她。

「當然。」他也以相仿的平靜態度說道。「你想知道她的事情嗎？」

我不敢回答，怕自己舌頭不聽使喚。爲求謹慎，我最好別流露出對她很感興趣的樣子；然而我有個預感，切德會找上我，就是因爲我這個只在幻象*中見過、卻從未謀面的女兒而起的。我瞪著自己的杯子，心裡估量著一大早就喝白蘭地是否明智。然後蕁麻的事情又湧上心頭——蕁麻，我的私生女，但我卻不得不在她出生前棄她而去。我喝了一大口酒。我都忘了沙緣白蘭地的滋味有多麼甘醇了，那酒的熱力彷彿青年人的肉慾一般，一下子傳遍全身。

切德很仁慈，他並未逼我講出我有多麼想她。「她長得很像你，只是瘦了些，而且帶著女人味。」切德一邊說，一邊笑著看我緊張到連髮梢都站起來。「不過說也奇怪，她其實不太像你，反倒比較像博瑞屈。她講話的風格跟習慣，竟都比博瑞屈那五個兒子更像博瑞屈。」

「五個！」我驚訝地叫道。

切德露齒而笑。「五個兒子，而且個個都對父親既恭敬又順從；天底下的父親對兒子的殷切期待也不過如此。蕁麻就不同了。她把那個一臉惱怒的博瑞屈管得妥妥貼貼；博瑞屈一拉下臉來，蕁麻便立刻還以顏色。不過博瑞屈很少凶她。蕁麻是不是博瑞屈最疼愛的孩子，這我說不上來；不過我看得出，由於她敢挺身面對博瑞屈，而男孩子們只是一味謙恭溫順，所以博瑞屈多偏寵她一點。她很有耐性，明辨善惡，這跟博瑞屈很像。而且你的牛性子，她都具備了——不過話說回來，她會那麼固執，也可能是跟博瑞屈學的。」

「那麼，你也見過博瑞屈了？」博瑞屈把我養大，如今他又視如己出地扶養我的女兒，並將看似是

---

*譯注：蕁麻（Nettle）碰觸到肌膚時，會產生惱人的紅腫；蕁麻的根與葉，自古便用以入藥。「蕁麻疹（nettle rash）」泛指各種皮膚紅腫的皮膚病，不是只有碰觸蕁麻而產生的疹子才叫蕁麻疹。以「蕁麻」來給孩子取名字，暗指小孩子是麻煩精。

*譯注：幻象（vision）之前譯「遠見」。

被我拋棄的女子納爲妻子。他們兩人都以爲我死了，而我雖不在了，他們的人生還是繼續開展下去。聽到他們的消息，令我苦樂交雜。我又多喝了幾口沙緣白蘭地，把那雜纏的情緒驅走。

「如果沒過博瑞屈這一關，根本就不可能見到蕁麻。博瑞屈就像，呃，她父親一般，把她保護得很周全。博瑞屈很好。但過了這麼多年，他的跛腳還是跟從前沒什麼兩樣。不過他少站也少走，所以倒也無妨。他跟以前一樣，成天騎馬，一天到晚跟馬混在一起。」切德清了清喉嚨。「你知道吧，王后和我刻意安排，把紅兒和煤灰的小馬都交給他照顧；靠著這兩匹種馬，他就不愁生計了。你幫我打點的那匹馬兒，餘燼，就是從他那兒買來的。現在他不但培育小馬，也加以訓練。博瑞屈這人永遠成不了富翁，因爲他一有餘錢，就拿來買馬或是買牧草。不過當我問他一切如何的時候，他跟我說：『一切都夠好了。』」

「博瑞屈對於你來訪的事情怎麼說？」我問道。我感到很自豪，因爲自己講話時已經不會噎到，也不會嗆到了。

切德又露齒而笑，不過這次的笑容中帶著點惋惜。「一開始的時候他非常訝異，然而過了不久之後，他對我既多禮又殷勤。我走的時候，他那一對雙生子的其中一個，好像是小敏吧，幫我上鞍備馬，而博瑞屈則陪我走到馬旁邊，並且平靜地賭誓說，他絕不會容忍任何人干涉蕁麻的事情，就算是我，他也一定取我性命。他講這話的時候略帶憾意，但是語出眞誠。我一點也不懷疑博瑞屈的決心，所以我先跟你說了，省得你有一天把同樣的話轉述給我聽。」

「她知道博瑞屈不是她的父親嗎？她知道我的事情嗎？」我心裡湧出千百個問題，我用力地把這些念頭趕開。我是如此痛恨自己竟急於想知道這些答案，但還是忍不住問了這兩個問題。這股想要求知的渴望，就如同精技的癮頭那樣地熱切，然而過了這麼多年，我總算有機會知道答案了。

切德不再看我，轉而看著別的地方，並低頭啜著白蘭地。「我不知道。蕁麻叫他『爸爸』；她很敬愛博瑞屈，愛得毫無保留。噢，她是會跟博瑞屈唱反調，不過那都是針對事情，而不是針對他。不過，蕁麻跟她母親之間，波折就大得多了。蕁麻對養蜂和製作蠟燭根本沒興趣，可是莫莉希望女兒繼承她的衣缽。不過依我看，蕁麻固執成性，莫莉可能得看看能不能把手藝傳給兒子了。」切德看著窗外，又平靜地補了一句：「蕁麻在的時候，我們就不提你的事情。」

我雙手捧著杯子轉呀轉。「那她對什麼感興趣？」

「騎馬、放鷹、比劍。她十五歲了，我想多少總有些年輕人會對她表明心跡，不過看起來她不把這些人放在眼裡。也許是她內在的那個女人還沒覺醒吧，要不然就是因為與眾多兄弟生活在一起，所以她對男孩子根本興不起浪漫的幻想。她很想溜到公鹿堡去參加侍衛隊呢。她知道博瑞屈以前是公鹿堡的馬廄總管。我之所以會去看博瑞屈，理由之一就是珂翠肯希望博瑞屈回到公鹿堡擔任原職；不過博瑞屈拒絕了。蕁麻對此百思不解。」

「博瑞屈的心意，我懂。」

「我也懂呀。不過我去看博瑞屈的時候，跟他說，我可以幫蕁麻在公鹿堡安排個職位，而且就算博瑞屈不去也成。就算蕁麻不做別的，也可以擔任我的侍從，況且我敢說珂翠肯王后一定會把她留在身邊。我跟博瑞屈說，就讓蕁麻去看看城堡、看看大城市，讓她嘗嘗宮廷生活的滋味。可是博瑞屈不但一口就回絕掉，還講得一副光是我提議讓蕁麻出門見識這樣的話，就是對他莫大的侮辱。」

我雖未刻意，卻在聽了之後放心地吐了一口氣。切德又啜了一口酒，坐在那裡看著我。他在等。對於我接下來會問什麼問題，他清楚得很。為什麼？為什麼切德去找博瑞屈，又提議要帶蕁麻去公鹿堡？我喝了兩口白蘭地，仔細地思索這個老人家的言行舉止。老。切德是老沒錯，但是他可不衰老。他的頭髮已經全白，不過那銀白髮絲之下的綠眼睛，卻更加炯炯有神。我心裡納悶著，不曉得切德要如何與身體對抗，才能使肩頭不至於垂垮下去；不知切德要吃什麼藥，才能延長他的元氣，而那些藥又迫使他在其他方面付出什麼代價。切德比黠謀國王還要老，然而黠謀國王已經去世多年。切德雖跟我一樣，都是私生子出身，但他在陰謀詭計與爭端衝突之間怡然自得，我卻避之唯恐不及。我逃離了宮廷以及宮廷所屬的一切。切德選擇留下來，而且把自己變成了新一代瞻遠家族不可或缺的得力助手。

「那麼，耐辛近來如何？」我謹愼地選擇下一個問題。耐辛夫人，也就是我父親之妻的消息，跟我眞正想知道的事情幾乎沾不上邊，但我可以利用切德的答案逐步趨向目標。

「耐辛夫人？啊，這個嘛，我幾個月前見過她。不，現在想起來，應該是超過一年了。她現在定居在商業灘，你知道吧。她把商業灘治理得還滿好的。說來奇怪，當她仍是眞正的王后，而且身為你父親之妻的時候，她從不特立獨行；守寡之後，她倒毫不在乎人家稱她為古怪夫人了。不過說句眞話，當別的人都逃之夭夭，獨留她在公鹿堡的時候，就算沒有王后的名號，她也變成實質上的王后了。珂翠肯王后很明智；她讓耐辛擁有自己的封地，因為耐辛既然曾為公鹿堡之后，就無法安然地以次於王后的地位，繼續在公鹿堡待下去。」

「那麼晉責王子呢？」

「就跟他父親一樣。」切德一邊評論著，一邊大搖其頭。我仔細地觀察切德，心裡納悶這老人家講這句話是不是故意的。他到底知道多少？切德皺著眉頭，繼續說道：「王后得對晉責王子放鬆點才行。當年人們談到你父親駿騎，總說他是『矯枉過正』；如今大家也是這麼看待晉責王子，而且恐怕我這個說法還有幾分道理。」

切德的音調起了些微的變化。

「有幾分道理？」我平靜地問道。

切德露出一個幾乎像是抱歉的笑容。「最近這孩子怪怪的。他一直都獨來獨往——不過只要是身爲獨子的王子都是如此。他必須時時注意自己的身分，而且不得讓人看出他對任何同伴有所偏好；所以他寡言愼行。不過最近他的性情更加陰沉，常常分心，情緒起落不定，而且往往沉浸於內心思緒之中，嚴重到對周遭人物的生活變化都渾然不覺的地步。他倒不是粗魯無禮或毫不關心；至少他並非刻意如此。只是……」

「他多大了，十四歲是吧？」我問道。「聽起來他跟幸運最近的狀況差不多。我最近也在爲幸運想這些事情；我在考慮是不是該對他放鬆些，該讓他出去見識見識，跟除了我之外的人學學新東西。」

切德點點頭。「我想你說得一點也沒錯。珂翠肯王后和我，也已經爲晉責王子做了同樣的決定。」

他的語調令我懷疑自己是不是誤入陷阱。

「哦？」我謹愼地應道。

「哦？」切德逗趣地學著我說道，他傾身向前，再給自己倒些白蘭地。接著他露齒而笑，讓我知道遊戲已近尾聲。「噢，對呀。你猜得一點都沒錯。我們希望你回到公鹿堡來，將精技傳授給王子；你還可以順便教教蕁麻，如果我們能說服博瑞屈，而且她自己也有意前來的話。」

「不。」我迅速地拒絕，以免自己受到誘惑。

我不知道我的回答夠不夠堅決，但是當切德一提到這個主意，我內心對精技的渴望便蠢蠢欲動。多年來，我一直在追求這個答案，而這個答案卻如此簡潔——那就是訓練一個懂得運用精技的新同道。我知道切德手上有一些跟精技魔法有關的經卷和碑簡；多年以前，精技師傅蓋倫和當時仍爲王子的帝尊封鎖了這些資料，所以當年切德與我都無緣得見。如今我有機會研讀這些經典，讓自己精進，並訓練別人——不是像當年蓋倫教學的那個作法，而是以正確的作法傳授精技*。這樣一來，晉責王子便得到一個精技同道做爲得力助手及保護人，而我在以精技搜索世界的時候，總算也有人可以回應，我那多年的孤寂可望告終。

而且如此，我的兩個孩子就都可以認識我——就算他們不知道我是他們的父親，至少他們會認識我這個人。

切德跟以前一樣狡猾。他一定察覺了我內心的矛盾與躊躇，所以任由我的拒絕懸宕在空氣中，一句話也不應。他兩手捧著杯子，又垂眼看著手裡的酒，那模樣像極了惟眞；然後他又抬眼看著我，那一對綠眼睛毫不遲疑地與我的眼光相接。他一句話也不問，什麼命令都不下；他就是等。

但是知道切德的戰術，並不能使我防守得更加穩固。「你明知我辦不到。我不該去，而且理由你都知道。」

他輕輕地搖了搖頭。「不見得吧。精技乃是瞻遠家的人與生俱來的權利，爲什麼晉責王子就不能享有這個特權？」接著他又輕柔地補了一句：「而蕁麻也是一樣啊。」

「與生俱來的權利？」我擠出苦笑。「不如說是家族遺傳疾病還比較貼切吧，切德。精技是一種渴望，而當你學會如何滿足這種渴望的時候，精技就變成了癮頭。精技這種癮頭，有可能強大到使你一路走到群山王國以外的地方。惟眞的下場，你我都很清楚。精技吞噬了惟眞。惟眞因爲精技而死；他自己造了龍，然後撲身餵龍。他是拯救了六大公國沒錯，但就算世上沒有紅船劫匪讓惟眞大打一仗，他最後還是會走進群山山脈之中。那個地方在召喚著他啊！那是任何使用精技的人必然的下場。」

「你的恐懼，我很了解。」切德平靜地坦承道。「但是我認爲你想錯了。我相信，當年蓋倫在教你精技的時候，一定刻意把這種恐懼深植於你的心中。但是我讀過精技經卷。我雖尙未解讀完所有的經卷，但是我知道精技絕不只是隔空對話那麼簡單而已。精技可以延壽強身，可以加強你說話的說服力。你受過的訓練……我不知道你學到什麼程度，但我敢說蓋倫對你一定是能少教就盡量少教。」我聽得出老人越講越興奮，彷彿他講的是人人所不知的寶藏。「精技絕對不止於此，絕對不止於此。有些經卷暗示說，精技可以當作醫療工具，不但可以用於精確地找出受傷戰士的病因，還可以把傷治好。高強的精技人，只要看著對方的眼睛，就可以聽到對方所聽到的東西，感受到對方所感受的事情。還有——」

「切德。」我的聲音平靜且柔和；切德住口了。當他坦承讀過經卷的時候，我一時怒氣沖沖；我心裡想道，他無權翻閱，然而我仔細一想，如果珂翠肯王后把經卷交給他去研讀的話，那麼切德當然有權看了。不然，這些經卷要給誰看？世上已經沒有精技師傅了。精技的傳承已經斷了。不，應該說是被我截斷了。嫻熟精技的人一個接一個地死在我手下，最後公鹿堡所培訓出來的精技同道竟一個也不剩。這些同道都效忠他們擁戴的國王，所以我非得把他們以及他們所使用的魔法一起摧毀不可。我心裡比較理性的那個部分看得很清楚：精技魔法還是死了的好。「我不是精技師傅，切德；不只因為我對精技的了解不夠周全，同時也因為我的天賦並非正軌。既然你已經看過經卷——就算你沒看到經卷的記載，珂翠肯王后一定也跟你提過——那麼我敢說，你一定已經知道，精靈樹皮茶這東西，精技人是一點都不能沾的。精靈樹皮茶會壓抑，或者斬除精技的天賦。我一直克制自己不要喝這個茶；我並不喜歡精靈樹皮茶所帶來的感覺。但是這種茶即使有諸多的壞處，也比人對於精技的渴望要好上太多。有時候，那種渴求

＊編注：蓋倫是帝尊母親與外人生下的私生子，效忠帝尊，擔任精技師傅時，以「苦其心智、餓其體膚」的嚴格管教方式教學，對蜚滋尤其嚴苛，最後甚至讓他對自己的精技能力產生質疑與退卻。蓋倫後來被惟真吸盡了所有精技力量，枯竭而死。

嚴重到我會一連喝上好幾天的茶。」切德面露關心，我則移開了目光。「不管我從前有什麼天賦，現在大概什麼都不剩了。」

切德柔和地答道：「但在我眼裡，你對精技持續不斷的渴求，正證明你的天賦高強，蜚滋。我們之前眞的沒料到你吃了這麼多苦頭，我聽了很難過。我本以爲人們對精技的渴求，就像人們對煙酒的需索一樣，只要將欲望節制一段時間，渴求便會減少。」

「不。這種對精技的渴求，一旦存在就不會減少。有時候，這種渴求會冬眠一陣；也許好幾個月，甚至好幾年都沒事。然後，也不曉得是因爲什麼原因，對精技的渴求又會重新滋生。」我緊閉雙眼好一會。談這些事情、想這些事情，就像擠膿瘡一樣痛苦。「切德，我知道你不辭遠路來到這裡就是爲了要我回去，而你也已經聽到我回絕了。現在，我們能不能談點別的事情？一談到精技……我就難受。」

切德好一會兒沒作聲；而當他突然開口說話的時候，聲音裡有種假意的關心。「當然，就談談別的吧。我就跟珂翠肯說，你必定是勸不來的。」切德嘆了口氣。「看起來，我只得盡量把我從經卷上學到的東西發揮一下了。好啦，我要講的話都說完了，你想聽什麼消息？」

「你該不會是要親自教授晉責王子精技吧？你不過就看過一些舊經卷而已！」我突然生起氣來。

「難道你還給我留了別的路走嗎？」切德開開心心地指出。

「你曉不曉得你這樣教，他會有多危險？精技是不會放過人的，切德。精技就像磁石一般，會把人的心神、意念緊緊地吸住。所以晉責會想要與精技合而爲一。如果晉責王子時時與精技相抵抗，哪怕只是在學習的過程中失神片刻，那麼他也就完了。況且他學習精技的時候，既沒有精技人在一旁照護，也沒人能在他走火入魔的時候拉他一把，萬一出了差錯就糟了。」

我看切德的表情就知道，他根本不懂我這話是什麼意思。他只是一味地堅持道：「我看過的經卷都說，在精技方面具有高強天賦的人，如果完全不加以訓練，是很危險的。有時候，這種天賦異稟的青年人，會本能地使出精技，但卻對精技毫無概念，既不知道精技有什麼危險，也不知道如何控制精技。所以，就算只教給晉責王子一點點東西，也勝過讓他對精技一無所知。」

我張開口打算講話，但是一轉念，又闔上了嘴。我深吸了一口氣，慢慢地吐出來。「我不會中圈套的，切德。我說不行就是不行。我早在多年前就發了誓的。當年我坐在欲意身邊，眼睜睜地看著他死掉。我並未殺他。因爲我已經對自己立下誓言，此後不再擔任刺客，也不再當人家的工具。我再也不要受人控制，也不要遭人利用。我的犧牲已經夠大了。依我看，這個退休的生活是我應得的。而且如果你或珂翠肯覺得我做得還不夠，往後再也不幫我送錢來，呃，這我也應付得來。」

有些話還是講開比較好。我第一次在椋音走後，發現床邊有一袋銅板的時候，只覺得備受侮辱。我把這怒氣擺在心裡，存了幾個月，等到椋音再度來訪時才發洩出來。但是椋音只是笑我傻，她說，這錢當然不是她在滿意之餘所給予的賞賜——如果我心裡想的是這種事的話——而是六大公國送給我的退休金。我就是打從那時候開始才逼迫自己承認，恐怕她對我的境況的了解，切德也通通知道。有時椋音會帶些上好的紙和墨水來，那應該就是切德交給她帶來給我的。她每次回到公鹿堡的時候，大概都會把我的事情一五一十地告訴切德。以前我對自己說，就算如此，我也不在意；然而現在我不禁納悶，多年來，切德不斷地追蹤我的下落，是不是爲了等著有一天再度運用我這個人。我想切德也從我的臉色察覺出梗概了。

「蜚滋，蜚滋，你冷靜一下。」老人伸手橫過桌子，鼓勵地拍拍我的手。「我們從沒談過那些。不只我們虧欠你甚多，連六大公國都虧欠你甚多，這點你我都很清楚。至於晉責王子的訓練，你就拋在腦後，別管了吧。說眞的，這根本就不是你該擔心的事情。」

我不禁再度懷疑，切德到底對此知道多少。然後我鐵了心腸。「你不是都說了嗎，這根本就不是我該擔心的事情。我什麼也不能做，只能叫你小心謹慎一點。」

「啊，蜚滋，打從你認識我以來，有看到我不小心謹慎的時候嗎？」切德笑咪咪的眼神，從杯緣上方露出來。

我把這事擺到一邊，但是要禁絕我自己不去想這方面的事情，談何容易。切德對精技毫無經驗，他會不會把年輕的晉責王子帶入險境，我有點擔心；不過我之所以渴望教會一個能夠運用精技的新同道，主要是為了滿足我自己對於精技的渴望。但是我既然承認了這一點，就更不可能腦筋清楚地把精技的癮頭傳授給下一代。

切德很會講話。精技的事情他絕口不提；接下來這幾個鐘頭，他講的都是我以前住在公鹿堡的時候就認識的人，以及他們的近況。布雷德已做了祖父，而蕾細則頗為關節所苦，最後不得不把她成日做個不停的織布工作丟在一邊。現在公鹿堡的馬廄總管是阿手。阿手娶了個內陸女人，這女人一頭紅髮，而且脾氣正如她髮色所暗示的那樣火爆，他們的孩子也通通都是紅頭髮。這女人把阿手管得很緊，而且根據切德的說法，她管得越緊，阿手反而更高興。最近這女人纏著阿手，要阿手帶她回去她的家鄉法洛公國，而阿手似乎也想順著她的意思去做，所以切德才會去找博瑞屈，邀請他回公鹿堡擔任原職。就這樣，切德把我記憶傷口上的結痂撥掉，然後把我心底那一張張舊時記得的臉孔更新。切德越說，我越盼望回去公鹿堡，而且忍不住一直問問題。等我們把眾人都聊完之後，我帶切德在我這地方前後走動，彷彿我們兩個是彼此拜訪的老姨媽似的。我帶切德去看我的雞、我的樺樹和我的花圃；我帶他去看我的作坊；我就是在這裡製作染料，以便把墨水染成各種色彩，讓幸運帶到市場上去賣。別的也就罷了，但至少這個讓他覺得驚訝。「我幫你從公鹿堡帶了墨水來，但現在我倒懷疑，說不定你自己做的墨水還更好。」切德說著拍了拍我的肩膀；以前我把毒藥調得正確不差的時候，他也會這樣拍拍我。霎時間，我全身上下洋溢著受到切德讚賞的喜悅。

我原本不想透露太多，但是切德看過我這地方後，大概就心裡有數了。當他看到我的花床時，他一定注意到，衆藥草之中，就屬有鎮定和止痛效果的藥草最多。當我帶切德去看放在懸崖邊、俯瞰著大海的木凳時，他甚至還平靜地說道：「是了，要是惟眞還在的話，一定會喜歡這個環境。」不過雖然他看到了，也猜到了，但他再也沒有提起精技的事情。

當天晚上我們直到很晚都不想睡，而我便趁此教他水壺嬸石子棋的基本規則。夜眼越聽越無聊，最後出門打獵去了。我察覺夜眼有一點吃味，但我決定隨後再去安撫牠。等我們把棋戲研究到一個段落，我開始把話題轉到切德身上，問問他的近況。他笑著坦承道，重回宮廷與社交生活，頗令他樂在其中。切德一向很少提他自己的青年時代，但此時他對我說道，在他調錯藥劑，弄得滿臉瘡疤，使他對自己的儀容羞愧得無地自容，因而生活在陰影中、專門任職國王的刺客之前，他的生活是很多采多姿的，既愛跳舞，也愛跟機智的夫人們私下共進晚餐；而近幾年來，他又重新恢復了年少時的生活方式。我不但為他高興，還戲弄地問道：「但是，你安排了這麼多額外的職務和娛樂活動，還怎麼幫王室做點隱密的工作呢？」

切德十分坦白地答道：「我還應付得來。我現在這個學徒，腦筋快、手腳又俐落；我看要不了多久，我就可以把這些古老的任務通通交給年輕人去做了。」

一聽說切德找了別人來取代我的位置，我突然感到不安且嫉妒；過了一會兒，我才想到我這個念頭有多麼愚蠢。瞻遠家族的人，多少會需要那種能夠安安靜靜地為國王伸張正義的人。我已經宣布我再也不做皇家刺客，但這並不意味著王室對這種人物的需求會徹底消失。我努力恢復平靜。「這麼說起來，高塔裡的實驗和課程仍然繼續進行著囉。」

切德嚴肅地點點頭。「的確如此。而且……」原來坐在火爐邊的椅子上的切德，說著突然站起身來。大概是舊習慣被喚醒了，所以我們的坐次跟昔日上課時一模一樣：切德坐在火爐邊的椅子上，而我則坐在火爐前，倚在他的腳邊。直到此刻，我才了解到這個情景有多麼古怪，並納悶著我們彼此的默契有多麼自然。我搖搖頭，讓自己回復一下；此時切德正在桌上的鞍袋間搜尋，最後他拿出一只硬皮所製、染了污漬的皮筒。「我帶這個來，就是要給你瞧瞧，誰知談著談著，我差點就忘了。你還記得我對那些非正常的煙火很著迷吧？」

我不禁兩眼翻白。他所謂的「著迷」，可著實讓我們兩個火燒了好幾回。而且我實在不願想起我最後一次目睹切德展示火焰魔術那天晚上所發生的事情：帝尊王子宣布自己立即繼承瞻遠家族的王位；在切德的安排之下，公鹿堡所有的火炬都燃著藍火，而且焰心噴得很高；而黠謀國王遇刺、我隨即被捕，也發生在同一天。

就算切德心裡眞的聯想到這麼多事情，也沒有顯露出來。他拿著皮筒，急切地回到火爐邊來。「你這裡有沒有火摺子？我沒帶出來。」

我找了些火摺子給他，然後狐疑地看著他拿著一張長條紙，順著長邊一摺，小心翼翼地把一丁點藥粉倒在摺痕的溝槽裡；接著他把紙條一摺再摺，最後扭成紙捲。「你看好啦！」他急切地邀請道。

切德把紙捻丟進爐火中時，我不禁打起哆嗦。但是不管那東西該怎麼變化，是該發光、閃爍還是該冒煙什麼的，反正最後都沒發生。那火摺子先是烤成焦黃，繼之著火，然後燒得什麼也不剩。聞起來有一絲硫磺味；就這樣，沒別的了。我揚揚眉毛看著切德。

「這不對啊！」切德辯解道；他已經慌了。接著他迅速地再做一條包著藥粉的火摺子，不過這次他倒藥粉的時候，份量放得比較大方些。他把火摺子放在爐火溫度最高的地方；我傾身後退，離火爐遠些，以免受到波及，不過這次再度受挫。切德一臉懊惱，我看了啞然失笑，趕快舉手掩住，假裝在摸嘴巴的樣子。

「你一定以為我失了準頭。」切德大聲說道。

「噢，怎麼會呢。」我答道，不過我那樂不可支的音調實在無法掩飾。這次切德做的不是火摺子，簡直是紙管子了，而且切德把紙捲扭緊的時候，藥粉還滲漏出來。當他要把紙捲丟入火中時，我趕快站起身來，退到離火爐遠一點的安全地帶。不過這次跟之前一樣，那紙捲只是燒燒就沒了。

切德噴了口鼻息，那聲音既響亮且不屑。他瞇著眼睛看看那皮筒既小且黑的筒口，又把它拿起來搖一搖，最後悲憤地把瓶塞塞回去。「不曉得怎麼搞的，竟然潮掉了。唉，壞了我的好戲。」接著他將那皮筒丟入火中；就切德而言，這意味著他憤怒至極。

我在火爐前的原來位置上坐下來的時候，只覺得切德非常失望，使我對這老傢伙也感到一絲同情。我努力地講個趣事來化解：「看到這個，我就想起我誤把催淚的藥粉，當成是柳樹根粉末的那一次。你還記得嗎？燻得我足足流了好幾個鐘頭的眼淚哪。」

切德短短地笑了兩聲。「記得。」他沉默了好一會，臉上浮出笑容；我曉得他的心一定飄回到昔日我們共處的時光中了。然後他傾身向前，伸手搭在我的肩膀上。「蜚滋。」切德正經且嚴肅地喚道，他的眼睛緊盯著我。「往昔我從沒騙過你，對吧？我是很公平的，我教的是什麼，我打從一開始就跟你講明白了。」

直到此時，我才看出將切德與我分隔兩地的巨大疤痕。我把手蓋在他的手上；他的關節枯瘦無肉，表皮薄如紙張。我開口對他說話，但眼睛卻回頭看著爐火。「你對我總是知無不言，切德。如果說有人騙了我的話，那絕不是別人騙我，而是我騙了自己。你我都為了效忠國王，而行必要之事。我是再也不會回公鹿堡去的了；不過我之所以下了這個決心，並不是因為你待我哪裡不好，而是因為我經歷過的事情太多。但我一點都不怨你，真的。」

我轉頭看著切德。他臉色沉重，我在他眼裡看到了他心裡所想，但沒說出口的話：他想念我；他之所以邀請我返回公鹿堡，固然有很多理由，卻也是為了他自己私心之故。於是我感到小小的康復與平靜。不管別人如何，至少切德還愛著我。我深受感動，一時喉頭哽咽。我盡量輕鬆地說道：「你以前從未聲稱，我做了你的學徒之後，還能享有平靜且安全的生活。」

這時火爐裡突然迸發閃光，彷彿是要肯定我講的這幾句話似的，要不是我已經轉頭面對著切德，準會被這爍目的光芒給照得瞎了。而且那恍如同時閃電且打雷般的爆炸聲，差點把我震聾。接著木炭屑與火花四散噴飛，痛得扎人；而且爐火突然像暴怒的野獸似的竄升。切德與我都跳了起來，急急地退了幾步，離火爐遠一點。過了一會兒，我那久未清掃的煙囪，崩下大量煙灰，把爐火壓得奄奄一息。經過這麼一鬧，切德與我連忙四處踩滅隨時可能會燃起火苗的火星，並把燒得正旺的皮筒碎片踢回火爐裡，免得地板著火。接著大門在夜眼一撞之下，突然砰的打開，夜眼飛躍而入，落地時四爪猛抓地板，以便減速。

「我沒事，我沒事。」我對夜眼說道，好讓牠安心；然而話說出口了我才發現，由於耳裡轟隆作響，所以我這幾個字竟是吼著說的。房裡瀰漫著一陣臭味，夜眼不屑地噴鼻嗤了一聲，連跟我分享心思都懶得做，便再度躍出門外。

切德突然在我肩上拍了好幾下。「火都熄了。」切德大聲地說道，好讓我放心。我們花了好大的工夫才將房裡恢復原狀，並讓火苗重新在應該有火的地方燃起。但即使如此，切德仍把椅子拉得離火爐遠遠的，而且我也不坐在火爐前了。「原來那藥粉就是這個效果呀？」我一邊倒沙緣白蘭地，一邊把這個遲來的問題問出口。

「不！看在埃爾卵蛋的份上，我說孩子，難不成你以爲我會故意在你的火爐裡做這種事情嗎？其實我之前調的藥粉，應該只會突然產生亮到會刺眼的白光，這藥粉應該不會爆炸才對，現在演變成這樣，我心裡也納悶得很。到底哪裡出了差錯？可惡。之前這瓶子裡裝的是什麼，怎麼想不起來……」切德的眉頭糾結在一起，兩眼猛朝那爐火打量；我一看這光景就知道，他一定會叫他的小學徒去解開爲何這藥粉會引起爆炸的謎團。無疑地，切德一定會交代他做一連串實驗，想到這裡，我是一點都不羨慕那個小學徒。

當晚切德在我的小屋子裡過夜，他睡我的床，我睡幸運的床。然而隔天早上起床時，我倆都心裡有數：切德的造訪即將結束。我們突然變得沒什麼話題可談，而且不管談的是什麼都沒意思了。我心裡升起一股涼意。既然我再也不會見到那些人，我還問他們的事情做什麼？政局的詭譎變化，對我的生活毫無影響，他何必多費唇舌？在那個長長的午後與夜晚之中，切德與我的生命再度融合，然而在這破曉時分，他眼前的我卻盡做些居家的雜務：打水，餵雞，弄早點，洗碗盤。他與我都尷尬地不發一語，而我們之間的距離也越拉越遠。我幾乎已經開始希望切德從沒來過我這裡了。

吃過早點之後，切德說他一定要上路了；我沒留他。我跟他保證，等我研讀完石子棋的棋譜，一定把卷軸送給他。我送給切德幾篇我自己的研究心得，談的都是有鎮定效果的藥草茶；我花圃裡有三、四種切德還不大認識的藥草，我刨了根莖讓他回去試種。此外又給他幾瓶各種不同顏色的墨水；這時切德說，這些東西拿到公鹿堡去賣一定很搶手——這一整個早上，就數這句話最能透露出他想勸我回心轉意的用心了。但我聽了只是點點頭，然後說道，也許我會差遣幸運到公鹿堡走一趟也不一定。接著我爲切德那匹上好牝馬上了馬鞍和轡頭，再牽著馬走到他身前。他跟我相擁道別，上馬，然後就走了。我眼睜睜地看著他騎馬沿著我那條私家小徑而去。夜眼待在我身邊，並抬頭頂住我的手。

後悔嗎？

後悔的事情可多了。但是如果真的跟了上去，照他的安排去做，那麼往後我會更後悔。話雖如此，我卻仍一動也不動地直盯著切德的身影。現在時猶未晚，我對自己誘惑道；只要我喊一聲，他就會回頭，然後策馬而回。我咬緊牙根。

夜眼用鼻子拱我的手。走吧；咱們打獵去。不用那孩子，也不用帶弓；就你我兩個去獵獵野味。

「眞好。」我聽見自己說道。於是我們去打獵，而且還抓到一隻肥美的春兔。像這樣舒活筋骨，並證明自己寶刀未老，感覺上眞不錯。我打定了主意：我不是老人，我還沒老，而且我跟幸運一樣，都需要出外看看，做點新鮮的事情。耐辛夫人有一帖治療枯燥生活的良方，就是學習新花樣。這天傍晚，我四下環顧自己的小屋，不覺得舒適，只覺得窒息。才不過是幾天前，我還感到這小屋既熟悉又自在，現在卻只覺得此處陳腐乏味。其實我也知道，這是因爲切德講的那些公鹿堡的傳聞，跟我自己一成不變的生活相去太大之故；然而這種無法饜足的感覺，一旦被激起之後，就難以止息。

我不禁回想，我上次沒在自己的床上睡覺，是多久以前的事情了。我的生活很固定，每年秋收的時候，我就出門打零工，在乾草田裡幹活，幫著收割穀物或摘蘋果什麼的，一去就是一個月。能多賺幾個銅板畢竟是好的。我已經習慣每年去郝斯灣兩趟，用我自製的墨水和染料，換點做衣服的布料、鍋子和各家出產的雜物等。我的人生竟固定到毫無變化可言，而我之前卻毫無自覺。

既然如此，你打算怎麼樣？夜眼伸展筋骨，無奈地打了個哈欠。

我也不知道。我坦白地跟老狼說道。想要來點兒變化。你想不想浪跡天涯一下啊？

夜眼頓時縮回到牠心裡頭那處只有自己獨享的地方。牠有點惱怒地問道：是我們兩個都用走的呢，還是你指望我跟在馬旁，跑一天的路呢？

你這樣問很公平嘛。如果是我們兩個都用走的呢？

如果你非浪跡天涯不可的話。夜眼不情不願地應道。你現在想的是群山山脈裡的那個地方，對不對？

那個古城？對了。

夜眼倒沒抗議。那我們要帶那孩子去嗎？

我看，我們就把幸運留在這兒，讓他自己打理內外吧。說不定這樣對他也好。況且這些雞總要有人照料啊。

這麼說來，那孩子回來之前，我們是不會動身的了？

我點了點頭，心裡納悶道，我是不是理性全失了。

還有，一旦出了門，我們還會回到這裡來嗎？

2

椋音

椋音・烏囀，珂翠肯王后的吟遊歌者，不但自己寫了許多曲子，她本身也是許多人謳歌的對象。她在重建六大公國的數十年間爲瞻遠王室效力，並陪同珂翠肯王后去尋求古靈之助的事蹟已成傳奇。她有本事在各色人之間周旋皆怡然自得，而且珂翠肯王后在公鹿的光復之後、動盪不安的那幾年間，做什麼事都少不了她。這位吟遊歌者不但受到貴族信任，被賦予調停盟約、平息紛爭的重責，就連強盜匪幫和私貨者，對她也是禮遇有加。她自己就把她曾擔負過的許多任務，化爲歌曲唱出來；不過人們都知道，除了她自己唱過的傳聞之外，她一定還爲瞻遠家族進行過更多祕不可宣、敏感到絕不可成爲吟唱主題的使命。

椋音足足把幸運留在身邊兩個月。幸運滯留未歸，我先是樂得自在，繼而覺得煩躁，然後感到氣惱。我氣惱的是我自己。我一直到我得自己彎下腰，去做那些我原本分派給他的工作，才體會到我對那孩子強壯的背脊有多麼依賴。但是幸運在外多逗留一個月的這段期間，我承受的還不只是那孩子平常做的雜務而已。切德的到訪，激起了我內心深處某些情感；這種無以名之的感覺，像惡魔一般啃蝕著我，時時提醒我這小小的家產有多麼寒酸。門廊的階梯彎了，我暫時搬了塊石頭墊在階梯下，並對自己立誓說，我稍後一定修好，那都是一年前的事情了吧？不，差不多快一年半了。

我把門廊扶正，然後不只把雞舍裡的雞糞剷掉，還用鹼水把地上洗乾淨，採了新鮮的蘆葦鋪上去。我把我那工作間屋頂上的漏水破洞修好，而且終於剪了張上油的獸皮補在窗戶上，結束了這條一拖拖了兩年的雜務。我給小屋來了場春季大掃除，而且其程度之徹底，是多年來所罕見。我把雞舍上方那條搖搖欲墜的枯枝砍下來，讓那枯枝避過剛剛清理過的雞舍屋頂，整齊地掉在地上。接著我又把雞舍屋頂換新；這活兒才剛做完，夜眼就跟我說，牠聽到馬的聲音。我從屋頂上下來，套上襯衫，繞到小屋前去迎接沿著私家小徑上緩緩而來的椋音和幸運。

不曉得是因爲分開得太久，還是我內心不寧使然，反正我看到幸運和椋音的時候，突然覺得他們像是陌生人似的。我之所以有這個感覺，還不只是因爲幸運穿了新衣服，雖說他的新衣服特別襯托出他腿長胸寬。他騎在那匹肥胖垂老的矮種馬上，顯得有點滑稽，不過我敢說他還是寧可有馬代步。那矮種馬跟幸運的床，還有我這靜謐的生活一樣，都越來越不適合這日益高壯的年輕人了。我猛然感受到，我可不能理所當然地叫幸運在我出遠門的時候，待在家裡養雞。說句老實話，如果我不早點把這孩子送出家門去尋找他自己的人生，那麼他那對左右不同色的眼睛，在初回到家時所顯露出來的輕微不滿，就會迅速演變成人生的重大遺憾與苦悶。我一直樂於有幸運相伴；當年收養了這個棄兒，雖說是我救了他一命，其實他也救了我一命。我看我還是趁著我們彼此仍有好感的時候，送他到外面去闖闖比較好，別等到我自己成了這年輕人的重擔時而弄得不愉快。

然而在我看來，變的還不只是幸運而已。椋音還是一如往常那樣地活力充沛；她燦爛地笑著，一飛腿跨過馬身，便俐落地下了馬。然而當她走上前來，伸開雙臂摟住我的時候，我卻感受到自己對她目前的生活知道得太少。我低頭看著她那歡喜的黑眼睛，注意到她的眼角開始有魚尾紋。這些年來她的衣著越來越華麗，坐騎越來越精良，首飾越來越昂貴；今天她那濃密的黑髮，是用厚重的銀簪固定住。不用說，她的確卓然有成。她每年紆尊降貴地來看我三、四次，每次待個三、五天，並用精采的故事和歌曲填滿我原本平靜的生活。她在的時候，總是堅持要把食物調得合乎她的口味，並把她的東西胡亂散布在餐桌、書桌和地板上，而且我的床也不再是我倦了累了就可以去睡覺的地方。椋音離開之後的那幾天，總是令我想起在搬演木偶戲的棚車隊走過之後，揚起漫天沙塵的鄉間小路；我在重回單調的日常生活之前，總有種像是被瀰漫的塵霧嗆得難以呼吸、眼前路迷茫得什麼也看不見的感覺。

我也緊緊地摟住她，她的頭髮既有塵土味，又有香水味。她退了一步，抬頭直視著我的臉，並且立刻質問道：「怎麼啦？你有點怪怪的。」

我煩悶地笑了笑。「回頭再告訴妳。」我承諾道，於是我們彼此都曉得，這將會成為我們深夜聊天的話題之一。

「快去洗一洗。」她答應了。「你聞起來跟我的馬一樣臭。」她輕輕地推了我一下，於是我走到一邊去招呼幸運。

「怎麼樣，年輕人，好不好玩呀？公鹿堡的春季慶，有沒有跟椋音講的一樣精采？」

「還不錯。」他淡淡地說道，朝著我意味深長地看了一眼，而他那一棕、一藍，左右不同色的雙眼裡，則滿是折磨。

「幸運？」我才關心地說了這兩個字，他便肩一聳，趕在我還沒碰到他肩膀之前就退開了。

他走開了；但過了片刻之後，也許是因為他對自己粗魯的招呼感到歉意，所以壓著聲音說道：「我去溪邊洗把臉。身上都是塵土。」

你跟他去。不曉得他出了什麼問題，但是他一定需要朋友。

而且最好還是那種不會講話的朋友。夜眼應和道。於是牠低著頭，豎直尾巴，尾隨著那孩子而去。夜眼跟我一樣喜歡幸運，只是表達方式不同，而且在教養這孩子方面，牠出的力跟我一樣多。

他們走遠之後，我轉過頭來對椋音問道：「妳曉不曉得他是怎麼回事？」

椋音聳聳肩，嘴角扭出一抹微笑。「他十五歲了。在這個年紀，情緒的起起伏伏難道還需要理由嗎？你別煩這個了，可能的理由多著呢：他在春季慶上碰到的女孩子沒跟他親嘴，或是跟他親了嘴；不想離開公鹿堡，或是不想回家；早上吃的香腸壞了肚子。你別管他了。他沒事的。」

我看著幸運和夜眼消失在樹林之間。「也許我記憶中的十五歲，跟妳記得的有點不同。」

椋音進屋子去了，我則過去打點她的馬，以及我們那匹叫做「酢漿草」的矮種馬，心裡則回想起當年不管我情緒是好是壞，博瑞屈總是盯著我非得打點好我自己的馬兒才能走開。但是，我對自己說道，我不是博瑞屈。我心裡納悶地想，不曉得博瑞屈管教蕁麻、小敏和駿騎的時候，是不是像他管教我那麼嚴。接著我開始責怪自己，怎麼沒跟切德問問博瑞屈另外那三個兒子叫什麼名字。馬兒還沒打點好，我就已經開始希望切德根本沒來過這裡了。他一來，使得太多塵封的往事重新浮上心頭。我下定決心把舊事擺在一旁。若是夜眼在我身旁，一定會補上一句：再怎麼有滋味，也是十五年的陳年舊骨了！我輕輕地拂過夜眼的心靈。幸運已在臉上潑過水，現在正大踏步地走進林子裡，他嘴裡喃喃自語，走路又極爲大意，看來他們兩個是不可能發現任何獵物了。我爲他們倆嘆了口氣，走回小屋子。

我進屋時，椋音已經把她鞍袋裡的東西都往餐桌上一倒，她的靴子東一隻、西一隻地倒臥在門邊，斗篷則整個鋪掛在椅子上。燒水壺裡的水剛開始滾；而椋音本人則在碗櫥前，站在凳子上張望。我一走近，她便拿一個小小的棕色瓦罐給我看。「這茶還能喝嗎？味道好像變了。」

「這茶好得很，不過我只有在頭痛欲裂的時候才會硬把這茶吞下去。下來吧。」我伸手握住她的腰，輕鬆地抱她下來，不過我把她放在地上的時候，背上的舊傷便刺痛起來。「妳坐，我來泡茶。告訴我，今年的春季慶辦得如何？」

於是她便敞開話匣子談了，而我則把那僅有的幾只杯子拿出來，把剩下的最後那條麵包切幾片下來，並將那鍋燉兔肉熱一下。我已經很習慣聽椋音講的那種公鹿堡故事了；她對唱得好或唱得差的吟遊歌者品頭論足一番，大談我認識或者不認識的貴族名流的流言軼事，並把她受邀參加的豪宴美食講得一無是處，或是稱讚得飛上了天。她講起故事來極爲巧妙，而我也隨著情節起伏，一下子大笑、一下子搖頭，絲毫沒有像我在聽切德的故事時，因爲喚醒了內心的知覺而感到百般痛苦。我想這是因爲切德講的是我倆都認識且鍾愛的人，而且都是從這個親密的角度來談衆人如何如何。我朝思暮想的並非公鹿堡本身，也非公鹿堡的都市生活，而是我孩提的時光，以及認識多年的朋友。我在過去的時光中十分安全，只是此情此景已成追憶。故人之中，只有極少數知道我還活著，然而我其實也希望如此。我只跟椋音說：「有的時候，妳的故事扯動我的心弦，使我巴不得自己就身在公鹿堡之中。不過，我是再也回不去的了。」

她皺起眉頭。「哪有什麼回不去的？」

我大聲地笑出來。「大家都以爲我死了，我就這麼現身，不是會把人嚇一大跳嗎？」

她歪著頭，坦誠地瞪著我的臉。「依我看，會認出你的人少之又少，就連你的老朋友也可能認不出你來。大家記得的，都是你青春年少的模樣。現在你鼻梁斷過，臉上又有傷疤；不說別的，光是你頭上那一撮白髮，就足以掩飾身分了。再說，以前你一身王子之子的裝束，現在是一身農夫的打扮；以前你舉手投足都帶著武人的優雅，現在嘛，呃，一到早上或天氣冷一點的時候，你的一舉一動就像上了年紀的人那般小心。」椋音一邊遺憾地搖著頭，一邊又補上一句：「你一直都不在意外表，而歲月對你也很無情。如果你把自己的年紀添個五歲、十歲，也沒人會多問一句。」

情人這番赤裸裸的剖析，刺傷了我的心。「這個嘛，我以前倒沒想到這一點。」我挖苦地答道，將燒水壺從火爐裡拿出來，以避免此時與她四目相接。

但她卻誤解了我的語調和話裡的意思。「是啊。另外再加上一點：人們眼裡所見的，乃是他們期待自己會看到的東西；而既然大家都沒想到你還活著……我想你可以賭賭看。這麼說來，你考慮要回公鹿堡去？」

「不。」我自己也知道這樣回答太過簡短，但實在想不出後面可以補什麼話。不過椋音好像不以爲意。

「太可惜了。像你這樣孤零零地住在這裡，錯過的繁華勝景可多著呢。」接著她立刻就談起春季慶舞會上的軼事，而我雖然心情沉重，卻還是得強打著歡笑，聽她講述一名年僅十六歲的少女仰慕者，如何向切德求舞的點點滴滴。她說得一點也沒錯。我的確巴不得自己就在現場。

我手邊在準備吃的，心裡卻因爲這一趟路有可能成行而更煎熬。要是我真能回到公鹿堡去晉見珂翠肯王后，那會如何？要是我回到莫莉身邊，與我們的女兒相聚，那會如何？我早就想過結果了；無論我再怎麼矯飾，下場都不堪設想！大家都相信我早已因爲施展原智而被處死，所以我如果活生生地出現在公鹿堡的眾人面前，那麼即使珂翠肯多年來努力地將全國凝聚在一起，這塊土地仍不免分裂。國內必有黨派會主張我即位，因爲我雖是私生子，卻是不折不扣的瞻遠王室血脈，而珂翠肯只是靠著婚姻關係來掌權而已；然而另外那個人多勢大的黨派，則會堅決主張將我處決，而且一定要執行得很徹底。

還有，要是我與莫莉和女兒相聚，並將她們納爲己有，那又如何？我看這點倒是做得到，如果我誰都不在乎，只關心我自己的話。莫莉和博瑞屈之所以把我放開，是因爲他們以爲我死了。莫莉是我的妻子，只是有實無名；博瑞屈一手將我撫養長大，對我亦父亦友；如今他倆已結爲夫妻。博瑞屈確保莫莉衣食無虞，不受風吹雨打，好讓我的孩子安然地在她肚子裡成長，而且他親手爲我的私生女接生。他們一起保護蕁麻，不讓她受到帝尊的手下人所害。博瑞屈將這對母女當成自己的家人一般，他不只保護她們，而是眞正鍾愛她們。我是可以回到莫莉與蕁麻身邊，使她們將自己看作是無情無義之人；我是可以讓她們恥於將博瑞屈當作是丈夫或父親。博瑞屈一定會讓莫莉與蕁麻與我相聚；他這個人毫無幽默感，所以他除此之外，再無別的路可走。然而果眞至此，那麼我會天天納悶，她是不是把我拿來跟博瑞屈做比較，她與博瑞屈之間的愛，是不是比她與我之間的愛更加強烈、更加眞誠、更加……

「湯都燒焦了。」椋音不耐地指出。

湯眞的焦了。我舀了表面的湯，並坐下來跟椋音一起吃。我把過去的一切，不管是眞實，或是自己胡思亂想的東西都抛到腦後。光是椋音一個人，就夠我忙的了。我們跟往常一樣，她講故事，我當聽衆。她滔滔不絕地講起一名初出茅廬的吟遊歌者的事情：這人不但把椋音編的歌隨便改了一兩句就膽敢在春季慶上獻唱，而且還大言不慚地宣稱這歌曲乃是自己所作。她一邊講，一邊揮著麵包比著手勢，使盡渾身解數要讓我融入故事裡，不過我記憶裡的其他公鹿堡故事卻不停地打斷我的思緒。選擇這種單純的生活方式是爲了我自己好；難道我已經對這種生活不滿足了嗎？多年來，我覺得光是有那孩子和夜眼跟我在一起就夠了，現在我是哪裡不對勁？

想著想著，我的思緒又跳到別的地方。幸運上哪兒去了？我給我們三人泡了茶，食物也分成三人份。幸運這孩子，每辦了什麼任務或是出門一趟回來，總是狼吞虎嚥一頓；而現在他竟然心情壞到連飯也不回來吃了，眞令人擔心。我發現椋音講話的時候，我的眼神不時飄到那碗沒人動的燉肉湯上，而且最後被她逮個正著。

「你擔心個什麼勁呀！」椋音說道，口氣有點不高興。「他是男孩子，男孩子哪一個不是成天氣嘟嘟的？等他餓夠了，就會回來吃。」

我以原智向夜眼探求，夜眼的思緒則回應道：這傢伙不是餓夠了回去吃，就是把肥美的好魚烤到焦掉。他們到溪邊去了。幸運用樹枝削成的臨時魚叉叉魚，而老狼則是乾脆衝到水裡叼魚。魚來得多的時候，夜眼把頭潛到溪水裡、大口地咬上一條魚來，倒也不是難事。牠泡冷水泡得關節痠痛，不過待會兒那孩子生的火，就會讓牠烘得暖暖的。他們很好。別擔心。

這句話無濟於事，不過我還是假裝領受了。我們吃過之後，我收拾碗盤，洗了乾淨，此時天色已經轉暗，椋音坐在火爐前，拿起她的豎琴，隨意撥奏，然後跳動的音符化為一首講磨坊人家女兒的老歌。雜務打點好之後，我給我們一人倒了一杯沙緣白蘭地，也在火爐前坐下來；我坐在椅子上，不過她坐在火爐前的地上。她和著琴聲唱歌的時候，頭就靠在我的腿上。我看著她那撥動琴弦的手，注意到她斷過的手指頭有點彎曲，彷彿在對我發出警告。一曲既畢，我低下頭吻她。她把豎琴放在一邊，熱烈地回應我。

接著她站起來，又拉著我的手要我起身。我尾隨她走進我的臥室時，她有感而發地說道：「你今天晚上悶悶的。」

我隨便應了一聲，當作是承認。我若是跟她說，早先她講的那一番話，大大地傷了我的心，則不免顯得自憐且幼稚。難道我希望她跟我謊稱說我仍然既青春又英俊嗎？我顯然跟那種形象差遠了。時光畢竟在我身上留下了痕跡。事情就是這樣，沒什麼好意外的。即使如此，椋音仍會回到我身邊。這麼多年來，她總是會回到我身邊、回到我床上；這總算數吧？

「你是不是有什麼話要告訴我？」椋音敦促道。

「等一下再說。」我對她說道。過去的時光掐住了我，但我掙開那貪婪的指頭，決心要好好享受當下。這個人生也不錯呀；簡單、澄淨、沒有衝突。我一直都夢想著要過這種生活，不是嗎？我不是一直都希望，我自己的人生能由我自己來決定嗎？而且我並不孤單，真的。我有夜眼，有幸運，還有椋音——當她回到我身邊的時候。我解下她的背心，再解下她的襯衫，讓她酥胸畢露，而她也解下我的襯衫。她緊緊擁住我，春情大發，而且一點也不害臊地在我身上摩擦。這件事也很單純，而且甜蜜無比。剛填了新鮮青草和藥草的床墊，既厚實又芳香，我倆在其上翻滾著。在那一時之間，我什麼也不想，因爲我要讓我們兩個都體會到，儘管外貌衰老，我卻仍是個年輕人。

過了一會兒之後，我開始在睡夢的邊疆地帶遊走。就我而言，在將醒未醒之際所得到的休息，有時候還比在眞正的睡眠中所得到的休息更多。心靈遊走在將醒未醒之際的朦朧地帶，並找到既被日光所掩蓋，也被睡夢所遮蔽的眞相。還沒準備要讓人知道的事情，往往就待在這個區域，等著讓毫無防備的心靈來發掘。

我醒了。我睜開眼睛，審視著這黑暗房間的種種細節，然後才發現自己的睡意已經全消。椋音的手橫在我的胸膛上；她已在熟睡之際，將我倆身上的被子都踢開了。黑夜罩住了她毫不在意地裸露出來的胴體，將她籠在陰影之內。我一動也不動地躺著，聽著她的呼吸聲，聞著她的汗味與香水混合的特殊氣味，並納悶自己爲何驚醒。我心裡毫無頭緒，但是卻再也睡不著。我從椋音的手臂下滑出來，站在床邊，然後在黑暗中摸索我那隨手亂丟的襯衫和長褲。

客廳火爐裡的木炭散發出溫呑的亮光，但是我並沒在客廳久留。我打開門，赤腳踏入溫和的春夜之中。我文風不動地站了好一會兒，好讓眼睛適應外面的光線，然後走出小屋，經過花圃，朝著小溪而去。我腳下的小徑是冰冷的硬土，老早因爲我天天去打水而踏得嚴實。小徑旁的樹木，枝葉茂密得交織在一起，再說今天沒有月亮，所以格外陰暗；然而除了眼睛之外，我的腳和我的鼻子也都認識路。況且我只要循著原智的指引，就能一路走到夜眼身邊。不久我便發現溪邊有個明滅不定的火堆，並聞到烤魚那滯留不去的香味。

他倆睡在火邊，夜眼是鼻子貼尾巴地蜷著睡，而幸運則緊貼著夜眼睡，手臂還摟著牠的脖子。我走近的時候，夜眼睜開眼睛，但並未挪動。不是跟你說了嗎，你別擔心。

我不是擔心，只是來看一看。幸運在火旁留了些樹枝；我把那些樹枝加到火堆裡去，然後坐下來。火舌慢慢地舔上新枝，散發出光亮與暖意。我知道那孩子已經醒了；人不可能跟著野狼長大，還毫不沾染上一點野狼習性的。我等他開口。

「我不是氣你。至少不是單氣你一人。」

我並未看著幸運；就連他說話時，我也不看他。有些事情，還是在黑暗中說比較好。我靜靜等待。沉默代表了一切的疑問，而開口卻難免問錯問題。

「我非問你問個明白不可。」幸運突然衝口說道。一想到他要問的問題，我的心便往下沉。我內心深處一直很怕幸運問起我的事情。我心思紛雜；我不該讓他去看春季慶的。如果把幸運留在家裡，我的祕密就永遠不會有外洩之虞了。

但是他問的卻不是這個問題。

「你知道椋音結婚了嗎？」

一聞此言，我轉頭看著他；而我的臉色大概已經將我的答案表露無遺了。幸運同情地閉上眼睛。「對不起。」他默默地說道。「我早該知道你不曉得的。我應該講得婉轉一點的。」

擁有一個會因爲渴望與我在一起，而不時投懷送抱的女人，是一種單純的喜悅。然而這種感覺，以及待在火邊聽她唱歌講故事的甜蜜夜晚、那一對烏黑的大眼睛深情款款地望著我的樣子，都在轉瞬之間變成罪惡、欺騙與不可告人的私密。我實在笨得可以，這蠢性竟一點也沒變。不，是比以前更蠢，因爲發生在男孩子身上，只能說是容易上當，發生在成年人身上，那就是低能。結婚了。椋音結婚了。以前她認爲沒人會娶她，因爲她不孕；她曾經跟我說，她得靠唱歌賺點生計，因爲等到她老了的時候，可沒男人照顧她，也沒孩子供養她。當她跟我講這些話的時候，可能連她自己都相信事實的確如此吧。我實在太笨，竟以爲眞相永遠不會改變。

夜眼已經起身，並僵硬地伸展四肢。現在牠走過來，躺在我的身邊。牠把頭靠在我的膝蓋上。*怎麼搞的，你是病啦？*

不是，只是太笨。

啊。我還以爲是什麼新鮮事。這個嘛，橫豎你到目前爲止，還沒有因爲笨而喪命嘛。

*但是有的時候，已經離喪命不遠了。*我吸了一口氣。「怎麼回事，都告訴我。」其實我並不想聽，但是我知道非得讓幸運把話講出來不可。長痛不如短痛。

幸運嘆了口氣，坐到夜眼的另外一邊。他從地上拾起一根小樹枝撥弄著火。「我看她不是刻意要讓我發現的。她丈夫不住在公鹿堡；他從外地來跟椋音一起過春季慶，是爲了要給她意外的驚喜。」那小樹枝在幸運講話的時候著了火；他趕快將那樹枝丟入火中，然後心不在焉地撫著夜眼的毛。

我心裡想像，那人大概是個老實的農夫，他跟前妻生的孩子，說不定都成年了，而他娶了吟遊歌者爲妻，爲的是要在寧靜的晚年有個伴侶。而從他會特別到公鹿堡走一趟、以便給椋音一個驚喜來看，他應該是愛著她的。春季慶在傳統上一直是戀人團聚的大節日，無論老少的戀人都一樣。

「他名叫德溫。」幸運繼續說道。「是晉責王子的什麼親戚。遠房表親之類的。他個子很高，總是穿得非常體面。他穿的那件斗篷，足足比尋常人穿的寬了兩倍，領口還鑲了毛皮，而且左右手腕上都戴了銀鐲。他不但高，也很強壯。他在春季慶的舞會上，把椋音高高舉起、抱著她轉圈子，所有人都退到一邊看他們跳舞。」幸運說著，一邊看著我的臉；我那一臉的苦悶樣，似乎讓他放心不少。「我早該知道你被蒙在鼓裡。我敢說你一定不會給體面的人戴綠帽子。」

「我不會給任何人戴綠帽子。」我掙扎地說了一句。「我不會明知不可爲而爲之。」

幸運嘆了口氣，聽來他是輕鬆多了。「是啊，你就是這麼教我的。」這孩子稚氣未減，一下子就把念頭轉到事情對他有什麼影響這上頭去了。「我看到他們親嘴的時候，只覺得很氣；除了你跟椋音之外，我從沒看過別人那樣親嘴的。我想她是背著你另有情人吧，但後來那人自稱是椋音的丈夫……」幸運歪著頭看我。「我眞的很氣。我心想，一定是你知情但是不在乎；說不定這麼多年來，你嘴上這麼教我，實際上卻不理會這些。我心裡納悶你是不是把我當作傻子，認爲我永遠也不會發現，說不定你跟椋音還私下取笑我怎麼笨成這樣。我心裡越想越多，連你教我的別的事情，也一併懷疑起來。」他轉頭望著火堆。「那個感覺好恐怖，覺得徹底被人擺了一道。」

幸好幸運用這個角度來理解這件事。讓他去思考這對他自己有何意義，可比讓他去揣想我心裡受的傷有多深好太多了。任由他的思緒隨意發展吧，而我自己的思緒則恰好跟他反其道而行，不但如此，還活像是剛從倉庫裡拖出來、上了油，準備春天使用的老舊馬車，走起來吱嘎吱嘎地響。我抗拒著不願讓輪子轉動，因爲若是繼續走下去，便會抵達那個無可避免的結論。椋音結婚了。是呀，她爲何不結婚？結婚對她有百利而無一害。那個體面的大人物一定有個舒適的家，也必然有個芝麻綠豆大的頭銜，所以對椋音而言，晚年的財富與安全感都有了；而他呢，則是娶到迷人的太太，名聞遐邇的吟遊歌者，他大可以沉浸在她的榮耀之中，享受其他男人的嫉妒。

而當椋音對那男人感到厭倦時，她可以以吟遊歌者的身分雲遊四方，順便跟我縱情享樂一番；而且這兩個男人都不會察覺到異狀。兩個男人？我可以假定她只有兩個男人嗎？

「依你看，她是只跟你一人偷情嗎？」

這幸運，講起話來口無遮攔。我納悶他是不是在回程中，就拿這問題去問過椋音了。

「我從沒想過。」我坦承道。有些事情多想無益。我似乎早就領會到椋音除了我之外還有別的男人。她是吟遊歌者；吟遊歌者難免四處風流。所以我就用這個理由來給自己開脫，並間接爲幸運開脫。她從來不談，我也從來不問，所以她其他的那些情人都是假設性的存在，沒有臉，也沒有身體。不過，我從沒想到她已成婚；椋音將自己許給丈夫，而那丈夫亦將自己許給椋音。對我而言，這可是大不相同。

「你以後要怎麼辦？」

很好的問題。我左閃右避地，就是不想去考慮這個問題。「我也不知道。」我扯謊道。

「椋音說我多管閒事；她說，不講出來對大家都好。她說，我若是告訴你，就是殘忍狠心，而且受害的不是她，而是你。她說她一直小心地不讓你受傷害，因爲你這輩子受的苦已經夠多了。當我跟她說，你有權知道事實的時候，她跟我說，你更有權不受傷害。」

椋音眞是能言善道，她這番話恐怕是講得幸運無地自容了。此時幸運那一對左右不同色的眼睛，彷彿獵犬般忠誠地直視著我，等待我論斷他的作爲。我老實地對幸運說：「我寧可聽你告訴我眞相，也不願你眼睜睜地看我受騙。」

「那我有沒有傷害到你？」

我慢慢地搖頭。「是我傷了我自己，孩子。」的確如此。我沒當過吟遊歌者，我無權評斷吟遊歌者的行徑。我想，那些靠指頭和舌頭來營生的人，內心大概比常人更冷酷吧。俗語說：「與其要指望吟遊歌者忠實誠懇，還不如指望豺狼虎豹變得和善慈祥比較快。」不曉得椋音的丈夫有沒有注意到這句話。

「我本以為你聽了會暴跳如雷。椋音警告我說，你可能會氣得動手揍她。」

「這話你也信？」我聽了心裡又是一刺。

他迅速地吸了一口氣，遲疑了一下，然後一股勁地把話說完。「你脾氣不好，而且我從沒跟你說過可能會傷到你的話；我是說，我從沒跟你說過可能會讓你覺得自己很笨的話。」

這孩子想得很深，我還沒料到他會想這麼深。「我是很氣沒錯，幸運，不過我是氣我自己。」

幸運望向火堆。「我覺得自己很自私，因為我現在心情比較好了。」

「你心情好了就好；現在我們之間沒芥蒂了吧？好啦，把這些事情擱到一邊，跟我講講春季慶的事情吧。你覺得公鹿堡城如何？」

於是幸運便源源不絕地說了起來。他是以少年的眼光來看公鹿堡和春季慶的，而我在聽他談起的時候，意會在我離開之後，無論公鹿堡的城堡和城裡，皆已風貌大變。從幸運的描述中，我知道公鹿堡鎮不斷擴張，房子甚至從公鹿堡城上空的懸崖伸出來，靠著支架懸空挺立。幸運提到水上旅館與水上商場，又提到遠從繽城或繽城之外，以及從外島而來的商人。公鹿堡城身為貿易大港的地位已經大幅提升了。幸運談起公鹿堡大廳的裝潢擺飾，又描述他以椋音之客的身分所住的房間的布置，聽起來是公鹿堡裡也變得與以往大不相同了。他講到公鹿堡裡處處有地毯與噴泉，每一面牆上都有華美的掛飾壁畫，又有鋪著繡墩的椅子，和閃閃發亮的水晶吊燈。凡此種種，並不會讓我聯想起我一度稱之為家的那個光禿禿的堡壘，反而會讓我想起帝尊在商業灘的那個豪華莊園。據我猜想，在這方面，切德的影響力恐怕不亞於珂翠肯。那老刺客不但注重舒適，還很講究精緻。然而我既然都已經立誓永遠不回公鹿堡了，那麼在聽到記憶中的那個黑岩蓋成的森嚴堡壘，再也不復存在的時候，怎麼還覺得這麼驚訝呢？

幸運還講了許多往返公鹿堡的路程上的軼事見聞；其中有個故事讓我打了個冷顫。「我們待在『哈定岬』那一天，我差點嚇死了。」幸運開始說道，不過我卻不記得這個村莊的名字。我多少聽說過，在紅船劫匪鬧事的那幾年逃離海岸地帶的人，往往在返鄉後建立新的村落，然而新的村落不見得是從舊居的廢墟中蓋起來的。說不定我最後一次路經此地的時候，這個「哈定岬」不過是路邊一處比較開闊的地方而已。幸運講話的時候，眼睛睜得大大的，所以我知道他一時之間，已經把椋音騙人的事情都拋在腦後了。

「那是在我們去春季慶的路上發生的事。我們在哈定岬的小旅館過夜；椋音唱了幾首歌，換來了晚飯和住宿，而且那裡的人對我們都很客氣，講話也很得體，所以我還以為哈定岬是個非常優雅的地方。椋音唱完了歌，我們還待在大堂裡。我聽到有人憤怒地講到一名原智者，說那人施了法術讓乳牛不出乳，而且被人逮到了；不過我倒沒怎麼注意就是了，聽起來只不過是有人喝多了酒、話講得大聲，如此而已。旅館的人為我們安排樓上的房間。我早上醒得早，比椋音早得多，不過再也睡不著，所以我坐在窗邊，俯瞰著街上來來往往的人。外頭的廣場上開始聚了一群人，我以為是個市集或是春慶之類的，但是接下來他們把一名全身瘀青流血的女人拖到廣場上。他們把那女人綁在鞭笞柱上，我看他們是要用鞭子抽她了。然後我注意到不少圍觀的人帶了一籃石頭來看熱鬧。我把椋音叫醒，問她這是怎麼回事，不過她叫我不得出聲，她說這事我們一點也幫不上忙。她叫我離窗子遠一點，但是我沒走開。我無法走開。我眞不敢相信會發生這種事。我一直在想，等一下就會有人出來阻止這件事。湯姆，那女人就那樣子可憐兮兮地被綁在柱子上。有個男人走上前去，攤開卷軸，唸了一段字；然後他退開去，而圍觀的人就開始用石頭扔那女人。」

幸運停下話來。一般村子裡，對於偷馬賊和殺人犯處罰得很重，這他是知道的；鞭笞和絞刑是什麼情況，他也聽說過，不過他從未親眼目睹。我倆都沒說話。我背脊起了一股冷意。夜眼哀鳴了一聲；我伸手去摸摸牠。

你也可能碰上這種事情。

我知道。

幸運深吸了一口氣。「我心裡想，我應該下樓去，總要有人仗義執言吧，但是我實在是怕得走不動。這麼害怕讓我覺得很羞恥，但是我實在動不了。我什麼也沒做，只站在那裡看著那些人拿石頭去砸她，而那女人就只能盡量用手臂掩住頭。我覺得好難過。然後我聽到一種我從沒聽過的聲音，彷彿一條河破空而來的聲音。早晨的天空一下子暗了下去，就像是暴風雨將至那樣，可是鎮上卻沒有風。原來那是烏鴉呀，湯姆，一大群黑壓壓的鳥飛來；這些鳥呱呱叫著，就像鳥兒發現附近有鷹隼的反應那樣——只是這次鳥群並非衝著鷹隼而來。我從沒看過這種場面。那些鳥從鎮外的山丘裡飛來，彷彿在曬衣繩上飄搖的黑毯子似的，把天空都遮掉了；然後這些呱呱大叫的鳥突然俯衝到群眾身上。我看到有一隻鳥停在一個女人的頭髮上，用鳥喙去啄那女人的眼睛。人們四散奔逃，一邊尖聲大叫，一邊揮手趕鳥。有個車隊，拉車的馬在驚嚇之餘，竟拖著車子去衝撞人群。每個人都在尖叫。就連椋音也起身趕到窗邊來看。不久後，人都散去，街上除了鳥之外，什麼都沒有。鳥停在屋頂上、窗台上，還停在樹上——而且數量多到樹枝都重得垂了下來。那個被綁在鞭笞柱上的女人，就是那個原智者，也不見了；只剩下染血的繩子還留在那裡，纏在柱子上。接著鳥群突然在一瞬間飛起，通通飛走了。」幸運的聲音低了下來。「過後店主人說，他相信那女人一定是化身爲鳥，跟著鳥群飛走了。」

我告訴自己，以後再找機會跟幸運說吧。我會跟他說，店主人只是胡亂猜測，那女人也許召集了鳥群來幫助她自己逃跑，但是一個人就算通曉原智，也無法變身。我會跟他說，他沒下樓去並不算是懦夫，因為即使他去了，也勸阻不了人，只是徒然讓群衆在對付那女人時，一併拿石頭砸他罷了。他講的這個故事，就像是染了劇毒的傷口那樣，傳來陣陣的刺痛。最好就讓毒液發散出來。

我重新把注意力放在幸運的話上。「……他們自稱為『原血者』。旅館的店主人說，原血者自視甚高，而且開始想要掌權，就像當年花斑點王子那樣。不過原血者一旦得逞，就會對我們所有人進行報復，而且不會原智魔法的人，通通會變成原智者的奴僕；誰要是膽敢反抗，就拿去餵給原智者的動物吃。」此時幸運的聲音微弱得像是呻吟。他清了清喉嚨。「椋音跟我說，那都是胡說八道，原智者才不是那樣的人。她說，大部分的原智者只希望別人放過他們，好讓他們平靜地過生活。」

我也清了清喉嚨。我竟突然對椋音十分感激，連我都覺得驚訝。「這個嘛，她是吟遊歌者。吟遊歌者見多識廣，你相信她就沒錯。」

這事情勾起我許多思潮，以致幸運講的其他故事，我幾乎都沒聽進去。他聽到一些誇張的傳聞，指出繽城的人在孵龍蛋，而且再過不久，你就可以買隻繽城的龍回家，當作是賞玩的動物。我跟幸運保證說，我見過眞正的龍，所以這種傳聞根本就不可信。比較可靠的消息，是有人謠傳繽城與恰斯國的戰火，可能會蔓延到六大公國。

「我們這裡會打仗嗎？」幸運急欲知道。他年紀還小，對於我們與紅船劫匪之間的戰爭，只有模糊且可怕的記憶；不過他是男孩子，所以在他眼中，戰爭似乎跟春季慶之類的慶典一樣有趣。

「『我們跟恰斯國的仗是一定會打，只是時間早或晚而已』。」我引述這句古老的諺語給幸運聽。「就算我們沒跟恰斯國打起來，也總是會發生小規模的邊境衝突，以及紛擾的劫掠搶奪事件。不過你別擔心；如果有事的話，修克斯公國和瑞本公國首當其衝，而修克斯公國還巴不得有機會把恰斯大公國的領地給削下一大塊來。」

於是話題便轉到比較安全，也比較平淡乏味的春季慶見聞上去了。幸運談起玩雜耍的人，拿著三、五枝火把或是刀刃，輪流地用兩手丟接；又提起他看過一場淫穢的木偶戲裡的哪幾個笑話最絕；然後講到他跟一名長得很漂亮、名字叫做吉娜的鄉野女巫，買了個護符以防扒手，而且邀請她哪天到我們這裡來作客。當幸運說到那護符不到一個鐘頭就被小偷扒走，我忍不住大笑。他吃了醬料醃製的魚，而且很喜歡這種口味，只是有天晚上他喝了太多葡萄酒，結果把魚都吐了出來，所以他發誓以後再也不敢吃醃魚了。我讓他不停地講，而他很高興終於能把公鹿堡之旅的趣事講給我聽，我聽得也高興。不過，他講的每一個故事，都明白地告訴我，我這單純的生活已經不再適合幸運；我該幫他找個師傅，學點好手藝，以便開創自己的前程了。

霎時間，我覺得自己彷彿面臨無底深淵。我必須送幸運出去，讓他去跟師傅學點眞正的營生，此外，我也必須把椋音推出去。我心裡明白得很：如果我不讓她上我的床，那麼她就再也不會以朋友的身分駕臨我寒傖的小屋了；而過去幾年來我倆單純相伴之樂也就隨之消失。幸運還在繼續說著，他的聲音彷彿柔柔細雨般地落在我身旁。我一定會很想念這孩子的。

狼的頭擱在我膝蓋上，暖暖的，重重的，牠定定地望著火光。你曾經有過夢想，希望只要你我相伴就好。

既有了以原智牽繫的伴侶，就很難保有爲了不傷對方的心而撒個小謊的空間。我以前從未想到，我會渴望與我族類爲伍。我坦承道。

牠那深邃的眼裡閃過一抹亮光。我們這個族類裡，只有你與我，再沒有別人。而就是因爲這個緣故，所以我們企求與他人建立關係的時候，才會一直都困難重重。世上的生物，是狼的就是狼，是人的就是人；然而不管是狼還是人，皆非我們的族類。就連那些自稱爲原血者的，也沒有如你我羈絆得如此之深的。

我知道牠說的句句實言。我把手放在牠那寬廣的頭顱上，以指頭輕柔地撫摸著牠的耳朵。我什麼也不去想。

但是夜眼可不想這樣就放過。改變者，改變已再度來臨。它剛從地平線上浮現，我不但感覺得到，甚至還聞得出來。這次的改變，彷彿闖入我們地盤的大型掠食動物似的。你沒感覺出來嗎？

我什麼感覺也沒有。

但是牠知道我在說謊。牠沉重地嘆了一口氣。

3

分手

「原智」是一種卑鄙的魔法，所以受影響的幾乎總是不潔家庭的孩童。雖然原智往往是因爲與野獸狎暱而起，但除此之外，這種低等的法術還有其他來源。明智的父母親絕不會允許自己的孩子與未斷乳的小狗或小貓玩耍，也絕不會讓子女在野獸入眠處睡覺。

孩童入眠時，心智最無力抵抗野獸眠夢的入侵，於是造成孩童以動物之語，做爲自己心靈之語。有些家庭由於不潔的習性，往往一連數代，都受到此等污穢魔法的侵凌，但是也有最佳血統的家庭中，突然出現原智孩童的情事。爲人父母者遇此，則必須爲全家族的孩童著想，而硬起心腸，做必要之措施；此外亦應該檢視，孩童是否因爲侍僕之中有人惡習未改，或行事草率而導致孩童染此穢症，並一併處理此等惡僕。

——沙寇金所著之《疾病與病源》

清晨的鳥鳴即將開始之前，幸運便又睡著了。我坐在火邊陪了他一會，怔怔地望著他。焦慮已經從他臉上退去。幸運這孩子，既鎮定又單純，從不以內心衝突爲樂。他跟我講了椋音的事情之後，心裡便復歸於平靜，我也爲他高興；至於我自己，如果要歸於平靜，恐怕還有一段崎嶇的路要走。

我讓幸運在將熄的火堆與晨曦中安睡。「幫我看著他。」我對夜眼說道。我可以感受到狼兒臀部的痛楚，正與我背後的刺痛互相呼應。無論於牠或是我，都已經承受不住開闊地方的夜露了。不過我還是寧可躺在冰冷潮溼的地上，也不願回到小屋去面對椋音。但是長痛不如短痛，我對自己說道。於是我像個耄耋的老人家一般，遲緩小心地走回小屋去。

我先在雞舍前停留。我這群雞已經醒了，正到處啄食；唯一的公雞飛到補過的屋頂上，先拍翅膀拍一、兩下，然後才宏亮地高啼。早上了。是啊。我就怕早晨的來臨。

回到小屋裡，我把火燒得旺些，然後將蛋放進去水裡煮。我拿出最後一條麵包、切德帶來的乳酪以及藥草茶的茶葉。椋音一向晚起，所以我有很多時間，可以考慮什麼話該說，什麼話不該說。我開始整理房間——其實也就是把椋音亂丟的東西收拾一下，心裡則飄回我們相伴這些年來的記憶。我們認識已經超過十年了。不，我對自己說道，是我自以爲認識她十年了。然後我不禁痛責自己爲騙子。我的確認識她啊。我把她隨手一扔的斗篷從椅子上拿起來，那上好的羊毛料子，留住了她的香味。這算是極品了，我對自己說道，她的丈夫可都是以極品來供養她。這事最糟糕的就是，我並沒有因爲椋音的所作所爲而感到驚訝。我覺得該羞恥的是我自己，因爲我竟沒有預見到結果。

公鹿的光復之後的那幾年間，我周遊世界各地，不曾與我在公鹿堡結識的任何一人聯絡。對我而言，我那身爲瞻遠家族的一份子：駿騎王子的私生子，以及切德的刺客學徒的身分，已經死了。我變成湯姆・獾毛，而且全心全意地迎接我的新人生。我四處旅行，而我的決定只有自己跟狼知道；這是我夢想許久的生活。我終於在心中找到些許的寧靜。我並非不想念我所鍾愛，且遠在公鹿堡的那些人。我想念得緊。不過在想念他們的同時，也發現到我過去所不曾有過的自由。飢餓的人可能渴望著熱騰騰的肉食和肉湯，但這並無損於眼前吃麵包配乳酪的單純樂趣。我給自己安排了新生活，就算這個新生活中，缺乏我在舊生活中感到甜美的事情，但我至少能在新生活中，享受到在舊生活中無緣體會的單純喜悅。我一直都很滿足。

然後，我在冶煉鎮廢墟附近的小屋定居了一年之後，某個多霧的早晨，夜眼和我打完獵回來時，發現生活的變化正待在草叢裡等著我們。我揹著的那隻一歲的野鹿，對我的肩膀而言是沉重的負擔，重到會使我的舊箭傷痠疼刺痛。我心裡估量著，在熱水裡好好泡一泡的舒適感，能不能抵得過搬運數大桶水的疼痛，與努力把水燒熱的工夫；正當此時，我聽到馬蹄打在石頭上的聲音。那聲音錯不了。我把我們的獵物輕輕放下來，靜悄悄地與夜眼欺近小屋。四下無人，只有一匹馬鞍尚未卸下的馬兒，繫在我的門邊。騎馬的人很可能進到我們家裡了。那馬兒在我偷偷地挨近時擺了擺耳朵；牠知道我的接近，卻不知道自己該不該警覺。

你先別過來，兄弟。那馬兒一聞到狼的味道就會嘶叫。如果我動作輕一點，也許能在那馬兒示警之前，就湊近到能看出屋裡是什麼光景。

霧氣籠罩在我倆身上，夜眼退回灰濛濛的煙霧之中，我則繞到屋後，摸到牆邊。我聽到屋裡有外人。是小偷嗎？我聽到陶杯輕碰和倒水的聲音；接著一個悶聲，是在往我的爐火裡加柴。我困惑得眉頭糾結在一起。不管這人是誰，他倒把自己打點得舒舒服服的。過了一會兒，我聽到歌聲，唱著一首古老的歌曲，於是我的心情一下子由谷底翻升上揚。即使過了這麼多年，我還是認得出椋音的聲音。

*那嚎叫的母狗。*夜眼也確認了我的想法。牠聞到椋音的味道了。夜眼對那吟遊歌者的看法，總是使我畏縮且尷尬。

我先進去。雖然知道屋裡人是誰，但是我走進自己家門時仍很提防。這絕非偶然。她必是一路追蹤我才找得到這裡來。她爲何而來？她對我有何企圖？

「椋音。」我邊招呼著邊開門。她轉過身來面對著我，手裡拿著茶壺，眼光迅速地在我身上搜尋，然後正眼瞧著我，開心地叫道：「蜚滋！」她朝著我衝過來，抱住了我；過了一會兒，我也伸出手臂環住她。她抱我抱得十分緊。她與公鹿堡的大多數女子一樣，個子小，黑髮黑眼，不過摟我的力道卻很強勁。

「喂。」我一邊遲疑地出了個聲音，一邊低頭看著她的頭頂。

她抬起頭望著我。「喂？」她不可置信地反問我；看到我的表情時，笑得花枝亂顫。「什麼，喂？」她傾身走開，把茶壺放在桌上；然後將手伸得高高地，捧住我的臉，把我拉下來讓她親吻。我才剛從溼冷的地方進來，一下子被她溫暖的嘴唇封口，其衝擊之大，實在不亞於我臂彎裡多了個女人的訝異程度。她緊貼著我，而對我而言，那感覺彷彿生機重現。她的香味令我陶醉。我全身發燙，心跳加速。我掙脫她的吻。「椋音。」我開口說道。

「不。」她堅定地說道，朝我背後看了一眼，然後牽著我兩隻手，將我拉進大房間旁的睡覺小隔間。我踉蹌地跟在她身後，因爲意外的驚喜而迷醉。她在我床邊停下，解開自己的襯衫；當我呆呆地望著她的時候，她不禁大笑，接著伸手過來解開我褲子的繫帶。「現在別說話。」椋音告誡道，她牽著我發抖的手，將之放在她裸露的乳房上。

就在此時，夜眼頂開了門，走進小屋。寒冷的霧氣倏地溜進溫暖的房間。牠盯著我倆好一會，然後開始將毛皮上的霧氣抖掉。這次換成椋音不知所措地呆住。「狼。我差點就忘了……你還把那狼留在身邊？」

「我們當然還在一起。」我開始把自己的手從她身上移開，但是她抓住我的手，繼續壓在原處。「其實……我也不在意。」她似乎有點兒不自在。「不過牠一定要……待在那裡嗎？」

夜眼再度抖毛。牠看看椋音，又看看別處。這屋裡的寒氣，不只來自於敞開的大門。如果我等你的話，鹿肉一定會變得又冷又硬。

那就不要等。我提議道，同時心裡覺得刺痛。

夜眼又回到外頭的霧氣中。我感覺到牠閉上心房，不對我開放。是出於嫉妒呢，還是出於禮貌？我心裡納悶道。我走過大房間，關上門，站在門邊不動；夜眼的反應令我困擾。椋音伸手從背後抱住我，而當我回身時，發現她已經一絲不掛地等待了。我並未決定自己要或不要。我倆之間的結合，彷彿夜色籠上大地一般地無須多想。

回想起來，我不禁納悶椋音是不是有所預謀。也許不是她有預謀。她看待我的人生的態度，只怕跟她隨手在路邊採著野莓子吃的心情差不多。路邊既有莓子，而且又甜，那何不摘下來享用？我們已經變成不宣示愛情的情侶，彷彿我們的溫存是無可避免的結果似的。我愛她嗎？即使如今，她已在我人生中來來去去多年了，我是否愛她呢？

回想這些事情，就跟收拾切德帶來給我的那幾樣舊人生中的紀念品時的心情一樣古怪。這些想法，曾經在我人生中佔有至高無上的地位。關於愛情、榮譽感與職責的問題……我愛莫莉；莫莉愛我嗎？我對她的愛，是不是比我對吾王的愛更多？還有，莫莉是不是比我的職責更重要？年輕的時候，這些問題讓我想破了頭，但是跟椋音在一起，我卻從不曾捫心自問，而且一直到現在才想起這些事情。

然而即使如此，答案卻仍跟以往自問這些難題時一樣地難以捉摸。我愛她，然而這並非針對精挑細選來分享自己人生的理想對象的愛，而是對於熟悉的存在對象的愛。失去了她，彷彿是房間裡少了個火爐，怎麼都不對勁。我已經開始倚賴她那時來時去的溫暖。我知道我得告訴她，我不能像以前那樣繼續下去了；然而一思及此，我便想起療者把箭頭從我背上挖出來時，我箝著自己的靈魂隱忍劇痛，以及分秒的時間好像怎麼都走不完的可怕回憶。而我現在就感覺到同樣的痛楚即將降臨。

我聽到我的床上有窸窣的聲音。椋音醒了，她的腳步輕輕地落在我身後的地板上。我把開水倒在茶葉上的時候，並沒有轉頭去看她。我突然變得無法正視她的眼睛。然而她並未走過來，也沒有碰我。她躊躇了一下，才開口說話。

「那麼，幸運跟你說過了。」

「是。」我平淡地答道。

「而且你已經打算要摧毀我們之間的一切了。」

這句話似乎怎麼應答都不對。

她忿忿地說道：「你改了名字，但是就算過了這麼多年，你的行事作風還是沒變。現在的湯姆・獾毛，就跟當年瞻遠家族的蜚滋駿騎一樣地故作正經。」

「別說了。」我之所以警告她，不是因為她的語調挑釁，而是因為她提到那個名字。多年來，我們費盡心思安排，就是要讓幸運認為我叫湯姆，而且只有這個名字。我知道她大聲地講出那個名字並非偶然，而是要提醒我：我的祕密握在她手上。

「我不會再提了。」椋音要我放心，不過這只是暫時收刀入鞘而已。「我只是要提醒你，你自己就有兩種生活，而且這兩種生活你都過得很好；既然如此，我也不過是步上你的後塵，你又何必苛責我？」

「我可不這樣想。眼下這一切，就是我唯一的人生；而我也不過是盡量顧全妳丈夫的身分，因為換作是我，我也希望別的男人顧全我的身分。難不成妳會跟我說，妳丈夫不但知情，而且毫不在乎？」

「恰恰相反。他並不知情，所以並不在乎；而且你想透之後，你也會以同樣的角度來看待此事。」

「我沒辦法。」

「噢，以前你不也不知情，所以毫不在乎？要不是幸運從中破壞，你到現在還是如此。你把你自己那種僵化的標準，強加在別的年輕人身上，養出了一個跟你一樣標榜清高、愛議論人是非的道學先生，希望你備感光榮喲。」她一邊狠狠地把這些話摔在我身上，一邊重重地踩著步伐，在屋子裡來回走動、收拾她的東西。我終於轉回頭去看她。她的臉漲得通紅，頭髮因為睡覺而蓬亂。她只穿著我的襯衫；那襯衫她穿起來，長及她的大腿。我轉身去看著她時，她停下手邊的事情，並回眼瞪我。她站挺起來，彷彿是要弄清楚我到底有沒有看出自己拒絕了多少好東西。「這到底傷了誰了？」椋音質問道。

「傷了妳丈夫，如果他聽到風聲的話。」我平靜地說道。「從幸運的話來看，妳先生也是貴族之流。對於那樣的人而言，流言之害，更甚於刀割。他得顧全自己的體面，也得顧全家族的體面。可別把他變成了迷戀年輕女子的老傻瓜……」

「老傻瓜？」椋音面露困惑。「他怎麼……幸運跟你說他年紀很大嗎？」

我一下子失了準頭。「幸運說他是個大人物……」

「他是大人物沒錯，但是他可不老。恰恰相反。」椋音的笑容介於驕傲與尷尬之間，看起來很怪。「他今年二十四歲，蜚滋。不但是跳舞的高手，而且還壯得像條牛。不然，你還以為我低聲下氣地去跟哪個老態龍鍾的大人求姻緣嗎？」

的確如此。「我本來以為——」

她突然大張聲勢起來，彷彿我看輕了她似的。「他既英俊又迷人，而且大可以選擇任何一名女子為妻；可是他選擇了我。而我也愛他，我真的愛他，只是我愛他的方式不同。他讓我覺得既青春，又受人仰慕，而且還能夠轟轟烈烈地熱戀。」

「那我給妳什麼感覺？」我言不由衷地低聲問道。我知道這是自討苦吃，但是卻忍不住要問。

她想了一會兒。「你讓我覺得自在、珍貴，而且你肯接納我。」她突然露出笑容，表情令我心如刀割。「你讓我覺得我很慷慨，因爲我給你的是除我之外，別人都無法給予的東西。還有，你讓我接觸到踏實的生活，同時又有冒險的刺激，就好像羽色鮮明的鳴禽來探訪暗棕色的鷦鷯一樣。」

「的確是如此。」我坦承道，把眼光從她身上移開，轉而看著窗外。「但是也到此爲止了，椋音。日後絕不再有。也許妳認爲我的生活很卑微，但這樣的生活屬於我所擁有，而且我不會偷取別人餐桌上的麵包屑。我還有這點自尊。」

「你養得起那種自尊嗎？」椋音赤裸裸地說道。她把臉上的頭髮撥到後面。「你四下看看，蜚滋。你赤手打拚了十幾年，結果是什麼光景？就得到這麼一幢深林裡的茅房，和一窩小雞。你有什麼權充慰藉的樂趣、溫情和愛戀？有，但你只能靠我。也許我只在這裡待個一天、兩天的，但我卻是你人生中唯一的眞人。」她的口氣越來越強硬。「就算是拿別人餐桌上的麵包屑，也比捱餓來得強。你需要我。」

「幸運、夜眼。」我冷冷地指出。

她嗤之以鼻。「一個是我撿來給你的孤兒，一個是垂垂老矣的野狼。」

她竟如此貶抑幸運和夜眼，不單冒犯到我，而且還迫使我面對一個事實，那就是椋音看事情的角度與我有天壤之別。我揣想著，若是她跟我住在一起，一天天地過日子，那麼類似的爭執只怕老早就爆發出來了。但是我倆偶爾相會時，並不談哲學問題，甚至連生活的實際面向也不去理會。我們相聚的時機要看她方便；她方便的時候，才來分享我的床與我的餐桌；而她來的時候，則睡睡吃吃，順便看著我幹活兒，旁觀一下她無須分享的生活。若有小小的爭執，則早在她這次來訪與下次來訪之間便忘得乾淨了。她把幸運當作是走失小貓似的往我這兒一丟，然後便再也不理會我跟他之間可能會演變出什麼關係。我跟椋音吵這一架，不但終結了她與我二人曾經分享過的一切，也暴露出我們的共通之處的確少得可憐的事實。這使我加倍喪氣。我在過去那個人生所聽到的警語重新浮現在我心中。弄臣曾警告我：「你知道吧，她對於蜚滋這個人並無眞正的情感，她只是因爲自己認識蜚滋駿騎，而且可以四處張揚而感到得意。」也許吧，即使椋音與我往來多年，這句話仍然很實在。

我咬住舌頭，因爲擔心自己會說出不堪的言語，不過她可能誤把我的緘默當作是意志動搖，她突然深深地吸了一口氣，疲倦地對我微笑。「噢，蜚滋。雖然我們彼此都不願承認，但是我們的確都需要對方。」接著她輕輕地嘆氣道：「弄早餐吧。我要去換衣服了。一早起來肚子空空的時候，總覺得什麼事情都不對勁。」

椋音換衣服的時候，我宿命地耐心打點早餐的瑣事。我知道自己已經下了決定。幸運昨天晚上跟我說的話，彷彿吹熄了我內心的一盞燭光；聽了之後，我對椋音的感覺就完全變了。我們一起在餐桌邊坐下來，而她盡量弄得一切都跟以前一樣，可是我不斷地想道，看著眼前的椋音攪著茶，好讓茶涼一點，又看著她一邊講，一邊揮舞手裡的麵包，這大概是最後一次了。我讓她講，而她則盡說些雜七雜八的小事，想辦法把我的注意力鎖定在接下來她打算去什麼地方、以及親善夫人在什麼場合作何打扮等。她講得越多，彷彿就離我越遠。當我看著她的時候，心裡生出了一股奇怪的感覺，似乎有什麼重要的事情被遺忘，或錯失掉了。她又拿起一塊乳酪，輪流著咬一口麵包、咬一口乳酪。

我突然有所領悟，而這領悟像一滴流過背脊的冷水般地滲透我全身。我打斷她的話。

「妳早就知道切德要來看我。」

她揚起眉毛以示驚訝，不過這動作比該有的時機慢了一秒鐘。「切德來過這裡？」

我以為我早就把這些舊習拋在腦後了。我有些思考的方式，是由精於此道的導師，費心地在我少年時代，午夜至黎明之間的那幾個鐘頭之內教授給我的；這種篩選事實現象，並重新加以組合的思考訓練，使得心靈能夠跳躍式地迅速做出無關臆測的結論。這一切都是因為一個簡單的觀察而起：椋音對乳酪毫無評論。對於那孩子跟我而言，不管什麼乳酪都是奢侈品，而像這個熟成得恰到好處的上品乳酪，更是可望而不可及。她看到桌上有這種乳酪，應該會很意外，但是她卻一點也不驚訝。她昨晚看到沙緣白蘭地，也是理所當然地就喝了。我既震驚又高興地感覺到自己的心靈跳躍式地從這一點迅速地推論到另外一點，直到最後，我突然低頭看著由事實所構成、絲毫無可掩藏的地形時，才感到毛骨悚然。「在此之前，妳從未主動提議要帶幸運去任何地方。妳之所以要帶幸運去公鹿堡，是為了讓切德單獨見我。」我突然想到一個可能性，不禁打了個冷顫。「這樣的話，一旦他得動手殺我，也不會有人證。」

「蜚滋！」椋音既憤怒又震驚地反駁道。

我幾乎沒聽到她的聲音。思緒就像小石子，結論則是大山崩；而小石子一旦開始滑落，後面就一定會跟著大山崩。「這麼多年，妳來過這麼多次。妳一直都是切德的眼線，對不對？妳說啊？妳是不是也年年都去博瑞屈和蕁麻那兒檢查個幾次？」

她冷冷地看著我，什麼也不否認。「我得把他們找出來啊。要把那幾匹馬給博瑞屈嘛。是你要我把那幾匹馬送給他的。」

對。我的心快速馳騁。用那幾匹馬來起個頭是最好不過了；換作是送任何其他禮物，博瑞屈都會拒絕。紅兒就不同了，博瑞屈受之無愧，因為那是惟真送給他的。多年前，椋音跟博瑞屈說，除了紅兒之外，珂翠肯王后也要將煤灰的小馬送給他，以感謝他對瞻遠家族的奉獻。我看著椋音，等著她把剩下的故事告訴我。她是吟遊歌者。她愛講得很。我只要提供靜默就成了。

她把麵包放下來。「當我在那一帶的時候，我就去看看他們，沒錯。而當我回公鹿堡的時候，如果切德知道我在堡裡，他會問起他們的事情，就像他也會問起你的事情一樣。」

「那麼弄臣呢？妳也知道弄臣的行蹤囉？」

「不知道。」她答得很乾脆；我相信她說的是眞話。不過她是吟遊歌者，對她而言，祕密的強大威力，就在於她可以把祕密講出來；所以她補上一句：「但我猜博瑞屈知道。有幾次我去看他們的時候，看到蕁麻有好些精緻到博瑞屈不可能買得起的玩具；其中一個玩具是娃娃，我一看到就想起弄臣的木偶。還有一次，我看到一個木珠串，每一顆木珠上都刻了一張小臉。」

這倒有趣，但我沒讓眼裡流露出這個情緒。我直接把我心中最重要的問題問出來。「爲什麼切德會把我當作瞻遠家族的重大威脅？切德如果覺得他非殺了我不可，那麼唯一可能的原因，就是他認爲我有礙於王室。」

椋音臉上顯出近乎可憐我的表情。「你眞的相信，對不對？你眞的相信切德會殺你。還堅信我是爲了要幫切德，所以才把那孩子引走。」

「我認識切德。」

「而切德也認識你。」她講這幾個字的時候，彷彿是在指控我一般。「有次切德跟我說，你根本無法完全相信任何人；他還說，你的靈魂會永遠分裂，一半企望相信他人，另一半卻不敢相信他人。不，我認爲那老頭子只是想單獨見你，這樣他才能自在地跟你講講話。他想單獨與你相聚，看看你在多年沉寂之後，日子過得如何。」

她的遺詞用字像吟遊歌者，語調也像。她講得彷彿我這種態度，對朋友而言不但粗魯，而且殘酷。

但老實說，這都是為了生存，不得不然。

「切德跟你說了什麼？」她問道，而且問得過於好整以暇。

我定定地望著她。「妳應該知道吧。」我嘴上這樣答道，心裡則納悶她到底曉不曉得。

她的表情變了，我看得出她在努力推想。這麼說來，切德並未把他這趟任務的眞相託付給椋音。然而，她既聰明，想得又快，而且有不少線索。我等著她把碎片拼湊起來。

「原血者。」椋音平靜地說道。「花斑幫的威脅。」

我在人生中，碰到太多次震驚得無以名之，但卻非得掩飾自己情緒不可的場合；而其中最難的，莫過於這一次。她說話的時候，仔細地審視我臉上的表情。「這個禍害已經醞釀了一段時間，而且正伺機而動。所有的吟遊歌者都在春季慶的『吟遊歌者之夜』上力求表現，而今年有個人唱了那首講花斑點王子的老歌；那首歌你記得吧？」

我記得。那首歌講的是，有個公主被原智者化身為花斑點的駿馬載走了；走遠之後，那駿馬便還為人形，誘惑了公主。公主生下了私生子，而那私生子正如其父一般，身上也有深淺不一的花斑點。公主的私生兒子，藉著謀反叛逆而登上王位，在他的原智同道協助之下，殘忍地治理國家，而且全國上下都深受其害。那首歌又說，後來花斑點王子的堂親，屬於純粹瞻遠家族血統的男子，率領六大貴族之子討伐他；他們在夏至，正當太陽走到中午的最高點，而花斑點王子的力量最為微弱的時候，撲了上去，將他殺了。他們將他吊死，接著將他的屍體切成碎塊，然後在水上燒了這些碎塊，以免花斑點王子的心靈寄存於什麼野獸的身體裡。在這首歌裡處置花斑點王子的作法，已經成為一般人要將原智者根除的傳統方式。帝尊就一直對於他自己無法如此處置我，而感到耿耿於懷。

「這首歌我稱不上喜歡。」我默默地說道。

「我了解。不過，史列克唱這首歌唱得還滿好的，他博得了滿堂采，不過他的歌聲還沒好到那個程度。他唱歌的時候尾音會抖，有的人覺得這樣特別好聽，但這其實只是他歌聲控制得不夠好的徵兆罷了……」她突然領悟到自己離題了。「這陣子衆人對於原智者頗爲反感。近來原智者蠢蠢欲動，而且各種古怪傳聞紛紛出籠。我聽人家說，有個村子裡的原智者被人吊死且火燒之後，過了四天，所有的羊都死了，就在田野裡不明不白地死了。村人都說那是原智者的家人在報復。不過當村人找上那人的親戚去復仇的時候，才發現那些人早就逃走了。那家人的門上釘了個卷軸，卷軸上簡單地寫了幾個字：『你們活該』。還有其他類似事件。」

我直視著她的眼睛。「幸運告訴我了。」我坦承道。

她簡短地點了個頭，從椅子上起身，走到離餐桌一、兩步的地方。她果然是個如假包換的吟遊歌者：當她要講故事的時候，就得有個舞台。「這個嘛。史列克唱了〈花斑點王子〉之後，另外一名吟遊歌者走了上來。這個人非常年輕，而且可能就是因爲這個緣故，所以他才那麼憨獃。他先脫下帽子，對珂翠肯王后致意，然後說他要接在〈花斑點王子〉之後唱一首比較晚近的歌。他說，他第一次聽到這首歌是在原智人們居住的小村莊時，引得全場譁然；大家都聽過這些地方的傳聞，但這還是我第一次聽到有人承認自己去過這類所在。衆人議論聲漸歇之後，他便唱出一首我從未聽過的歌。這歌沿襲舊有的曲調，但是歌詞我從未聽過，而且歌詞和他的歌聲一樣不加修飾。」椋音傾著頭看著我，並露出懷疑的眼神。「這首歌講的是駿騎的私生子。歌中詳加描述了主角在顯露出原智潛能之前的種種經歷，甚至還從我那首〈鹿角島的烽火台〉裡抄了一、兩句歌詞——你相信嗎？那傢伙竟厚顏無恥到這個地步！接著那人唱道，這個『帶有原血的瞻遠之子，乃有福之人，既是皇家血統，又狂野不羈，且爲人中之傑』的駿騎私生子，並未死在王位覬覦者的地牢裡。據這首歌所說，駿騎的私生子逃過一劫，而且一直對他父親的家族忠心耿耿。那吟遊歌者唱道，當惟眞國王去尋訪古靈時，那私生子從墳墓裡復活，以襄助他心中的正統國王。他還唱了一段扣人心弦的場景：他描述那私生子如何將惟眞從死亡之門喚出來，又帶惟眞去看一群石龍，要惟眞點醒石龍，做爲六大公國的助力。這一段呢，至少還講得實在。我不禁坐直了聽他唱歌，雖然此時他的歌聲已經沙啞了。」椋音停頓了一下，等我講幾句話，但是我緘默不語。她聳聳肩，刻薄地評論道：「這年頭，如果你要找人編首歌，不妨先找我嘛。那個場合我也在場，你知道吧；說句老實話，我就是爲了要唱首好歌才去的。而且我編歌唱歌的本事，那是絕對比那少年強得多的。」她的聲音聽來又妒又氣。

「那首歌跟我沒關係；我敢說這點妳一定是知道的。希望沒人聽過這首歌。」

「這個嘛，你倒不用擔心。」椋音講這幾個字的時候，露出掩不住的滿足。「不但那天之前，我從未聽過人家唱這首歌，而且日後也沒再聽過。那首歌編得不好，調子跟主題不合，歌詞又沒押韻，而且——」

「椋音。」

「噢，好吧。他以傳統的英雄歌曲方式，來給這首歌收尾。他唱道，如果瞻遠家的在位者有需要，這個眞心誠意的原智私生子將會復現，以便爲國效力。他唱完之後，有些觀眾吼出難聽話來侮辱他，也有的人說，那吟遊歌者自己大概就是原智者，應該拖去燒死。珂翠肯王后命令眾人安靜，不過當晚的吟唱節目結束時，王后給了別的吟遊歌者賞金，卻沒給那人賞金。」

我保持沉默，對此事不置一詞。椋音誘我開口不成，也就接口說道：「這是因爲，到了王后要頒發賞金，以褒揚那些能夠討她歡心的吟遊歌者時，那人已經不見了。王后第一個就叫他的名字，不過卻沒人知道他上哪裡去了。那個人的名字我沒聽過。叫做什麼泰格孫的。」

「孫」字是指子息，所以「泰格孫」便是泰格之子；泰格的父親是瑞維，所以泰格孫就是瑞維的孫子。我是可以這樣跟椋音說的，但是我以緘默帶過。泰格和瑞維都是惟眞在公鹿堡的護衛中的佼佼者。我的心一下子回到當年，惟眞站在死亡之門前的石頭花園時，泰格跪在惟眞前的表情。是啊，想必當時化龍的惟眞，從陰森森的黑色精技石柱中踏出來，即將進入不定的火光之圈以前，曾看了泰格一眼。雖然當時惟眞已經吃了不少苦頭，早非昔日模樣，泰格仍認出了他的國王。泰格向惟眞宣示自己竭誠盡忠之心，於是惟眞派他上路，命令他速回公鹿堡，並告訴衆人說，眞命之王即將復返。回想起來，當年我很確定惟眞一定會比那小兵更早回到公鹿堡；畢竟乘翼的龍，說什麼也比用雙腿走路的人快得多。

但當時我卻不知道泰格也認出了我。誰想得到泰格竟然把這個故事傳了下來，而且還養出了一個當吟遊歌者的兒子？

「你認識他，我看得出來。」椋音靜靜地說道。

我一瞥椋音，發現她正貪婪地讀取我臉上的表情。「我不認識什麼叫做泰格孫的人。我心裡在想妳之前提到的事情。妳說原智者要伺機而動，爲什麼他們要伺機而動？」

她揚起眉毛。「你應該知道得比我清楚嘛。」

「我過著遺世獨立的生活，椋音，這妳很清楚。除非妳講給我聽，否則我是聽不到什麼傳聞的。」現在輪到我研究她臉上的表情。「而且這個消息，妳從沒跟我分享過。」

她避開了我的眼睛，而我不禁納悶道：是她自己決定不要講給我聽？或是切德命她不得跟我提起？還是椋音的心裡盡是那些聽吟唱詩歌的貴族男女的故事，以及她所得到的讚美與喝采，所以她心裡容不下這個消息？「這個故事並不美好。我記得這大概是一年半——還是兩年前發生的事了。在那前後，我開始常常聽到原智者被人揪出來凌虐或殺害的事情。人性是如何，你很清楚，蜚滋。紅船之戰後，有一陣子，人們因爲過去殺戮太多而變得很收斂；不過當你終於把敵人驅離海岸，而且你的房子修整好了、田地開始生長、牲畜也繁衍旺盛的時候，怎麼搞的，你就又開始找鄰居的碴了。在我看來，帝尊創立的吾王廣場，以及以打鬥來決定公理正義屬於哪一方的作法，無疑地喚醒了六大公國的人對於血腥的飢渴。這個陋習到底日後改得掉還是改不掉，我眞的很懷疑。」

她觸及了我舊日的夢魘。商業灘的吾王廣場、關在籠子裡的野獸和原血者的氣味、以打鬥輸贏做爲審判結果……往昔的記憶掃過我全身，留下作嘔的感覺。

「兩年前……對，沒錯。」椋音繼續說道。她一邊考慮，一邊焦躁地走動。「人們對於原血者的舊恨又重新燃起。王后大概是爲你著想，所以對這類行爲加以譴責。珂翠肯廣受愛戴，而且她臨政這些年來，也做了不少改變，但是人們對原血者的仇恨根深蒂固。鄉下的人心裡想道，王后是在群山山脈長大的，哪能對我們這裡的風俗知道多少？所以雖然王后不容許這種行爲，但是人們仍然一如往常地追捕原血者。然後大約一年半以前，在法洛公國的傳紐利村發生了一件駭人聽聞的事情。我們在公鹿堡聽到的傳聞是，有個原血的女孩子，養了一隻狐狸做爲她的寵物，而且這女孩子根本不管狐狸獵捕的對象爲何，只要能夠每天晚上都見血就行。」

我打斷椋音的話。「她養狐狸當寵物？」

「這倒不大尋常。況且據說養狐狸的這個女孩子，既不是貴族，家境也不富裕，所以更使人疑心。農家的小孩子養這種野獸做什麼？於是謠言四起。傳紐利村附近的養雞人家受害最深，不過最後事情之所以鬧開，是因爲有什麼動物闖進了杜普林大人的鳥類飼養場，把大人的鳴禽和進口的雨野原種雞給吃掉了。杜普林派獵人去追捕那個女孩和狐狸，而據說獵人們就是在養鳥場的屋頂上粗暴地把他們給逮住，帶到杜普林大人面前。那女孩子發誓說，她的狐狸並未偷吃鳴禽和種雞，又發誓說她與狐狸之間並不相通；不過把燒紅的烙鐵貼在狐狸身上的時候，她卻喊得跟狐狸一樣大聲。接著，杜普林爲了逼供，還叫人把那女孩子的手指甲和腳指甲拔掉，而據說那狐狸也叫得跟那女孩子一樣悽慘。」

「說慢一點。」我聽了幾乎暈眩。這種場面我太熟悉了。

「我應該講得簡短一點。那女孩和狐狸死了，而且折磨得很慘。可是第二天，杜普林的養鳥場裡，又死了好些鳴禽；這時一名老獵人就說了，禍首不是狐狸，而是鼬鼠，因爲狐狸會把鳥扯成碎片，而鼬鼠卻只吸血。我想，這是因爲那女孩子含冤而死，而且又遭到酷刑，所以原血者才聯合起來對付杜普林。隔天，杜普林自己的狗突然撲上去撕咬主人，於是杜普林把他的狗和看狗的孩子都處死了。杜普林還說，當他走過自己的馬廄時，每一匹馬都在他經過的時候怒目而視、耳朵後貼、腳踢牆壁。於是杜普林把看管馬廄的兩個孩子臨水吊死，然後燒掉屍體。杜普林又說，他家廚房裡的蒼蠅越聚越多，多到蒼蠅成群地死在他的餐點之中，而且……」

我對椋音搖搖頭。「任哪個我認識的原血者都不會做出這種事情，這是良心不安的人的狂行。」

她聳聳肩。「反正哪，後來杜普林家的小侍僕，因刑求或處決而死的有十幾個，所以侍僕向王后求救，於是王后就派切德去視察。」

我往椅背上一靠，兩手抱胸。這麼說起來，切德仍然是瞻遠家族的仲裁者。我心裡納悶，不知道是誰陪切德去做這宗低調的事情。「後來呢？」我彷彿絲毫無從得知結果地問道。

「切德的裁決簡單明快。他代表王后，宣布杜普林不得在他的產業中養馬、鷹、獵犬或是任何野獸飛禽；杜普林不得騎馬、放鷹，也不得打獵，而且是與這些活動沾得上邊的一律禁止。切德甚至還宣布，一年之內，所有住在杜普林的城堡裡的人，都不得吃肉或吃魚。」

「這一來，那城堡一定留不住人。」

「據說在吟遊歌者之間，除非必不得免，否則沒人要去杜普林的宅子作客，而且他的僕人既少、脾氣又差，此外由於他對賓客招待得很草率，所以在貴族間的地位一落千丈。當然，切德也迫使杜普林血債血還，要他拿出紅金子，向死去僕人的家人，以及那養狐女孩的家人謝罪。」

「他們接受了嗎？」

「僕人的家人接受了金子，畢竟這樣才稍有公理可言。那養狐女孩的家人已經不見，至於到底是死了，還是逃了，則沒人說得上來。切德下令將賠償給那養狐女孩的家人的金子，交予王后的帳房保管，以待日後交給那女孩的家人。」椋音聳聳肩。「這案子應該算是解決了，然而從那時開始，類似的事件日益增加。除了搜捕原智者的事件之外，連原智者對加害者予以報復的消息也時有所聞。」

我皺起眉頭。「杜普林事件怎麼會引起原智者反撲？據我看來，這件事處理得很公正。」

「甚至還有人說，切德對杜普林太過苛責，但是他毫不留情。而且切德也不是事過就算了。不久之後，六大公都收到珂翠肯王后的卷軸；卷軸裡明白寫著，身為原智者並非罪過，除非原智者以原智行惡。珂翠肯王后對六大公表示，他們應該禁止境內的貴族與領主處決原智者；既然常人犯罪，必須罪證確鑿才能責罰，那麼原智者犯罪時亦當如此。你想也知道，這張公告形同具文。多少把這張公告看在眼裡的地方，則必定在人死後，提出充分的罪證。王后的公告不但沒有平息人們的情緒，反而使人們對原智者的反感更為高漲。

「可是原智者似乎開始醞釀要反擊。他們可不會束手就縛地任人拷問或處決。有的時候，原智者只要能夠在惡人找上門來之前逃走，就感到滿足，但是非要反擊復仇的也多得是。每當原智者遭到處決，罪魁禍首總是會碰上邪門的事情：牛羊暴斃，或是子女被病鼠所咬等等，總之都是些與動物有關的事情。有一個村莊，靠的是河裡的魚獲維生，而那一年的漁汛竟然沒來！村民的漁網只撈得到河水，所以只好餓肚子。」

「胡扯。聲稱這些偶發事件是自己所爲的人，根本心術不正。原智者才沒有妳所指稱的那種力量。」我很肯定地說道。

椋音拋來不屑的眼神。「如果這是巧合，並非原智者能力所及，那麼爲什麼花斑幫聲稱這些都是他們所爲？」

「花斑幫？什麼花斑幫？」

椋音聳起一邊的肩膀。「誰曉得。他們又不會站出來宣布自己是花斑幫的人。他們只會在旅館門上或是樹上留下隻字片語，或者送出書信給貴族；他們用字也許不同，但是講的都是同一調：『他含冤而死，不是因爲素行不義，只是因爲他有原智的法力。我們要反擊。花斑點王子即將歸來，而且他下手絕不留情。』書信的結尾並不署名，只畫了一匹花斑點的駿馬；所以弄得民衆憤慨不已。

「王后不願派她的侍衛去緝捕花斑幫，所以現在貴族之間盛傳，處決原智者的事件會越來越多，乃是王后所造成，因爲王后對杜普林大人處罰太過，才讓原智者自以爲有權行使那種邪門的魔法。」我拉長了臉，然而椋音卻提醒我：「我們做吟遊歌者的，只是在重述自己的見聞罷了。我可沒有編造流言，也無法編排人們講出這種話。」她走近我，從我身後將她的手放在我的肩膀上。接著她彎下腰，以面頰輕觸我的面頰，並溫柔地補了一句：「我們都在一起這麼多年了，你一定明白我並不把你的原智當作是污點吧。」

方才的談話，已幾乎把我的決心驅逐殆盡，我差一點就將她擁入懷中。不過我沒這樣做，反而笨拙地站起來，因爲她就在我身後。她伸出手要抱我，但我定了定心，退到離她一臂之遙的地方。「妳不是我的人。」我平靜地對她說道。

「可我也不是他的人啊！」椋音突然大聲叫道；那黑眼睛裡充滿怒火。「我是我自己的人，而且我自己決定要跟誰分享身體。我同時跟你們兩人在一起，並不覺得有所損失，因爲我既不會懷你的孩子，也不會懷他的孩子。如果哪個男人能讓我懷孕的話，我老早就懷孕了。既然如此，我跟誰溫存又有什麼關係呢？」

椋音伶牙俐齒，我講不過她，所以我只是拿她自己的話來堵她：「我一樣是我自己的人，也自己決定要跟誰分享我的身體。而且我不會跟別人的妻子分享我的身體。」

據我看來，椋音直到此時才終於相信我下定了決心。我已經把她的東西整齊地堆成一堆，放在火爐邊，而她則猛然跪下來，抓起鞍袋，開始拿東西往裡面亂塞。「眞不知道我跟你費這些心思做什麼。」她喃喃地說道。

正當此時，人如其名的「不幸」走了進來*。幸運一看到椋音慍怒的臉色，便轉頭看我，不加掩飾地問道：「我是不是該走開？」

「不！」椋音衝口說道：「你留下。他攆走的是我。眞是多謝你了。你也不想想，如果當年我不帶你走，而任你在小村莊的垃圾堆裡找東西吃的話，你今天會是什麼光景。我理應得到你的感激，不是背叛！」

那孩子的眼睛睜得大大的。看到椋音這樣刺傷那孩子，我氣極了；她的所作所爲，就連她矇騙我的事情，也沒讓我這麼氣。幸運哀怨地看了我一眼，彷彿以爲我也會把怒火都出在他身上似的，接著便衝出門外。夜眼對我投以責難的臉色，一轉身跟了上去。

我馬上就去。把這裡解決了就去。

要是你當年不起這個禍因就好了。

我任著夜眼訓斥，不多辯解，因爲我也想不出該怎麼回答才好。椋音怒目瞪著我，然而當我也惱怒地瞪回去時，竟看到她臉上閃過一抹近乎恐懼的表情。我交叉雙臂。「妳還是早點走吧。」我堅決地說道。她那戒愼警惕的眼神，就跟她中傷幸運的言語一樣，對我而言是極大的侮辱。我走出小屋去幫椋音備馬。她的坐騎是匹良駒，馬鞍也很精美；無疑地，這些都是體面的年輕大人物送的禮物。那馬察覺到我煩躁的心情，所以我上馬鞍的時候，馬兒也不安地噴鼻息。我吸了一口氣，定了定神，把手放在馬身上，將安祥之氣傳送給牠；而此舉同時也使我自己平靜下來。我摩擦馬脖子上柔滑光亮的毛，而那馬也轉過頭來，在我的襯衫上磨蹭磨蹭。我嘆了一口氣。「你要好好照顧她，知道嗎？她一豁出去，什麼都不顧了。」

我與那馬之間並無牽繫；對牠而言，我的話不過是肯定鼓勵的話語罷了。我感受到那馬兒對我的指揮十分接納。我牽著牠來到小屋前，握著馬韁，站在外頭等著。過了一會，椋音便出現在門廊上。「你巴不得我馬上就走，是吧？」她尖酸地評論道。接著她把鞍袋甩到馬背上，使得那馬再度受到驚嚇。

「妳這是說氣話，這妳是知道的。」我答道，盡量保持語調平靜。我原本強忍的痛苦，此時狂洩而出，既掩過了自己愚昧易受騙的恥辱感，也掩過了因爲她欺瞞我而產生的憤怒感。我們之間並不是那種兩情相悅之愛，而是一種相伴的情懷，既分享彼此的身體，也分享躺在彼此懷中的信任。朋友的背叛與愛人的背叛，只有程度的差別，在本質上相去無多。我突然了解到我方才那句話是在撒謊；我的確巴不得她立刻就走。她待在這裡，就像是一枝插在傷口上的箭；除非她走，否則傷口無法癒合。

*譯注：幸運（Hap）本名爲「不幸（Mishap）」。

然而，我還是盡量想些好話，以肯定我們過去曾有過的美好的那一面。但是我什麼話都想不出來，最後她從我手裡扯過馬轡、跨上馬之際，我僅是呆呆地站著而已。她騎在馬上，垂眼看著我；我敢說她一定也有些痛苦，但是她臉上卻只顯出因為我挫了她的銳氣而惱怒不已的神情。她朝我搖了搖頭。

「你是可以成爲大人物的。即使你出身不如人，他們仍給你許多功成名就的機會。你本可以成爲舉足輕重的人。但這是你自己選擇的人生。你記住了，這是你自己選擇的。」

她扯著馬轡令馬轉頭，那手勁雖沒大到傷了馬嘴，卻也粗魯到超過必要的勁道；然後她腳下一踢，便策馬奔離。我目送她離去。她並未回頭。儘管在痛苦之中，我仍感覺得出，這不是一切結束的歉然之感，而是什麼事情即將展開的不祥預兆。我打了個寒顫，好像弄臣本人就站在我身邊，貼在我耳朵邊跟我說話似的：「你難道沒感受到嗎？彷彿岔路，亦如極頂，又好似漩渦；自此以往，所有道途皆將改變。」

我轉過身去，但是四下除了我之外，再也沒有別人。我看看天空。烏雲從南方逼近，樹梢已經起風。椋音這趟旅程的開始，必定會遭遇大雨。我告訴自己說，我並不因她會遇雨而感暢快，接著便動身去找幸運。

4

鄉野女巫

當時有位名叫銀瓦・銅葉的鄉野女巫，她做的護符，效力大到不但能夠一傳數年，甚至能夠一傳數代。據說她幫瞻遠家族的動綏王做了一面神奇的篩子，能將流過篩子的水徹底淨化；這對於飽受下毒之威脅的國王而言，可是一大佳音。

此外，她又在愛克賽城的城門上，掛了一個驅除疫病的護符，所以城裡的穀倉多年不見鼠害，而且養牲口的棚舍裡，也找不到任何跳蚤或害蟲。愛克賽城在這個護符的保護之下蓬勃發展；然而有一天，城裡的長老為了開展貿易，而在城牆上另外鑿開了一道門，於是疫病循此途徑入城，最後血瘟再度來襲，全城皆歿。

——席爾金的《六大公國紀行》

盛夏一如過去七年，悄悄地找上幸運與我。花圃要打點、雞群要照顧、魚要鹽醃燻製以備過冬之用。日復一日，周而復始地做雜務、用餐、睡覺與走路。與椋音分手後，因切德來訪而起的不足之感，幾乎消失殆盡。我在閒談時，隨便提到要將幸運送去當學徒；令我驚訝的是，幸運竟然就熱切地告訴我，公鹿堡有個做櫥櫃的師傅手藝精良，他很是仰慕。我斷然地要他打消這個念頭；當然這是因為我根本不想到公鹿堡走一趟，但我懷疑幸運可能會認為，由於晉達司手藝一流，學費也十分可觀，而我大概是拿不出這麼多錢，才會這麼說。不過，就此而言，他想得也沒錯。當我問起他有沒有注意到別的出色木匠時，他便頑固地答道，漢莫比灣有個造船的師傅，其手藝也是備受肯定，就去那兒拜師學藝好了。這樣的師傅，比起公鹿堡的櫥櫃師傅，自然是寒酸許多。我不安地納悶道，這孩子是不是在依著我口袋裡有多少錢，來打造他自己的夢想。他的學徒生涯決定了他一生事業的走向，我可不希望他因為我缺錢而不得不屈就於只是堪可忍受的行業裡。

但是不管那孩子的興趣如何，拜師學藝的事情，變成我們入夜時在火爐邊閒談的長期話題。我把手邊僅餘的一些錢，拿來做學費的準備。我甚至還跟幸運說，如果他想讓母雞多孵些小雞的話，我們少吃點雞蛋也可以；小雞不愁沒人買，而不管這能攢到多少，他都可以存起來當學費。然而即使如此，我還是擔心這筆錢不足以讓他拜個好師傅。年輕人只要手腳勤快、身體強健，自然有師傅要收留，這話是沒錯，但是手藝精良的匠人通常要收一筆學費，才肯讓條件比較好的孩子入門。公鹿堡的規矩就是這樣。師傅可不會把自己營生的祕訣，以及靠這絕招而得來的優渥生活，隨隨便便地就送給陌生人。父母親若是疼愛子女，便讓孩子繼承自己的行業，或者付出可觀的學費，讓孩子去跟出色的師傅學藝。雖然我家徒四壁，但我仍決心讓幸運投在好師傅的門下。我告訴自己說，就是為了這個緣故，所以我才拖延著，以便多攢點錢。倒不是因為我捨不得把這孩子放出去，只是希望他將來有出息。

夜眼從不問起我先前提議的那個旅程。我想，牠看到我拖著不上路，心底大概是鬆了口氣吧。有的時候，我覺得椋音講的那番話，把我變成了個老頭子。歲月已經的的確確地讓大狼變成了老狼。雖然我不知道野地裡的狼通常活多久，但我猜夜眼在狼族裡，應該算是非常高壽的了。有時候我會納悶，是不是我們之間的牽繫，給了牠不尋常的生命力。有次我心裡甚至還閃過一個念頭：夜眼也許借了我幾年的壽命，去延長牠的年歲也說不定。不過想到這裡，我心裡倒不是懷恨夜眼借壽，而是期望我們因此而未來仍能長年相伴。畢竟一旦這孩子出外拜師了，那麼我在這世上，除了夜眼之外，還有誰呢？

有一陣子，我還想著不知道切德會不會再來看我，畢竟現在他已經知道路怎麼走了，可是漫漫的夏暑蒸騰而過，而通到我這裡的小徑依然杳無行跡。我跟幸運去了市場兩次，帶了些剛長羽毛的雛雞、我做的墨水、染料，和一些我認爲市場上可能難得見到的根莖和藥草。夜眼高高興興地待在家裡，因爲牠不但懶得走那麼一大段路到岔路口的市集，也討厭那裡的雜沓、塵土和吵鬧。我雖與夜眼有同感，但還是勉強自己去了。這趟買賣的成果不如預期，因爲我們去的市集規模不大，所以那裡的人習慣以物易物，而不是花錢購買。不過，聽到那麼多人還記得我湯姆．獾毛這個人，還說能再度在市集上看到我眞好，仍讓我又驚又喜。

我們第二次去市集的時候，碰巧遇到幸運說起的那位公鹿堡的鄉野女巫。那天我們把我們那小馬拖的板車停在路旁，把我們帶來的貨色在車子上一字排開。早晨過了一半，她找上我們，並高聲叫道她看到幸運有多高興。我靜靜地站在一旁，看著他們兩人講話。幸運是說過吉娜長得很漂亮，但是我得承認，當我發現吉娜與我年齡相近，反而與幸運的年紀差得遠的時候，我是很驚訝的。我一直以爲，幸運在公鹿堡遇上的那位吉娜，一定是美得令幸運心儀的青春少女；但實際上，吉娜卻年近中年，她的眼睛是淡褐色，臉上有些雀斑，有一頭從赤褐色漸層到棕褐色不等的鬈髮，並有著成熟女子的渾圓體態和開朗的態度。當幸運跟她說，她做的那個防扒手的護符，不到半天就被人偷走了的時候，她開懷大笑了一陣，然後才平靜地跟幸運說，那種護符的效用正是如此：偷兒扒走了護符而非錢包，所以幸運的錢包仍安全地留在身邊。

吉娜早在幸運爲了把我拉進來聊天而朝我瞥視之前就發現了我，她戒備地注視著我，彷彿我是那種可能威脅到孩童的危險陌生人一般。當我隨著幸運的介紹而微笑點頭並對她問好的時候，她明顯地鬆了一口氣，於是把她的笑容擴大到及於我身。她一邊對我笑著，一邊側身一步靠近我，並斜睨著我的臉，我這才知道她的視力並不敏銳。

她帶了東西來市集裡賣，並把墊布鋪在我們小車的陰影裡。幸運幫她把護符排出來，兩人便興高采烈地聊天敘舊起來。幸運跟吉娜提到他要去拜師學藝的打算時，我特別用心聽；從幸運的話裡，我一下子便聽出他對於到漢莫比灣的造船師傅那裡沒什麼興趣，他眞正期望的是到公鹿堡的櫥櫃師傅那裡當學徒。我不禁開始思量，我該怎麼安排才能讓幸運如願；到櫥櫃師傅那裡學藝，不但得多籌措學費，同時也不宜由我出面，最好是找個人關說一下。我能說得動切德幫我這個忙嗎？我不禁想到那老人家不曉得會出個什麼任務給我以做爲交換。我想得出神，心思早已轉到遙遠之處，這時幸運突然伸出手肘碰碰我的肋骨，使我一下子從遐思中跳脫出來。

「湯姆！」幸運抗議地叫道，於是我立刻領悟到，我這種舉動一定令他很尷尬。吉娜正期待地看著我們倆。

「是啊？」

「看吧，我就說他一定會答應的。」幸運歡呼道。

「噢，眞是多謝；那我可要叨擾了。」吉娜答道。「這趟路不但長，旅店又隔得遠，況且像我這樣的人住旅店也太花費了。」

我點點頭表示同意，並在接下來幾分鐘的談話之中，了解到幸運已經好客地邀請吉娜下次路過此地的時候，到我們小屋裡停歇了。我暗暗地嘆氣。偶爾到我們小屋來的客人，看起來都很新奇，所以幸運樂得有人來作客，但我仍把任何陌生人當作是潛在的危險。不知道要再過多久，我的祕密才會舊得就算洩漏出來也不會有人當一回事了？

他們聊天的時候，我面帶微笑，不時點頭，但是幾乎沒講什麼話。我不但不想跟她熟稔，反而使出舊日切德教我的本領，把她研究了一番。不過我發現，這名聲稱自己是鄉野女巫的女子，看來除了像是鄉野女巫之外，倒不像是有別的身分。

然而這也就是說，我對她知道的少之又少。鄉野女巫不管在什麼市場、市集或是節慶之中都很普遍。一般人對鄉野術法，不像對精技那樣地敬畏；而施展鄉野術法的人，也不會像施展原智的人那樣遭到處決。大多數人對於鄉野術法的態度，是容忍與懷疑兼而有之。畢竟有些號稱會使鄉野術法的人，根本就是不折不扣、厚顏無恥的江湖騙子；這些騙子或者從單純易上當的人的耳朵裡掏出蟲卵來；或者對擠牛奶的侍女預報她將來會有多麼龐大的財富與多麼豪華的婚禮；或者推銷號稱是愛情靈藥，其實只是薰衣草和黃春菊做成的藥膏，或者叫賣以肢解的兔子做成的幸運符。不過這種人是夠無害的了，我想。

然而吉娜卻與那種人大相逕庭。她並未刻意與過往人等攀談以招徠生意，也不像江湖騙子尋常的打扮那樣，穿戴著俗麗的頭紗與珠寶。她的穿著簡單得像是住在森林深處的人：綠色的束腰外衣、與鹿皮同色的棕色長褲、腳上套著軟鞋。她排出來賣的護符，都藏在各種顏色的袋子裡：粉紅袋子裡的護符是祈求愛情，紅色袋子裡的護符要重新燃起衰退的熱戀，綠色袋子裡的護符是祈求豐收，至於其他顏色的袋子象徵什麼意義，我就不知道了。此外，吉娜也賣捆成一包一包的藥草；這些藥草我大多都認識，而且藥效也都標示得很正確：滑溜的榆樹皮治喉嚨痛，覆盆子葉治晨起噁心與類似的症狀。藥草裡還混了一些據吉娜說是能夠加強藥效的結晶體。她在墊布上擺了幾個陶盤，陶盤上放著磨亮的玉環、石英環或是象牙環，上面還刻著符文，以祈求好運、順產或是心靈平靜。環子的價格比護符便宜，因為環子不過是求個一般性的好運而已，不過只要多加一、兩個銅板，吉娜就對環子加以「微調」，以適應個別買主的需要。

吉娜的生意挺不錯。從早上到午後，有好些顧客上門詢問袋子裡的護符，而且至少有三個人掏出上好的銀幣來購買。如果說吉娜賣給他們的玩意兒有什麼法力的話，那一定是我的原智與精技都無法探知的法力。吉娜從袋子裡拿出護符來的時候，我瞥了一眼；那護符是閃閃發亮的珠子、小樹枝與羽毛交織而成的精緻組合。她把那個護符賣給一名希望能夠順利賺錢以便娶妻的男子。那男子身材高大，像鄉下人一樣結實，像鋪了溼泥、長了草的屋頂一樣有家的味道。他似乎與我年紀相仿；我暗暗地祝他心想事成。

這天的買賣很順利，但是貝勒一來就變樣了。貝勒駕著牛車而來，車上載著六隻用繩子綁得緊緊的小豬仔。雖說貝勒相當於幸運與我的隔壁鄰居，但是我跟他並不熟；他住在我們隔壁的山谷裡，以養豬爲業。我難得碰到他。秋天的時候，我們偶爾會來個交換：他以豬肉來換我們的雞、燻魚，或者換我去做些零工。貝勒個子小，雖瘦但很結實，而且疑心病很重。他怒目瞪了我們一眼，算做是打招呼，然後，雖然地方不夠，但是他仍硬把他的板車擠到我們旁邊停下。我一點都不想與他作伴。原智使我對其他的有生之物報以同情，而我雖已能夠暫時將原智遮蔽一下，卻無法將之關閉；所以我很清楚地知道，他那條牛因爲牛軛做得不合而摩擦得很痛苦，也感受到牛車裡那幾隻不能動彈，又受到豔陽烤炙的豬仔的恐懼與不適。

因此，我出於自衛的心理與鄰居情誼，對貝勒招呼道：「很高興再度見到你，貝勒。你那豬仔兒長得眞好。你何不灑點水，讓牠們有精神些，這樣一定會賣個好價錢。」

貝勒毫不在意地朝豬仔瞥了一眼。「犯不著讓豬仔活蹦亂跳，更得提防我一走開牠們就掙脫了。不管你喜歡不喜歡，這些豬仔都會在今晚之前變成豬肉。」

我深吸了一口氣，並努力抑制自己想要開口的衝動。有時候我不免會想，與其說原智是天賦，倒不如說原智是天譴。擁有原智最困難之處，就在於我不得不日睹人類的殘忍有多麼徹底和不經心。有的人說野獸最殘暴，我則一向認爲，最殘暴者莫過於某些人對待動物的那種輕率與鄙視。

我很願意讓我們的談話結束，但此時貝勒卻走過來看我們的貨色。他不屑地哼了一聲，彷彿幸運與我竟肯花工夫到市場來賣東西，使他很驚訝似的。然後他直視著我的眼睛，嚴厲地評論道：「這幾隻豬仔好得很，但是本來這一窩豬仔還有另外三隻，而且其中有一隻豬仔，比這幾隻都還要大。」

然後他停下話來，等我開口。他的眼光一直鎖在我的臉上。我不知道他有什麼用意，只能答道：「聽起來，這一窩豬仔滿多的。」

「噯。本來是很多。但是後來有三隻不見了。」

「可惜。」我答道。然而他仍繼續盯著我，所以我補了一句：「豬仔是在放牧母豬的時候走失的？」

貝勒點點頭。「頭一天有十隻，隔天只剩七隻。」

我搖了搖頭。「可惜。」

他向前踏進一步，靠了上來。「你跟那孩子。你們會不會碰巧看見那幾隻走失的豬仔哪？我知道我那條母豬有時候會走到你們那條小溪旁。」

「我沒看見。」我轉向幸運。那孩子臉上流露出憂慮的臉色。我注意到吉娜和她的客人也不講話了，因爲貝勒的意圖與語調吸引了他們的注意力。我最討厭因爲這種事情而受到旁人的注意。我感覺到自己血液沸騰，但我仍愉快地對我那孩子問道：「幸運，你有沒有看到貝勒那幾隻豬仔的蹤跡呀？」

「連坨豬糞都沒見著哪。」幸運鄭重地答道。他答腔的時候，整個人文風不動，彷彿任何動作都會招致危險似的。

我轉向貝勒說道：「抱歉。」

「這個嘛。」貝勒一字一句地重重說道。「這可眞怪，是不？我知道你跟你那孩子還有那條狗跑遍了這幾座山頭。我本以爲你們有看到點什麼的。」他這話言外有意。「而且如果你們看到我那幾隻走失的豬仔，你們一定會知道那不是可以隨便抱走的野生豬仔，而是我的豬仔。」他講這話的時候，眼睛直盯著我。

我聳聳肩，盡量保持鎭定。不過現在衆人已經停下手邊的事情，靜待發展，並豎耳傾聽。貝勒的眼光突然掃過全場，然後回到我身上。

「所以你從沒看到我的豬仔？沒發現我的豬仔受了傷，耽擱在哪兒回不來？也沒發現我的豬仔死掉了而且被人拿去做狗食？」

於是我也環顧全場。幸運的臉漲得通紅，吉娜則不自在地望向他處。這傢伙講得迂迴，但是他已經大膽指控我偷了他的豬仔了。怒火一下子升了上來，我吸了一口氣，努力克制自己的脾氣，以低沉且粗嗄的聲音，文明地答道：「我從未看過你的豬仔，貝勒。」

「你確定？」他誤把我的禮貌當作是理虧，於是又上前了一步，靠我靠得更近。「因爲我覺得事情很怪，一下子三隻豬仔就不見了。野狼偷吃頂多是少一隻，母豬遺落了豬仔也頂多是少一隻，絕不會一下子少了三隻。」

我本來一直靠在板車的後面，此時我挺直地站起來，兩腳穩穩地立在地上。雖然我極力控制，但我仍感到胸口與喉嚨因爲憤怒而越來越緊。

很久以前，我曾經被痛毆到瀕死的邊緣。人對這種經驗，只有兩種反應。有的人因此而變得非常怯懦，再也不敢進行體能的對抗。有一段時間，我對這種自悲的恐懼知之甚深。然而生命迫使我不得不復原，所以我學會了另一種不同的對應方式。人之所以會開始順其自然地變得心地險惡，主要是因爲他沒被別人打倒。我已經努力使自己成爲這樣的人了。「這種問題，我聽得很煩了。」我以低沉的吼聲警示道。

平時的市場嘈雜匆忙，但此時我們周遭的人卻靜默不語。不只吉娜和她的顧客停下來不講話，對面的乳酪商目不轉睛地瞪著過來，連端著一盤新出爐點心的麵包店少年，也呆呆地凝視著我們。幸運一動不動，眼睛瞪得大大的，臉上時紅時白。但是臉上變化最大的，顯然是貝勒。就算一頭張牙舞爪的大熊突然站到他身前，他也不會顯得比此時更畏縮了。他後退了一步，低下頭看看旁邊的塵土。「這樣的話，當然了，如果你沒看到我的豬仔，呃，那麼——」

「我根本沒看過你的豬仔。」我惡狠狠地把他的話截斷。市場的嘈雜聲消退爲遙遠的嗡嗡聲，我眼裡只看到貝勒一人。我又往前逼近了一步。

「這樣啊。」貝勒又退了一步，並躲到他的牛後面，好讓那頭牛橫在我跟他中間。「當然我也認爲你沒見過我的豬仔。我敢說，你要是有見到，一定會把豬仔往我這邊趕的。我只是要讓你知道一下而已。一次少掉三條豬仔，眞是好怪，你說是不？不過，如果你的雞走失了的話，我一定會跟你講的。」他的語調先是退讓，然後突然轉爲合作。「也許是我們那邊的山頭上有原智者出沒，而且一逮到機會就偷走我們的家生禽畜。原智者根本不用追著豬仔跑，只要對母豬施個咒，那幾隻豬仔就會乖乖跟著他們走了。大家都知道那種人有這個本事。也許是——」

我的脾氣又翻騰起來。我努力把怒氣轉爲話語，咬牙隱忍，一個字一個字地平靜說道：「也許是你那豬仔跌進溪裡，被水沖走，或是跟母豬走失了。那邊山頭上有的是狐狸、山貓和狼獾。如果你想保住自己的牲口，就得看緊一點。」

「今天春天時，我也丟了一頭牛仔。」那個乳酪商人突然說道。「待產的母牛走去躲起來，然而兩天後回家時，母牛的肚子卻癟得像是空簍子。」他說著搖了搖頭。「那產下的小牛，連個蹤跡也沒有。不過我倒找到了個燒火的坑。」

「說到原智者。」麵包店少年狀似睿智地強調道。「前些日子，哈定岬那邊的人就逮到一個，是個女的，可惜讓她給脫逃了。誰也不知道她逃到哪裡去了！」那少年的眼裡閃耀著懷疑的光芒。

「呃，這就對了。」貝勒大聲說道。他得意洋洋地朝我這個方向望過來，但一看到我的臉色，又匆忙地望向他處。「那麼，一定是原智者搞的鬼，湯姆．獾毛。我講這些只是要叫你多當心點而已，畢竟我們是鄰居嘛。你可得把你那些雞看好。」貝勒自以為是地大點其頭，而對街的乳酪商也點頭回應。

「我堂弟就住哈定岬。他親眼看到，那個女的當場長出羽毛飛走，而原來綁在她身上的繩索就掉了。」

我根本就沒有轉頭去看是誰在講話。我們周遭的人回復了正常的活動，嘈雜的聲響再度出現，不過此時眾人講的都是原智者如何可惡，而且講得興高采烈。我孤立無依地站著，炎熱的陽光打在貝勒板車上那幾隻不幸的豬仔身上，同時也打在我頭上。我的心跳激烈得幾乎使我為之搖晃。方才我差點就把貝勒給殺了，幸虧那一刻就像發燒一樣，過後也就消散了。我看到幸運把額頭上的汗水擦掉。吉娜拍拍他的肩膀，低聲跟他說了幾句話。幸運聽了搖搖頭，他的嘴唇毫無血色；然後他朝我看看，虛弱地對我笑笑。事情過去了。

但是周遭眾人仍閒言閒語個不停。大家同聲嘻笑，因為有了共同的敵人而治癒了心裡的傷口。聽了這些話，使我激動不安，同時又因為自己沒有站出來糾正眾人的看法而覺得慚愧羞恥。我拉起了酢漿草的轡繩。「幸運，你顧好我們的買賣。我帶馬兒去喝水。」

仍然沉默且嚴肅的幸運對我點了點頭。我牽著酢漿草走開時，感覺到他的眼光一路都在看著我。我好整以暇地讓酢漿草喝水。回到原位的時候，貝勒特意地笑著跟我打招呼，但我再怎麼努力克制，最多也只能跟他點點頭。後來屠夫開了條件，只要貝勒肯把豬仔載到他店裡去，就把所有的豬仔都買下來，我這才覺得輕鬆些。那頭痛苦的公牛和那些倒楣的豬仔離開時，我不禁嘆了一口氣。我的背脊因爲一直繃得緊緊的而僵硬痠痛。

「那傢伙眞是個開心果哪。」吉娜平靜地評論道。幸運大笑，就連我也露出無奈的笑容。後來我們邀請吉娜跟我們一起吃水煮蛋、麵包和醃魚，她則拿出一袋蘋果乾和燻香腸與我們共享。我們吃了一頓豐富的野餐，而當我因爲幸運搞笑作怪而大笑時，吉娜講了一番話，竟使我爲之羞赧。「你怒目相視的時候，看來像個大壞人，湯姆．獾毛。而且當你掄起拳頭的時候，嗯，我希望我不認識你。不過當你微笑或大笑的時候，就覺得你的惡臉其實是幌子了。」

幸運竊笑地看我漲紅了臉，而接下來的時光，便在好同伴的相陪與笑鬧的假吵嘴之中度過。這天吉娜的生意好得很；她袋子裡的護符已經少了許多。「我不久就得回公鹿堡去做些新的護符了。其實我做護符還可以，至於買賣其實不大做得來，雖說我的確喜歡四處旅行，並認識新朋友。」她一邊把剩下的東西打包，一邊說道。

我們帶來的貨品，則大多都換成了我們家裡用得上的東西，但倒沒賺到幾個眞正的銅板，所以要去當學徒的學費也就沒什麼進展。幸運盡量不讓自己的失望流露在臉上，但是我從他眼裡看到一抹擔心的陰影。要是我們的錢，連送給造船師傅當學費都不夠，那怎麼辦？果眞如此，他要怎麼拜師？這些問題纏繞著他，也纏繞著我。

不過我們兩個對此絕口不提。為了省下旅店的住宿費，我們在板車上蜷著睡了一夜，隔天早上才出發回家。出發前，吉娜過來與我們道別，而幸運則提醒她千萬別客氣，我們的小屋隨時歡迎她。她謝過幸運，然而她嘴上這麼說，眼睛卻看著我，彷彿在考量自己會受到什麼程度的眞心歡迎。在這個情況之下，我不得不笑著點點頭，然後補上一句，說我也希望我們能早點見到她。

回程這一路上天氣極好；天上的雲與輕拂的微風，驅走了夏日的燠熱。我們啃著甜孜孜的蜂窩，這是幸運用其中一隻小雞換來的。我們談的都是無關緊要的事情：市集比我們第一次來的時候大了許多；鎭上變得更熱鬧；而從路面看來，今年往來的人也比去年多得多。我們都不提貝勒的事情。接下來經過了岔路口，沿著另外那條小徑過去，就會走到冶煉鎭，如今那條路上都長出草來了。幸運問道，依我看來，以後會不會有人在冶煉鎭那樣的地方落腳；我說我是希望人們別在那兒落腳，但是冶煉鎭既有鐵礦，難免早晚就會吸引那種對前事少有記憶的人前去。我們由此講起冶煉鎭的過去，以及紅船之戰的苦難。我之所以刻意講給幸運聽，又把這些事蹟講得像是我從別人口中聽來的故事，並不是因爲我愛講，而是因爲幸運應該要知道這段歷史。六大公國的每一個人，都應該把這些事情謹記在心，再說我也一直想把這段歷史寫下來。我想起我寫過的各種氣勢磅礡的開場白，以及我書桌前架子上的那些成堆的卷軸，並納悶到底有沒有把這段歷史寫完的一日。

幸運突如其來地問了個問題，粗魯地打斷了我的遐思。

「我是紅船劫匪的雜種嗎，湯姆？」

我驚訝得嘴巴張得開開的。自小「雜種」這兩個字給我帶來的一切痛苦，都清晰地寫在幸運那一對左右不同色的眼睛裡。他母親喚他做「不幸」。當年椋音發現他的時候，他是個撿人家剩菜剩飯吃，而且村子裡沒一個人要認他的孤兒。我對他所知就僅止於此了。我強迫自己老實地說道：「我不知道，幸運。你是可能有劫匪的血統沒錯。」我換了個比較溫和的字眼。

幸運直視前方，一邊定定地走著，一邊說道：「椋音說我一定是劫匪生的。我出生的時間正好是劫匪作亂的前後，況且很可能就是因爲我是劫匪生的，所以除了你之外，別人都不要我。我很想知道，我很想知道我到底是什麼人。」

「噢。」我遲疑了很久之後，終於在一片靜默之後應了一下。

幸運用力地點頭，點了兩次。然後他補了一句：「當我跟椋音說，我一定得把事情告訴你的時候，她說我母親因爲受到強暴而生我，而我跟我那暴戾的父親一樣，都是被『冶煉』過的。」他的聲音繃得很緊。

我突然希望幸運的年紀小一點，這樣我就可以在他走到一半的時候，一把把他抱起來，摟得緊緊的。但我抱不起他，只能伸出手臂，摟住他的兩邊肩膀，強迫他停下腳步。那小馬就算沒我們伴隨，也仍緩步慢行。我在講話時，並未強迫他直視著我，也不讓自己的聲音顯得太嚴肅。「兒子，我要送你一個大禮。這個大禮，就是我花了二十年的時間才懂得的知識，所以你這麼年輕，我就傳授給你，你可要好好珍惜。」我吸了一口氣，說道：「一個人是什麼樣的父親生的，並沒什麼要緊。你的父母親能造就出一個孩子，但是你要變成什麼樣的男人，這完全要看你自己。」我看著他好一會兒，才說道：「走吧。回家吧。」

於是我們繼續走路；我攬著他的肩膀走了一段路，後來幸運伸手上來，拍拍我放在他肩膀上的那隻手。於是我放開他，讓他自己獨自行走，默默地把事情想清楚。我能爲他做的就這樣了。我內心想的念頭，則對椋音毫不寬貸。

夜色來臨時，我們還沒到家；不過晚上有月亮，況且路我們都很熟。那匹年紀老大的矮種馬安祥地走著;馬蹄的噠噠聲伴著兩輪板車的吱嘎聲,彷彿是什麼古怪的樂曲一般。一陣夏日驟雨掃來,飛揚的塵土沉到地上,燠熱的空氣也得到紓解。到了離家不遠的地方,夜眼平靜地走來接我們,彷彿牠是湊巧來到路口而碰上我們似的。我們一起回家,那孩子默默地不說一句話,而夜眼與我則不費吹灰之力地以原智彼此溝通。我們彷彿呼吸般輕易地吸收了彼此這一日來的體驗。夜眼想不透為什麼我對那孩子的前途如此擔心。

他既能打獵,又能捕魚,除此之外,還需要多學什麼?你為何要將他送出去,讓他去學習別的族類的生計?少了他,我們的力量便隨之削弱。你我已經不再年輕了。

兄弟,也許正是因為如此,所以他才更必須離去。他必須自己闖出一片天地,這樣當他到了要找個伴侶的年紀時,才有能力供養妻子兒女。

那你與我呢?難道你我不會幫助他供養妻子兒女?難道我們不會在他出外打獵的時候幫他看著孩子,或者帶回我們的獵物與大家一同分享?難道我們不是一起的族類?

在人的族類中,就是這個樣子的。我與夜眼相伴多年以來,曾有多次以這句話做為答案。我知道夜眼對這句話的詮釋是,這是一種在道理上說不通的人類習俗,所以牠不需要浪費時間去了解為什麼人類會有這種習俗。

他若是走了,那我們怎麼辦?

我告訴過你了。也許我們應該再度行走天涯。

噢,是喲。放著好好的窩不睡,順便捨棄充足的食物來源。有理有理,就跟你要把那孩子送走一樣有理。

我不去答覆夜眼的思緒,因為牠想的一點也沒有錯。也許切德勾起的那種不足之感,其實是我對於自己青春將盡的苦惱。也許我在市集上的時候，應該把吉娜做的那個祈求婚姻的護符給買下來。我不時就會冒出娶妻的念頭，然而為娶妻而娶妻，未免也太馬虎敷衍。我當然知道，有的人是找到與自己目標相仿，而且沒有過於擾人習慣的男子或女子，然後就結婚了；這樣的夥伴關係，也往往會進展為相愛的夫妻關係。然而我體驗過深刻的戀情，而這戀情不但以多年相識為基礎，更難得的是有著令人迷醉的眞情之愛，所以我恐怕是差一點的都看不上眼了。而我若要求另外一名女子長年活在莫莉的陰影之下，也失之不公。椋音不時地前來與我相聚的這些年來，我從未開口要她嫁予我為妻。想到這裡，我停頓了一下：椋音可曾希望我娶她嗎？這剎那間的迷惘消逝之後，我不禁對自己冷笑。她才不想嫁予我為妻，我若開口問了，她就算不哈哈大笑，也會對這種問題感到不解。

我們相伴而行的最後這一段路最是陰暗，因為通到我們小屋的小徑不但狹窄，而且兩旁都被樹蔭遮蔽。雨水從樹葉上滴落下來。板車一路顛簸前行。「應該買個提燈的。」幸運感嘆道，我也嗯了一聲當作是應和。我們的小屋與家園，就在前面那一團黑暗之中。

我走進屋裡，點燃了火，然後收拾交換得來的東西；幸運點了個燈火去安頓小馬。夜眼立刻嘆了一口氣，接著在緊貼著爐火、只差不會燒到牠的毛皮的地方躺下來。我燒了一壺水，把我們多添的那幾枚銅板放進幸運那個小小的寶庫裡去。我不得不承認，這些錢的確不夠。即使從夏末到秋天，幸運和我都出去做打零工的莊稼活，那還是不夠。但是如果幸運跟我要同時出外打工，就得放棄那群雞，並任由花圃因為缺乏照料而枯萎死去。可是如果只有他或是我出外做零工，那麼我們可能得再等上一年，甚至更久，才能存夠錢。

「我早該在前幾年就開始存學費的錢的。」幸運從外頭進來時，我懊惱地說道。他把提燈放到架子上，在我對面坐下來。我朝桌上的茶壺點點頭，於是他也給自己倒了一杯茶。桌上那堆銅板少得可憐。

「想這個未免太遲了。」幸運一邊拿起杯子，一邊說道。「我們現在是什麼程度，就從什麼程度起步吧。」

「一點也沒錯。夏末我去外頭打零工的時候，你能把自己和夜眼照應得來吧？」

幸運直視著我的眼睛。「爲什麼是你去打工？賺來的錢是要用來支付我當學徒的學費呀。」

我感覺到我們對彼此的觀念似乎有點改變。因爲我「個子比較大、也比較強壯，所以賺得比較多」的這個理由已經不成立了。現在幸運的肩膀跟我一樣寬，而且在比耐力的時候，他那年輕的背脊大概也比我更耐久。他一邊看著我思量著他已經知道的事情，一邊體諒地咧嘴而笑。

「大概是因爲我想幫你籌好學費的錢吧。」我平靜地說道。幸運點點頭，他了解這幾個字背後的深意。

「你給我的已經多到我無法報答了——其中還包括讓我有能力爲了籌措學費的錢而出外打工。」

我們就帶著這幾句話上床，而且我閉上眼睛的時候還忍不住笑。人眞是虛榮呀，我對自己說道，一想到孩子，就驕傲得要命。我雖把幸運帶大，卻是邊做邊學，從沒有眞正想過我有沒有教他做個男子漢，或者會不會給他立下壞榜樣。然而這天晚上，這個青年男子直視著我的眼睛，告訴我說，有需要的話，他能護得了自己周全，於是我也覺得自己甚有成就。我跟我自己說，這孩子是自己把自己拉拔大的，但儘管如此，我睡著的時候仍面帶笑容。

情感奔放可能使我的心靈比平時更開放，因爲當晚我做了精技奇夢。偶爾做這種精技奇夢時，不但無法撫慰我對精技的癮頭，反而會使我對精技更加飢渴，因爲夢境裡盡是些無法控制的事情，只能短短地瞥見一眼，卻毫無全面接觸精技同道的滿足。然而這次的夢境令我升起無限希望，因爲我感到自己正與精技同道同行，而不是在群衆中搜索散逸的思緒。

感覺上，這個精技奇夢既像是回憶，又像是幻象。夢中的我，彷如鬼魅般穿過公鹿堡的大廳。大廳裡賓客滿堂，個個雍容華貴、爭奇鬥豔。樂聲飄揚，而我眼裡看著翩翩起舞的男女，腳下則慢慢走過站在一旁，交頭接耳地聊天的人群。我經過的時候，有的人轉過頭來打招呼，我雖喃喃地講了幾句以為回應，卻從未讓眼光逗留在他們的臉孔上。我不想待在那裡，公鹿堡大廳是我最不想涉足的地方。突然間，我的眼光被一頭古銅色的頭髮所吸引。那女孩子背對著我；她緊張地舉起手來把領子理平，修長的手指上戴著好幾個戒指。然後她彷彿是感覺到我在看她似的轉過身來。她對上我注視著她的目光，並深深地屈膝為禮，臉上浮出了紅暈。我對她一鞠躬，講了幾句客套話，繼續穿過人群。我感覺得到她仍一直在看著我，這使我有些煩擾。

更煩擾的是我看到了切德；他站在平台上的后座旁，看來身材頎長且華貴優雅。切德也一直看著我。他彎下腰，在她耳邊輕輕講了幾句，於是她的眼光不偏不倚地朝我看來。她做了個輕巧的手勢，要我走上平台去跟他們待在一起。我內心直往下沉。難道我永遠都不會有自己的時間，也無法做自己想做的事情了嗎？我應著她的命令，淒涼且緩慢地走上去。

然後夢境一變；做夢難免如此。我伏在火爐前的毯子上。我覺得好煩。太不公平了。底下的人可以跳舞、吃東西，然而在此我只能……夢境裡起了個漣漪。不，不煩，別跟任何事情糾纏在一起就行了。我懶懶地伸出爪子，逐一察看。其中一隻爪子上鉤著些許鳥肉。我把鳥肉撇掉，又徹底地把我整個腳掌都清乾淨，然後才重新在爐火前打盹。

剛才是什麼？夜眼惺忪的思緒裡雜纏著消遣的樂趣，但是要跟牠講明白，是很費力的，而我沒那麼大精神。我對牠咕噥了兩聲算是回答，然後翻個身，重新入眠。

早上醒來的時候，我對這個夢境感到納悶，但過了一會兒就不再理會，把這夢當作是精技的遐思，加上我自己對公鹿堡的兒時記憶與我對幸運的野心的混雜組合。我在做晨間雜務的時候，注意到柴火堆越來越低。柴火得補充了；不只夏日煮飯與晚上求個舒服的時候會用到柴火，更得開始預做準備，以便過冬之用。我進屋子裡吃早飯，心裡打算今天就用來劈柴吧。

幸運整理了個整齊的包袱，靠在門旁邊。那年輕人剛洗了臉，頭髮也梳過了。他對我咧嘴直笑；他一邊把粥舀到我們的碗裡，一邊努力地抑制笑容裡的興奮感。我在餐桌邊坐下來，幸運坐在我對面。

「今天？」我問道，並努力不讓音調透出萬般的不捨。

「我巴不得早點出門。」幸運欣然指出。「我在市場上，聽到他們說科門村的乾草就要收成了。科門村離我們這裡只有兩天的路程。」

我慢慢地點頭，一下子不知道該說什麼才好。幸運說得沒錯。他不但沒說錯，而且他心情急切得很呢。讓他去吧，我對自己勸道，把本想勸阻的話忍住不說。「我看我拖著不讓你出門也沒什麼道理。」我努力自持地說道。幸運把這話當作是我給他的鼓勵與肯定。我們吃早飯的時候，他說他估量著他可以在科門村幫著收乾草，接下來則可能會去第維頓村，看看那裡有無零工可做。

「第維頓村？」

「科門村再過去就是第維頓村，兩地相距三天腳程。這是吉娜告訴我的，你記得吧？她說第維頓村的大麥熟了，風吹過來的時候，麥田便像大海般蕩漾。所以我想我會到那兒去試試看。」

「看來那裡是少不了人手的。」我應和道。「然後你就回來了吧？」

幸運慢慢地點頭。「是啊，不過如果我在別處找到工作就另當別論。」

「當然，如果你在別處找到工作就另當別論。」

不到幾個鐘頭，幸運就走了。我逼著他多帶點糧食，並帶些銅板，以備不時之需。我告誡他出外要處處小心，他聽得很不耐煩。他跟我說，晚上他不住旅店，隨便在路邊一倒就睡；又說珂翠肯王后多派人巡察大路，所以強盜不生，再說強盜也懶得找他這樣的窮小子下手。他說這些他都應付得來，要我放心。由於夜眼一再堅持，所以我對幸運說，他乾脆就帶著夜眼上路吧。幸運也不反駁，順從地笑了笑，走到門口的時候停了下來，搔了搔夜眼的耳朵。「老傢伙走這一趟可能太累啦。」他溫和地說道。「最好還是待在家裡，這樣你們兩個在我回來之前，才有個照應。」

我們站在一起，看著我們的孩子走上小徑，一路往大路而去；我不禁納悶，自己是否也曾像他那樣年輕敢闖、自信滿滿過，不過我心裡雖痛苦難捨，卻也感到一絲驕傲。

幸運走後，這一日似乎怎麼也塡不滿。要幹的活兒雖多，但我卻好幾次怔怔地發呆，好一會才發現自己正愣愣地望著遠方。我兩次走到懸崖邊，不爲別的，只爲看看海。另外又有一次沿著小徑一直走到大路上，前前後後地張望個不停；然而路上飛塵不揚，遑論人影？我看到極遠處，也是一片靜寂與安祥。狼鬱鬱寡歡地跟在我身後。接下來我做了五、六件事，樣樣都起了頭，然後又換做別的去了。我發現自己在傾聽、等待，卻不知道自己在傾聽什麼、等待什麼。劈柴、堆柴的工作做到一半的時候，我停了下來，然後刻意什麼也不想，就掄起斧頭，砍進劈柴的墊樁裡。我抓起襯衫，披在汗溼的肩頭上，朝懸崖走去。

夜眼突然橫擋在我身前。你想幹嘛？

我想休息一下。

你才不是要休息。你到懸崖邊，一定又是要施展精技；你別想去。

我伸開手掌，在長褲上摩著。我的思緒連個形狀都沒有。「我只是要去海邊吹吹風。」

你去懸崖邊，就是要施展精技；這你自己清楚得很。你對精技十分飢渴，我已經感覺到了。兄弟，我求求你，別去吧，求你別去吧。

夜眼的思緒近乎哀求；牠勸我從沒勸得這麼急切過。我聽得心裡也糊塗了。「如果你那麼擔心，那我就不去。」

我把斧頭從墊椿上拔出來，繼續劈柴。過了一會兒，我了解到我下的力道之猛，簡直不是在劈柴，而像是在把柴火當作仇敵了。劈完了那一堆枝幹之後，我開始堆柴；堆柴比較枯燥，主要是要把柴堆得容易風乾且不會積雨。柴也堆好了之後，我拿起襯衫，想也不想地便往海邊的懸崖而去。夜眼立刻上前，擋住我的去路。

好兄弟，求你別這樣。

我已經跟你說過了，不去就是不去。我轉身朝著別處，故意忽視內心的沮喪。我拔掉花圃的雜草；去溪邊挑水，把廚房的水桶補滿；我新挖了坑，把茅廁移到此處，並把舊的那處用新土填滿。總而言之，我一刻不停歇地一件接著一件地做下去。我做得腰痠背痛，因爲我不但疲憊，連舊傷也開始作痛。然而我還是不敢讓自己止息下來；精技的強大力量拉扯著我，拒絕被我忽視。

夜晚來臨的時候，狼和我去溪邊抓魚做晚餐。一個人吃飯還這樣張羅，似乎有些愚蠢，但是我仍強迫自己弄出一頓有模有樣的晚餐，然後坐下來吃飯。晚上這幾個鐘頭長得不知道如何打發；我拿出紙張和墨水，但就是靜不下心，所以什麼也寫不出來。我就是理不出思緒。最後我拖出那一大籃該縫補的衣物，開始一一補綴、縫合，或是以毛線將裂口收緊。

直到眼睛連看都看不清了，我才去睡覺。我躺在床上，手臂遮著臉，努力避開那些大力地想把我的心靈扯過去的魚鉤子。夜眼嘆了口氣，在我床邊躺下來。我伸出另外一隻手，放在牠的頭上，心裡則納悶著，我們是在什麼時候跨過了界線，從遺世獨立變成了孤單寂寞。

你並不是因為孤單寂寞而痛苦成這樣。

聽到這話，我也沒什麼好說的。那天晚上，我非常難熬。黎明後不久，我便逼迫自己起床。接下來這幾天，我每天早上去砍燻魚所需的赤楊木，下午則去捕魚以便燻製。狼雖然吃得很撐，但是我在魚身上抹鹽，繼而掛到掛鉤上以慢火燻烘之時，牠仍看得十分貪婪。我添了更多赤楊葉，以增加煙量，並把燻肉房的門緊緊關上。有天下午，我待在承接雨水的承雨桶邊，洗去手上的黏液、魚鱗和鹽分，此時夜眼突然轉頭看著小徑。

有人來了。

幸運？我心中陡然升起希望。

不是。

不是幸運，我便失望得那麼深，連自己都覺得驚訝；然而我感覺到夜眼也有同感。我們兩個同時注視著被樹蔭遮蔽的小徑，然後吉娜慢慢現身。她停頓了一下，大概是因為夜眼與我如臨大敵地瞪著她而感到不自在，然後才揚起手來打招呼。「嗨，湯姆．獾毛！多謝邀請，我來叨擾了。」

幸運的朋友。我對夜眼解釋道；不過我走上前去招呼吉娜的時候，夜眼仍留在原地，並且提防地看著她。

「歡迎，我沒想到妳這麼快就來了。」這話說出口之後，我才發現自己講話太不得體。「當然，最令人期待的，莫過於意外的驚喜。」我為了彌補方才的失言，而補上這麼一句，然後才領悟到，這麼輕佻的說法也很失態。我是怎麼了，難道我完全忘記與人相處之道了嗎？

但是吉娜的微笑讓我鬆了一口氣。「我很少聽到人家講得這麼老實，然後又補上這麼漂亮的話的，湯姆．獾毛。水涼不涼？」

她也不等我回答，就一邊解開繫在頸間的手巾，一邊大步走向承雨桶。她走路的姿態像是個老於路途的女子：雖因為路途遙遠而疲憊，卻不至於過於疲憊。她背上那個高高隆起的背包，自然得似乎已成為她身體的一部分。她將手巾沾了水，擦去臉上與手上的塵土；然後再沾溼一點，揩揩後頸與喉嚨。「噢，這樣好多了。」她感激地呼了口氣，轉過頭來，對著我笑咪咪。「走了一天的遠路之後，我總是很羨慕像你這樣生活固定、以土地為家的人。」

「我跟妳保證，像我這樣的人，也常常想著出外行旅的生活會不會比較甜美？快進來休息一下，我正好要進屋子做晚餐了。」

「多謝了。」她跟著我走向小屋的時候，夜眼步步為營地跟在離我們有一段距離之處。她也沒轉頭正眼瞧夜眼一下，便有感而發地說道：「養狼當看門狗，這倒很少見。」

我常常跟別人撒謊說，夜眼不過是長得像狼的大狗罷了；然而不知怎地，我覺得如果我拿這話來搪塞，對她而言將是莫大的侮辱。「我是從牠很小的時候就開始養了。這些年來，還好有牠陪我作伴。」

「是啊，幸運也是這麼說。幸運還說，牠不喜歡陌生人瞪著牠看，可是等牠決定要怎麼待我之後，牠就會靠到我身邊來。哎喲，哪有像我這樣，講事情不從頭說起的？幾天前，我在路上碰到幸運；他可有精神呢，自信一定會找到工作可做，而且做得很出色。我想這孩子是一定沒問題的；他既和善又認真，怎麼會有人不歡迎他呢？他說我來這兒，你一定會好好款待我；果然沒錯。」

她跟著我走進小屋。她把背包放在地上，靠在牆邊，然後伸展伸展筋骨，輕鬆地呻吟兩聲。「好啦。咱們要煮什麼？你還是讓我幫忙吧，因為我在廚房裡是坐不住的。魚？噢，我背包裡有種藥草，跟魚最是搭配。你有沒有厚重的鍋子，鍋子有沒有配鍋蓋？」

她似乎天生就善與人相處，所以輕輕鬆鬆地就把一半的廚務接過去做。我已經很久不曾與女性一起下廚了。當年我與衆原智者住在一起的時候，也曾與荷莉一起下廚，而她在做菜的時候幾乎是緘口不語的。吉娜則是邊做邊聊，她的笑語閒談，使我小小的屋子滿室生馨。她有個難得的本領，就是她能走進我的地盤、使用我的鍋碗瓢盆，而且還不會讓我絲毫覺得不自在。我的感覺也影響到夜眼。牠在不久之後便冒險進入小屋，走到餐桌邊牠平時盤據的那個位置，然後坐下來注視著我們。吉娜一點也沒有因爲夜眼瞪著她看而失去從容，反而盛讚夜眼精準地接到她擲過去的魚雜。那條魚不久便躺在鍋子裡，與她的藥草一起煨燉了。她以豬油煎麵包片的時候，我趕緊到菜圃裡去採些嫩蘿蔔。

感覺上，好像她跟我都沒出什麼力，晚餐就出現在桌子上了。她也沒忘了幫夜眼準備麵包，雖說我認爲夜眼之所以吃下麵包，並不是因爲餓，而是因爲禮貌。魚煮得既多汁又美味，不但放了許多藥草，也夾雜了許多閒聊做爲香料。吉娜不會講得沒完沒了；她講故事時總是鼓勵對方回應，而且她聽別人講話的時候，就像她做菜一樣用心。菜一下子就吃光光。當我拿出沙緣白蘭地的時候，她高興地叫道：「哇，這可眞是一頓好飯的美妙結尾！」

她拿著白蘭地走到火爐前。方才煮飯時火燒得旺，現在只有餘溫。她加了一根柴火，與其說是爲了溫暖，不如說是爲了明亮；她挨著夜眼，在火爐前坐下來。夜眼連轉轉耳朵緊張一下都不曾。吉娜啜一口白蘭地，很享受地嘆了口氣，然後舉著杯子比畫。從開著的書房門看過去，正好可以看到我那散落著卷軸的書桌。「我知道你會做墨水，也會做染料，但由此看來，這些東西你不但會做，而且你自己也常用。你是不是在寫什麼呀？」

我聳聳肩。「隨便寫寫而已。」我坦承道。「我不會寫什麼時髦的大文章，只是簡單地記記事情罷了。我寫的字也難看，過得去而已。對我而言，把知識化爲文字，便令我十分滿足，因爲文字寫在紙上，任誰都能看到。」

「那也只限於看得懂文字的人。」吉娜補充道。

「這倒是眞的。」我虛心接受。

她歪著頭對我笑道：「這點我可不同意。」

我覺得意外，因爲她竟然連這種觀點都反對，而且還反對得這麼開心。「怎麼會不同意？」

「也許知識這東西，本來就不該隨便讓衆人隨便採擷。我想，也許知識這東西，應該要靠實力爭取，而且只能完整地由師傅傳承給弟子，而不是訴諸文字，讓任何碰巧得到這文字的人，都能聲稱知識乃自己所擁有。」

「老實說，在這方面我也有幾分疑慮。」我一邊答道，一邊想起切德正在研究的那些精技經卷。「不過我也認識幾位師傅，由於死得不得其時，所以師傅所知的一切，還來不及傳給自己選定的弟子，便隨著師傅之死而埋進墳墓裡；於是幾代傳承下來的知識，就此告終。」

吉娜沉默了好一會。「眞是悲哀。」最後她終於承認道。「因爲各行的師傅固然有許多知識可以形諸於文，更有許多只傳弟子門徒的獨門祕技。」

「就以妳這樣的人爲例。」既然方才小小地佔了上風，我便更進一步說道：「鄉野巫師這一行，充滿了唯有巫師才了解的祕密與技巧，簡直可以稱之爲藝術也不爲過。就我目前所見，妳並未收徒弟。然而我敢打賭，妳所使的法術中，必有妳自己的獨門心得，而且如果妳今晚不幸殞滅，那麼這些獨門心得亦將不存。」

她怔怔地看著我，然後又啜了一口白蘭地。「想來令人膽寒。」吉娜皺著眉頭說道。「不過有一點要考慮，湯姆。我不會讀，也不能寫。我無法將我的知識化爲文字，除非我能找到像你這樣的人代筆。然而，如果我找你代筆，那麼你是眞正地把我所知道的事情記下來，或你記的不過是你認爲我所知道的事情，我便無從得知了。這就跟教徒弟一樣：要把徒弟教好，至少有一半的心思，得用於確保徒弟是否眞正地把你教導的事情學會，還是徒弟自以爲你教的是另外一種風貌，所以他學到的竟與你教的不同。」

「一點也沒錯。」她講得很有道理，我不得不贊同。以前我誤以爲自己已經了解切德的指示，結果卻在自行調製藥劑時弄得一塌糊塗之類的事情，多得不計其數。想到這裡，更覺得心裡有些忐忑，因爲我不禁想起，切德光靠卷軸就想對晉責王子傳授精技。切德教給晉責王子的，到底是某一位軼名的精技大師已化爲文字的獨門心得，還是切德自己對這個獨門心得的理解？這念頭想來令人不安；我強迫自己把這些撇到一旁。晉責王子學得如何，不干我的事。我已經跟切德警告過了；我最多也只能做到這個地步。

在這之後，談話便稀稀落落，不久吉娜便到幸運的床上休息。夜眼與我走到外頭，把雞舍的門關上，並例行地巡察我們這小小的產業。在這平靜的夏夜中，一切都如此順利、安祥。今晚的海浪，大概會鑲著銀亮的白邊吧。我一禁止自己多想之後，便感覺到夜眼因爲我這個決定而輕鬆不少。我們又在燻魚的慢火裡，多添了些赤楊木的枝葉。「該睡了。」我決定道。

以前每逢這樣的夜晚，我們總是一起出去打獵。

是啊。這樣的夜色最適合打獵了。月色這麼亮，獵物不但緊張，而且又無所遁形。

不過，當我轉身往回走的時候，夜眼還是跟了上來。不管打獵在我倆心裡留下了多麼美好的印象，畢竟我們都不年輕了。再說我們肚子吃得飽飽的，爐火又溫暖，何況充分的休息，說不定可以讓夜眼臀部的痠痛減輕些。今晚只要做個打獵的好夢就夠了。

大清早，我聽到吉娜把水倒進燒水壺的聲音，這才驚醒。當我走進廚房的時候，她已經把爐火燒得旺些，開始煮開水了。她一邊切麵包，一邊回頭對我說道：「我這麼弄東弄西的，希望你可別覺得我太放肆。」

「一點也不。」話雖這麼說，我卻眞的覺得有點兒怪怪的。等我把那群雞打點好，把母雞下的蛋帶回屋裡來的時候，桌上已經擺了熱騰騰的食物；而且用餐之後，她還幫忙收拾碗盤。

她先是感謝我讓她在此留宿，然後補了一句：「在我離開之前，我們也許可以來個交換。你可願意考慮讓我以一、兩個護符，跟你換些黃墨水和藍墨水？」

我發現我樂得她在此多逗留一會；這一來是因爲有她作伴很是愉快，二來是因爲我一直對鄉野術法感到好奇。這正是對鄉野術法所借助的工具多加了解的大好機會。我們先到我的作坊，我倒了黃墨水、藍墨水，又倒了一點紅墨水給她。吉娜在我以木塞塞住瓶口，並以熱蠟封瓶時對我解釋道，某些護符上若是染了色，似乎會添增效力，不過這方面，她還得多研究。我點頭以應，雖然我有一肚子問題，但仍忍著不問。問這些細節似乎不太禮貌。

回到屋子裡之後，她把那幾瓶墨水放在桌子上，然後打開她自己的背包。她把裝著護符的各色布袋陳列出來。「你要哪種護符，湯姆．獾毛？」她帶著微笑問道。「護符有很多種，有祈求田園豐收的，有祈求打獵滿載而歸的，有祈求小寶寶順利長大的——這種護符你大概沒什麼用處，我看放到一邊去好了。啊。這種護符你可能用得上。」

她一下子拿出了個護符。此時夜眼突然痛苦地低吟；牠躡手躡腳地走到門邊、把房門頂開的時候，緊張到頸後的毛都豎直了起來。我發現我自己也不禁退後幾步，離她手裡的那個東西遠一點。許多短樹枝以混亂的角度交織在一起，而且樹枝上還刻著恐怖的黑色圖形；樹枝之間則顫巍巍地穿插著幾個看來令人毛骨悚然的珠子，又綁了幾簇烤得扭曲的羽毛。那東西不但大肆侵略我，還令我痛苦不已。要是我膽敢移開眼光不去看那個東西的話，我早就逃到外面去了。我突然感覺到我的背已經靠在小屋的牆壁上。我用力往牆上推，心裡雖明白這牆壁難以頂破，不如另外尋找比較容易逃走的出口，卻想不出另外那個出口到底是什麼。

「眞對不起。」吉娜的聲音從遙遠的地方傳來。我眨了眨眼，接著那東西不見了，吉娜用布把那護符蒙住，不讓我看見。待在屋外的夜眼，牠的低吟升高爲哭嚎，然後突然而止。我則覺得彷彿自己剛從很深很深的水底浮上來似的。「我方才太大意了。」吉娜一邊道歉，一邊把那護符塞到背包最裡面。「那是掛在雞舍與羊欄上，用來驅離肉食動物的護符。」

我又可以開始呼吸了。吉娜並未正眼看我。我倆之間瀰漫著一股憂慮不安的瘴氣。我擁有原智，而現在她已經知道了。她知道之後，會怎麼看待我？只是不屑與我這樣的人相處？嚇壞了？還是怕到找一群人來對付我？我開始想像幸運回來時，只看到焦黑傾倒的小屋。

吉娜突然抬起頭來與我四目相交，彷彿她側耳聽到我內心的念頭似的。「一個人生來是什麼本色，就是什麼本色。人又沒法子改變自己的本色。」

「說得很對。」我喃喃地回答。我心裡鬆了一口氣，但同時又感到很羞愧，因爲我會鬆口氣，表示我把人給瞧扁了。我勉強自己離開牆壁，往前走一步。她沒繼續看我；此時她在背包裡四處翻找，好像方才那個插曲根本沒發生過。

「好吧，既然如此，咱們就給你找個比較合適的。」她一袋一袋地找過去，不時停下來捏捏掐掐地，以便確定裡頭裝的到底是什麼。最後她從綠色的袋子裡挑了一個護符出來，放在餐桌上。「你可願意把這個護符掛在你的花圃附近，以便鼓勵你種的花草蓬勃生長？」

我無言地點點頭，心中仍殘留著幾分恐懼。本來我還懷疑她的護符有沒有效，現在我知道她的護符威力強大，大到我幾乎有點怕起來了。她把那個花圃護符從袋子裡拿出來時，我咬緊牙根準備，然而等我看到護符時，卻一點感覺也沒有。我抬頭看著她，只覺得她眼裡透出憐慰。她那溫柔的笑容，使我拾回信心。

「你得讓我看看你的手，這樣我才能把護符調整到完全與你相配；然後我們還要到外面去，針對你的花圃來調整護符。這護符的助力，一半是給花圃，另外一半是給花匠；畢竟花圃要養得好，一半要看是由誰栽種，另一半則要看花圃的土壤。讓我瞧瞧你的手。」

她在餐桌邊坐下來，雙手放在桌上，朝我伸過來。我在她對面坐下，在一陣尷尬的遲疑之後，終於把手放在她手上。

「不對不對。所謂手相，看的是手掌，可不是手背。」

我順從地把雙手的手掌翻過來。我在當學徒的時候，切德常教我看手相；不過切德不是教我去看一個人的財運如何，而是教我如何從手看出一個人的過去。因爲握劍而產生的繭，跟因爲拿筆寫字或因爲拿鋤頭耕地而產生的繭，是不一樣的。吉娜俯身打量我的手掌，看得非常用心；我心裡則納悶，不知道她的眼睛是否已經看出我以前使的是戰斧，而且我曾經搖槳搖過好一陣子。但是她什麼也沒說，只是皺著眉頭，專注地研究我的右掌，然後又繼續研究左掌。最後她抬起頭來看我時，臉上的表情五味雜陳。她雖裝出笑容，卻笑得很勉強。

「你這個人很古怪，湯姆，而且古怪到了極點！要不是因爲這兩掌長在你左右手臂上，我一定會說這是兩個不同的人的手掌。據說，從左手可以看出一個人與生俱來的命運，而從右手則可以看出一個人給自己造就了什麼樣的命運；但即使左右手會有所不同，像你這樣，左右手完全南轅北轍的，我還是頭一次見到！我告訴你我在這手上看到什麼。心靈脆弱的少年。多愁善感的青年。然後……你左手的生命線很短吶。」她一邊說著，一邊把我的右手放開；此時她的食指點在我的左手手掌上，她的指甲沿著生命線，畫到紋路終止之處，使我有點發癢。「如果你現在是在幸運的年紀，那我不免擔心，這年輕人恐怕不久就死了。然而如今你好好地坐在我眼前，而且你右手的生命線又長又實在，那麼我們就看右手、不管左手，你覺得如何？」她放開我的左手，兩手捧住我的右手。

「就這麼辦吧。」我不自在地應道。我之所以難以從容，不但是因爲她講的這一番話，另外也因爲她的手握住我的那股單純而溫暖的感覺，令我突然警覺到她是個女人。我當下感覺到一股專屬於青春少年的反應。我換了個坐姿。她臉上揚起了體貼的笑容，卻使我更加不自在。

「好。你是個熱中園藝的人，你致力於各種藥草的知識及用途。」

我不置可否地應了一聲。她已經看過我的花圃，所以她當然看得出我注重藥草。她進一步研究我的右掌，先以她的拇指掃過我的掌心，以撫平細紋，繼而以她的手指，輕輕地將我的指頭包起來，以便讓掌心的紋路更加明顯。「湯姆，你的手不好判讀哪，不管是左手、右手都一樣。」她皺著眉頭，然後又把我的左、右手一起拿來作比較。「以你的左手來看，我會說你在那短短的生命中，曾經享有甜美且眞切的愛情。一場唯有因爲生離死別才會拆散的愛情。然而從你的右手卻看出，愛情在你長年的生命中進進出出。有一段時間，那忠實的戀人消失無蹤，但不久之後，她就會回到你身邊。」她抬起頭來，淡褐色的眼睛直視著我，像是要看看她說得眞不眞切。我隨便地聳了聳一邊的肩膀。幸運是不是跟她講了椋音的事？我說什麼也不會把椋音稱之爲忠實的戀人。我既然沒說什麼，她也就把注意力轉回我的手上，先看看這一手，又看看另一手。她微微地蹙著眉頭，把眉心擠出了細紋來。「你看這裡。看到沒？憤怒與恐懼，像鎖鏈般地絞在一起……這黑暗的鎖鏈緊跟著你的生命線，彷彿烏雲罩頂一般。」

她的話使我愈加不安；我努力抑制自己靠上去看自己的手的衝動。

「大概只是手髒吧。」我提出看法。

她聽著覺得好笑，輕輕地哼了一聲，接著再度搖頭；但是她不再大加研究我的手掌，反而用她的手把我的手包起來，直視我的眼睛。「像你這樣左右掌相差得這麼大的人，我從沒見過。我在想，你是不是偶爾也會懷疑，你到底認不認識自己呢？」

「我敢說每個人多少都會懷疑自己到底認不認識自己。」怪得很，我實在難以抬頭直視她那近視的雙眼。

「嗯。但是就你而言，你對自己的懷疑，可能比別人對自己的懷疑更多。好啦。」她嘆了一口氣。「來看看我要怎麼調整比較好。」

她放開我的手，我趕快把雙手抽回來。我在桌底下交摩雙掌，彷彿這樣就可以把她碰觸到我的酥癢感摩擦掉。她拿起護符，轉來轉去地看著，然後把其中一條線拆掉。她把線上珠子的順序加以調整，又從背包裡拿出一顆棕色的珠子添了上去；接著她重新把那條線綁上去，拿出方才她從我這兒換得的黃墨水。她拿極細的畫筆沾了黃墨水，把其中一個木榫上刻的那幾個黑色的符文描上黃邊。她一邊調整護符，一邊說道：「希望我下次來你這邊的時候，你會對我說，往年的花草長得都沒有今年這麼旺盛。」她朝護符上吹氣，好讓墨水早點乾，接著把墨水瓶和畫筆都收起來。「走吧，我們還得把護符調整得適合你的園子呢。」

一到外面，吉娜就吩咐我去找一根至少跟我一樣高，而且頂端有開岔的樹枝。我把這樣的樹枝帶回來之時，發現她已經在我花圃的東南角挖了個洞。我按照她的指示，把樹枝插在洞裡，把土填實了；然後她把護符掛在右邊的岔枝上。有風吹來時，珠子輕輕地沙沙響，另外又有個小鈴鐺發出清脆的聲音。她以指尖拍拍那鈴鐺。「這可以把鳥嚇跑。」

「謝謝妳。」

「別客氣。這個地點用來放我的護符很好。把這護符留在這裡，我也開心。我下次來的時候，一定要來看看這個護符有沒有大發功效。」

她已經兩次提到要再度來訪了。舊日所學的宮廷禮儀的殘留，促使我對她說道：「歡迎之至，下次仍請務必賞光；我期待妳再度來訪。」

她一笑起來，臉上的酒窩就凹得更深。「謝謝你，湯姆。我一定會再來。」她突然傾著頭，坦誠地說道：「我知道你很孤單，湯姆，但你不會永遠孤單的。其實我看得出，一開始的時候你懷疑我的護符能有什麼威力，而且到現在你都還在懷疑我是不是能夠從一個人的手裡看到眞相。我可一點都不懷疑。你這輩子，不乏眞愛伴隨。愛情將會回到你身邊，你別懷疑這點。」

她那淡褐色的眼睛熱切地看著我，我笑也不是，皺眉頭也不是，所以只能默默地點點頭。她揹上背包，從私家小路走出去，我則一路目送。她的話牽動了我的心，而且長久以來被我刻意壓抑的希望，又掙扎地攀升起來。但我還是把「希望」丟得遠遠的。現在莫莉和博瑞屈彼此相依，他們的人生裡，已經沒有我的位置了。

我挺起胸膛。我得做雜務、堆柴火、燻魚，還得補屋頂。今天又是個美好的夏日。最好是趁著天氣好的時候多做點，因爲夏天一熱起來，冬天就不遠了。

5

暈黃之人

這塊土地在成爲「六大公國」之前，便有文獻記載，而早期文獻的某些跡象顯示，「原智」這種魔法，並非從古到今都一直受人鄙視。這些記載很破碎，何況對於古老卷軸的解讀，往往爭議不斷。但是大多數文書大師都認爲，在史上的某個時期曾有許多聚落，天生具有原智魔法的人不僅佔大多數，而且原智者還積極地施展原智魔法。另有些卷軸的記載則顯示，原智者乃是這塊大地的原住民。也許就是因爲這個緣故，所以原智者才自封爲「原血者」。

在古代，人們的生活不像現在這麼安定。人們比較不仰賴耕作的豐收，反倒仰賴狩獵與採集野果的收穫。也許在那樣的時代中，人與野獸之間的牽繫，看來比較沒這麼怪異，因爲當時的人跟野生動物一樣，都得自立自強。

即使在較晚近的史籍之中，提到原智者因爲施展原智魔法而遭殺害的紀錄，也少之又少。的確，晚近史籍中這類的處決紀錄之所以很少，似乎正意味著這類事件很不尋常，所以才值得記錄。直到衡刺國王，也就是俗稱的「花斑點王子」即位之後，人們才對原智者報以恨意，而且認爲任誰施展原智魔法，都應該處決。在衡刺國王執政後，原智者遭殺害的事情便越來越多；而且某些個案竟是全村子的人都遭到殺害。在這場大殺戮之後，原智者不是變少了，就是憂心得不敢承認自己擁有原智法力。

明媚的夏天接著來到，每天都美得像是珠串上的藍綠色珠子。我的人生好得很。我打點花圃，把小屋內外長久疏忽之處修補好，而清晨與夏日的子夜，則與夜眼出外捕獵。我以美好且簡單的事情，塡滿了每一個日子。天氣很好，在我辛苦賣力時，陽光溫暖地照在我的肩膀上；傍晚走在海邊的懸崖上時，清風拂過我的臉頰；而我踩在田園裡時，則感受到泥土的肥沃充實。問題在於我對這一切視而不見。

有時候，我幾乎覺得滿足。花圃長得很好，格架上的藤蔓，爭先恐後地結了豆莢，而且個個都肥厚飽滿。肉不但夠吃，還有多的可以留下來過冬，而且小屋每天都變得更舒適、更整齊。對這些成就，我自然頗爲得意。然而有的時候，我卻發現自己信步走到花圃裡，站在吉娜的護符前，一邊轉著珠子，一邊怔怔地望著私家小路。等啊，等啊。其實等待並沒什麼不好受，只是我不但常常發現自己在殷殷地企盼幸運的歸來，而且這個等待還成爲我整個人生的縮影。等到幸運眞的回來了，會是什麼光景？我不得不問自己這個問題。如果幸運打工很成功，那麼他回來待不了多久就得走了；我應該希望的是事情會朝這個方向發展。如果幸運沒法子賺到他投師拜藝的學費，那麼我勢必得絞盡腦汁籌這筆錢。然而眼下我什麼也不能做，只能等。然而等待幸運的歸來，就等於是等待他再度出門。然後呢……然後會生出事情來，然後又生出更多的事情，我的內心這樣想著。可是，到底是什麼事情勾引得我的靈魂坐立難安，我卻一點線索也沒有。當我感知到自己處於這種進也不是、退也不是的懸宕境況時，只覺得周遭的一切生命都惹得我焦躁惱怒。這時候，狼就會嘆口氣，使勁地站起來，走過來靠在我的腳邊，然後鼻頭一頂，就把牠的頭貼在我的手下。

別多想了。想什麼將來如何如何，好好的一天都被你糟蹋了。那孩子回來就回來，你擔憂個什麼勁？現在你好好的，我也好好的。明天很快就會到來，而且反正不是壞，就是好。

我知道夜眼的這個想法很有道理，所以通常我接下來就把那些雜思拋在腦後，繼續幹我的活兒去了。不過我得承認，有次我眞的在長椅上坐了下來，呆呆地望著水面。我倒沒試著施展精技，因爲過了這麼多年之後，我終於領悟到，由於搜尋不到精技同道而產生的寂寞，實在無法慰藉我心。

天氣仍然很好，而且每個爽快清涼的清晨，都像是特別送給我的禮物。到了傍晚，我從燻肉房裡把一片片燻好的魚片從掛鉤上取下來時想道：也許這樣的日子不只是禮物而已，簡直比禮物還要珍貴。我每天勞動，並且由勞動而賺得休息；我做了不少事，感到很有成就感；而且當我願意讓自己有滿足感的時候，我還很滿足。我把魚燻得恰合自己的口味：外層紅紅硬硬，但裡面水分還很多，風味十足。我把最後那一片燻魚丟進網袋裡。小屋的屋簷下，已經掛了四袋燻魚。這就夠我們過冬吃的了。狼跟著我進屋子裡，看著我爬到餐桌上去掛魚。我回過頭，對狼說道：「我們明天是不是要起個大早，到山上去獵野豬？」

我以前獵野豬，沒有一次追丟的。難道你以前追丟過野豬，所以才念念不忘嗎？

我低頭看著夜眼，有點驚訝。牠的思緒雖幽默俏皮，但畢竟還是拒絕了。我本以爲一提獵野豬，牠就會興致勃勃地巴不得馬上動身。老實說，獵野豬得使盡吃奶的力量與之相搏，所以我對這種事情已經不大提得起勁了；我之所以還會提起，是爲了討牠歡心。最近夜眼有點無精打采，我以爲牠是因爲幸運不在所以才這麼落寞。那孩子跟著夜眼打獵的時候，跑上跑下的可靈活呢；我心裡暗忖，怕是這樣一比之下，我顯得格外遲鈍了。我知道我盯著牠看的時候，牠感覺得到我滿腹狐疑，然而此時牠已經退避到自己的心靈之內，所以我除了幾個模糊且片段的思緒之外，什麼也感覺不到。

「你該不會是病了吧？」我擔心地問道。

牠突然轉頭看著門。有人來了。

「幸運？」我忙不迭地跑到門邊。

不是矮種馬。

我方才並沒把門關緊；夜眼走到門邊瞥視出去，耳朵警覺地豎起來。我也湊過去。過了一會兒，我聽到穩定的馬蹄聲。是椋音？

才不是那隻嚎叫的母狗。夜眼發現來人不是那個吟遊歌者時寬心了不少，而且牠對於這個情緒絲毫不遮掩。我心裡有點刺痛。我一直到最近才完整地了解到牠對椋音有多麼厭惡。我並未開口把話講出來，也沒將自己的思緒對著牠送出去，不過牠反正都曉得我的心意。牠對我投以抱歉的眼光，然後一溜煙地跑出去了。

我走到外面的門廊上等待，並豎起耳朵聽。這是匹上好的馬。這麼晚了，然而這馬走了一天的路，腳步聲仍生氣勃勃。馬與騎士進入我的眼簾，我看到那馬時不禁抽了一口氣。那馬全身上下的每個線條，都娓娓道出其品種之精純。這是匹白色的母馬。牠那雪白的鬃毛與馬尾隨風飛揚，彷彿前一刻才剛梳過；馬鬃上綁著柔美光滑的黑穗子，更與那銀黑相間的鞍轡互相呼應。牠並非高頭大馬，然而牠仍側過一邊的眼睛、揚起一邊的耳朵，積極地掃向樹林間那尚不見身影的狼。牠是警戒，而非恐懼。牠開始把蹄抬高一點，彷彿是要跟夜眼警告說，牠仍很有力氣，要打或是要逃都不成問題。

那騎士配上這樣的坐騎，則是當之無愧。他坐得很穩，而且在我感覺上，這人與自己的坐騎相當相襯。他一身黑衣，而且衣服和靴子都以銀絲鑲邊。他那件夏日斗篷上，以及白色的領口和袖口上，都極盡奢華地以銀線繡上花樣，所以他雖是一身黑衣黑靴，卻並不顯嚴肅。他額頭很高，頭髮後梳，以銀圈束起。他是個修長的青年，然而就像他那輕巧的坐騎，只令人聯想到敏捷一樣，他的瘦削也只令人聯想到靈活而非脆弱。他的膚色是曬過太陽的金色，頭髮也是金髮，五官俊美。那暈黃之人靜靜地走上前來，四下只聞得那馬兒韻律般的蹄聲。那人走近之後，輕輕一碰，教馬兒停住，然後坐在馬上，以他那琥珀色的眼睛俯視著我。他臉上帶著笑容。

我心底似乎想起了什麼。

我潤了潤唇，卻想不到要講什麼話；忍不住屏住了呼吸，就算是想到什麼話可講，也沒氣可把話送出口。我心裡感受到的，眼睛不承認；眼睛看到的，心裡也不認可。那人的笑臉慢慢地退去，換上一面靜止的面具，當他開口說話時，聲音低沉，音調沉悶。「難道你對我連一句招呼都沒有，蜚滋？」

我張開嘴巴，然後大大地展開雙臂。他一看到我這個無語以名之的動作，臉上立刻就有了回應。他的眼睛一下子發出光芒。他並不是從馬上翻下來，而是乾脆從馬上一躍，向我跳過來；當然，這一躍多少也得到夜眼的助力，因爲牠突然從樹林裡向他衝過去，那馬驚得嘶鳴，急得上下跳。弄臣從馬鞍上躍起來的勁道，比他原來意想的還要大得多，但是他憑著跟以前一樣輕靈的功夫，仍然穩穩地雙腳落地。那馬嚇得退開，但是我們誰也不去注意牠。我一個箭步上去，擁住弄臣，而夜眼則像小狗仔般在我們身邊跳來跳去。

「噢，弄臣。」我嗆著說道。「明明不可能是你，但眞的是你。到底怎麼會這樣，我也不管了。」

他伸開雙臂抱住我的脖子。他抱我抱得很緊，所以博瑞屈的耳環冷冰冰地壓在我的脖子上。他像個女人家似的抱著我抱了很久，直到狼堅持不懈地插進我們中間爲止。「夜眼！」他狂野且滿足地叫道。「我本以爲再也見不到你了。老朋友，見到你眞好！」弄臣一邊把臉埋進夜眼的毛皮裡，一邊擦掉眼淚。不只他感動，我自己的眼淚也不聽使喚地流了下來。

接著弄臣優雅地站了起來，那舉手投足對我而言，就如同呼吸一般地熟悉。他捧著我的臉，按著他的老方式，把他的額頭緊貼在我的額頭上。他的味道聞起來有蜂蜜和杏桃白蘭地的香味。怎麼，他是好不容易鼓足勇氣才來見我嗎？過了一會，他抽身回去，但仍握著我的雙肩。他瞪著我看，眼睛盯著我額頭上那一撮白髮，然後再掃過我臉上那幾道熟悉的疤痕。我也同樣熱切地瞪著他看，我不僅納悶他是怎麼從全身蒼白變成全身暈黃，也好奇他怎麼一點兒都沒變。近十五年前我最後一次看到他時，他是一副稚嫩少年的模樣，然而我眼前的他，看來就跟當年一模一樣。他臉上連一條皺紋都沒有。

他清了清喉嚨。「噯，你不請我進去嗎？」他命令道。

「當然。不過總得先把你的馬兒打點好。」我答道，聲音有些粗嗄。

他咧嘴而笑，臉一下子亮起來，而我們兩人多年的分隔與遙遠的距離，則瞬間化為烏有。「你一點都沒變，蜚滋；你這人總是馬先，人後。」

「沒變？」我一邊說著一邊對著他搖頭。「你的模樣跟當年一模一樣，別說是老了十幾歲，你是連一天都沒老。不過除此之外嘛……」我一邊側身向弄臣的馬走去，一邊無助地搖頭；那馬高舉蹄子，踏著退開，跟我保持距離。「你變成金黃色的了，弄臣，而且你打扮得像當年的帝尊那樣地奢華。我第一眼看見你的時候，根本認不出你來。」

他嘆了一口氣，但又像是在笑。「我原先還唯恐是你怕再度見到我哪，這麼說來，這擔心是多餘的囉？」

這種問題根本不值得回答。我不理他，同時腳下又進了兩步，朝那馬兒靠上去。那馬兒轉開了頭，讓我搆不到馬韁，而且隨時注意著狼的動靜。我感覺得到弄臣正津津有味地注視著這個場面。「夜眼，你別故意扯後腿！」我不耐煩地叫道。狼垂下頭，瞥了我一眼，不過總算不再虎視眈眈地逼近那馬。

只要你肯給我個機會，我單靠自己也能把那馬逼進穀倉裡。

弄臣微微地傾頭，好奇地看著夜眼和我。我感覺得到他對著我散發出細薄如利刃般的共同認知。我差點忘了馬還沒打點。我想也不想，就伸手去碰觸他多年前留在我身上的印記；我手腕上的銀色指紋早就褪成淡灰色的了。他再度漾開笑容，然後舉起戴著手套的手，伸出食指指著我，彷彿他要讓那印記重新鮮明起來似的。「雖然你我之間有著千山萬水、無情歲月的阻隔，」弄臣說道，他那宏亮的聲調與他那金黃的膚色十分相襯。「但是這麼多年來，你一直都跟我在一起，近得就像我的指尖碰得到你的手腕一樣。你的存在，彷彿是耳力所及之最遠處的一個嗡嗡聲響，或是微風吹來的一股淡淡的氣味。你難道沒有這種感覺？」

我深吸了一口氣，因爲我怕我的話會刺傷弄臣。「沒有。」我平靜地說道。「但願我有這個感覺就好了。我往往覺得我是完全孤單的，除了夜眼之外，什麼別的都沒有。我常常坐在大海的邊緣，施展開來，碰觸一切，只希望能找到志同道合之人，但是我從來也沒有收到任何回應。」

弄臣聽了這話，搖了搖頭。「若是我眞有精技就好了；果眞如此，你就會知道我在此處，與你只隔一指之遙，只是瘖啞不能言而已。」

我心裡突然莫名地覺得輕鬆了不少。然後他發出了個介於雞叫與打嗝之間的聲響，而他的馬便應聲而來，用鼻吻頂著他伸出的手臂；接著弄臣把馬韁交給我，因爲他知道我看到好馬一定心癢。「去吧，一路騎到大路口再回來。我敢打賭，你這輩子一定沒騎過像牠這樣的好馬。」

弄臣一把馬韁交到我手裡，那母馬便朝我走來。牠的鼻子靠在我胸前，鼻孔一掀一掀地熟悉我的氣味；然後牠抬起頭來，鼻尖頂著我的下巴，輕輕地推了一下，彷彿在催促我快向弄臣的誘惑投降。「你可知道我多久沒有騎馬，更別說是騎這樣的好馬？」

「太久了，去吧。」弄臣催道。像這樣一見面就要把自己的珍寶拿出來與好友分享，實在是小男孩的淘氣行為，然而我的心立刻呼應，因為我知道即使是千山萬水與無情歲月的阻隔，也不會影響到我們之間的情誼。

我沒等著讓弄臣再邀我一次。我踏上馬蹬，一躍上馬；而儘管過了這麼多年，我仍深刻地體會到這匹馬與我昔日的坐騎「煤灰」之間的差別：這匹馬個頭小，骨架子細，而且軀幹較瘦。我發現我在催牠向前走的時候，動作笨拙而且手勁太重，一拉馬韁卻又驅得牠團團轉。我換了重心，接著一拉馬韁，而牠則毫不遲疑地後退。我傻傻地笑了起來。「就算拿博瑞屈掌管公鹿堡馬廄顛峰時期的上好良馬來跟牠比較，牠也毫不遜色。」我對弄臣坦承道。我伸手去摸牠肩頭的鬐甲骨，並感到牠那急切的小小心靈中，有著跳動的火焰。牠心裡沒有憂慮，只有好奇。狼坐在門廊上，嚴肅地看著我。

「一路騎到大路上。」弄臣催促道，他臉上跟我一樣，都笑開了。「讓牠自己走一段；讓牠露一手給你瞧瞧。」

「牠叫什麼名字？」

「麥爾妲。這是我自己給牠取的名字。我是來這兒的半路上，經過修克斯國的時候，把牠買下來的。」

我點點頭，不過這是點給自己看的。修克斯國的人培育出體型輕巧的馬，以便橫渡境內寬廣且多風的平原。像麥爾妲這樣的馬很好養，只要一點草料，就可讓牠日復一日地奔走。我傾身向前。「麥爾妲。」我對牠說道，而牠則從我呼喚牠的名字之中，聽到了牠所等待的應允。牠一躍向前，於是我們就上路了。

就算這一天的行程眞的耗損了麥爾妲不少元氣，牠也沒顯露出來。而且牠不但毫無疲態，反而像是因爲中規中矩地走了一天的路而覺得不耐煩，所以現在反而慶幸有機會可以伸展筋骨。我們倏地穿過林蔭下的私家小徑；在我耳裡，牠的蹄打在硬土上，彷佛是首樂曲一般。

奔到私家小徑與大路的交會處時，我拉著馬韁，要麥爾妲停下來。牠連氣都沒喘，反而弓著頭，輕輕柔柔地扯了一下馬銜，好讓我知道牠很樂意繼續再奔跑下去。我一邊拉住她，一邊前後張望著大路。怪了，明明只是看事物的觀點起了一點小變化，但我對世界的看法卻因此而改變。當我坐在這匹良駒背上展望的時候，只覺得大路像是在我面前甩開的絲帶一般，走來毫不費力。日光漸褪，但即使光線柔和，我仍瞇著眼，看著那藍色高山與山丘外的無限可能性。我胯下的這匹好馬，把整個世界都帶近到我的腳下。我靜靜地坐在麥爾妲背上，任由我的眼睛沿著一條想像的大路，一路飛奔到公鹿堡，或者飛奔到任何地方，而且是世界上任何地方。我在小屋裡與幸運過的平靜生活，就像是陳舊皮革一樣地緊束、侷限了我的行動；我渴望自己能像蛇一般地扭動、脫皮，然後以閃亮的全新姿態，走入廣大的世界之中。

麥爾妲搖了搖頭，於是鬃毛與穗子齊飛，而我也頓時發現到自己已經坐在馬背上凝視著遠方多時，太陽已與地平線相連。儘管我抓緊了韁繩，馬兒仍嘗試地往前踏了一、兩步。麥爾妲自有牠自己的意願，而且此時牠極樂意在大路上奔跑一陣，要不然牠寧可高視闊步地走回小屋；所以我們各讓一步：我讓麥爾妲掉頭朝著來時路，不過要走快走慢，則由牠自己決定。於是牠高速地奔過私家小徑。到了小屋前，我勒馬而止，而弄臣則從門裡探出頭來對我叫道：「我已經開始燒水了。你把我的鞍袋拿進來，好不好？袋子裡有續城咖啡。」

我把麥爾妲安置在穀倉裡，與我那矮種馬比鄰；我打了清水，又把我僅有的乾草都給牠吃。我存放的乾草不多；我那矮種馬對糧秣本來就不挑嘴，對於小屋旁山丘上的稀疏粗草，亦來者不拒。弄臣那華麗的鞍袋靠在簡陋的牆壁上，顯得很不搭調。我走回小屋的時候，夜色已經逐漸濃了起來；窗戶裡透出亮光，並傳來令人愉快的鍋碗碰觸聲。我進了屋子，把鞍袋放在桌上時，夜眼已經伏在火爐前，把浸水的毛皮烘乾，而弄臣則繞過夜眼，以便把燒水壺掛在掛鉤上。我眨了眨眼睛，而霎時間，我還以為自己回到了弄臣在群山山脈裡的小屋子，任由他把世界擋在外面，好讓我安心療養舊傷的那段時光。當年弄臣在他的周遭創造了真實的氛圍，在他那個由溫暖的火光與單純的火爐烤麵包的味道所構成的小小島嶼裡，一切都是那麼地井然有序、寧靜且安祥；而如今他在這小屋裡做菜的氣氛，亦復如是。

他一轉眼，淡色的眼睛與我四目相對，那眼珠子的黃暈與火光相輝映。火光爬上了他的顴骨，到了他的髮際處則黯淡下來。我甩了甩頭。「在短短的日落間，你讓我從馬背上見識到廣闊的世界，以及活在我軀殼內的那個靈魂。」

「噢，吾友。」弄臣靜靜地說道。以我們交情之深，他說這幾個字就夠了。

我們齊全了。

弄臣傾著頭，彷彿要聽出夜眼的思緒。弄臣那模樣，看來彷彿他在努力回想什麼重要事情似的。我與夜眼彼此對看了一眼。夜眼說得沒錯。弄臣加入了我們，就像是破碎的陶器碎片重新黏合在一起，而且彷彿工整得連裂縫都看不出來，使我們這個群體變得齊全了。切德的來訪使我心裡浮起了種種疑問與需要，然而弄臣出現在此地，本身就是問題的答案與難得的滿足。

不待問我，他便自由地在我的菜圃與碗櫥裡取用食材與廚具。爐火上有個鍋子，正燉煮著剛挖起來的馬鈴薯、紅蘿蔔、小的紫蕪菁和白蕪菁；鮮魚與紫蘇則在與鍋子相配的鍋蓋下嗚嘟嗚嘟地滾著。當我以懷疑的眼神看著那鍋鮮魚時，弄臣只是淡淡地評論道：「狼似乎還記得我喜歡吃鮮魚。」夜眼把耳朵伏下來，懶懶地垂下舌頭朝著我。這些菜色，再加上火爐烤出來的蛋糕和黑莓果醬，就成了我們簡單的一餐。弄臣已經找出了沙緣白蘭地，此時那酒瓶已經放在桌上。

弄臣在他的鞍袋裡翻找一番，拿出一個小布袋，布袋裡是閃著油光的黝黑豆子。「你聞聞看。」弄臣命令道，然後便分派我去把咖啡豆磨碎，而他則是把我僅餘的那個鍋子裝了水，放到爐火上去煮。我們彼此沒講什麼話。弄臣自顧自地哼哼唱唱。偶爾鍋蓋被水氣沖開、溢出幾滴湯汁掉在爐火裡的時候，發出滋滋的聲音，應和著我用杵臼搗碎香豆子的聲響，溫馨地散發出居家的氣氛。在這令人心滿意足的時刻中，我們彷彿遁隱到狼族的時空中，既不牽掛過去，也不擔憂未來。對我而言，這一晚永遠是我所珍惜的時光，彷彿水晶杯裡的白蘭地一般金黃燦爛且香味瀰漫。

弄臣有個我從來學不會的技巧，那就是他能讓所有的食物同時煮好，所以深棕色的咖啡冒著蒸氣，與鮮魚和蔬菜同時上桌，而一大碟火爐蛋糕則蓋著乾淨的布保溫。弄臣分了一塊柔嫩的魚片給狼，而狼雖喜歡吃生冷的魚勝過吃溫熱的熟魚，但仍盡責地吃了下去。小屋的門開著，可以看到外面的星空；在這愉快溫和的夜晚與好友共進晚餐，使得這屋子滿溢著幸福。

我們把碗盤堆在一旁，打算稍後再去處理，然後再倒了些咖啡，坐到門廊上。這是我第一次喝這種外國飲品；這種深棕色的熱燙飲品，聞起來比喝起來更香，不過無論入口的滋味如何，都能使心靈愉悅地敏銳起來。不知怎地，最後變成我們手捧著溫熱的杯子散步到小溪邊；狼喝了不少清涼的溪水，然後我們再折回來，到了花圃裡又停了一下。弄臣轉著吉娜的護符，聽著我講這護符的由來；他伸出修長的指頭搖了搖鈴鐺，於是清脆的鈴聲便傳入夜色之中。我們去瞧了瞧他的馬，接著我把雞舍的門關好，以免夜晚遭襲；最後我們漫步回到小屋，我在門廊上坐下來。弄臣一句話也沒說，便拿了我的杯子走進屋裡。

弄臣回來時，杯裡的沙緣白蘭地滿到杯緣。他在我身邊坐下來，狼則待在我的另一側，並把頭枕在我的膝蓋上。我啜了一口白蘭地，搔了搔狼的耳朵，等待。弄臣輕輕地嘆了一口氣。「我盡量避著不來找你，能避多久就避多久。」他的口氣像是在跟我道歉。

我揚起一邊眉毛。「不管你何時來看我，都不嫌太早。我心裡常常掛念著，不曉得你此時怎麼了。」

弄臣嚴肅地點點頭。「我之所以避著不來找你，是因爲我希望你終究能找到一絲平靜與滿足。」

「我的確找到平靜。」我要弄臣放心。「而且我也很滿足。」

「然而如今我又回來將你的恬靜生活帶走了。」他說這句話的時候，眼睛並未看著我；他眺望著夜色，凝視著樹林下的黑暗。他像孩童般抖腳，然後又啜了一口白蘭地。

我心裡絞了一下。我還以爲他是爲了跟我聚聚而來的。我謹愼地問道：「這麼說，是切德派你來的了？切德叫你來勸我回公鹿堡？但我已經跟切德表明心跡了。」

「是嗎？啊。」他停了一會，一邊沉思、一邊搖著杯裡的白蘭地。「我應該早想到切德已經來找過你。不，吾友，這些年來，我從沒見過切德。不過既然他來找過你，就證明了我最憂心的狀況已經發生了。時間已到，又到了白色先知必須再度搭配催化劑，以解救天下危難的時候了。相信我，如果我有別的路可走，如果我能讓你繼續過平靜的生活，我一定會另闢蹊徑，眞的，我一定會。」

「你要我做什麼？」我以低沉的聲音問道。弄臣答話一向迂迴艱澀，而此刻他給我的答案，並不比當年他是黠謀國王的弄臣，而我是黠謀國王的非婚生孫子的時候更清楚到哪裡去。

他看到我懊惱的表情，不禁大笑。「我已經盡量把話講白了，蜚滋，眞的。我已經盡可能平鋪直敘，只是你的耳朵不相信自己聽到的話罷了。多年之前，我初到六大公國與黠謀國王的宮廷，爲的是要找個辦法給天下解厄；那個時候我根本不知道這事該怎麼著手，只知道我非做不可。結果你知道我發現了什麼？我發現了你。你雖是個私生子，但仍是瞻遠王室的繼承人之一。我從未在我自己瞥見的未來景況中見過你，然而當我回顧所有白色先知的文籍時，發現到處都提到你；有的甚至是岔出來的隨筆，或是詭密的暗示，但在在都是你。所以我盡我所能地保住你的性命，然而這所謂盡我所能地保住你的性命，差不多就是激發你求生的意志罷了。我在迷霧中摸索前進，而我所倚靠的，不過是如同蝸牛那似有若無的行跡般渺茫的先知洞見而已。我只知道自己該預防什麼狀況，卻不知道自己該怎麼做才能避免發生這種狀況。然而我們聯手騙過了所有未來。我驅使你步入險境，卻無暇顧及這會對你造成多麼嚴重，就連在夢裡也不堪回首的傷痛與傷痕。不過你依然活了下來，而且當公鹿的光復的催化效果發酵之後，瞻遠家族終於有了真正的繼承人。而這全是因爲你的緣故。所以突然之間，我彷彿站到山頂上，俯瞰著漫著迷霧的山谷；我並不是說我的眼睛能夠看透迷霧，我只是說，因爲我站在迷霧之上，所以我看到遠處的山峰，而那就是嶄新且可能的未來——而且是因爲你奠定了基礎，所以才會顯露的可能未來。」

弄臣眼睛發亮，直盯著我。他定定地凝視著我，而我則感覺到脊椎骨旁的舊箭傷突然猛地抽了一下，差點使我喘不過氣來；接著則是一陣顫抖抽痛，彷彿是什麼不祥的預兆。我跟自己說，這一定是我坐太久了沒動一動的關係，如此而已。

「怎麼樣？」弄臣催促著。他看著我的眼神很急切，甚至可說是飢渴。

「我想我得多喝點白蘭地。」我坦承道，因爲我的杯子不知道什麼時候就空了。

弄臣喝盡杯裡的酒，把我的杯子接過去。他起身的時候，狼和我也站了起來，跟著他走進小屋。他在鞍袋裡翻找，然後拿出了個酒瓶。那瓶裡的酒只剩下七成了。我把這個小小的觀察藏在心底：這麼說起來，他是先喝了酒壯膽才來找我的；我納悶著，我們這次見面，他最怕的是哪一點？弄臣拔開酒塞，把我們兩人的杯子都添了酒。我的椅子跟幸運的凳子都搬到了火爐邊，不過最後我們還是坐在火爐前的地上，就著餘燼喝酒談心。躺在我倆之間的狼重重地嘆了一口氣，伸展一下四肢，把頭靠在我的大腿上；我本來摩著牠的頭，此時突然感覺牠起了一股劇烈的抽痛，於是我順著牠的毛摸到牠的髖關節，並開始輕柔地按摩。夜眼輕輕地低吟，因為按摩使牠的疼痛緩解了些。

你疼得很厲害吧？

你別多管閒事。

你可不是閒事。

分享痛苦又不能使痛苦減輕。

這可說不定。

「牠老了。」弄臣插嘴道，打斷了我與夜眼之間一來一往的思緒。

「我也老了。」我指出。「只有你，仍然跟以前一樣年輕。」

「不過我實際上的年紀，比你們兩個加起來還要大得多。而且今晚我感覺到我活過的每一個年歲都找上了我。」接著他柔軟地把雙膝拉到胸前，雙手抱腿，下巴靠在膝蓋上，彷彿是為了要證明方才自己在說謊一般。

如果你喝點柳樹皮煮的茶，可能會好一點。

你喝剩下的殘湯大可免了，只管繼續給我按摩下去就是。

弄臣露出一抹微笑。「我幾乎聽得到你們兩個對話的聲音；你們的思緒交流，像是蚊蚋在我耳邊嗡嗡叫的聲音，又像是有什麼事情想不起來的煩擾，或者是想要從飄過的一股香味去回憶某種甜蜜滋味的感覺。」接著他突然與我四目相對。「於是我頓感寂寞。」

「對不起。」我不知道該怎麼接口，所以只講了這一句。夜眼與我交談，並不是要將弄臣排除在我們的小圈子之外，只是夜眼與我的小圈子，基本上是外人插不進來的。

然而我們曾經將他納入我們的圈子裡。夜眼提醒道。我們一度將他納入我們的圈子裡，而且那個感覺還滿好的。

我想，我聽了夜眼的話之後，並未對弄臣戴著手套的那隻手多看一眼。然而，也許是他雖沒發覺，但其實卻跟我們相當親密吧，因為接下來他便將手舉起來，把精緻的羊毛手套扯掉，露出修長優雅的手。有一次，弄臣的手意外地貼上惟真的手，而惟真的手充飽了精技的力量，於是在這一觸之下，弄臣的五指指尖變成銀色，而他也因此而具有觸覺的精技力量，一經觸摸，便知道此物的來歷。我把我的手腕翻轉過來；我的手腕內側，當年弄臣的手指碰過的地方，仍留有暗灰色的指印。我們的心靈曾一度藉此相連，感覺上，幾乎就像是弄臣、夜眼與我三人同為真正的精技同道似的。然而到了如今，弄臣五指指尖的銀色印記已經消退，而他留在我手腕上的印記，以及我們之間曾有的聯繫亦逐漸淡去。

弄臣豎起修長的食指，好像在提醒我一般。他對我伸出手來，手指張開，彷彿他的掌中端著無形的禮物似的。我閉上眼睛以穩住自己不受誘惑，然後我慢慢地搖了搖頭。「如果這樣做，那就不明智了。」我困難地說道。

「做弄臣的就是要裝瘋賣傻，何必要明智？」

「在我認識的人裡面，一向就數你最有智慧。」我睜開雙眼，迎接弄臣熱切的凝視。「我渴望精技，就像我渴望空氣一樣，弄臣。求求你，把手拿開吧。」

「真的有那麼……算了，問這種問題太殘忍。好，你瞧，沒有啦。」弄臣戴上手套，把手伸到我面前作證，然後用裸露的那隻手，把戴手套的手包覆起來。

「謝謝你。」我喝了一大口白蘭地，霎時間，我的舌尖彷彿觸及了一整座夏日果園，以及在暖熱的陽光下忙碌地穿梭於熟成果子之間的衆蜂群；蜂蜜與杏桃的滋味在我的口中泛開。這酒眞是極品。「我從沒嚐過這麼美味的酒。」我讚嘆道，同時也樂得改變話題。

「啊，是呀。如今我用得起上品了，說實在話，我還眞怕把自己給寵壞了。我在繽城存了一倉庫的杏桃白蘭地，只等我一聲令下，告訴他們酒要往哪兒送。」

我歪著頭，努力找出弄臣話裡的揶揄之意。過了好一會兒我才了解，他這話就是字面上的意思，並沒別的寓意。他這身華服、種馬、罕有的繽城咖啡，現在又是這……「你發財啦？」我精明地胡亂推算道。

「發財二字尙不足以形容。」弄臣琥珀色的臉頰上浮現紅暈。他看起來似乎是愧於承認自己的財富似的。

「都說了吧！」我命令道。聽到他有這樣的好運氣，我不禁咧嘴直笑。

弄臣搖了搖頭。「說來話長。讓我簡單地說吧。我有幾個朋友，他們有些不勞而獲的財富，而且堅持要與我分享。我心裡猜想，他們大概連硬塞給我的財物有多少價値都弄不清楚。其中有個朋友住在極南的貿易出入口，每次她用最好的價錢、賣了稀有的好貨，就派人送一張銀票到繽城來給我。」弄臣悲哀地搖了搖頭，似乎因爲自己有這麼一大筆財富而感到吃驚。「雖然我花錢花得毫不吝惜，但是好像總是有用不完的錢。」

「我眞爲你高興。」我誠心誠意地說道。

弄臣笑了笑。「我就知道你會爲我高興。不過我固然發了大財，但詭異的是，這筆財富竟無法改變任何事情。無論我睡在千金大床，還是睡在稻草堆上過夜，我的命運都依然不變。而你也是如此。」

弄臣又把話題扯回來了。我集中全副心力，下定決心。「不，弄臣。」我堅定地說道。「今後我絕不會捲入公鹿堡的政治圈。我有我自己的生活，而我的生活就在這裡。」

弄臣歪著頭看我，唇邊浮現了一抹像他當年做小丑作弄人時的笑容。「啊，蜚滋，你這人老是講究要有自己的生活。老實說，你問題的癥結就在於此。至於說這裡嘛……」弄臣四下環顧，然後說道：「所謂的這裡，不過是你當下碰巧踩在你腳下——或者坐在屁股底下——的那塊地方。」弄臣深吸了一口氣。「不是我要來這裡把你捲入任何圈子裡，蜚滋，是時機把我帶來到這裡。當年你由於因緣際會，所以在此落腳；而切德的來訪，以及其他扭轉了你近來生活的事情，也都是因爲機緣巧合而發生。我有說錯嗎？」

他說得沒錯。我原本平靜的遁隱生活，的確在這個夏天裡起了不少風波。我沒回答，然而我也不必回答。弄臣早就知道答案了。他往後一靠，把雙腿伸直，若有所思地啃著沒戴手套的那個拇指，然後把頭往後靠在椅子上，接著閉上了雙眼。

「我曾經夢見你。」我突然說道，這幾個字衝口而出。

弄臣睜開一隻眼睛，他的眼睛如貓眼般暈黃。「這我們不是好久以前講過了嗎？」

「不，不是那個夢。直到方才，我才領悟到我夢見的是你。不過話說回來，也許我當時就知道那人是你了。」好幾年前，有次我睡得極不安穩，而且醒來之後，這個夢境便緊緊吸附在我心裡，而且像沾黏在手上的瀝青一樣，根本甩不開。我早知道這個夢境別有深意，然而我在夢境裡所看到的事情實在沒什麼道理，所以怎麼也想不透這夢是怎麼回事。「不過方才你閉上眼睛，往後一靠……夢境裡的你——或者是某個人——躺在簡陋的木床上。你閉著眼睛，大概是病了，或是受了傷。有個人傾身去看你，我感覺到他想要傷害你，所以我就……」

我抗斥那人。我已經多年不用這個手段了。一股粗糙且強大的動物知覺，將他自己的意識擠到一旁，並開始以他雖無法了解卻非常痛恨的手法來主宰他的身體。然而他雖恨得咬牙切齒，卻也怕得不敢動彈。弄臣沉默不語，等我開口。

「我壓制著他，使他不能傷害你。那人怒氣騰騰，他恨你，想要殺你。不過我壓制住他的心靈，所以他非得去找人來幫忙殺你不可。他不得不這麼做。他痛恨我這麼蠻橫地壓制住他，但是他卻非得聽我的號令不可。」

「因爲你用精技把你的號令烙印在他心裡。」弄臣平靜地說道。

「大概吧。」我不情不願地承認道。隔天我自然是被頭痛與對精技的飢渴折磨了很久；甚至連我現在稍微回想一下，都覺得不舒服。我本來一直跟我自己說，我沒那個能耐，不可能在夢裡以精技號令他人。一思及此，記憶中的另外一些夢境又開始在我心頭翻騰起來。我奮力把那些夢境壓下去。不，我堅定地跟自己說道，那些夢跟這個夢不一樣。

「我躺在船的甲板上。」弄臣平靜地說道。「而且看樣子，我這條命的確是你救回來的。」弄臣吸了一口氣。「我原本也推測是你以精技制服了對方，否則那人怎麼沒有當場就把我除掉，實在不合情理。有的時候，當四下無人之際，我會嘲弄自己說，是啊，我是可以抱著這個希望沒錯，我可以自以爲是地認爲自己重要到蜚滋會在夢裡穿越千里的距離來救我。」

「你應當知道我願意爲你赴湯蹈火。」我平靜地說道。

「是嗎？」弄臣這句話，問得幾乎像是在挑釁。他以打從我認識他以來最率直的眼神直視著我；然而我卻看不出他眼裡的痛楚，以及他眼裡的希望是什麼意思。他想跟我討個東西，但我不太確定他想跟我討什麼。我努力找話講，不過等到我想到話的時候，講話的時機已經過去了。他的眼神不再懇求我，而是轉向他處。當他的眼睛又轉回來看著我的時候，他的神情已經變了，而且也換了個話題。

「那麼，當年我飛走之後，你發生了什麼事？」

我大吃一驚。「當時我心想……可是你說你多年來從未跟切德見面，那你是怎麼找上我的？」

弄臣在回答之前先閉上眼睛，然後把左右手的食指伸到身前碰在一起。接著他睜開眼睛，微笑地看著我。看這樣子我就知道，弄臣最多也就只講這麼多了。

「這個問題很龐雜，眞不知從何說起。」

「我知道。喝點白蘭地再說。」

弄臣輕鬆靈巧地站了起來。我把空杯子交給他。我一手放在夜眼的頭上，並感覺到牠正在半睡半醒之間。就算牠的臀部仍疼得厲害，牠也隱藏得很好。夜眼隱藏心思不讓我知道的技巧，是越來越高明了。我心裡納悶著，不曉得夜眼爲什麼痛得這麼厲害還不讓我知道？

*難道你會把你的背痛拿來跟我分享嗎？別管我了；你的麻煩還不夠多嗎？又不是全天底下的問題，你都得一肩扛起。*夜眼長嘆一聲，不再把頭靠在我的膝蓋上睡，而是全身貼著火爐前的地板睡覺。我們之間彷彿有垂簾相隔似的；牠又再度將我阻絕在外。

我慢慢地站起來，一手壓著背，好讓背痛稍微緩解一點。狼說得沒錯。有的時候，跟別人分享自己的痛苦，實在沒什麼意思。弄臣爲我們兩人倒了他帶來的杏桃白蘭地。我走到餐桌前坐下，他把我的酒杯放在我的面前，而他自己則手拿酒杯，在房子裡四處閒晃。牆上掛著惟眞畫的，但是尙未完成的六大公國地圖，弄臣特別停下來看了一會，然後他對幸運睡的小凹室瞥了一眼，又探頭看看我的臥室。幸運來跟我住之後，我便另外加蓋了一間我稱之爲書房的房間；書房有個小火爐，裡面擺了書桌跟卷軸架。弄臣停在門口看了一下，接著大膽地走進去。我看著他，那感覺就像是在注視著一隻正在陌生房子裡探險的貓。弄臣什麼也沒碰，但看來他把一切都看遍了。「好多卷軸。」人在隔壁書房裡的弄臣有感而發地說道。

我提高聲音，好讓他聽得清楚。「我打算寫六大公國的歷史。這是好多年前，我還是孩子的時候，耐辛和費德倫向我提議的計畫。寫寫東西，漫漫長夜就有事情做了。」

「原來如此。可以嗎？」

我點點頭，於是弄臣在我的書桌前坐下，並打開講石子棋的卷軸。「啊，是了。這個我記得。」

「切德叫我研究完了之後，把這卷軸給他看看。我不時會託椋音帶幾樣東西給切德；不過自從我們在群山分手之後，我就沒見過他，直到一個月前他來訪的時候才又見面。」

「啊。但是你一直都跟椋音有往來。」弄臣背對著我，我心裡納悶道，不曉得此時他臉上是什麼表情。弄臣跟那吟遊歌者打從一開始就處不好；有一陣子，他們兩人好不容易暫時停戰，不過我卻一直都是他們起衝突的根源。弄臣根本就不贊成我跟椋音交好；他才不相信椋音會爲我著想。然而，即使弄臣早就說中了，我還是難以當面承認他很有遠見。

「有一陣子，大概七、八年的時間吧，我跟椋音斷斷續續地時有往來。七年前左右，把幸運送來給我照顧的，就是椋音。幸運現在剛滿十五歲。他現在不在家，去外頭打零工，賺點錢，等攢夠了學費就去拜師學藝。他想去學做櫥櫃。就年輕人而言，他的手工不錯，那書桌卷軸架都是他做的。倒是做這種細工要很有耐心，不曉得這孩子做不做得來就是了。不過他已經下定決心，要去公鹿堡城的櫥櫃師傅那裡當學徒了。那個師傅叫做晉達斯，他的手藝是一流的，連我都聽說過他的名字。早知道幸運眼界如此之高，我早幾年就該開始存錢。可是——」

「椋音？」弄臣的疑問，把我從考慮幸運前途的冥想中拉了回來。

我實在無法否認她的現況。「她結婚了。我不知道她結婚多久了。我之所以知道她現在是有夫之婦，是因為幸運跟著她去公鹿堡參加春季慶。幸運回來後就告訴我這個消息。」我聳聳肩。「我勢必得讓我們之間的關係做個了斷。其實她也知道如果我發現她已婚，會採取什麼行動。不過她還是很氣。她就是想不通，既然她丈夫永遠都不可能發現我跟她的關係，那麼我們之間為什麼不能繼續下去。」

「椋音就是這樣。」怪的是，弄臣竟然音調平緩，彷彿他講的是藥草的枯萎病，毫無對椋音大加撻伐的意思。不過他轉頭對我問道：「那你還好吧？」

我清了清喉嚨。「忙一點，別想太多，也就過去了。」

「由於她一點也不覺得有什麼羞恥，所以你就認定這一定都是你的錯。像她那樣的人，最會讓別人心裡愧疚了。這個紅墨水色澤真美。你在哪裡買的？」

「是我自己做的。」

「你自己做的？」弄臣好奇得像個孩子似的，把我桌上的其中一個墨水瓶瓶塞拔開，然後把小指伸了進去，出來的時候，小指的指尖染得紅紅的。弄臣瞪著指尖那塊紅墨漬看了好一會，突然坦承道：「我把博瑞屈的耳環留在身邊，沒送去給莫莉。」

「我看到了。其實你沒送去也好，最好還是別讓他們兩個知道我還活著。」

「啊。又一個問題得到解答了。」他從口袋裡抽出一條雪白的手帕，旋即用來擦拭墨漬，馬上就把這麼一條好手帕給毀了。「那麼，你是要按照順序，一件一件地把你碰到的事情都告訴我呢，還是我得抽絲剝繭地從你嘴裡把話套出來？」

我嘆了一口氣。我最怕回憶這些舊事。如果是切德的話，我光是講講跟瞻遠家族有關的事情，也就可以交代過去，但如果是弄臣，這樣絕對行不通。雖然我一想到舊事便不禁瑟縮，但是我也隱約知道，我的故事是欠他的，不講不行。「我會盡量講。但是我現在好累，我們又喝多了白蘭地，而且這麼多事情一個晚上也講不完。」

弄臣動了動腳尖，把整個身體轉過來面對著我。「難不成你希望我明天就走？」

「我想你有可能待不久。」看到他的臉色，我又補了一句：「但我才不希望你走呢。」

他姑且信了我的話。「那就好，因為就算你希望我明天就走也是白搭。我要待下來，蜚滋。我就睡那孩子的床。我們闊別了近十五年，就從明天開始補起來也不算晚。」

要不是弄臣的杏桃白蘭地的酒力比沙緣白蘭地還強，就是我今天比平常累。我搖搖晃晃地走回房間，掙扎地脫了襯衫，然後倒在床上。我感覺整個房間溫和地在我的四周旋轉，耳裡聽著弄臣輕巧在客廳裡走動的腳步聲；他熄了蠟燭，又把門拉起來。能夠看得出他的行動稍微有一點顛簸的，大概也只有我一人了。然後他在我的椅子上坐了下來，把兩腿伸向火爐；躺在他腳邊的夜眼低吟了一聲，在睡夢中翻了個身。我輕輕地碰觸牠的心靈；牠睡得很熟而且很滿足。

我閉上眼睛，但是房間還是旋轉得很厲害。我眼睛睜開一小縫，盯著弄臣看。他凝視著爐火，一動也不動，不過跳動的火光卻使他的五官活躍了起來。他臉上的稜角隨著火光的跳動，時隱時現。他那金黃色的皮膚與金黃色的眼睛彷彿是映照著火光之故，但我知道究竟並非如此。

這個調皮搗蛋、身兼取樂與保護二職的小丑，之前到底在黠謀國王身邊待了多少年，實在令人不解。除了顏色不同之外，他的身形一點也沒變。他那優雅修長的手，從椅子的扶手上垂下來；他那一度蒼白蓬鬆如蒲公英花絮一般的頭髮，如今則梳到腦後，綁了條辮子。他閉上眼睛，把頭仰靠在椅背上。火光染黃了他那貴族般的高雅臉型。他現下穿的華服，也許會使某些人聯想到以往他在冬天時穿的那件黑白交雜的小丑服，雖說兩者相去甚遠；不過我敢打賭，弄臣以後是一定不會在衣服上綁鈴鐺或是絲帶，也不會再帶鼠頭手杖了。他的機智與伶俐的口才，所影響的不再是政治的走向。現在他的人生是他自己的了。在我看來，弄臣現在是富翁了，所以他有那個閒錢四處旅行，愛上哪兒就上哪兒。我正想得閒適如意之際，突然被一個念頭驚跳起來。

「弄臣？」我大聲地在黑暗的房子裡喚道。

「怎麼？」他並未睜開眼睛，不過從那從容不迫的回答，顯見他尚未入睡。

「你再也不是弄臣了。這年頭，別人都怎麼叫你？」

我從他側臉的映影，看出他嘴角露出笑容。「你說的是誰叫我什麼哪？」

他這個語氣，跟他往日還是小丑時促狹地講話、逗引人上鉤的光景一模一樣。如果我努力要把那個問題問個清楚，他就會以言語的遊戲令我身陷其中，直到我不得不放棄爲止，我才不會上當呢。我換個講法，重新問道：「我不該再叫你弄臣了。如今你希望我該怎麼叫你？」

「啊，我希望你怎麼叫我？我懂了。跟剛剛那個問題完全不一樣嘛。」他在裝模作樣地學人講話的時候特別來勁。

我深吸一口氣，盡量把我的問題講得簡單明瞭。「你叫什麼名字？你的眞名是什麼？」

「啊。」他的態度突然嚴肅了起來。他輕輕吸了一口氣。「我的名字。你所指的，是我出生時、我母親喚我的那個名字嗎？」

「對。」然後我屏住呼吸。他難得談起童年的事情。我這才想到，我問的這個問題牽連甚大；這跟古老的那個叫名字的魔法有關：如果我知道你的眞名，那麼我便可控制你；如果我把我的名字告訴你，就等於是讓你有控制我的力量。我每次單刀直入地問弄臣問題，總是對於他會給的答案既害怕又期待，而這次也不例外。

「而且如果我告訴你，你就會用那個名字來叫我？」他那聲調的抑揚頓挫告訴我，我最好謹慎回答這個問題。

我停頓了一下。他的名字屬於他自己所有，不是讓我拿來招搖的。不過呢——「我只在私下叫你，而且除非你願意讓我叫你那個名字，否則我絕不亂用。」我鄭重地說道，我把這話當作是我對他的誓言。

「啊。」他轉過頭來面對著我，臉上閃著光芒。「噢，我當然願意囉。」他要我放心。

「那麼？」我再度問道。我突然有點不安，感覺上，我一定是又被他擺了一道。

「我現在就把我母親給我的那個名字講給你知道，好讓你在私下的時候叫我。」他吸了一口氣，然後又轉回去面對著爐火。他再度閉上眼睛，可是他越笑越開。「小親親。我母親都叫我『小親親』。」

「弄臣！」我抗議道。

弄臣縱聲大笑；他笑得樂不可支，而且對自己的表現完全滿意。「是眞的呀。」他堅持道。

「弄臣，我是認眞的。」房間開始慢慢地轉起來，如果我不趕快入眠，一定會很難受。

「難道你以爲我不認眞嗎？」弄臣做戲般地嘆了口氣。「好吧，如果你不願叫我『小親親』，那我看你就只得繼續叫我『弄臣』了。畢竟對你的『蜚滋』而言，我永遠都是『弄臣』嘛。」

「湯姆・獾毛。」

「什麼？」

「我現在叫做湯姆・獾毛。現在認識我的人，都叫我這個名字。」

他靜默了一會兒，然後堅決地答道：「那可不成。如果你堅持現在我們一定要彼此叫不同的名字的話，那麼我就叫你『小親親』，而當我叫你『小親親』的時候，你可以叫我『弄臣』。」他睜開眼睛，頭靠在椅背上，並轉頭過來看著我。他裝出一臉害相思病的笑容，造作地大嘆了一口氣。「晚安，小親親。我們分開得太久了。」

我豎白旗投降。當他陷入這種情緒的時候，再跟他談什麼都是枉然。「晚安，弄臣。」我翻了個身，閉上眼睛。就算他應了什麼話，我也在他講出來之前就睡著了。

6

沉潛歲月

我是私生子。六歲以前，我與母親住在群山王國；我對那段時間沒什麼清楚的記憶。六歲的時候，我外公帶我到月眼城，把我送交給我的叔叔：瞻遠王室的惟眞。對我父親而言，有我這麼個人物存在，無論是在個人或是政治方面都是極大的打擊，最後導致他放棄王位繼承權，並與政治圈一刀兩斷。一開始的時候，我是交由公鹿堡城的馬廄總管博瑞屈來照顧。黠謀國王適時要求我效忠，並安排我在他的宮廷刺客的手下當學徒；後來黠謀國王被幼子帝尊的奸計害死，而我效忠的對象，則從黠謀變成惟眞。我一路追隨惟眞，出生入死、在所不辭，直到我眼見惟眞將自己的生命與精華注入巨石所雕的龍爲止。惟眞化身爲龍，率領古靈石龍群滌洗各地，將所有從外島入侵的紅船劫匪去除殆盡，這才化解了六大公國的危機*。在爲吾王效力之後，我身心俱疲，所以遠離宮廷與社會達十五年之久。我原本堅信自己

*譯注：這裡的事件即是指「公鹿的光復（cleansing of the Buck）」。

永遠也不會再度涉足於政治與人群。

在那十五年之間，我致力於書寫六大公國歷史，與記述我自己的人生；同時我也取得了不少卷軸，廣泛研讀各種題目並且提筆為文。這兩種興趣天南地北，但其實意旨相同，都是為了要找出眞相。到底決定了我人生的線索與力量為何？我努力找尋，並反覆思索。然而我越是深入研究，越是將自己的思路化為文字，眞相就越捉摸不定。在我遠離人間的那些年間，人生給我的啓示，是世上無人能夠領略全面的眞相。過去我對自己以及自己的所有經歷，有著堅定不移的信念，然而時光荏苒，事事現新局；以前我認為最是分明的事情，沉入了暗影之中，而我認定為無足輕重的細微末節，卻躍升為核心。

拉拔我長大的馬廄總管博瑞屈曾經警告我說：「如果你為了不想讓自己聽起來像個傻子而省略一些眞相，那你聽起來就會像個白癡。」博瑞屈這話講得很實在，這是我自己的經驗談。然而，就算一個人不是故意要裁去或拋棄故事的情節，等到你詳實地敘述故事多年之後，也可能會發現自己滿口謊言。這樣的謊言，並非因為有心欺騙而發生，而是純粹因為你在書寫時尚不知某些事實，或者對於細微末節之重要性掉以輕心。任誰在發現自己有上述跡象的時候都不會滿心喜悅，然而如果有人聲稱自己從沒有這樣的體驗，那麼此人不過是在如山的謊言之外再外加一章。

我所記述的六大公國歷史，主要是以耳聞的事蹟與我手邊的經卷為基礎。即使在落筆之際，我都知道我可能會重蹈前人的覆轍；但是我在為文時尚未體會到，我的人生自述，也可能會落入同樣的圈套之中。我如今的領悟是，眞相就像一棵樹，

> 隨著人的體驗而不斷成長；天天過日子的孩童，看到的是手裡的橡實，然而成年人一回頭，則望見巨大的橡樹。

沒人能回到孩提的時光；然而成人的生活中，總也有些片段的插曲，可以讓他重新感受到孩童一般的感覺：世界如此地慈悲，而且自己永生不死。我一直都相信，少年生涯的眞諦，就是堅信自己不管犯什麼錯都不至於釀成大禍。弄臣重新燃起了我的傻勁樂觀，就連狼也彷彿變回小狗，跟著我們瘋瘋癲癲的。

弄臣並未侵犯我們的生活，我們也無須適應弄臣的來訪，或做什麼調整；他自然地融入我們的生活，跟著我們起居作息，並把我的工作變成他的工作。他總是比我早起床；我早上醒來時，總是發現我的臥室與書房的門都洞開，而且不管我喜不喜歡，連大門都是開著的。我躺在床上就能看見弄臣就著書桌，像裁縫般地盤坐在我的椅子上。他總是洗淨了臉、穿著整齊地面對新的一天。他那一身高雅的華服，在第一天之後就不見了，取而代之的是式樣簡單的上衣和長褲，而晚上往往就穿寬鬆舒服的長袍。我一醒來他就曉得了，而且我還沒開口，他的眼光便朝我看來。此時他不是在研究我那些得來不易的經卷，就是在讀我寫的那些篇章；我幾次想寫六大公國的歷史，可惜都半途而廢，此外我爲了把自己的人生弄個明白，還拉拉雜雜地把自己的思路給記下來。弄臣發現我醒了，總是抬抬眉毛，然後小心地把卷軸擺回原來的地方。要是弄臣有心要做的話，他是有能耐弄得我根本就不會注意到他看過我的日記；不過他不這麼做，反而以從不過問他所看過的日記內容，來顯示他對我的尊重。所以我那些化爲文字的思路仍然不爲人知，我的祕密緊緊地鎖在弄臣的心中。

他輕易地融入我的生活中；他一來，就塡滿了我內心的一處空缺，雖然我之前從不知自己心底有這麼一處空缺。弄臣跟我在一起的時候，我除了急著要把幸運的好處炫耀給他看之外，幾乎忘了要想念這孩子。我知道我常常提到幸運的事情。弄臣往往在我在花圃裡忙，或是修理石墩和牧場柵欄的時候，動手一起做；若是一個人做的事情，例如挖個埋樁子的洞，弄臣則待在一旁看著我做。這時候我們就輕鬆地聊聊手上的工作，或像是任何曾經共度少年時光的同伴一樣隨便地拌拌嘴。要是我想談點正經的事情，他就插科打諢地把話鋒帶開。我們輪流騎麥爾妲，因爲弄臣誇口說麥爾妲什麼障礙都跳得過去，於是我們就地取材地在私家小徑上做了種種障礙，果然證明弄臣所言不虛；而且連那精神十足的小馬兒，都玩得跟我們一樣開心。

有時候，我們在吃過晚飯之後散步到懸崖邊，或趁退潮的時候，爬到懸崖下的沙灘上閒逛。在日夜交替之際，我們與狼一起打獵，然後回家起一盆火，爲的倒不是要取暖，而是多少有慶祝之意。弄臣帶來不少杏桃白蘭地，歌聲也與從前一樣悅耳；而晚上就輪到他唱歌、講些令人拍案叫絕或是捧腹大笑的故事。聽起來，有的故事是弄臣自己親身經歷，有些則顯然是他沿途聽來的鄉里傳聞。他那優雅的手勢，比從前他所搬演的木偶戲更動人，而且他的臉生動地表現出他故事中所提到的每一個角色。

總是到了夜深人靜，柴火燒成木炭，而弄臣臉上的陰影也變得比亮光處多的時候，他才會引領我去談他想深入的話題。第一天晚上，弄臣以白蘭地溫潤過的平靜聲音，有感而發地說道：「你可曾想過，當年我讓『乘龍之女』把我帶走，徒留你在原地，對我而言，有多麼困難？我一定得相信時光巨輪正在轉動，所以你會活下來；這等於說，我非得對我自己相信到極致，才能飛上天空，獨將你留下來。」

「對你自己相信到極致？」我大呼小叫地質問道。「難道你對我一點信心都沒有嗎？」弄臣已經把幸運的被褥鋪好，所以我們也不坐椅子，就舒服地蜷臥在火爐前的地板上了。狼躺在我的左側，牠把鼻子擱在爪子上，已經快睡著了。弄臣手肘支在地上，手心捧著下巴；他一邊凝視著爐火，一邊抬起雙腿隨意地畫著。

「對你有信心？嗳，我最多只能說，我很慶幸狼就在你身邊。」

就此而言，他的信心還眞的沒有錯置。狼狡黠地說道。

我以爲你睡著了。

我是想睡啊。

弄臣以做夢般的聲音繼續說道：「在那之前，你在每一個我曾經預見過你會逃過一劫的催化事件中，都大難不死；所以我逼我自己堅信，接下來必有一段寂靜的時光等待著你——說不定你還可以找到平靜——然後我便把你丟下來。」

「是有一段寂靜的時光。也算是啦。」我吸了一口氣，差一點就把我眼睜睜地看著欲意死去的場景說給他聽；我也差一點就告訴他說，我如何以原智操縱欲意，最後還藉此控制帝尊的心智，將我自己的意願強加於他的身上。我把氣吐了出來。不，弄臣不用聽這些，我也不必重新撕裂傷口。「我找回了平靜。我支離破碎、片片段段地找回平靜。」我傻傻地對自己咧嘴笑著。說來也怪，如果酒夠喝的話，連小事情都變得趣味十足。

我聽到自己談起當年住在群山山脈的事情來。我對弄臣講述，我們是如何回到那個溫泉山谷，以及我如何蓋了個簡陋的小屋過冬。高地的季節變化得特別快。早上樺樹的葉子才轉黃，晚上赤楊木就翻紅了；然而再過不幾天，二者皆以禿枝伸向寒冷澄藍的天空。常青樹則對於即將來臨的嚴冬嚴陣以待。接著冬天就來了，不分親疏地給大地蓋上皚皚的白毯。

我跟弄臣談起我以打獵維生，而夜眼是我唯一同伴的那一段時光。在眾多獵物中，最會逃避閃躲的，莫過於「療傷」與「平靜」這兩樣。我們的日子極其簡單，因爲獵食者除了對同類之外，對於其他眾生皆無忠誠可言。絕對的孤獨，就是我身心重大創傷的最佳膏藥。這樣的傷口永遠不會真正地癒合，但是我可以學著去與自己的傷疤共處，就像博瑞屈學著去容忍自己的跛腳那樣。我開始接受一個觀念，那就是我其實已經死了，我雖存一身，但是人生中的每一個我所在意的面向都已喪失烏有。冬風吹襲我們小小的蔽身之處，而且我了解到莫莉再也不是我的人了。冬天的事物來得快，去得也快，白雪上的陽光稍縱即逝，藍藍的薄暮隨即來臨，然後又是無盡的深夜。我在痛苦之中，學著勸慰自己說，至少我的寶貝女兒會安全地在博瑞屈的臂彎裡長大，就像我小的時候那樣。

我努力揚棄自己對於莫莉的百般思念。一憶起她錯對我全心信任，我便痛得椎心刺骨；如果說，痛苦的回憶是一條閃閃發光的項鍊，那麼莫莉就是這條項鍊上最光芒燦爛的寶石。雖然我一直希望自己能夠從職務與責任之中解脫出來，但是願望成真之後，連情感上的寄託也一併切斷，實在是莫大的折磨。我在那白日短暫、黑夜寒冷漫長的多天裡，一筆一筆地計算著我失去了多少東西。如今知道我仍活著的人，即使用一隻手的手指頭來算也用不完。知情的只有弄臣、珂翠肯王后，和吟遊歌者椋音，而切德則再透過這三人得知我的事情。除此之外，有三、五個人看到我劫後餘生，包括馬廄總管阿手，還有一個名叫泰格．瑞維森的衛兵，但由於他們見到我的狀況短暫而且頗不尋常，所以不管他們怎麼說，別人都不會相信我還活著。

其他所有認識我的人，包括那些愛我最深的人，都深信我已經死了，然而我也不能回去證明他們想錯了。我已經遭人以施展原智魔法爲由而處決了一次，我可不能再度冒死現身了。不過，即使能夠洗刷掉這個污點罪名，我也無法回去看博瑞屈與莫莉。我一出現，只會把我們三人都給毀了。就算莫莉能夠忍受我的野獸魔法，也不計較我多次欺騙她，但是誰能夠解開她隨後嫁予博瑞屈的婚約？如果我指責博瑞屈奪取我的妻女，就等於是叫他去死。果眞如此，往後我還能得到幸福嗎？就算我能，莫莉又怎麼看待呢？

「我盡量安慰自己說，他們過得既安全又快樂。」

「你何不以精技去探索他們，也好讓自己放心？」

屋子裡變得更暗了，而弄臣的眼睛則定定地看著爐火；感覺上，我好像是在講自己的過往歷史給自己聽似的。

「我可以宣稱說，我為了讓他們享有隱私，所以嚴以律己，絕不打探；然而實情是，我唯恐自己會因為看到他們彼此之間的濃情愛意而發瘋。」

我講話的時候，眼睛看著爐火，不過我感覺到弄臣轉過頭來看著我。但我並未轉過頭去望著他，我不想看到他可憐我的眼神。我已經過了需要別人可憐我的階段。

「我找到了平靜了。」我對弄臣說道。「雖然支離破碎、片片段段地，但我的心總算得到休息。有一次我跟夜眼黎明出獵，早上的時候回來。那天收穫很不錯，逮住了一隻因為山上積雪太深而被迫離開山頂往下走的野山羊。我們下山的時候，山坡陡、背上扛的羊又重，清澄的藍天寒意逼人，我臉皮都凍得跟面具一樣硬了。我看見一縷輕煙從我的煙囪緩緩升起，而我小屋後面，就是從附近溫泉流出來、冒著蒸氣的小溪。我走到最後一個小山頭上的時候，停下來喘口氣，順便站直伸展一下。」

那天的記憶都回來了，而且清楚得彷彿在眼前。夜眼也停了下來，大口大口地吐著如雲的水霧。我用斗篷的邊緣裹住了口鼻，此時斗篷都差不多跟我的鬍子凍在一起了。我往山下望去，心裡明白我們的肉夠吃個好幾天，我們的小屋擋得住冬天的寒風，而且我們已經快到家了。我雖然又冷又累，心裡卻很滿足。我再度把獵物拉上肩頭。**快到家了。**我對夜眼說道。

快到家了。夜眼也回應道。而在我與牠分享心思的那一剎那，我感到一股人類的語言無法盡述的新意義。家。人的終極目標。心的歸宿。現在那個簡陋的破房子就是家，現在那個簡陋的破房子就是令我感到舒適的終點，也是我可以找到人生一切所需的地方。我站在那裡瞪著那個小屋子，覺得良心有點不安，彷彿什麼被我拋在腦後的責任感在呼喊我似的。過了一會兒，我才想出到底是哪裡不對勁。前一天晚上，我一整晚也沒想起莫莉一次。我對莫莉的思慕以及我對她的感情，都到哪裡去了？我竟然一整個早上都在想著打獵的事情，把那些都忘得一乾二淨，我爲何膚淺至此？過去「家」這個字，對我而言有著深遠的意涵；我刻意把自己的心思，放在以前「家」的這個字所含括的人和場所上。

當我翻動死屍，看看能不能喚醒過往的生鮮好滋味時，你總是叫我住手。

什麼意思？我質問道，雖然夜眼已經把意思講得很明白了。

兄弟，你應該把舊人生的軀殼丟棄掉，別再對舊人生的軀殼嗅聞不止了。也許你把無止境的痛苦當作是樂趣，但我可不。改變者，既然都只餘空空的骨架子了，你就算掉頭走掉，也沒什麼可恥的。此時夜眼終於轉過頭來，以那深邃的眼睛看著我。再說，一再地殘害自己，也算不上是什麼有智慧的舉動。你爲何對於痛苦如此忠誠？揚棄痛苦，並不至於使你人格稍有減損。

然後夜眼站了起來，抖一抖身上的毛髮，把落雪甩掉，堅決地從積雪的山坡走下去。我跟在牠身後，走得就比較慢了。

我終於把眼光轉向弄臣。他看著我，但是在黑暗之中，實在看不出他的眼神是什麼涵義。「我想，那就是我找到的第一小塊平靜。找到這一絲平靜，我不能居功。若不是夜眼點醒我，我大概會對之視而不見。也許換做是別的人，會覺得這道理至爲淺顯：舊時的苦楚本來就不該多加理會；舊痛不再來襲便罷，怎麼還能一再邀請舊痛上門呢？」

在這黯淡微明的房間裡，弄臣的聲音顯得特別溫柔。「拋棄舊痛絕不可恥。有時候，只要一個人不再閃躲逃避，便會立刻找到平靜。」他輕輕地在黑暗中換了個姿勢。「所以你往後就再也不會在半夜驚醒，因爲想著他們而睜眼到天明。」

我輕輕地啐了一聲。「要是能這樣就好了。但是我最多也只能說，我不再刻意地引發自己的鬱悶愁情了。當夏天終於來臨，我們也動身離開的時候，那感覺彷彿是我把一層蛻掉的皮丟下來似的。」然後我便沉默不語。

「所以你離開了群山，回到公鹿堡。」

他明明知道我沒回公鹿堡，那只是他逗我繼續講下去的伎倆罷了。

「不是馬上離開。其實夜眼不准我多留，但是我總覺得，如果沒有回溯過我們當年走過的地方，我就無法離開群山。我回到採石場，也就是當年惟真雕鑿出他自己的那條石龍的地方。我就站在惟真站著的那個地點。天色陰鬱不開，通天矗立的石山旁，惟真當年雕龍的地方已成平地，看來光禿禿的。那個地方除了一堆堆的石屑與幾把破舊的工具之外，根本看不出這裡發生過什麼事情。我走到我們當年搭營之處。我知道那壓扁了的帳篷以及散落一地的零碎東西，都是當年我們留下來的工具，只是那些東西泰半都不堪使用了；像是沾了泥水的毯子等。我還是帶走了點東西就是……水壺嬸的石子棋，我帶的就是這個。」我深吸了一口氣。「我還走到惕懦斷氣的地方。他的身體仍在原來的地方，只剩下骨架子和破碎的衣服了。不過，沒有任何動物敢打擾他。動物們都不喜歡精技之路，這你是知道的。」

「我知道。」弄臣靜靜地應和道。感覺上，彷彿他正跟我一起走過荒廢的採石場似的。

「我在惕懦的屍骨之前站了很久。努力追憶我第一次見到惕懦的時候，他是什麼模樣，但就是想不起來。可是我眼前的屍骨，彷彿在爲這一切作證：這一切眞的發生過，而且也眞的結束了。我可以離開此地，並把此地發生的種種拋在腦後，而且那一切是不可能爬起來追上我的。」

沉睡中的夜眼低鳴了一聲。我伸手摸著牠的身側，心裡很慶幸牠就在我身旁，心靈也與我同在。夜眼打從一開始就不贊成我前往採石場。牠不喜歡沿著精技之路前行，就算我已經比較能夠定住自己，不會受到精技之路的妖聲所惑，夜眼還是大力反對。當我堅持，說我一定得回到石頭花園去看看的時候，夜眼就更不高興了。

弄臣將我們杯子裡的白蘭地補滿，酒瓶碰到杯緣，發出小小的輕響。他似乎是以沉默不語來邀請我繼續講下去。

「眾石龍已經回到我們當年發現牠們的地方。我去看過了。森林又長回來了，石龍身上爬著藤蔓，周遭長著高高的野草。眾石龍仍如我們當年發現牠們的時候一樣，美麗，也恐怖，而且一動也不動。」

當年眾石龍從沉睡中驚醒，飛騰起來爲公鹿堡一戰時，在連綿不斷的森林樹冠中衝出一個又一個的大洞；而眾石龍回到原地的時候也沒有比較輕柔，所以此時陽光穿過濃密的林木，大片大片地照在亮閃閃的石龍身上。我在石龍之間穿梭，而且也像以前那樣，感受到每一條沉睡的石龍裡的那一抹如鬼魅般的原智生命。我找到黠謀國王那一條長著公鹿般的叉角的石龍；我大膽地裸著手掌，貼在牠的肩膀上。然而我只感覺到精心雕琢的鱗片，跟雕成石龍的石頭一樣又冷又硬。由古靈或是精技同道雕鑿出來的各式各樣的石龍，如野豬龍、展翼貓等，都在那裡。

「我看到『乘龍之女』了。」我對著爐火微笑道。「她也熟睡著呢。如今她的人形俯臥著，兩手愛憐地攀著坐騎的龍頸。」至於她，我就不敢碰了；我仍深深記得，她對於記憶有多麼渴望，以及當年我是如何以自己的記憶來餵養她。也許我是唯恐自己會拿回當年自願奉送給她的記憶，所以才連碰都不敢碰吧。我靜靜地穿過她身邊，不過夜眼卻如臨大敵、齜牙咧嘴地走過她身邊，連頸毛都緊張地豎了起來。這是因爲夜眼知道我眞正尋找的目標爲何。

「是惟眞。」弄臣輕柔地說道，彷彿要確認我那未說出口的思緒似的。

「是惟眞。」我答應道。「是吾王。」我嘆了一口氣，才繼續接下去說我的故事。

我找到了惟眞。我才在深淺不一的夏日林蔭裡看到惟眞那青綠色的鱗甲，夜眼便在惟眞身旁坐下來，以尾巴緊緊捲住惟眞的腿。夜眼離惟眞何其之近、近到不能再近。接著牠稍微讓我享有心靈的私密空間，所以我感覺到牠的思緒突然靜了下來。我慢慢地走上前去，我的心砰砰地跳，幾乎要從嘴裡跳了出來。睡在那個以精技和岩石雕琢而成的龍體裡的男子，曾經是我的國王。我之所以承受這些嚴重的身心創傷、留下一輩子也無法泯滅的傷疤，都是因為這個男人的緣故。然而當我走近那靜止的龍形時，我只感覺到淚水滑下我的臉頰，而且心裡千盼萬盼，只希望能聽到他那熟悉的聲音。

「惟眞？」我嗄啞地問道。我的靈魂向他探去，我的言語、精技與原智，都在搜索他的存在。但我並未找到他。我把雙手平貼在他那冰冷的肩膀上，額頭靠在那堅硬的石龍上，然後無情地再度探索一次。於是我感覺到了他的存在，但是那跟以往的惟眞相比，相去何止千百里遠？那就好比一個人站在森林深處，手捧一掬樹間漏下來的陽光，就說他接觸到太陽了。「惟眞，我求求你。」我乞求道，然後用盡自己所有的精技力量，奮力再探。

等我回過神來的時候，人已倒在石龍旁。夜眼仍維持著原先警戒的坐姿，一動也不動。「他已經走了。」我對夜眼說道；但這話其實很多餘。「惟眞已經走了。」

我的頭垂在膝蓋上，開始嚎啕大哭；我為吾王致哀，這是他的人形化為龍形的那一天我想做而無法做的事。

講到這裡，我停頓了一下。我清了清喉嚨，又喝了一口弄臣帶來的白蘭地。我放下杯子的時候，發現弄臣正在看我。他為了聽清楚我的嗄啞嗓音而湊近過來，此時火光在他皮膚上閃爍，但卻映照不出他那雙眸中的涵義。

「我想，我是直到那一天，才了解到我的舊人生已經完全化為灰燼了。如果惟真尚存著絲毫我能夠碰觸得到的形體，如果惟真仍然在世、繼續在精技上與我互相搭檔的話，那麼我可能會多少想要保存蜚滋駿騎・瞻遠的名與實；但是惟真已經走得遠遠的了。吾王的結束，也就是我的結束。當我起身離開石頭花園的時候，我知道此時我已經真正擁有我多年來所渴求的東西了：我既有機會可以決定自己要當什麼樣的人，也有時間可以好好度過我所選擇的人生。從今開始，我的所有取捨，都由我一人決定。」

幾乎啦。狼譏諷道。我不理夜眼，繼續對弄臣說道：「我離開群山之前，只在另外一個地方逗留了一下。我想你一定記得那個所在；就是我看到你變身的那個石柱。」

弄臣靜靜地點點頭，而我則繼續講下去。

當我們回到立著精技石柱的那個岔路口，我實在受不了誘惑，因而停下腳步。回憶像潮水般地湧來；我第一次來到此處，是與椋音、水壺嬸、弄臣及珂翠肯王后一起去尋找惟真國王之際。我們在此稍作停留，而在那好像是光天化日地做夢的一瞬間，那綠油油的森林頓時化為熱鬧的市集；弄臣坐著的那石柱頂上，此時是一名跟弄臣一樣全身白膚、眼睛幾乎無色的女子坐著。在那個時空之中，坐在石柱頂的那女子戴著刻了雞冠頭、飾著公雞尾羽的木雕王冠，而且也跟弄臣一樣，全身上下最醒目的就是頭上那一對叉角。這一切都是我在剎那之間所看到的景象，彷彿是對異世界匆匆一瞥似的。然後，一眨個眼睛，一切又變回原狀，然後我就看到瞠目結舌的弄臣從那個坐不穩的地方掉了下來。可怪的是，當時弄臣似乎也跟我同時瞥見了另外的那個時空，與那個女人。

就是因為那一刻如此詭異，才吸引著我重回舊地。矗立的黑色巨石似乎絲毫不受地衣與苔蘚所侵，而石面上鏤刻的文字，則寫著不知名的目的地。當年我第一次碰上精技之門的時候，對此一無所知，如今我已經知道它有什麼作用了。我慢慢地繞著精技石柱走一圈；我認出了會帶我回到採石場的那個標誌，另外又看到一個我幾乎可以確定，也就是會帶我回到荒廢的古靈城的那個標誌。我想也不想，就舉起手指摸索那些鏤刻的符文。

夜眼雖然身形龐大，但其實牠不但動作迅速，而且近乎毫無聲響。牠一下子便躍身過來、叼住了我的手腕，並橫在巨石柱與我之間。夜眼躍過來時，我也跟著壓低了身子，以免牠把我的血肉扯下來；最後是我仰躺地倒在地上，而夜眼則站在我身邊，雖沒壓在我身上，但仍把我的手叼在口裡。你以後別這樣了。

「我並不想運用這石柱，我只是要摸一摸而已。」

這種事情豈是能信任的？我曾經困在那黑暗的石柱裡過。如果我爲了救你的性命，而非得跟著你進去不可，那你也知道，我一定會跟你進去。但是你可別指望我因爲你那小狗一般的好奇心，就跟你進去走一遭。

如果你不介意的話，我倒是想單獨去古靈城逛一下！

什麼單獨？你明明知道對你我而言，早就沒有所謂「單獨」的這種事了。

我就讓你單獨去狼群裡混過一陣子。

那根本就是兩碼子事，而你也知道。

我的確知道。牠放開了我的手，然後我站起來，把衣服拍一拍。這事已經談完，不用多說了。這就是原智的好處。你無須冗長且痛苦地討論細節，就能確知彼此了解對方的心意。好幾年前，有次夜眼離開我，去跟牠自己的族群混在一起；牠回來時，無須言語地明白表示，牠跟牠們不是一夥兒，跟我才是一夥的。而這幾年來，我們更形親近。有次夜眼就跟我說，我已經不再是完整的人，而牠也不再是完整的狼，而且我們再也無法成為眞正各自分開的個體。這倒不像是牠一味地幫我下的決定，反倒比較是我自己跟自己爭辯，撫摸符文的那個行動到底算不算是明智。然而在那個短暫的衝突之中，我們彼此都不得不面臨我們一直避著不肯去面對的事情：「我們的牽繫變得越來越深刻，也越來越複雜。然而到底這該怎麼辦才好，牠跟我都說不上來。」

狼抬起頭來。牠那深邃的眼睛直視著我。牠跟我都對此有些疑慮，不過牠把決定權交給了我。我應該告訴弄臣說，我們接下來去了什麼地方，學到了什麼東西嗎？我在原血人衆之間的體驗，可以視我自己的判斷而決定要不要告訴旁人嗎？我心裡的這個祕密，牽涉到許多人的性命。對我而言，我是很願意把我個人的一切託付在弄臣的手裡。但是這個祕密既然並非我個人所有，我可有權利說給人聽？

我不知道弄臣對於我遲疑再三做何解釋。我在猜，也許他並不認為我是因為舉棋不定而猶豫不說。

「你說得沒錯。」弄臣突然大聲宣布道。他舉起杯子，喝乾了杯子裡的白蘭地，把杯子放在地上，然後伸出一手優雅地轉動，又突然停止，而食指則比畫著我多年前就很熟悉的手勢：等一等。那個手勢就是這個意思。

此時弄臣彷彿是被細線拉動的木偶一般，一步一步如滑動般地走起路來。屋子裡很暗，不過弄臣卻準確地橫過房間，走到他的鞍袋旁。我聽到他在鞍袋中翻找的聲音。過了一會，他拿著個帆布袋子回到爐火邊來。他坐下來，而且靠我靠得很近，彷彿他即將揭開一個非同小可、連黑暗也不得知的祕密。弄臣大腿上的那個帆布袋磨得舊了，又沾了污漬；他將袋口的繫繩拉開，取出一件裹著上好布料的東西。弄臣展開那塊布料的時候，我驚訝得吹了口氣；我從未看過如此柔滑垂軟、花樣如此細緻、色彩又如此斑斕的布料，即使就著餘燼的殘光，那料子看來仍紅豔黃嫩，熠熠動人。光是靠著這一塊料子，便足以收買到世間的任何領主尊爵了。

然而，弄臣要給我看的，還有別樣；他不斷地展開布料，並任由布隨便散落在他腳邊粗糙的地板上。我屏息以待，不知道布裡面包的到底是如何美勝之物。布料終於展盡、丟開；我心裡有些困惑，爲了看得更清楚，所以湊得更近了些。

「我好像在夢裡見過這個。」我最後說道。

「你是夢過。其實是我們夢過。」

弄臣手裡的木王冠顯然已經很陳舊，上面原有的亮羽掉了、彩漆也褪了。這個木頭雕製的王冠雖然簡單，但是卻是一流手藝，而且優美尊貴。

「你找人做的？」我猜測道。

「我找到的。」弄臣答道；然後他深吸了一口氣，顫聲說道：「也許是它肯讓我找到，我才找到的。」

我等著弄臣加以解釋，但是他一句話也不多說。我伸手去摸，然而弄臣輕輕地縮了一下，彷彿不想讓別人碰到王冠似的。可是過了一會兒，他後悔了，於是把王冠送到我面前。我將王冠接過來；我看得很清楚，弄臣把這王冠看得很重，他肯將王冠分與我把玩，這意義可比他讓我騎他的馬還深。我細細地翻看著這件古物；公雞頭上的深刻痕紋裡，仍留著一點舊時彩漆的蹤跡；其中兩個公雞頭，仍嵌著亮閃閃的寶石眼；王冠邊緣的洞，必然就是原來插公雞尾羽的地方。我看不出這是什麼木料刻製的；這王冠質輕但強韌，而且彷彿在我的指尖，以陌生的語言、沉吟著千古的祕密。

我把木王冠交還給弄臣。「你戴上吧。」我平靜地說道。

他把王冠接過去，呑了口口水。「這樣好嗎？」弄臣也平靜地問道。「老實說，我試戴過了；但是戴上去之後，並未發生什麼事情。不過既然現在你我都在，也就是說，白色先知與催化劑同時在場……蜚滋，我們這是在探索一個你我都不懂的魔法呀。我曾經一而再、再而三地搜尋我的記憶，然而我唸過的預言，皆對這頂王冠隻字未提。這頂王冠到底是什麼象徵，或者它會不會只是個玩物，我根本摸不著頭緒。你說你在幻象裡看到我；然而我對那幻象只有模糊的印象，感覺上那彷彿是一場蝴蝶之夢，雖難以捉摸，卻又如此絕美。」

我沒答腔。弄臣雙手捧著王冠；那過去蒼白如雪的手，如今則是透徹的暈黃。四周一片沉默，我們的好奇心與警戒心激烈交戰；最後，由於我們就是這種性子的人，所以只會有一種結果。弄臣咧嘴笑開了，於是我一下子想起，當年他伸出精技之手去碰觸乘龍之女的石身之時，臉上也是這般的魯莽笑容。一思及我們曾在不經意之下造成多麼大的痛苦，我突然覺得有點不安。然而我還來不及說什麼，弄臣便已舉起王冠，放在自己頭上。我屏住呼吸。

但是四周一切照舊，什麼也沒發生。

我瞪著弄臣看，心裡又是寬心、又是失望。我倆沉默了一會，然後他的鼻子開始抽動，接著我們突然一起爆出大笑。緊張與期待都過去了，而我們則笑到淚流成行。笑意止息之後，我看著弄臣；頭戴王冠的他，仍然是我的老交情、好朋友。弄臣擦去臉上的眼淚。

「你知道嗎，上個月我那隻公雞跟黃鼠狼扭打了一場，尾羽都掉了；後來幸運把公雞的尾羽撿起來收著。不如我們去把尾羽拿來裝在王冠上試試如何？」

弄臣把頭上的王冠拿下來，假裝遺憾萬分地打量著。「再說吧，明天看看。也許我該從你那兒偷點墨水過來，順便上上顏色。你還記不記得它是什麼顏色？」

我聳聳肩。「顏色嘛，還是你眼睛看到的為準哪，弄臣。你在這方面頗有天分的。」

對於這番稱讚，弄臣誇張地對我鞠躬致謝。他把落在地板上的布料拉起來，把王冠裹一裹。爐火燒得只剩琥珀色的木炭，照得我們兩人都是一臉紅暈。我怔怔地看著弄臣。在這樣的紅光之中，我可以假裝他的膚色一點也沒變；彷彿只要他依然是我少年時代的那個白膚小丑，我就依然像他一樣年輕。弄臣轉過頭來與我四目相對；他的眼光神色熱切無比，我不得不避開了。過了一會兒，弄臣開口道：「這樣說吧，離開群山之後，你們去了……？」

我拿起我的白蘭地杯，杯子已經空了。我心裡納悶自己到底喝了多少，然後突然了解到，自己已經喝得超量了。「明天吧，弄臣。明天再說。讓我好好睡一覺，想想看怎麼跟你講最好。」

他那修長的指頭突然扣住我的手腕，他的皮膚與往常一樣冰冰涼涼。「多想是不要緊，蜚滋；但是你別忘了……」弄臣突然為之語塞。他再度直視我的眼睛，而口中也改為平靜的請求：「不要隱瞞，盡量能多講，就多講吧，因為除非聽過，否則我永遠無法得知你要說的事情，我是不是應該要知道。」

他那熱切的凝視再度使我坐立不安。「又在打啞謎了。」我嗤道。我本想把話題岔開，誰知說了之後，卻像是在肯定弄臣的話一般。

「這個謎根本不用猜。」弄臣答道。「謎底就是我們自己；問題在於我們不知謎面為何，要是能知道就好辦囉。」他低頭看到他自己抓著我的手腕，於是放了開來。他突然像貓一般靈巧優雅地起身，像蛇一般地伸展肢體，看來彷彿他一下子把骨節都打散，然後又接回來似的。然後弄臣低頭愛憐地看著我。「去睡吧，蜚滋。」他像是在哄小孩子似的。「能多睡就多睡吧。我還不能睡，得多想一想才行——如果能想的話。白蘭地漲得我滿腦袋呀。」

「我也是。」我應和道。他伸出一手，我攀上去，他輕鬆地拉我站起來；儘管他骨架輕巧，但是他的力氣總是令我感到驚訝。我蹣跚地側倒了一步，然後弄臣便跟上來，架著我的手肘把我穩住。我無力地打趣道：「可願與我共舞？」

「我們已經在共舞了。」弄臣答道，那聲調幾乎可稱得上嚴肅。而當我把手從他的手中抽回來時，他則故作姿態地鞠了個躬，就像是在跟舞伴道別，除此之外又誇張地補了一句：「夢裡再相會。」

「晚安。」我矜持地答道，不願輕易上鉤。我朝我的床走去的時候，狼低吟了一聲，起身跟了上來。牠幾乎總是在我伸手可及之處與我共眠。進了房間之後，我換了睡衣，躺上床；此時狼老早就已經在床邊涼爽的地上找好地方睡覺了。我閉上眼睛，任由手臂從床邊垂下來，並輕輕地點在狼的毛髮上。

「好好睡，蜚滋。」弄臣說道。我輕輕地將眼睛睜開一縫。弄臣坐回火爐前的椅子上，從我開著的房門口對著我笑著。「我會幫你守著。」弄臣誇張地說道。我聽了這般胡言亂語，不禁搖搖頭，又朝他那個方向擺擺手。然後我便沉入夢鄉了。

7

狼之心

一般人常以爲，所謂原智，就是人有了控制野獸的力量。這眞是嚴重的誤解。凡是有關於原智者的傳聞，總不外乎說這個邪惡的人如何利用自己的原智力量去控制飛禽走獸，並對自己的左鄰右舍造成莫大的傷害，而故事結尾則說，野獸奴僕如何起而反抗，將這個邪魔歪道降至野獸的水準，並使原智者暴露於自己當初所惡意陷害的人面前。

然而事實上，原智魔法並非人所獨有，而是動物與人都要同時條件具備才行。原智魔法的核心，乃是人與動物之間的特殊牽繫，然而這種潛能，並非人人都有；而動物之間，也不是個個都具備這個天賦。具備這個潛能的動物很少，而具有此潛能，還願意跟人類形成牽繫的，那就更少了。人與動物之間若要形成原智的牽繫，前提是彼此之間一定要公平且對等。原智者的家庭，總是安排孩子在青春期的時候尋求動物伴侶。所謂尋求動物伴侶，並不是出門去找個有原智潛能的動物，然後強迫對方服從自己的旨意，而是希望自己能夠找到心意相通，又肯與自己牽繫在一起的生物——不管牠是野生動物或是家生的禽畜。一言以蔽之，人與動物之間若要形成原智的牽繫，那麼動物伴侶的天賦，就得與人的天賦彼此匹敵才行。雖說原智者幾乎能與所有動物溝通，只是溝通程度不同，但是除非對方具有匹配的天賦與意願，否則人與動物之間是無法形成牽繫的。

然而，無論是什麼感情關係，都有其弊病。做丈夫的可能會毆打妻子，做妻子的可能會把丈夫譏諷得一無是處，同樣的，人也可能會控制自己的原智伴侶。人類控制原智伴侶的例子，最常見的作法，就是原智者選在動物最爲年幼、尚未領略這個終生的決定有多麼大的影響的時候，便與對方形成緊密的牽繫。動物貶抑人類伴侶，或完全控制人類伴侶的事情則很少見，但也不是沒有。據說，在原血者間廣泛流傳的〈羅文．葛雷森之歌〉，最早的來源，便是起於一名笨到與野雁牽繫在一起，於是不得不終生跟著他的鳥兒隨季節而遷徙的糊塗男子。

——獾毛所著的《原血者傳奇》

早晨來了，來得太早也太亮；這是弄臣來訪的第三天。弄臣比我早醒，而且就算白蘭地或是熬夜對他造成任何影響，他也沒露出半點跡象。從天色就知道今天一定很熱，所以弄臣生的火很小，只夠燒茶煮粥而已。我走到外頭把雞放了出去，然後把矮馬和弄臣的馬牽到面對著海的開闊山坡上。我放了矮種馬的韁繩，讓牠四處吃草，但是把麥爾妲的韁繩綁在木樁子上。麥爾妲一副責怪狀地看著我綁韁繩，但仍繼續吃草，彷彿這粗糙稀疏的野草正是牠愛吃的草料似的。我站了一會，俯瞰著平靜的海洋。在明亮的朝陽下，大海看來是敲平了的大片藍色金屬。一股柔細的微風吹了過來，翻起我的頭髮。我感覺到彷彿有人大聲地跟我講了句什麼話似的，於是我也重複著說道：「是該變一變了。」

變動的時代。狼回應道。雖然牠講的跟我講的不大一樣，但是似乎更爲貼切。我伸展筋骨，轉轉肩膀，讓微風拂過我疼痛的頭。我朝前伸直了手臂，然後凝視著自己的手。這粗硬長繭、風吹日曬，又因爲摸多了泥土而染得黑黑髒髒的手，是農夫的手。我搔了搔臉上叢生的鬍碴；我好多天沒刮鬍子了。我的衣服很乾淨，也堪用，然而這衣服也像我的手一樣，因爲我日常的工作而染上各種斑漬，至於補綴，那就更不用說。片刻之前還令我覺得自在且穩固的這一切，剎那之間，突然變成僞裝的服飾，彷彿我是爲了安靜地休息幾年，所以套上這件衣服來保護自己似的。我突然很想打破目前的生活，然後變成蛋滋——不是我過去的那個舊蛋滋，而是倘若當年那個舊蛋滋沒死的話，會變成什麼樣的人的那個蛋滋。我突然打了個冷顫，想起童年時曾經看過一隻蝴蝶抽動了一下，然後破蛹而出。難道說，那蝴蝶也突然覺得曾經包裹著牠、保護著牠的那個眞誠相待且靜止不動的蝶蛹，一下子變得太過侷限，使得牠無法忍耐？

我深吸了一口氣，屏在胸口，再徐徐吐出，而心中泰半的積鬱也隨之散開。但是仍有化解不開之處。狼剛剛說的，變動的時代。「那麼，我們會變成怎樣呢？」

你嗎？我不知道。我只知道你會改變，而且你變的時候，有時連我都大吃一驚。至於我嘛，那很簡單。我會變老。

我低頭看著狼。「我也老了呀。」我指出。

不，你並沒變老。你是增長了年歲，但你並未變得像我一般老。這點你我都很明白。

就算再三否認，好像也沒什麼意思。「所以呢？」我反問道，以虛張聲勢來掩飾心中突然升起的不安。

所以我們該做決定了。我們最好是預做決定，以免事到臨頭時難以抉擇。我認爲你應該跟弄臣講講我們去跟原血眾人共處的那一段經驗。倒不是說他會幫我們決定，或者他有能力幫我們決定，而是因爲你我都喜歡跟他互通心意。

狼的思緒謹慎且周到；我那四條腿的另一半有此思想，實在是太像人了。我突然單腿跪下，抱住牠的脖子。我不曉得自己在怕什麼，但我把牠摟得緊緊的，彷彿摟得這麼緊，就可以把牠塞進我的心坎裡，永遠捧在我心上似的。狼忍耐了一會，才把頭扭下來，接著將我推開；然後牠跑開了幾步，停了下來。牠把全身的毛髮抖一抖，彷彿掃視新獵場似的眺望著大海。我深吸了一口氣，說道：「我會跟他說。今晚就說。」

狼回頭看了我一眼，鼻子壓低，耳朵貼在頭上。牠的眼睛發光，閃過一抹舊時欺瞞詐騙的神情。我知道你一定會說，小兄弟。你別怕。

然後，狼以完全不顯老邁的優雅姿態縱身一躍，瞬間化身爲一抹灰色的閃光，消失在山坡上那稀疏的灌木與草叢之間。狼太聰明了，我的眼睛找不到牠，但是我的心則像平常，隨時與牠相伴。我告訴自己說，我的心永遠都能找得到牠，永遠都碰得到牠、與牠的心融合在一起。我把這思緒傳給狼，但是狼卻不答話。

我回頭往小屋走。我去雞舍撿蛋，拿進屋裡。我泡茶，弄臣把蛋放在木炭間煨熟。我們帶著吃的，走到外面的藍天之下，在門廊上坐下來吃早餐。海邊吹來的風吹不進我這個小山谷，所以樹上的枝葉靜止不動，只有雞群咯咯叫著，在院子裡東啄西啄。直到弄臣開口打破寂靜，我才發現自己靜默已久。「這地方眞不錯。」弄臣一邊說道，一邊拿著調羹指著四周的樹叢。「小溪、森林、海邊的懸崖，這附近什麼都有了。怪不得你喜歡這裡勝過公鹿堡。」

弄臣有個本事，那就是他總是能攪得我的思緒整個翻騰起來。「我是不是喜歡這裡勝過公鹿堡，我倒說不上來。」我慢慢地答道。「我當年倒不是先比較過這兩個地方，再決定自己愛住哪裡的。我們之所以開始在這裡過冬，純粹是因爲那年的風雪特別大。我們在樹下躲避風雪的時候，發現地上有舊的車轍；我們沿著車轍走，找到了間荒廢的小屋——就是這裡——便忙不迭地進來。」我不在乎地聳聳肩。「後來我們就住下來了。」

弄臣歪著頭看著我，說道：「這麼說來，全世界任你挑選，任你愛住哪裡、就住哪裡，結果你卻根本沒選，而是有一天你突然不想再遊蕩了，於是湊巧在這裡住下來。」

「大概吧。」我接下來要講的話已到嘴邊，卻差點又吞了下去，因爲我發現我要講的，似乎跟方才的題目不大相干。「冶煉鎮離這裡不遠，沿著大路再走過去一點就到了。」

「你是被冶煉鎮吸引過來的？」

「倒不是；但我曾到冶煉鎮去看看廢墟，追憶過去。現在那裡沒人住。尋常的村莊若是荒廢了，人們一定會把廢墟裡的家當一掃而空。但是冶煉鎮卻沒人敢碰。」

「那地方留下太多邪惡的回憶了。」弄臣應和道。「其實冶煉鎮只是個開始，然而人們不但對於事情的起頭記得特別清楚，還將接下來陸續發生的那種災禍稱之爲『冶煉』。到底前後算起來，遭到『冶煉』的共有多少人？」

我不安地換了個姿勢，然後起身接過弄臣的空盤子。即使過了這麼久，我還是不喜歡回憶那些日子。多年來，紅船劫匪一直騷擾我們的海岸，盜取我們的財貨；然而一直到紅船劫匪盜取人民的人性，我們才開始跟劫匪勢不兩立。他們的邪門行徑始於冶煉鎮：紅船劫匪綁架了鎮上的人，然而人質回到親友身旁時，卻已變成毫無人性的怪物了。我曾經被委派一個任務：追殺被冶煉過的人。身爲國王的刺客，這是我做過的衆多不爲人知的骯髒事之一。不過我告訴自己，那已經是多年前的舊事，那個蜚滋已不在人世。「那是好久以前的舊事。」我提醒弄臣。「事情早就過去了。」

「是啊，有的人是說事情已經過了；但有的人可不這麼想。有的人仍對外島人恨之入骨，並說就連我們派巨龍去滌洗外島，都算是對他們太客氣。不過有的人則說，我們應該不記舊怨，因爲六大公國與外島，總是在戰後攜手致力於貿易。我來這兒的路上，聽到酒館的人說，珂翠肯王后打算跟外島人和平共處，並建立貿易聯盟。我還聽說，王后爲了鞏固她提出的合約，所以打算讓晉責王子娶個外島來的奈琪絲卡。」

「什麼『奈琪絲卡』？」

弄臣揚起眉毛。「大概是公主的意思吧，我猜。至少也是什麼權貴人物的女兒之類的吧。」

「噢。是這樣啊。」我聽了這消息頗爲不安，但我盡量不讓情緒外露。「不過，用政治聯姻來鞏固邦交，這也不是第一次了。想想看，珂翠肯嫁予惟眞爲妻，這安排不就是爲了要加強我們與群山王國之間的邦交關係嗎？結果這樁婚姻的成效，竟比我們原來的期待還要大。」

「是啊，的確如此。」弄臣應和道，不過他這語帶保留的態度，倒引我遐思。

我把我們的碗拿到屋裡去洗，心裡納悶著，晉責被人用來當作是鞏固盟約的籌碼，不知他自己是何感受，然後又把這些念頭拋在腦後。珂翠肯一定是以群山王國的方式來教養這孩子，也就是說，她會讓這孩子堅信，統治者就是人民的僕人，而且永遠如此。晉責本人嘛，就是得盡責，我對自己說道。他在接受這宗政治聯姻的時候，心裡免不了有所疑問，就像當年珂翠肯同意嫁予惟眞爲妻時那樣。我注意到水桶已經快要空了。弄臣一洗刷起來，總是除漬務淨，所以他洗刷時的用水量，竟足足比我認識的任何男人都多上三倍。「我去挑水。」

弄臣敏捷地站了起來。「我也去。」

於是弄臣便跟著我走過林蔭小徑，來到溪邊那處我挖深了河床，又用石頭圍起來以方便打水的地方。他趁機把手洗淨，又大口喝了清涼甘甜的溪水。弄臣站起來之後，突然四下張望。「夜眼呢？」

我一邊站起，一邊拉起前後兩個滿溢著溪水的水桶。「噢，牠有時候喜歡自己出去遛達遛達。牠——」

我突然被痛苦緊緊箝住。我隨即丟下了裝滿水的水桶，雙手緊抓著自己的喉嚨，過了一會我才發現，這痛苦並非出於我自己身上。弄臣凝視著我，他那金黃的皮膚變得昏黯無光。我開始探索夜眼，一找到牠，我拔腿就衝。

我直穿過樹林，根本不管前面有路沒路；迎面樹枝不斷地打上來。我加快腳步，也顧不得刮破衣服還是擦傷皮肉。狼無法呼吸了；牠費勁擠出來的每一口氣，都使我的身體疑懼得大口猛喘。我努力不讓狼的驚懼傳遍我全身。我一邊跑、一邊拔出小刀，準備對付攻擊狼的任何敵人。然而當我從樹林裡衝出來，跑進水貍池旁的空地時，卻只看到狼獨自在水邊掙扎。牠極力地以前掌伸入口裡扒著，牠的下顎大開。狼身邊的鵝卵石河岸上，躺著半條大魚。狼一邊以古怪的姿勢後退地轉圈子，一邊大力地甩頭，想把鯁在喉間的東西甩出來。

我立刻在狼身邊跪下來。「別抗拒！」我對牠乞求道，不過我看這話牠是聽不進去的了；牠的思緒裡盡是倉皇與恐懼。我伸出一臂，好把牠抱住、穩下來，但是牠逃開了。牠瘋狂地甩頭，但就是沒辦法把喉嚨裡的東西吐出來。我撲上去，把牠壓在地上。我重壓牠的肋骨，這下子才粗率地救了牠的性命；我身體的重量壓在牠胸膛上，迫使牠的胸把鯁在喉間的魚噴到嘴裡；我也不管牠的利牙，便伸手到牠嘴裡把魚扒出來，然後把魚丟得遠遠的。我感到狼大口喘氣，這才挪開身體。狼蹣跚地站了起來，我自己則連站起來的力氣都沒有。

「竟然鯁到魚！」我斷聲叫道。「我早該想到的！看你以後還敢不敢吃得這麼急了。」

我自己深吸了一口氣，並感到無比的輕鬆。不過這個輕鬆感去得太快，因爲狼站起來，東倒西歪地走了兩步，然後就倒在地上。現在牠沒鯁住了，但是牠體內的痛苦卻如放射般散開。

「怎麼回事？牠是怎麼啦？」站在我身後的弄臣追問道。我並沒注意到弄臣也跟了上來。我現在沒空管他了。我探索著我的同伴。我在恐懼之餘，將手貼在牠身上，並感到這一觸強化了我們的牽繫。一波波的痛苦襲擊著牠，痛苦來自牠的胸膛；那劇痛嚴重到牠幾乎無法呼吸。牠那不規則的心跳聲，轟隆地在耳邊大響。牠眼皮微開，卻只露出眼白，舌頭無力地從嘴邊垂下來。

「夜眼！我的兄弟！」我大聲叫道，但我知道牠大概沒聽見。我再探夜眼，並將自己的力量灌注在牠身上，然後就感受到一件難以置信的事情：牠竟然在躲避我。夜眼儘管虛弱，卻仍縮回不與我接觸，甚至切斷了我們多年來親密互動的聯繫線。夜眼封鎖住牠自己的思緒，而我則感到牠慢慢地遠離我，進入一片我無法穿透的灰色領域中。

我眞是受不了。

「不！」我大吼道，然後我的心便追了上去。我既然不能以我的原智力量降服那道灰色的障礙，便試著以精技來加以突破，不顧一切、直覺反應地以我所擁有的每一種法術來追上夜眼。最後我總算追上了牠。突然之間，我與夜眼相伴在一起，我的感知與牠的感知融合在一起，而且我們彼此融合的程度之高，乃前所未有。現在牠的身體變成我的身體了。

多年以前，帝尊殺死我的時候，我曾逃離我的殘軀，以夜眼的身體做爲避風港。我與夜眼共住在牠的身體裡，我感受到牠的思緒，並透過牠的眼睛看世界。我曾經在牠身體裡住過；我曾是牠的肉體的過客。最後，博瑞屈和切德把我們喚回我的墳墓旁，將我導回我冰冷的肉身之中。

這次就不同了。差得遠了。我把夜眼的身體變成我自己的身體，並迫使驚惶失措地拚命掙扎的夜眼冷靜下來。夜眼對於我所作所為甚為不齒，但是我不管牠；此乃必要之舉，我對夜眼說道。如果我不這麼做，牠就會死。夜眼不再抗拒我，但牠並不是退讓，而是既然我都把牠的身體據為己有了，所以牠乾脆不屑地揚棄自己的身體。這事我以後再煩惱吧；這種舉動會冒犯到牠，但我現在根本沒空擔心。用這種方式待在牠的體內很奇怪，就像是穿了別人的衣服一樣地不大對勁。然而現在我領略到夜眼的所有感知，連腳爪與尾巴末端的每一絲感覺都不會錯過。空氣拂過我的舌頭，那感覺怪怪的，而且即使我在痛苦之中，還是敏銳地感受到日間的種種氣味。我聞到附近有我那個蜚滋的身體的汗水味，也微微地知覺到弄臣正伏在那個身體上，並猛烈地搖著那個身體。但現在我沒時間管那個了。我已經發現到，這個身體的萬般苦痛，皆來自我那個瑟縮亂顫的心臟。我迫使狼鎮定下來之後，已經多少讓牠好一點，但是從那軟弱且不規則的心跳看來，這兒絕對是出了天大的問題。

從外頭窺看地牢，跟爬進地牢裡四下張望所看到的光景，可是大大不同。這個解釋很差勁，但這已經是我認為最貼切的形容了。我先是感覺到狼的心臟，然後我一下子變成狼的心臟。我不曉得我是怎麼辦到的；感覺上，彷彿我是急切地窺視著一扇深鎖的門，心裡明白唯有解決門裡的事情，才能讓我得到解脫，然後那門就突然地讓開了。於是我變成狼的心臟，也知道我在牠身體裡的功能，同時也曉得我的功能受到阻礙。我的肌肉隨著年歲增長而變得疲憊無力。此時我既是狼的心，我便穩住自己，並虛弱地讓自己規則地跳動起來；等到我多少讓自己規則地跳動起來之後，迫切的痛感便消逝了，所以我做得更賣力。

夜眼已經退縮到我們共有的認知裡的偏僻角落。我任由牠在那兒生悶氣，只顧全力地做我非做不可的事情。我該把我做的事情比擬成什麼呢？織布？築牆？說起來，我這功夫，大概有點像是用針線補綴磨破的襪底吧。我感覺到我在把已經衰弱的構造重新建立起來。此外我也知道，我之所以能做到這一點，並不是因為我身為蜚滋的身分，而是因為此時我身為狼的身體的一部分，所以我能夠導引狼的身體遵循著熟悉的韻律來運作。在我的全力支持之下，狼的心臟活躍地執行應有的任務。這樣就夠了，我不安地對自己說道，然而我卻若有似無地感覺到，這個身體能夠恢復運作，必得有人付出代價。

我感覺到大功告成之後，便退了一步；於是我不再是「心臟」，然而我驕傲地感覺到，這心臟有了新的力氣，而且跳動穩定。不過我體會到這一點之後，恐懼感隨即迸出。我不在自己的體內，而且我根本不曉得我在夜眼體內的時候，我的那個身體是不是碰上了什麼事情；此外，我也說不出到底過了多久的時間。我在茫然之中，不禁向夜眼求援，但是牠躲得遠遠的不理我。

*我這麼做還不都是為了你好。*我抗議道。

牠還是不發一語。牠有什麼思緒，牠實在說不上來，不過牠的情緒則一覽無遺：牠覺得自己備受侮辱，而且受到嚴重的冒犯；我從沒看牠這麼氣憤過。

*好吧，隨你便。*我冷冷地對牠說道，然後就生氣地退回自己的身體。

應該說是，我嘗試要退回自己的身體。然而突然之間，一切都變得令人困惑。我知道我得去個什麼地方，然而此時此刻，「去」跟「什麼地方」這兩個概念卻都無法適用。我不禁想起當年我毫無準備地被捲入精技洪流裡的感受；精技的洪流可以把一個使用精技的生手的自我沖成碎片，也可以將一個男子扯入水中，直到他喪失了知覺與自我意識為止。而現下情景的不同之處，則在於我並未感覺到自己失去意識或是被沖成碎片，而是覺得我自己被困住了，在漩渦中載浮載沉地，除了能待在夜眼的身體裡之外，根本無處可以停靠。我是聽見弄臣在叫我的名字，但是聽到了也沒用，因為我是透過夜眼的耳朵聽到弄臣的聲音。

懂了吧？狼哀痛地說道。你看你把我們兩個弄成什麼樣子！我警告過你的，還把你擋在外頭。

放心，我一定擺得平。我狂亂地對夜眼安撫道。牠跟我都知道，這倒不是在說謊，只是在驚惶失措地努力要讓自己的想法成眞罷了。

我把自己跟夜眼的身體切分開來。我放棄了夜眼的感知，拒絕了夜眼的觸覺、視覺和聽覺，也不去管舌頭上的塵土味，和不遠處我的身體傳來的體味。我把自己的感知從夜眼的感知中釋放出來，然而我的感知釋放出來之後，便尷尬地懸在半空中。我不知道要怎麼做才能回到我自己的身體中。

然後我感到有個什麼東西，很微弱的拉扯——那個感覺，比有人從我的襯衫拉根線頭出來的感覺還更微弱。那感覺向我探來，而且是貨眞價實地出自於我自己的身體。我想抓住那拉扯，但是卻像是想要抓住陽光一樣地徒勞無功。我狂野地掙扎，盡全力要逮住那拉扯的力量，最後仍不免退回無形的自我之中，原來我用力地抓取，只是把原本就微弱的拉扯力量抓散了而已。於是我把自我認知縮得小小的，並靜靜地守著，如同潛伏在老鼠洞旁的貓一般。那個拉扯的感覺又來了，微弱得有如穿過樹葉的月光。我迫使自己靜止不動、保持鎭定，好讓那拉扯的感覺找到我。那拉扯的感覺小得像是極細的純金線頭似的，但是它終於碰到我了；那拉扯感探索著我，等到確定是我之後，那拉扯感便開始拉我，以不太均勻的力量，將我拉過去。那拉扯的力量很是堅決，只是那力道不會比一根髮絲還大。我一點也幫不上忙，因爲我一出手，就會把那力量給撕毀了；所以那力量不大確定地把我從狼的身體拉出去、拉回到我自己身體裡的時候，我什麼也不能做，只能七上八下，唯恐那力量隨時會斷掉般任由那力量拉扯著我。那力量越拉越快，突然之間，我又悠游在自己身體裡面了。

接著我立刻感到自己的身體痙攣糾結成一團。我在注入自己體內的同時，也恐懼地感覺到，我這靈魂的居所怎會變得如此冰冷僵硬。我的眼睛由於睜開太久，又沒有眨眼，所以變得十分乾澀。一開始，我什麼也看不見，連話也講不出來，因為我的喉嚨和嘴巴也乾澀得跟皮革一樣。我想翻個身，但是我的肌肉痙攣、不聽使喚。我什麼也不能做，只能痛苦地扭動；然而就連痛感也都珍貴無比，因為這是我自己的痛感，這感覺乃是直接從我的血肉傳達到我心裡的。我在寬心之餘，嗄啞地咳了一聲。

弄臣捧著水，滴在我的唇上，然後水終於滑進了我的喉嚨裡。視力開始回復，一開始的時候只看到矇矓的影像，但已足以看出陽光已經偏西。原來我已經出竅了好幾個鐘頭。過了一會，我坐了起來，並立刻探向夜眼。夜眼靜止不動地攤伏在我身邊；牠不是在睡，牠目前乃是處於比熟睡還更深入的狀態。我探觸到牠時，感覺到牠微弱遙遠的感知，埋藏在很深很深的地方。我感覺到牠的脈搏穩定地跳動，也知道牠感到寬慰舒適。我輕輕碰著夜眼的認知。

*走開！*牠還在氣我。但我也理會不了這麼多了。現在牠的肺很正常，心跳也穩定。雖然我跟牠一樣疲倦，而且人又昏頭轉向，但是只要能救回牠一條命，這一切都是值得的。

過了一會，我找到了弄臣。他跪在我身邊，一臂環著我的肩膀。我一直沒注意到是他架著我，我才坐得起來。我晃顫地轉過頭去看著他；他的臉上盡是憂慮，眉頭因為痛楚而深鎖，不過他還是使勁地歪了嘴，以示笑意。「我以前不知道我能夠這麼做。但是這是我想得出來的唯一辦法，所以我說什麼也得一試。」

過了一會兒，我才領悟出他話裡的意思。我低頭看看自己的手腕；弄臣印在我手腕上的指印又變新了；此時這些指印並不像是弄臣第一次碰到我的手腕時的那種銀色印記，而是這些指印經過多年褪了色之後，現在又多添了顏色更深的灰色色澤。聯繫著他與我之間的那股繩索變得更強韌了。他能做到這一點，我倒很驚訝。

「謝謝你。我該謝你。」我毫無感激之意地說出這幾個字。我覺得弄臣冒犯了我。我痛恨他未經我同意，就用這種方式與我接觸。這種想法很幼稚，但是此時我還無力進一步多想。

弄臣大聲地對我笑著，但我聽得出他笑得有點歇斯底里。「我原本也沒指望你會喜歡我這麼做。不過，吾友，我這也是不得不然。我非得這麼做不可。」他困難地吸了一口氣。他補上後面這幾句話的時候，聲調就比較柔和了：「一切又重演了。我在你身邊守了快兩天，眼看著你就要被命運逮住。難道說我們免不了要付出這種代價？難道說，我爲了要讓世界走上更好的軌道，就得一而再、再而三地把你從死亡的邊緣搶救回來？」他用力地掐住我的肩頭。「啊，蜚滋。你怎麼能不斷地原諒我對你做出這種事情呢？」

其實我無法原諒他。但我沒說出口，只是轉開了頭。「我想靜一靜。拜託你。」

接著是一片沉默，好一會他才說道：「當然。」他放開了我的肩膀，走了開去。我頓時鬆了一口氣。他碰觸我之後，更強化了他與我之間的精技牽繫。想到這裡，我就覺得自己十分脆弱。弄臣不知道如何透過這個牽繫來探索我的內心，但是我的恐懼感卻也沒因此而減少一分。刀子架在我脖子上，就是對我的生命造成威脅，即使拿著刀子的手是出於最美好的善意，也是一樣。

我努力忽視事情的另外一面。其實反過來說，剛才弄臣也沒有想到，他的心靈已經對我全面開放了。一思及此，我不禁技癢，想要試試看自己能不能完全地跟弄臣連在一起；我只要乞求弄臣，請他再度把他的指頭放在我手腕上就成了。我憑這一觸就能做到什麼程度，我自己清楚得很：我可以全面橫掃並深入他的心靈，我可以挖出他的所有祕密，還可以攫取他的一切力量。我可以把他的身體，變成是我自己身體的延伸，把他的生命與他的時光，用於我個人的目的之上。

我竟有這種飢渴感，實在令我感到羞愧。我已經看過那些屈從我的意志的人是什麼下場；而弄臣讓我重新體會到這種感覺，我還怎麼能原諒他？

我頭痛欲裂，這是我早已熟悉的精技頭痛；而我的身體則像是打了一場仗似地痠痛難耐。我對這個世界感到十分生疏，就連友好的碰觸也使我惱怒焦躁。我蹣跚地站起來，搖搖擺擺地走到水邊；我本想在水邊跪下來，結果發現我還不如俯身伏在水邊，以口就水地吸個飽還容易些。解了渴之後，我把臉潑溼，又以水揉臉梳髮，接著按摩眼睛，直到流淚為止。流了淚之後，眼睛舒服了些，視野也比較清晰了。

我看了看狼平癱無力的身體，又看了看弄臣。弄臣站著，人彷彿縮得小小的，肩膀垂了下去，嘴巴則抿得緊緊的。我傷了他的心，對此我覺得很後悔。其實他是一片好意，只是我心裡太頑固，頑固到我到此時仍然憎恨他所做的事。這個想法很愚蠢，不過我還是想幫這個愚蠢的想法找些正當理由；可是我一個理由也想不出來。然而，明知道自己無權對人生氣，並不會自動地使所有的怒氣消散。「我覺得好多了。」我一邊搖頭甩掉頭髮上的水，一邊說道，彷彿只要講了這句話，就可以讓弄臣與我同時堅信，我剛才會出言不遜，不過是因為口渴而已。弄臣不發一語。

我捧了水，走到狼身邊坐下來，讓牠用仍然垂在嘴邊的舌頭舔著喝。喝了一點之後，牠虛弱地動了一下，現在牠終於有力氣把舌頭收回嘴裡了。

我再度努力對弄臣示好。「你盡了全力來救我的性命，這我知道。謝謝你。」

他救了我們兩個的性命。要不是他救了我們，我們就不得以那種畸零的怪方式苟活下去，最後恐怕把我們兩個都毀了。狼連眼睛都沒睜開，但是牠的思緒非常強烈。

話是這麼說沒錯啦，可是他所做的事——

他對你做的事情，會比你對我做的事情還要糟糕嗎？

我答不上來。我讓牠活了下來，我當然是不會感到遺憾，可是——

要跟著這個思緒繼續想下去，還不如直接跟弄臣講開了比較容易些。「你救了我們兩個的性命。我剛去了……也不曉得怎麼搞的，我就進了夜眼的體內。我猜，大概是靠精技的力量吧。」我停了下來，因爲我心裡突然閃過一個念頭。難道切德曾跟我說過的，精技可以用來療傷治病，就是這麼一回事？我打了個冷顫。我曾推想過，我之所以能治好夜眼，是因爲我與牠共享力量，但是我剛才做的，明明就是——我把這個念頭推開。「我非得想辦法救牠不可。而且……我眞的幫了牠了。可是，我幫了牠之後，卻找不出辦法離開牠。要是剛才你沒把我拉回來的話……」接下來的事情我也不多說了，因爲弄臣如何救了我們的事情，不是三言兩語可以講得清楚的。不過現在我知道我可以跟他講我們在原血者的村子裡待了一年的經過；我心裡很確定。「我們回小屋去吧。屋裡有精靈樹皮，可以泡茶喝。不只夜眼需要休息，我也需要休息。」

「我也是。」弄臣虛弱地應和道。

我朝弄臣看了一眼，並注意到他臉色灰白，顯得非常疲憊，眉間也刻著深深的皺紋。我突然覺得對弄臣十分愧疚。他未經訓練，又沒人幫忙，但是他還是努力施展精技把我拉回我自己的身體裡。他可不是像我這樣，天生就有精技的潛能；他什麼也沒有，只是他因爲當年偶然跟滿溢著精技之力的惟眞的手碰在一起，所以手指頭上留下了古老的精技印記，如此而已。他冒著生命危險來搶救我，而他能夠仰賴的工具，只有那些精技印記，以及我們一度因爲相觸而締結起來的微弱牽繫。恐懼與無知，都不能阻擋他來救我的性命。而且他也不知道他這麼做，對他有什麼危險。這一切條件到底是讓他的救人行爲變得比較不英勇，還是變得更爲英勇，我實在說不上來。而我的反應，竟然就只是責怪他的不是。

我還記得，惟眞第一次以我的力量去補充他的精技力量時，我因爲被榨乾了而整個人軟癱下來。然而弄臣仍然站定著，雖然有點搖晃，但他是站著的；而且現在他的頭一定痛得像鐵鎚在打，又像鐵鉗在夾，但是他一句話也沒抱怨。我的第一次可不是這樣子。瘦削的他竟然如此強韌，連我都感到驚奇。他一定是感覺到我在看他，因爲他轉頭過來凝視我。我盡量擺出個笑容；他則扮個狡黠的鬼臉做爲回應。

夜眼打了個滾，蹣跚地站了起來。牠像新生的雛雞似的，搖搖顫顫地走到水邊去喝水。牠喝了水之後，不只牠，連我都覺得好得多了，雖然我的腳仍顫抖無力。

「從這裡走回小屋還滿遠的。」我有感而發地說道。

弄臣問我的口氣仍平淡，但是幾乎已稱得上是正常。「你走得回去嗎？」

「得靠點幫忙就是了。」我伸出手，他走過來握住我的手，把我拉起來。他挽著我的手臂陪我一起走，不過我覺得，與其說是我靠著他走回去，不如說是他靠著我走回去。狼跟在我們後面，慢慢地踱步。我堅決地咬牙堅定心志，所以從頭到尾都沒有透過我們之間那條彷彿銀鍊一般的精技連線去對他探索。我忍得過去，我可以拒絕誘惑，我對自己說道。惟眞就做得到。他做得到，我也做得到。

我們走過樹影婆娑的林間，弄臣打破沉默說道：「一開始的時候，我以爲你舊疾復發。可是你一動也不動地躺著……我怕你這樣就死了。你的眼睛睜得開開地，像是在瞪著什麼，可是脈搏全無。可是每隔一陣子，你的身體就會抽動一下，吸一點氣。」弄臣停頓了一下。「可是我怎麼刺激你，你都沒反應。所以我只能那樣做，也就是潛進去找你。」

他的話把我嚇到了。我可不見得很想知道我的身體在我不在的時候出了什麼事情。「如果要救我的命的話，這可能是唯一的辦法了。」

「不只爲了救你的命，也爲了救我的命。」他平靜地說道。「因爲即使此舉會使你我付出重大代價，我還是非得讓你活下去不可。你是我在改變時光軌道時必須使用的楔子，蜚滋。而就這一點而言，我對你眞的感到很抱歉。」

他講話的時候，頭轉過來看著我。那敞開胸懷的金黃色凝視，以及他與我之間的精技牽繫，產生了金銀的組合。我體認到他的話的確不假，然而我仍拒絕去接受我不想知道的那個眞相。

狼在我們身後緩緩而行，牠的頭垂得很低。

8

原血者

「……而且想必你收到信時，獵犬亦已平安抵達。如果不然，請你飛鴿傳書給我，好讓我向你解釋獵犬如何照料。最後，要煩請你代我向駿騎大人問安。煩你轉告大人說，他託我照顧的小馬，仍因爲斷奶過於突然而適應不良。這小馬天性善變多疑，但只要溫和且耐心的照料，再加上堅定的矯正方向，必可以改掉這些毛病。就馴馬師的角度而言，這小馬最惱人之處，莫過於那冥頑不化的性子；然而我堅信，這一點必定是從上一代的公馬那裡遺傳而來。嚴格的紀律，應有助於強化這小馬的精神力量。請轉告大人，我永遠都是他最卑微的僕人。

此外，我也要向尊夫人與令郎令嬡致意，塔爾曼。上回我們打賭是我那條『母老虎』的鼻子靈、還是你那條『扁尾』有本事，到現在都還沒結算呢，我期待著你下次到公鹿堡來訪，好把這一筆帳算清。」

博瑞屈，公鹿堡馬廄總管

——摘錄自博瑞屈寄給細柳林馬廄總管塔爾曼的書信

我們抵達小屋的時候，我的視線周圍已經幾乎要暗了下來。我拉住弄臣瘦削的肩頭，把他推向門的方向，他踉蹌地走上門廊。狼跟在我們身後。我把弄臣朝椅子推過去，然後他便掉進椅子裡。夜眼直朝我的臥房走去，艱難地爬到我的床上，然後稍微把被子翻弄一番，便虛弱地睡下來。我以原智向牠探去，卻發現夜眼已經把自己閉鎖了起來；所以我在生火燒水用以泡茶時，只能以看著牠肋骨的韻律起伏獲得滿足。我連做這種簡單的工作的每一個步驟，都得全神貫注。我那痛得幾乎要爆炸的頭，要求我立刻就倒下來算了，但是我怎能鬆懈下來？

弄臣枕著手臂伏在桌上，十足的痛苦模樣。我把那一大堆精靈樹皮拿下來時，他轉過頭來看著我。弄臣嚐過那黑鴉鴉的乾樹皮，所以一看到就吐舌頭。「看起來你手邊的存貨不少，是不是？」弄臣以嗄啞的聲音問道。

「是啊。」我一邊坦承道，一邊估量樹皮的份量，接著開始用杵臼把樹皮搗成粉末。剛研碎了一點粉，我便迫不及待地用指頭沾了一些，點在舌側，然後便感到痛楚緩解了一會兒。

「你常泡這個喝？」

「唯有在非喝不可的時候才喝。」

他深吸了一口氣，然後吐出來。接著他不情不願地站了起來，拿出兩個杯子。水燒開之後，我便泡了壺濃濃的茶。這藥草可以緩解施展精技所產生的頭痛，但是會有緊張不安、心神躁鬱的後遺症。我聽人說，恰斯國的人，會給手下的奴隸喝這種精靈樹皮茶，一來增加奴隸的精力，二來可以壓抑奴隸想要逃跑的欲望。據說這種茶喝多了會上癮，但我倒是從沒有上癮的問題。也許定期飲用精靈樹皮茶，會造成癮頭，但是我個人一直是把這茶當作藥方子來用。據說年輕人喝了精靈樹皮茶，會喪失精技的潛能，而年紀較大的人喝了，也會使精技力量減退。我倒覺得，精技力量減退，未嘗不是一大福音，只是就我個人的經驗而言，精靈樹皮雖能減退精技的力量，卻無法緩解想要施展精技的欲望。

樹皮泡透之後，我倒了兩杯熱茶，並加了蜂蜜調味。我本想到花圃裡去採些薄荷葉加進去，只是感覺上花圃實在太遠。我把一杯茶放在弄臣身前，在他對面坐了下來。

弄臣舉杯，假裝在敬酒。「這杯敬我們兩個：白色先知與其催化劑。」

我也舉起杯子。「也就是弄臣與蜚滋。」我補上一句，與他碰杯。

我啜了一小口。精靈樹皮的苦味一下子擴散到我整個嘴裡；吞下去時，則感到喉嚨都因爲這茶而縮緊了。弄臣看著我喝，然後喝了一大口；他的臉皺得歪七扭八，不過幾乎他一吞下去，眉間的線條就紓解了些。他皺著眉頭看著自己的杯中物。「難道沒法子只取這玩意兒的精粹？」

我苦笑。「有次我在情急之下，乾脆拿樹皮來嚼。結果我整個嘴都破了，而且滿嘴苦味，連漱口都洗不掉。」

「啊。」他在杯裡加了一團蜂蜜，喝一大口，於是臉又皺了起來。

好一會兒，我們兩人都緘默不語。我們彼此之間仍有點不大自在；看這情況，就算道歉恐怕也沒有用，不過如果說個明白的話，也許會誤會冰釋。我瞥了一眼睡在我床上的狼，然後清清喉嚨。「呃。我們離開群山之後，又回到了公鹿公國的邊界。」

弄臣迎向我的目光；他一手支著下巴，眼睛定定地凝視著，安安靜靜地把全副心神都擺在我身上。他等著我把話頭理出來。然而這些思緒亂紛紛，我好半晌才理出個頭緒。

夜眼與我並未趕路。我們花了大半年的時間，迂迴地穿過群山王國及法洛公國的大平原，才回到公鹿公國的鴉頸鎮附近。我們抵達那個一半嵌在山坡裡、一半加蓋出來的低矮小屋時，秋意已經開始濃了起來。高大的常青樹仍傲然挺立，不理會秋風的威脅，但是長著綠苔的屋頂上，那些矮樹叢的葉子剛被早霜吻過，所以葉緣開始泛黃，有的更羞得紅了。在那涼快的午後，小屋的大門大開，一縷幾乎看不見的輕煙，從低矮的煙囪裡冒出來。我們不需要敲門，也不需要叫門。屋子裡的原血者知道我們到了，這就好像我來到屋前，便肯定地感覺到黑洛夫與荷莉兩人都在家，是一樣的道理。毫不意外地，走到門檻邊來的是洛夫；他站在門洞凹入的暗黑處，皺著眉頭看著我倆。

「這麼看來，你們可終於了解到，該跟我好好地學一學了。」洛夫招呼道。他帶來一股熊的刺鼻味，所以夜眼跟我都不大自在。不過我還是點了點頭。

洛夫隆隆地大笑，而他一咧開嘴來，那茂密的黑色大鬍子便分成了兩邊。我都已經忘記他的個子有多麼高大了。他像棵大樹般走過來，友善地摟住我，差點就把我的肋骨給擠斷了。他一抱住我，我就感受到他傳送給希爾妲的思緒——希爾妲就是跟洛夫相伴的那頭大熊。

「原血者都是一家人。」荷莉也出來招呼我們。洛夫的太太就跟我記憶中的一樣瘦小寡言。她的原智伴侶，名字叫做阿霙的那頭鷹，端坐在她的手腕上。阿霙以單一邊的明亮眼睛看著我，然而荷莉一走近我，牠就飛走了；荷莉對我笑笑，搖著頭看阿霙飛走。荷莉的招呼比洛夫的招呼含蓄得多，但不知怎地，卻更令人感到溫馨。「來得正是時候，歡迎你們。」荷莉對我們說道。她稍微轉開了頭，烏黑的眼睛迅速地朝我們一瞥；雖然她低頭隱藏，但我仍看到她臉上露出一抹笑意。她站在洛夫身邊；男的高大，女的嬌小。荷莉把短而光潔的頭髮拂到腦後，對我們邀請道：「進來用點便餐。」

「吃過飯我們就去走一走，找個好地方讓你們搭窩，然後就動工。」洛夫以他一貫直率的作風接口道。他對陰霾的天空與陰鬱的森林瞥了一眼。「冬天就快來了。你們在路上耽擱這麼久，真夠愚蠢的。」

經過了這一番招呼，我們就成了住在鴉頸鎮外圍的原血者人家的一份子了。這些原血者人家都住在森林裡，而且除非為了買些自己做不出來的東西，否則是不到鎮上去的。他們作風低調，不讓鎮上的人知道他們有原智法力，畢竟若是讓別人知道你是原智者，就等於是邀請別人夥衆帶著繩索和刀具找上門來。而且，洛夫、荷莉和其他人也都不自稱為「原智者」；這個渾名是那些既痛恨又懼怕「野獸魔法」的人取的，所以這個叫法有污衊、譏刺之意。他們在自己人之間，都自稱為「原血者」，而且子女若是無法在精神與心靈方面與動物相連，便哀嘆不已，就像尋常人家會因為子女生來或聾或啞而哀嘆不已那樣。

這裡的原血者人家其實不多，不超過五家，而且都散居於鴉頸鎮外的森林裡。處決原血者的傳聞，使得他們不敢住得太靠近；不過原血者人家彼此都認識，而且時有往來。這些人家大多做些獨立的營生，這一來，他們無須與一般人群居，但仍可以就近交易買賣，享受鄉鎮生活的種種好處。例如伐木砍柴、捕獵毛皮等，就屬於這類營生。有一家人跟他們的水獺住在一起，家就在黏土水壩旁，而他們家出產的陶器特別精美。有個老人與野豬為伴，而他光是靠採集昂貴罕見的野生松露，賣給城裡的有錢人，就可生活無虞了。總而言之，他們是很和平的人，他們接受自己在大自然中的角色，而且絲毫不覺得有什麼羞恥之處。但是，我們卻不能就此便說，他們也認為世間的所有人類，都跟他們一樣俯仰無愧。我既聽過他們對於那些緊密地群居於城鎮中，認為動物不是奴僕、寵物，就是「沒腦筋」的野獸的人嗤之以鼻，也感覺到他們對那種人的不屑。此外，他們也很瞧不起那些跟平常人混住在一起，而且不肯承認自己有此法力的原智者。他們通常想當然耳地認為我是出身於這種家庭的人，然而我也不好辯駁，因為若要加以解釋，便免不了要多透露我自己的背景經歷。

「這麼說來，他們都不知道你的出身囉？」弄臣平靜地問道。

我聽了有點侷促不安，因為我有個感覺，彷彿弄臣是明知道他們已經曉得我的底細才這樣問的。我嘆了一口氣。「老實說，我實在進退兩難。我待在那裡的時候常常納悶，我回到原血者的聚落是不是個天大的錯誤。多年前，我第一次碰到洛夫和荷莉的時候，他們就知道我名叫蜚滋，而且他們也知道我對帝尊恨之入骨。他們只要從這兩個線索隨便推斷一下，便知道我就是『原智私生子』蜚滋。我知道洛夫已經想到了，因爲有一天他來找我談這件事。我直截了當地跟他說，他想的大錯特錯，我說，我與蜚滋同名，又都與狼結伴，實在是太巧合，也太不幸了；我這輩子就因爲這個緣故而碰上許多麻煩。我講得如此斬釘截鐵，所以就連那個遲鈍的傢伙都馬上明白，就算他說破了嘴，也不可能讓我承認事實並非如此了。我撒了謊，而他也知道我在撒謊，但是我已經不留餘地地讓他了解到，在我們之間，就只能當作事實就是如此，所以我們就這樣算了。至於荷莉，我敢說她也心知肚明，只是不說破而已。至於別的人家，我想他們應該沒想那麼多；我在介紹自己的時候，都說我名叫湯姆，所以他們都叫我湯姆，就連荷莉和洛夫也跟著這麼叫。我衷心祈禱，蜚滋其人其名，還是躺在墳墓裡的好。」

「所以他們知道嘛。」弄臣確定了他的懷疑乃確有其事。「至少那個圈子裡的人，知道蜚滋，也就是駿騎的私生子，並沒有死。」

我聳了聳肩。那個舊時的污名，即使是出自於弄臣之口，至今仍刺痛我心，這實在令我驚訝。當然，我早就不在意這些了。以前我一度將自己視爲「私生子」，根本不去想我父親是誰；然而我也早就過了那個時期，並且深刻地領悟道，一個人要看他如何造就自己，而不是看他是誰生的。我一下子想起，那鄉野女巫因爲我左右兩掌的紋路截然不同，而感到困惑不已。我突然有一股想要好好端詳自己的左右手掌的衝動，但我把這衝動壓了下來，並給我們兩人多添了點精靈樹皮茶。接著我站了起來，東翻西找地，想看看有沒有什麼吃的可以化解我口中的澀味。我拿起沙緣白蘭地，然後堅決地把酒放回去。我另外找到了剩下來的最後一點乳酪，有點發硬了，但仍很可口，還有半條麵包。我們從昨天早上吃過早餐之後就沒吃東西。現在頭痛稍退之後，我便感到飢腸轆轆。弄臣大概也與我一樣胃口大開，因爲我把乳酪一片片地削下來時，他則切下大片大片的麵包。

我那未完的故事，則懸在空氣之中。

我嘆了一口氣。「就算他們知道好了，我除了否認之外，又能怎麼樣呢？夜眼與我需要他們的知識啊。光是洛夫與荷莉，就能教我們好多我們應該要知道的事情。」

弄臣點點頭，接著把乳酪堆在麵包上。他等著我繼續說下去。

我好半晌才找到話接下去。我實在不喜歡回憶那一年的情景。不過那一年我眞的學到很多，不只是因爲洛夫講授了不少，而是因爲我生活在原血者的聚落之中，耳濡目染之故。「洛夫實在不是高明的老師。他脾氣很差、又沒耐心，在吃飯之前更爲暴躁，而且他動不動就打人、大吼，學生學得慢了更惹他惱怒。我對原血者的風俗一無所知，然而洛夫就是沒法接受這個事實。據我猜想，就他的觀點來看，我大概是個沒禮貌又粗鄙的小孩子。我與夜眼之間的原智溝通太過『大聲』，以致於其他原智者與牽繫動物相偕打獵時，都被我們破壞了。我以前都不知道，我們在轉移陣地的時候，應該要以原智對其他人聲明。我以前在公鹿堡的時候，根本就不知道原智者有自己往來的網絡，更不知道原智者有自己的風俗。」

「等等。」弄臣打斷了我的話。「你的意思是說，原智者可以彼此溝通想法，就像精技人可以透過精技傳達彼此的想法那樣？」弄臣似乎對於這個概念感到非常興奮。

「不。」我搖了搖頭。「不是那樣的。我是可以感覺到別的原智者在與自己的牽繫動物講話……如果他們彼此講話時粗心大意、毫無修飾，就像以前夜眼和我講話時那樣的話。在那樣的情況下，我會感知到有人在施展原智，雖然我不曉得他們彼此在傳達什麼思緒。聽起來有點像是豎琴琴弦震動時的嗡嗡聲。」我遺憾地笑笑。「博瑞屈知道我有原智之後，就是靠這個辦法來看緊我，防止我沉溺於原智溝通之中。他豎立了原智牆，把外來的原智溝通擋在外面。他不但自己不用原智，也不理會動物們對他發出的原智呼喚；所以有好長一段時間，他根本不知道我在使用原智。他豎立的那個原智牆，跟惟眞教我豎立的精技牆有點類似。不過博瑞屈一發現我有原智，大概就把他的原智牆給減弱下來，以便把我看住。」我停頓了一下，因爲弄臣似乎聽得糊裡糊塗。「這樣你了解嗎？」

「不是很了解。不過可以抓住個梗概就是了。可是……那反過來說，別人的原智動物在跟人溝通的時候，你聽得見嗎？」

我又搖了搖頭，然而我看到弄臣一臉困惑狀時，差點就忍不住大聲笑出來。「對我而言，聽不見別人或其他動物的原智溝通，這是再自然也不過的事情；只是這個狀況很難形容。」我想了一下。「想像一下，假如你我之間用一種私人語言來溝通，而且這個私人語言，世上只有你我能夠解譯。」

「這樣說大概也沒錯啦。」弄臣勉強擠出一個笑容。

我繼續固執地說下去：「夜眼與我一起分享彼此的思緒，然而對別人而言，這思緒泰半都是無法理解的，所以就算夜眼與我分享的思緒，傳進了別人的心裡，別人也只知道我們在以原智溝通，卻不知道我們在說什麼。這個語言永遠都是夜眼與我之間的語言，不過洛夫教我們說，我們應該要精確地把思緒導向對方，而不是把我們的思緒散播給全世界知道。如果別的原智者刻意傾聽的話，說不定會發現我們在對話，不過大致上，現在夜眼與我的溝通，已經與世間的原智低吟融合爲一體了。」

弄臣得眉頭皺得更深了。「所以說，只有夜眼能跟你說話？」

「夜眼跟我說的話，我聽得最清楚。有的時候，沒跟我牽繫的動物也會把自己的思緒傳送給我，不過那箇中的涵義，就很難猜得透了；那有點像是你想跟對方溝通，然而對方使用的，乃是跟你的語言有點像、卻又很陌生的語言。所以在這種情況下，免不了要揮手、提高音量、一再重複地講、做手勢等等，結果呢，對方的意思你是了解了個梗概，但是對方話裡的奧妙之處，就不了了之了。」我停下來想了一下。「我在想，如果這動物是跟別的原智者牽繫在一起的，那麼溝通起來會比較容易。有次洛夫的熊跟我講過話，另外有一隻雪貂也跟我講過話。還有夜眼跟博瑞屈……當時博瑞屈一定覺得很屈辱吧，不過帝尊把我關在地牢裡的時候，他還是讓夜眼跟他講話了。當然博瑞屈難以了解夜眼的全意，不過他聽懂得雖少，卻也足夠他跟夜眼想出個營救我的計畫了。」

我的思緒飄回當年，然後我趕緊把自己拉回我要講的故事上頭。「洛夫教我們基本的原智禮節，不過他的教法並不溫和；我們都還未察覺出自己哪裡出錯，他就忍不住破口大罵了。夜眼對洛夫比較容忍，這大概是因爲夜眼比較服從族群裡的尊卑次序。我就比較受不了洛夫，也難以向他學習，因爲我已經習於要享有相當程度的成人尊嚴。要是我當時年紀更輕些的話，也許比較能夠盲目地接受洛夫授課的粗糙之處。然而我前幾年的經歷，使我傾向於以暴制暴。我在想，我第一次在洛夫大聲數落我的不是之際厲聲吼了回去時，一定使他大吃一驚。發生這事之後，他一整天都對我冷淡且疏遠，而我也領悟到，如果我想跟他學點東西的話，一定得跟他低頭。所以我就跟他低頭啦，不過那很難，因爲我得重新學著去控制我的脾氣。老實說，在那個情況之下，我往往很難抑制怒氣、不對他發火。他嫌我學得慢，使我喪失信心，而我那一套『人類的思路』，則使他更加惱怒。洛夫最糟糕的時候，會令我想起精技師傅蓋倫；而且洛夫在惡毒地數落我在非原智者之間長大、受到的教養有多差勁的時候，差不多就跟蓋倫一樣地殘酷而且小心眼。在我心中，那些人與我不分彼此，所以我最痛恨洛夫把那些人說得如此不堪。不過我也知道，洛夫認爲我這個人多疑而且不值得信任，因爲我跟他在一起的時候，從不肯把我的心防通通放下來。我隱瞞了很多事情不跟他講，這是眞的。他一再追問我是如何被人扶養長大、對父母有什麼印象，以及我第一次發現自己有原智是什麼時候。他對我隨便交代的三言兩語的答案感到很不滿，然而我也不能多說，因爲一講到細節，就免不了透露出我的身分和經歷。我跟他講得少，便使他怒氣沖天，所以我敢說，要是我一五一十地把我的事情都說出來，他一定更覺得不屑。博瑞屈禁止我在小時候就跟動物牽繫在一起，洛夫是贊成這個作法的，不過博瑞屈這麼做的所有理由，則被他罵得一文不值。可是我在博瑞屈嚴加看管之下，還與鐵匠牽繫在一起，則使他堅信我這人天性就不老實。他一而再、再而三地怪罪我自小任性，並指稱不管我的原血法力有任何欠缺，通通都是由此而起。他每講起這些，我就不免把他跟蓋倫聯想在一起，因爲蓋倫語出譏刺地說，是私生子就別想學會精技，因爲精技乃是王者的法力。我本以爲我終於可以在原智者之間找到歸屬，然而來了之後我才發現，我跟他們不是同一掛的。我如果跟夜眼抱怨說洛夫待我們怎麼不好，洛夫就會狠狠地訓斥我說，別再跟我的狼抱怨了，趕快把原血法術學好。」

夜眼學起來就比較容易，而且洛夫有的地方沒點明清楚，反而是夜眼解釋過後我才恍然大悟。同時夜眼也比我更強烈地感覺到洛夫有多麼可憐牠。洛夫對夜眼的同情，並未在夜眼心中引起共鳴，因爲洛夫之所以會可憐夜眼，是因爲洛夫認爲我應該對夜眼更好，但是我卻沒做到。他認爲我會出這個差錯，是因爲我跟夜眼牽繫在一起的時候，我幾乎已經是個成人，而夜眼當時不過是新生的小狼而已。洛夫認爲我沒有平等地對待夜眼，並且一再地責備我，不過我們兩個對洛夫的觀點都很不屑。

洛夫跟我第一次針鋒相對地吵起架來，是爲了我們倆要過冬的房子怎麼蓋的事情。我們選了個到洛夫與荷莉家很方便，但離得夠遠、不至於影響彼此作息的地點。頭一天，我一個人蓋房子，夜眼去打獵。洛夫順道過來看看的時候，就罵我說，我怎麼可以迫使夜眼住在完全是爲人所蓋的屋子裡面。洛夫自己的房子跟山坡上的天然洞穴連在一起，而且在設計上，既像是熊的巢穴，也像是人住的房子。他堅持夜眼應該在山坡上挖個狗窩睡在裡面，而且我在蓋房子的時候，必須顧全夜眼的狗窩。我去跟夜眼商量的時候，夜眼說牠從小就很習慣睡在人類的居所裡，而且牠認爲我應該全心全意地爲我們兩個打造個舒服的房子。我把這個意思跟洛夫講了之後，他對我們大發雷霆，又告誡夜眼這種講法根本沒什麼幽默感可言，因爲夜眼分明就是因爲伴侶自私地只顧自己舒服，而不得不扭曲自己的本性。這跟我們自己的感受實在離得太遠，所以我們差點就立刻離開了鴉頸鎮。最後是夜眼決定我們應該要留下來多學習。我們順著洛夫的意思，夜眼大費周章地給自己挖了個地洞做爲狗窩，而我則把小屋蓋在狗窩的洞口上。其實狼難得留在狗窩裡，因爲待在火爐邊比較暖和，不過我們從沒讓洛夫發覺我們的作法。

洛夫之所以會常常與我意見相左，其來有自。他總是嫌我跟夜眼都太人性化，並且因爲我心中的狼性太少而搖頭嘆息。然而他同時又警告我們說，夜眼與我交織得太過緊密，因爲他發現我們兩個心裡的每一個角落，都是彼此同時存在。所以洛夫教我們要彼此切分開來；也許洛夫所教的東西裡面，就屬這個最富價值吧。他透過我跟夜眼說，在求偶與傷逝之類的事情上，我們應該讓彼此留有私密的空間。之前我跟夜眼說，我們在這類時刻應該彼此切分開來的時候，總是說不動牠。不過在這方面，夜眼還是學得比我快。只要牠願意，牠就能完全消逝到讓我的感官完全探知不到牠的存在。然而我可不喜歡這種被孤立起來的感覺；感覺上，我好像只剩下一半，甚至可以說剩下不到一半，不過夜眼與我都看出這樣做的明智之處，所以都努力磨練這方面的技巧。只是不管我們對自己的進步有多麼滿足，洛夫總是直截了當地指出，我們即使在分開的時候，也仍保有聯繫，而這聯繫非常基本，基本到不管是夜眼或是我，都已經再也不會察覺我們彼此之間有這個聯繫了。我不想多理會，並把這斥之爲無關緊要，然而洛夫卻立刻大爲光火。

「要是你們其中一個死了，那怎麼辦？你我都會死，只是早晚的問題而已，而且生死是騙不了人的。兩個靈魂不可能長期平安地存在同一個身體裡，要不了多久，其中一個靈魂就會掌控大權，而另外一個靈魂則彷彿變成影子一般地無足輕重；到那個時候，不管是哪個靈魂佔上風，都非常殘忍。就因爲這個道理，所以一切的原血傳統，都禁止任何靈魂貪婪地擷取其他生命。」洛夫講到這裡的時候，瞪著我瞪得特別嚴厲。難道說，他在懷疑我已經用過這個方式以逃過一死嗎？他不可能知道的，我安慰自己道；然後狀似真誠地回應他的目光。

然而洛夫看到我的反應，眉頭結得更緊了。「生命結束的時候，就是結束了；如果還妄加延長生命，那就是違反自然。然而，只有原血者才明白，兩個深深相繫的靈魂，因爲生離死別而分開的時候，那創痛有多麼深刻。不過，痛苦歸痛苦，我們也只能這樣了。在那一刻來臨時，你們必須彼此切分開來。」洛夫講話的時候，眉頭越聳越高。就連他這麼遲鈍的人，也終於發覺到，這個題目有多麼令我們喪氣了。他的聲音變得更粗啞，但是口氣卻比較和善些。「我們的風俗並不殘酷，就算是殘酷，也是不得不然。然而，我們可以保留彼此相處的一切回憶，也可以保留彼此智慧的話語，與對彼此的熱愛。」

「你是說，我們可以繼續待在伴侶的身體裡生活下去？」我是越聽越糊塗了。

洛夫不齒地瞪了我一眼。「才不是。我剛才就說過了，我們不做那種事。那一刻來臨時，你們必須與伴侶切分開來，單獨赴死，絕不能像水蛭一樣地吸附在伴侶的身體上。」

夜眼輕輕地悲嗥了一聲。牠也跟我一樣聽得糊塗了。洛夫似乎也體認到，他要教的這個概念很困難，因爲他停頓下來，窸窣地搔起他的鬍子來了。「就這麼比喻吧。我母親早就死了。不過我仍記得她唱搖籃曲給我聽的聲音，而且當我想幹什麼蠢事的時候，耳裡也會聽到她在告誡我別妄動。你也是這樣子，不是嗎？」

「大概吧。」我坦承道。這是洛夫與我之間的另一個痛處。他一直無法接受我爲何對親生母親一點記憶都沒有，因爲畢竟我六歲之前，都與母親在一起。他聽到我這毫不起勁的反應之後，眼睛眯了起來。

「大部分的人都是這樣子的。」洛夫大聲地說道，彷彿講得大聲一點就可以說服我似的。「這就是夜眼走了之後，你能夠擁有的東西。或者是你走了之後，夜眼所能擁有的東西。」

「就是回憶嘛。」我一邊點頭，一邊平靜地應道。就連提到夜眼的死亡，都令我感到不安。

「不！」洛夫高聲叫道。「不只是回憶。任誰都有回憶，但是與你牽繫在一起的伴侶，所留給你的東西，則遠比回憶更深刻，也更豐富。你的伴侶所留下來的，是牠的存在。這個存在不是住在對方的心裡，不是彼此分享思想、決定與經驗；而是——就是存在；時時刻刻都互相伴隨的存在。好啦，現在你一定懂了。」洛夫重重地說道。

不。我才要開口說我還不懂，夜眼就重壓在我的腿上，所以我只是隨便嗯了一聲，聽起來也可以解釋爲我是在應和洛夫的話。接下來那一個月，洛夫頑固地教我們一再練習，先是要我們完全切分開來，然後讓我們復合，但也只復合到彷彿以一條細線相連的程度。我覺得這種切分開來的感覺十分糟糕；我深信我們一定是哪裡做錯了，因爲這既不安適，也不可能是洛夫所說的那種「存在」。令我驚訝的是，當我跟洛夫表示疑慮的時候，他竟然贊同我的說法，不過他接著就說，我們還是糾結太深，所以狼和我還要切分得更徹底才行。我們順著他的意思，誠心努力地練習，至於臨終之際，夜眼和我到底會如何應對，我們都有自己的定見。

我們從未說出自己對生死的執拗態度，但我敢說洛夫一定察覺到了。他花了很大的工夫跟我們「證明」說，我們的作法錯得有多離譜，而他帶我們去看的實例，也的確使我們內心起了很大的衝擊。有一個粗心大意的原血人家，讓燕子在他們家屋簷下結巢，好讓他們襁褓中的幼兒，不但能聽到燕子的呢喃，也能看到燕子回去飛翔。如今這娃兒已是三十歲的男子，但他還是成天與燕子爲伍。如果是在公鹿堡，人們一定會說這人頭腦簡單，而他也的確是頭腦簡單，不過當洛夫命令我們單單以原血去探測那個男子的時候，我們頓時清楚地領略到，爲什麼他的頭腦會這麼簡單。原來那人不光是跟一隻燕子，而是跟一整群燕子牽繫在一起。在他心中，他認爲自己是燕子，所以他在泥地上敲啄、兩手作拍翅狀和抓蟲子等動作，都是他的鳥之心使然。

「你看看，太早與動物牽繫在一起，是什麼結果。」洛夫黯然地說道。

洛夫還帶我們去看另外一對牽繫在一起的人與動物，不過他只帶著我們遠遠地打量。有一天清晨，霧氣很重，我們伏在地上，不出一聲，也不互傳思緒。一隻白色的母鹿穿過濃霧，往池塘而去，然而那母鹿走路的姿態，並不像一般的鹿那樣地小心翼翼，反而有女性的那種懶洋洋的優雅。我心想，牠的伴侶一定就在附近，只是藏在霧裡不見身影。那母鹿低下頭來，慢慢地喝著清涼的池水。然後牠抬起頭來，牠那大大的耳朵轉爲朝前。我感覺到牠試探性地朝我們探尋。我眨了眨眼睛，努力集中注意力，而狼則從喉嚨深處，輕輕地發出一聲困惑的低嚎。

洛夫突然站起來，不屑的態度表露無遺；他冷冷地回絕了牠的接觸。洛夫大步走開的時候，我感覺到他對此深惡痛絕；但是夜眼與我仍留在原處，凝視著牠。也許牠也覺察到我們的矛盾心情吧；尋常的鹿總是謹慎膽怯，然而牠卻大剌剌地直視著我們。我突然感到一陣暈眩襲來；我瞇起眼睛，努力地把眼前的情況看個清楚，因爲我以原智探尋的結果，前方應該是有一人一鹿才對。

當年我還是切德的學徒時，切德爲了教我看出眼前的眞相，並不被內心認爲自己應該會看到的狀況所蒙騙，而讓我做過好幾種練習。大部分的練習都很簡單，例如叫我看一條糾結起來的線，然後問我這個線團到底是打了結的，還是一拉就開；或者叫我對一堆亂七八糟的手套看一眼，然後說出哪個手套缺了一隻、不成對。然而這類練習之中，最古怪的，就是以顏色不相符的墨水書寫各種顏色的名稱，例如以黸藍的墨水寫「紅色」二字。我從來也沒想到，唸出一串這樣的顏色名，而且要正確地唸字，而非說出墨水的顏色，竟然如此費勁。

所以我揉了揉眼睛，再看一次，然而我還是只看到一隻鹿。我之所以認爲應該會看到個女人，是因爲我心裡期待，而我心裡會這麼期待，是因爲我的原智還另外探索到了一個女人。然而那女人卻沒有實體，她存在於母鹿體內，然而她的存在卻扭曲了鹿的存在。我覺得毛骨悚然，這實在太不對勁了。洛夫先走了，把我們丟下來；夜眼與我在困惑之中也趕忙跟上洛夫，離開我們蔽身的谷地與安靜的池塘。過了好一會，也離了一段距離之後，我不禁問道：「剛剛那是怎麼回事？」

洛夫轉過身來對著我，他顯然是因爲我一無所知而感到氣憤。「那是怎麼回事？那就是你，那就是你十年後的下場，如果你不改正的話。你看到牠的眼睛了沒有？牠眼裡一點也沒有鹿性，那簡直就是披著鹿皮的女人。我就是要帶你去看這個。看這個錯得有多離譜。牽繫的伴侶之間，應該是以信任爲基礎；然而她卻徹底濫用了牽繫伴侶之間的信任。」

我靜靜地看著洛夫，等著他講下去。我猜他大概原本以爲我會反駁他的立論，因爲接下來他喉嚨裡響亮地嗯哼了一聲。「那人叫做狄蓮娜，兩年前的冬天，跌到梅波湖冰面上的裂縫裡淹死了。她應該當場就死了，但是她沒死，反而附上了芭蕾拉；而那隻母鹿呢，要不是缺乏反抗狄蓮娜的意願，就是缺乏反抗狄蓮娜的力量。現在好啦，他們兩個成了在心智與心靈上都是十足女人的母鹿，而且芭蕾拉幾乎沒有自己的思緒可言。這是違反自然的，這絕對很違反自然。非原血者會把我們講得那麼不堪，都是因爲這種事情而起的；就是因爲有狄蓮娜這種人，人家才會想要把我們吊死、放在水上燒死。然而話說回來，像她那種人，就算被人吊死或放在水上燒死，也是活該。」

洛夫講得很激動；我則避開了他的目光。我自己差一點就被人如此處決，所以我自己不相信有誰是活該這麼死的。我冰冷的屍體在墳墓裡躺了好幾天，而我則暫棲在夜眼的肉體與生命中。到了這時候，我已經確知洛夫的確很懷疑我過去的行徑。我不禁納悶：他既然這麼鄙視我，那麼他何必費工夫教我？然而此時洛夫又粗暴地補了一句，彷彿他捕風捉影地聽到我片段的思緒似的。「人不學就不懂事，不懂就有可能犯錯。不過人學了之後，就沒有犯錯的藉口，所以學了之後就絕對不能再犯錯。」

洛夫話畢轉過身，大步地走開了；夜眼跟我則慢吞吞地跟在後面走。牠的尾巴豎得筆直，與地面平行。洛夫一個人走在前面，咕噥地自言自語道：「狄蓮娜貪得無饜，所以把她自己跟芭蕾拉都毀了。芭蕾拉是鹿，但是牠根本沒有鹿的生活。牠既沒有配偶，也不會生小鹿；芭蕾拉一死，一切就沒了，而屆時狄蓮娜也一併結束。狄蓮娜不肯接受身爲女人的死亡，然而她也不肯接受鹿的人生；當公鹿呼喚時，她根本就不准芭蕾拉回應；她大概是認爲她應該忠於丈夫或是別的吧。芭蕾拉和狄蓮娜共處的生活，不管哪一方都覺得不夠完整，然而等到芭蕾拉死了，而狄蓮娜也一併結束了的時候，他們除了心有未甘地多過了幾年的生活之外，難道還有什麼獲得嗎？」

這我無法辯駁。一想到他們所鑄成的大錯，我仍背脊發麻。「不過。」我強迫自己對弄臣表白。「不過，我私底下仍多少覺得，除了他們以外，別人可能都無法眞正地了解他們所做的決定。好比說，雖然我們覺得他們大錯特錯，但他們可能振振有詞。」

說到這裡，我停了好一會。芭蕾拉和狄蓮娜的故事總是令我覺得心煩。要是當年博瑞屈無法把我從狼的身體裡喚出來，回到自己的身體裡，那麼狼和我會變成他們那樣子嗎？如果今天不是弄臣湊巧就在附近，那麼我現在不就還棲身在夜眼的身體裡？我並未出聲講出這些想法。我知道這些弄臣一定都已經想到了。我清了清喉嚨。

「我們待在那裡的那一年，洛夫教我們很多東西，不過，雖然夜眼與我學到很多原血法術的技巧，我們還是無法接受原血人家的所有風俗。我覺得我們有權學到這麼多外人所不知的祕密，因爲我們原本就有這方面的潛能，至於洛夫要求我們遵循的規則，我則覺得我們不一定要接受。也許我應該要陽奉陰違，才算明智，但是我實在是對謊言厭倦至極，也不願意另外再說一籮筐的假話來維持這個謊言。我跟那個世界保持一段距離，夜眼也一樣，因爲牠也肯定我的想法。所以我們仔細地觀察原血者的社會，卻從未眞正地融入他們的生活。」

「連夜眼也跟他們保持距離？」弄臣的口氣很溫和。弄臣是在問，我是不是因爲自己的自私理由，所以才要求夜眼也跟他們保持距離嗎？我盡量不去想弄臣的話是不是暗藏貶損之意。

「夜眼與我有同感。我們是天生就懂得這個魔法的；既然如此，他們就應該要教我們原智魔法的知識。所以當洛夫把原智魔法的知識當作是獎品，除非我們乖乖地套上軛——也就是遵從他那一套規矩——才肯給我們獎勵的時候，嘿，朋友，那根本就是在排斥我們。」我對蜷在我毯子裡的灰狼瞥了一眼。牠睡得很沉，爲我侵擾牠的身體而付出代價。

「難道那裡都沒人跟你們伸出友誼的手？」弄臣的問題把我拉回了原來的故事裡。我想了一想。

「荷莉就很和善。我猜她大概是可憐我吧。她天性害羞而且孤僻；這點我倒跟她滿像的。洛夫的房子上方的山坡上有棵大樹，阿虁的巢就築在那棵大樹上；巢下蓋了個平台，荷莉自己每天都在那平台待上好幾個鐘頭。她對我從不多言，但是她用各種方式表達她的好意，包括送我一條羽毛毯——這羽毛是阿虁打獵的副產品。」

我笑意盈盈地說道：「而且她還教我許多獨自生活的技巧，這些都是我以前所不知道的，因爲我住在公鹿堡的時候，生活上樣樣都有人打點。我發現，做發酵麵包的確有其樂趣，此外她還教我做飯——

在此之前，我只會做博瑞屈的那種超簡易燉肉和湯粥。我剛到那裡的時候，衣服都破破爛爛的。她叫我把所有的衣服脫下來，但她不是幫我把衣服補好，而是教我如何保養衣物。我跟她坐在火爐邊，學著如何補襪底，又不至於補得隆起一塊，如何把袖口補強，以免袖口破到無可救藥的地步……」我邊講邊搖頭，那眞是甜美的回憶。

「這麼說，洛夫看到你們兩個這麼常相聚，彼此又這麼合得來，一定是很高興的囉？」弄臣話雖如此，但聽他的口氣，他問的其實是反話。難道說，是我的行為使得洛夫十分吃味，甚至懷恨在心？

我把最後一口微溫的精靈樹皮茶喝下肚，往椅子上一靠。藥茶所帶來的那種沉鬱的感覺，已經爬遍我全身。「不是你想的那樣，弄臣。你愛笑就笑吧，但是我是把她當母親看待的。倒不是說她的年紀比我大上許多，而是她那種溫和、寬容、希望我一切都好的感覺。但是——」我清了清喉嚨。「你說得沒錯。洛夫的確很吃味，雖然他從未明講。往往他從冷颼颼的外頭進來，一發現夜眼舒服地癱在火爐前，而我兩手都是荷莉做針線活兒用的紗線，就會立刻教荷莉去幫他弄東弄西的。洛夫並不是待荷莉不好，而是他大費周章，要對眾人聲明荷莉是他洛夫的女人。荷莉也沒跟我談過這些事情，但我猜她是故意這麼做，她大概想藉此提醒洛夫，無論他們在一起多少年了，她仍有自己的生活，也有她自己的意願；倒不是她想藉此讓洛夫的妒意升高什麼的。

「老實說，那個冬天，荷莉費了許多心思，讓我跟原血人家熟稔起來。荷莉廣邀眾人前來作客，並且不厭其煩地把我介紹給大家。其中好幾家人都有適齡待嫁的女兒，當我也受邀到洛夫與荷莉家吃飯的時候，最常碰到的就是這幾家人。一有客人來，洛夫幾杯酒下肚，不時開懷大笑，心情格外地好；你一看就知道他喜歡熱鬧。他常常說，這麼多年來，就屬這年的冬天最快活，據我推論，他這句話的意思是說，荷莉已經很多年沒邀請這麼多人來家裡作客了。荷莉之所以安排這些，就是要幫我找伴，而且她想撮合誰也很明白：她顯然認爲我跟崔妮兩人最適配。崔妮才大我一、兩歲，個子高，黑頭髮，藍眼睛；她的牽繫伴侶是一隻跟她一樣活潑而且淘氣的烏鴉。我跟她成了好朋友，不過我的心情還沒準備好要更進一步。崔妮可能還不太介意，但是崔妮的父親就很痛恨我這種缺乏旺盛熱情的態度，因爲他好幾次意有所指地說，女人家是不可能永遠等下去的。我自己的感覺是，崔妮並不像她父母親所說的那麼急著出嫁；從春天到夏天，崔妮跟我一直是好朋友。崔妮的父親名叫歐力；歐力跟洛夫咬耳朵說，我遲早一定會離開鴉頸鎮的原血人家聚落。歐力又跟他女兒說，如果崔妮再不迫我表達意願，那就從此別想再跟我見面；崔妮則堅決地跟她父親表明心跡，她說，她才不要嫁給不適合她的男人，『更不可能嫁給在心理與年紀上都比我小得多的男人。你爲了要抱孫子，竟然要我去嫁給在非原血者之間長大，而且帶有瞻遠血脈之污點的人。』

「後來她的話傳到我耳裡，倒不是洛夫，而是荷莉跟我說的。她講的時候輕聲細語、目光下垂，彷彿講這些閒話很不好意思似的。但是當她抬起頭來看著我，又鎮定、又溫柔地等著我出言否認時，我原來準備要撒的謊都不曉得怎麼說出口了。我平靜地謝過她，謝謝她私下把崔妮對我的想法告訴我，並告訴她說，我聽了之後心亂如麻。當時洛夫不在家，我到他們家，原本是要借劈柴用的大木槌的，畢竟冬天的柴火，夏天就該準備。我離開他們家的時候，大木槌也不借了，因爲走出來的時候，夜眼與我都心知肚明：我們是不會在原血人家的聚落裡過冬了。當天的月亮還沒出來，狼與我便再度離開公鹿公國。我希望人們會把我們的突然離去，解釋爲是求愛不成之後的羞愧遠走，而不是駿騎的私生子唯恐被人認出身分，所以匆匆逃離。」

弄臣與我都沉默不語。我想他也知道，我終於說出內心最深處的恐懼：那些原血者既知道我的身分與我的名字，那麼我就不得不受制於他們。這是我從來也不敢對椋音坦承的心聲，但此時我平實地對弄臣娓娓道來。知道我的身分與名字的人，就有力量制服我，而這種人應該是深深地愛著我的人；然而那些原血者卻具有這種力量，而我拿他們一點辦法也沒有。我雖獨來獨往，而且與原血者保持距離，但是每一天、每一刻，我都不免提心吊膽地擔心我在他們之間的處境。我想跟弄臣說，椋音在春季慶上，就聽到一個吟遊歌者拿我的事蹟來大作文章。還是以後再說吧，我對自己說道。以後再說。感覺上，彷彿我想把危險藏起來，不讓自己看到似的。我突然覺得自己好悽慘。我一抬頭，發現弄臣正在看我。

「是精靈樹皮的關係。」弄臣平靜地說道。

「是精靈樹皮。」我嘴上煩躁地承認這點，但我卻難以說服自己，我心中那一片陰鬱愁雲，全都是藥效的副作用之故。難道這其中就沒有半點是因爲我自己的人生根本就毫無意義所導致的嗎？

弄臣站起來，不安地在屋子裡踱步。他在門、火爐與窗戶之間來回走了兩次，然後又繞到碗櫥邊，把那瓶白蘭地和兩個杯子拿到桌上來。

喝喝酒，嗯，這點子眞不錯。我看著他倒酒。

我知道我們從傍晚喝到半夜。晚上換成弄臣講話；我想，他大概是想要逗我開心、讓我高興起來，不過他自己的心情也不比我好到哪裡去。他從繽城的軼事講起，一路講到大海蛇吐繭把自己包起來，然後破繭而出，變成巨龍的神奇故事。當我問他爲什麼我從沒見過這種龍的時候，他搖搖頭，悲傷地說道：「夭折了。龍在春末破繭而出，此時牠們既虛弱又單薄，就跟早產的小貓一樣。牠們會長成巨龍，但是此時這些可憐的小東西甚至無法自行獵食，牠們脆弱到連牠們自己都覺得羞恥。」他那金黃色的眼睛直視著我。「會不會是我自己弄錯了？」弄臣講完故事時，沒頭沒腦地輕聲問道。「我是不是找錯了人？」然後他把杯子倒滿，一口氣仰頭灌下。我不禁聯想起博瑞屈心情最陰鬱的情景。

我不記得我是怎麼上床的，但我記得我躺在床上，手臂放在熟睡的狼身上，睡眼惺忪地看著弄臣。

他拿出了一個只有三條弦的古怪樂器，坐在火邊開始彈唱起來；那是一首悲傷的歌，而且那種語言我從未聽過。我把指頭按在手腕上；我可以感覺得到他的存在。弄臣並未回頭看我，但是他與我彼此心照不宣；他的歌聲聽來變得更眞實了，而且我知道他唱的是一首懷念故鄉的曲子。

9

死人的遺憾

據傳，精技魔法乃是瞻遠家族代代相傳的潛能，況且瞻遠家族的子孫，比較可能具有精技法力，這是不爭的事實；不過，六大公國各地其實都可能會出現具有精技天賦的人，只是這才能隱而不顯而已。在早期，效忠公鹿堡瞻遠王室執政君主的精技師傅，一向會定期挖掘具有精技潛能的年輕人。這些年輕人被送到公鹿堡之後，精技師傅會把他們當作是天賦異稟的奇才一樣教導，並鼓勵他們組成精技小組：所謂精技小組，是由彼此互相擇定的六個人所組成的六人團體，而任務則是襄助瞻遠大公。雖說精技小組理應會有許多文獻流傳下來，但事實上相關的資料卻付之闕如，彷彿這些卷軸都被人刻意摧毀了似的；而口耳相傳的說法是，同一時間難得會有兩、三個以上的精技小組，而且精技法力高強的人一向少之又少。精技師傅用以篩選具備精技天分的孩童的方法已經佚失，黠謀國王的父親，慷慨國王，終止了建立精技小組的慣例；他似乎認爲，如果精技的知識只流傳於王子與公主之間，那麼擁有精技的人，法力就會提高。就是因爲這個緣故，戰火於黠謀國王在位時燒到六大公國的海岸邊時，瞻遠王室才無法善用精技小組的力量來保衛王國。

半夜時我突然驚醒。麥爾妲。我把弄臣的母馬仍繫在山坡的樁子上。小矮馬自會回來，說不定還已經把自己安置在穀倉裡了，但是我卻整天把那大馬留在那裡，想必馬一定渴壞了。

我除了親身前去之外，別無其他選擇。我安靜地起身，離開小屋，門沒關上，以免吵醒弄臣。我獨自走入深夜中，連狼都留在房裡安睡。我在穀倉停留了一下；不出我所料，那小馬已經回來了。我輕柔地用原智碰了牠一下；牠正在睡覺，而我也就靜靜地走了。

我爬上了留置麥爾妲的那個山坡，心裡慶幸自己並不是在漆黑的冬夜裡行走。滿天的星斗與渾圓的滿月，彷彿伸手就可以碰到；然而即使如此，我仍是泰半靠著自己對小徑的熟悉感，而不是靠著眼力走到此地。我朝麥爾妲走上去時，那馬不悅地噴了噴鼻息。我解開了韁繩，牽著牠下山；走到小徑與流入海中的小溪相交之處時，我停下來讓牠喝水。

這眞是個美麗的夏夜。空氣很溫和，除了馬兒喝水的聲音之外，蟲鳴聲響徹山谷。我放眼四顧，盡情吸取夏夜的美盛。黑夜奪去了草木的顏色，然而不知怎地，那深淺不一的灰階，卻使得山水景物變得更加細緻。清涼的溼氣喚醒了日間沉睡的所有夏日氣味。我張開嘴巴，深吸了一口氣，品嘗夜的滋味。我開放所有的感知，揚棄我身爲人類的憂心，吸收當下的一切，把這一刻變成我心中的永恆。我的原智不斷開展出去，而我也與夏夜的美盛融爲一體。

原智自有一種天然的幸福感。原智跟精技，是既有點像又不太像。原智會讓人感受到周遭一切的生命；而我不但感受到身邊這匹溫暖的母馬，也感受到草叢裡亮閃閃的萬千昆蟲，甚至橫在月亮與我之間的老橡樹，我也感受到它那影子一般的生命力。上頭的山坡上，一隻兔子靜止不動地伏在草叢裡。我感受到那兔子與衆不同的存在；對我而言，那兔子並不只是位於某個特定地點的生命跡象，反而像是你在嘈雜市場裡所聽到的單一聲響。總而言之，我感到自己跟世界上的一切生命都相連在一起。我有權待在此地。我跟昆蟲和潺潺地在我腳下流過的溪水一樣，都是這夏夜的一部分。在我心中，原智這個古老魔法的力量，乃是源自於這個知識：我們都是這個世界的一份子，我們雖沒有比較特出，但所扮演的角色，也不會比那兔子少。

夜晚的整體感沖刷過我全身，洗去了先前佔據我身心、令我感到污穢的精技貪婪。我深吸一口氣，然後吐了出去，就當作昨日的自己已死，並祝福自己成爲這美好、淨潔夏夜的一部分。

我眼前的幻象晃蕩了一下，出現了重疊的影像，復又清晰起來。在那如夢似幻的一刻中，我既不是我自己，也不在我小屋旁的山坡上，而且我還有伴。

我再度成爲青春少年；我逃離了閉鎖的石牆與重重的寢具被褥，輕裝便捷地跑過散落著一隻隻綿羊與一叢叢尙未啃食過的野草草原，努力要追上我的同伴，但卻怎麼追都追不上。我的同伴美得如同點綴著繁星的夜空，牠那黃黑相間的毛皮閃閃發亮；牠的行動，如同黑夜一般優雅迅速。我在追牠時，靠的並不是人眼的視力，而是牠與我之間的原智牽繫。我愛牠，也愛這黑夜，而這橫衝亂闖的狂野自由則使我迷醉。我知道我一定得在天亮之前趕回去；然而牠也同樣地堅信，我們絕不會在天亮前回去，因爲這乃是逃跑的最佳機會。

下一刻，那認知便消逝了。黑夜仍籠罩著我、呼喚著我，然而我又變回成人，再也不是因爲初次與原智伴侶牽繫在一起而狂喜迷亂的青春少年了。我不知道我的感知所撫觸到的是誰，也不知道他們身在何處，更不知道爲什麼方才他與我的認知會如此徹底地重疊在一起。我心裡納悶著，我既能感知到他，不知他是不是也同樣地感知到我？不過，那反正無關緊要。不管他們身在何處，也不管他們是什麼身分，我都祝福他們這一夜打獵愉快，希望他們的牽繫能夠天長地久。

我感到韁繩的另一端傳來探尋的拉扯。麥爾妲喝足了水之後，可不想繼續動也不動地站在原地，任由蟲蠅飽食牠的鮮血。我這下才發現，我自己溫熱的身體，也同樣地引來一大群嗜血的小飛蟲了。我們朝山下而去，麥爾妲甩著尾巴趕蟲蠅，而我則舉起手在頭前頭後揮來揮去。我把麥爾妲安置在穀倉裡，悄悄地溜回小屋，再度爬上床睡覺。夜眼攤開四肢，只留給我一小塊地方；但我毫不在意，我躺在夜眼身邊，伸展手腳，並把手輕輕地放在牠的肋骨上。牠的心跳聲與呼吸的起伏，比任何催眠曲都更舒暢身心。我一閉上眼睛，便感受到數週來從未感覺到的平靜。

隔天早上，我醒得既早，也很好醒。我在山坡上的奇遇，似乎比睡眠更令我身心安適。狼就不像我這麼有勁了。牠仍然睡得很沉；這是療傷的睡眠。我實在很想探知牠的現況，但是想想又把這個念頭拋開。我對牠的心臟所下的工夫，似乎是徵用了牠身體各部分的能源，雖說我這麼做，總比眼睜睜地看著牠死去來得好。我把整張床讓給夜眼，留下牠繼續沉睡。

弄臣不在屋裡，然而門口大開，看來他是到外面去了。我生了小小的火，放一壺水在火上煮，然後好好地洗臉刮鬍子。我才把頭髮梳到耳後，便聽到弄臣踏上門廊的腳步聲，他臂彎裡挽著一籃雞蛋走進來。我擦乾了臉，抬頭一望，只見弄臣突然停下來不走了，而且臉上慢慢地咧開了個大大的笑臉。

「啊，這是蜚滋嘛！添了點年紀、添了點滄桑，但照樣還是蜚滋。我一直在納悶，你那亂草般的鬍子下的臉龐是什麼模樣。」

我回頭看著鏡子。「能是什麼樣子？這年頭，我都不打點儀容了。」我扮了個鬼臉，接著便摸到一小塊血漬。我跟往常一樣，在刮鬍子的時候，總是會刮到當年我因為關在公鹿堡的地牢裡時，在臉上留下來的舊傷疤。帝尊，謝謝你了。「椋音跟我說，我看起來比我實際年紀還老。還說我就算回到公鹿堡，也不用怕人家會認出我來。」

弄臣一邊把雞蛋放在桌子上，一邊不屑地哼了一聲。「這兩樣，椋音都講錯了。就你的年歲以及你之前所過的生活而言，你這樣貌算是年輕得不得了。經歷與時間的確改變了你的五官；記得當年你的少年模樣的人，未必想見得到你成年後的形影。然而，我的朋友，我們之中有些人哪，是就算你剝了皮、燒成灰，我們也認得出來的。」

「你還眞懂得安慰人哪。」我把鏡子放下來，開始弄早餐。「你渾身上下的色澤都變了。」過了一會，我一邊打蛋一邊有感而發地說道：「但是你的人，卻跟我上次見到你的時候一模一樣，絲毫沒變。」

弄臣正在把滾水注入茶壺裡。「我們族人都是這樣子。」他平靜地說道。「我們的生命比較長，所以我們的生命進程比較慢。其實我已經變了不少，蜚滋，雖說你看到的只是我皮表顏色的變化。你上次見到我的時候，我仍在長爲成人的階段；我的腦海裡蹦出各種新奇的感覺與念頭，多到我根本無法專心一意。現在回想起我當年的作爲，連我都覺得很不齒。不過我跟你保證，現在我可比當年成熟多了。我知道許多事情都要看時機，而且不管我有什麼渴求的目標，我都得把我這輩子注定該做的事情擺在第一位。」

我把蛋汁倒在平底鍋裡，把平底鍋移到火的邊緣。我緩緩說道：「你在打啞謎的時候，讓人覺得氣惱，然而當你打開天窗說亮話的時候，卻讓人嚇得發毛。」

「所以往後我更應該絕口不提我自己的事情。」弄臣假裝熱忱地宣布道。「好啦，今天咱們要做什麼？」

我一邊思索，一邊把蛋翻一翻，然後把鍋子推得靠近火一點。「我也不知道。」我沉靜地說道。他對於我語調的突然轉變似乎感到很驚訝。「蜚滋？你還好吧？」

但是爲什麼我的精神會一下子衰頹下去，連我自己也無法解釋。「我突然覺得這一切都失去了意義。以前是因爲我知道幸運會待在這裡過冬，所以才努力爲我們兩個張羅吃穿。在那孩子還沒來之前，我的花圃只有現在的四分之一大，而夜眼與我要吃肉就得出門打獵；我們若是打不到獵物，就餓一、兩天，不過那倒沒什麼關係。今年我也花了不少工夫準備過冬的乾糧和柴水，然而仔細一想，如果那孩子不在家，如果冬天的時候，幸運已經在他師傅那裡學手藝了，那麼我還忙什麼呢？現在家裡的東西已經夠夜眼跟我用的了。有時候想一想，這一切眞是沒意義。然後我又不禁想道，其實我的人生從頭到尾都很沒意義。」

弄臣的眉頭皺了起來。「你講這話太喪氣了。難不成是精靈樹皮的緣故？」

「不。」我把炒蛋拿到餐桌上。「我想，椋音之所以會把幸運帶來我這裡，就是因爲她認爲我的人生很沒意義；她大概是看出我過日子過得漫無目的，所以才帶個人來，好讓我的人生定下來。」老實地承認自己一直在否認的事情之後，彷彿覺得輕鬆了些。

弄臣砰的一聲把兩個盤子擺在桌上，粗魯地舀了炒蛋，摔在盤子裡。「椋音那個人，光是顧全她自己的需要就來不及了，哪可能爲你著想？依我看來，她會收留那孩子，完全是一時興起，等到她覺得膩了之後，就把孩子丟在你這裡。還好你們兩個能互相照顧。」

我沒答腔。弄臣對於椋音十分厭惡，而且講得毫不保留，使我感到意外。我在餐桌邊坐下來，開始吃早餐，然而弄臣話還沒講完。

「你還以爲椋音帶了幸運來你這裡，好讓你的人生定下來？其實她『帶來』的人，就是她自己，她要在你的人生中佔有一席之地！我敢說，她大概從沒想過，你竟然除了她之外還需要別人陪伴。」

我突然有個很不自在的疑慮：弄臣可能說對了；尤其是當我想起椋音最後一次來訪時，講了不少夜眼與幸運的難聽話，更顯得弄臣的論點有其可信之處。

「這個嘛，其實她以前是怎麼想的，或是有沒有爲人著想，現在都無關緊要了。反正我已經決心要讓幸運投在好師傅的門下。然而一旦我讓——」

「一旦你讓幸運投在好師傅的門下，你就可以過著嶄新的生活。我有個感覺，那就是你的嶄新生活會呼喚你回到公鹿堡。」

「你有個『感覺』？」我乾脆地問道。「請問這是弄臣的感覺，還是白色先知的感覺？」

「既然你從來就不大把我的預言當一回事，那麼你還多此一舉地問這個幹嘛？」弄臣淘氣地對我笑笑，開始吃炒蛋。

「有幾次，看來是你的預言成眞了，雖說你的預言一向講得很模糊，模糊到我聽來總覺得，要用這種預言去泛指任何事情都行得通。」

弄臣吞了一口蛋。「不是我故弄玄虛，而是你對我的預言領悟得太差。我剛到的時候就警告過你，我之所以再度闖進你的人生之中，是因爲我非得找上你不可，而不是因爲我想打擾你。也不是說我不想再跟你聚聚，我的意思只是說，雖說我們兩個有些非做不可的任務，然而如果我能夠解脫你的職責，那麼我一定會想辦法免了你的責任。」

「你說的這個非做不可的任務到底是什麼？」

「你眞要問個明白？」弄臣挑起一邊眉毛問道。

「眞的。而且你可得講確實一點。」我對弄臣挑戰道。

「噢，很好。到底我們非做不可的任務是什麼，而且要講得既明白、又確實。好。我們一定得拯救世界；你跟我，我們得再度拯救世界。」弄臣往後一靠，讓椅子單靠兩條後腿往後仰。他瞪大了眼睛瞧著我，那蒼白的眉毛一揚，跟髮際靠得更近了。

我把眉毛埋入手中。然而弄臣像個瘋子似的笑開了嘴，而我也藏不住自己的笑容。「再度？我們何曾拯救過世界來著？」

「當然有啦。你熬過來了，不是嗎？況且瞻遠家族也有了傳人；就憑這兩點，我們就改變了所有的時間軌道。你乃是橫在命運之輪軌道上的石頭，我親愛的蜚滋；而且你已經使得轆轆的命運之輪轉入了新的軌道。當然了，現在我們的使命，是要確保命運之輪繼續在這條新軌道上運行；這事可不好做哪。」

「那麼，你可得明白確實地講一講，我們到底要怎麼做，才能確保命運之輪繼續在新軌道上運行？」其實我也知道就算問了也是白問，但是我老是忍不住要問問看。

「很簡單嘛。」弄臣吃了兩口蛋，並享受我焦急地企盼答案的懸疑感。「這其實很簡單，眞的。」他把盤子裡的炒蛋推來推去，舀了一瓢起來，然後又把調羹放下。他抬起頭來看著我，而此時他的笑容已經退了。當他開口講話的時候，語調很是嚴肅。「我必須確保你能夠再度逃過一劫；而你則必須確保瞻遠家族的傳人能夠繼承王位。」

「而你光想到我能夠再度逃過一劫，就難過成這樣？」我困惑地質問道。

「噢，當然不是。沒有的事。一想到你一路上必須經過的重重險難，我便感到忐忑不安。」

我把盤子推開，我的食欲都跑光光了。「我越聽越迷糊了。」我煩躁地說道。

「才不呢。」弄臣固執地闡述道。「我看你之所以老是說你越聽越迷糊了，是因爲對你我而言，迷迷糊糊地混過去比較容易些。不過這一次嘛，吾友，我可要把事情給講白了。回想起上回咱們在一起時，有的時候，一死似乎比較容易、而且還不如苟活那麼痛苦，可不是嗎？」

聽了這話，我肚子裡一寒，彷彿泡在碎冰裡似的；不過我這人沒別的長處，就是很頑固。「這個嘛，人生何時不是如此？」我質問道。

在我這一生中，能講到弄臣爲之語塞的情況，屈指可數，而此時便是一例。弄臣瞪著我，那詭異的雙眼越睜越大，然後他突然爆出燦爛的笑容。他一下子站起來，差點就把椅子翻倒，接著便衝過來，把我緊緊抱住。他深深地吸了一口氣，彷彿心中桎梏已久的什麼東西突然掙脫並得到自由似的。「當然，你說得一點也沒錯。」他輕聲地在我耳邊說道；然後他高聲大吼一句，差點就把我耳朵震聾。「世間道理本來就是如此！」

我還沒能掙脫弄臣那幾乎令我窒息的擁抱，他便輕盈地跳開了。他靈巧地一跳一動，活生生是個嬉戲逗弄的小丑，連那一身尋常的家居服，也好像一下子變成了雜色衣；然後他俐落地縱身跳到餐桌上，誇張地伸展雙臂，彷彿他不是光爲我一人，而是在爲黠謀國王宮廷裡的所有賓客表演似的。「死亡永遠都比苟活輕鬆！你這話一點兒也不錯。然而我們卻沒有天天選擇死亡。爲什麼？因爲追根究柢，苟活的反面並非死亡，選擇的反面才是死亡——人總是在沒有選擇之下，才走上絕路。我說得對不對啊？」

雖然他那種瘋瘋癲癲的情緒極富感染力，但我仍故意搖搖頭。「你是對還是錯，我實在說不上來。」

「那麼你聽我的話就是了：我說得一點也沒錯。畢竟，難道我不就是白色先知，而你不就是我的催化劑，亦即降生來改變時間軌道的人嗎？你看看你。你不是英雄；不，你不是。你是改變者。你就是那個因爲你的存在，所以別人才能成爲英雄的人。啊，蜚滋，蜚滋，我們是什麼人物，無從改變，況且我們早就注定非得一肩挑起這個任務不可。可是每當我遭逢挫折，每當我頹喪地嘆道：『爲什麼我不能讓他留在此地尋找寧靜，說不定他會達成心願啊！』然而你瞧，你所言乃出於催化者之口，而且你使我對於自己所做之事有了全新的看法。就是你，你讓我再度成爲我必須成爲的角色。也就是白色先知。」

我坐在椅子上仰望著他。不過雖然我極力忍笑，嘴角還是不禁扭了起來。「還說呢，你不是說我會讓別人成爲英雄嗎？你可沒說我會讓別人成爲先知哦。」

「噢，好吧。」他輕盈地跳到地上。「恐怕有的人就是既得做英雄，又得做先知。」他甩甩頭，把衣服塞好，於是方才那狂野的氛圍就不見了。「所以說。轉回正題吧。咱們今天的任務是什麼？這次輪到我告訴你了。我們今天的任務，就是壓根兒不要去想明天的事。」

我聽了他的勸——至少那一整天我都不再多想。原本我不准自己在某些事情上面花工夫，因爲那些事情都不是有助於籌備未來所需的正經事，而是會給我帶來樂趣的不急之務；不過今天我開禁了。我開始做墨水；但是我做的不是要拿到市場上去變賣換錢的墨水，而是純粹因爲興趣而調製紫墨水。我忙了一天都不得要領；所有的紫墨水，一乾就變成棕色的了，不過我自己倒做得興味盎然。至於弄臣呢，他則以在家具上刻花爲樂。我回頭一瞥，因爲我聽到我那把廚房的菜刀在木料上又刻又刮的聲音；這一看，使我與弄臣四目相對。「對不起。」弄臣立刻道歉。他用兩指夾起那刀刃，把那菜刀高舉起來給我看，再小心翼翼地放下來。然後他丟開椅子，踅到他的鞍袋旁，翻找一陣之後，拿出捲成一個布包的上好雕刻工具。他哼著小曲兒，安然自得地走回餐桌邊，重新在椅子上幹活兒。平常他那隻精技之手，總是套著精緻的手套，此時他把手套脫了，赤手刻弄起來。這一天過完之時，我那幾把簡單的椅子都變了樣：椅背上爬滿了茂密的葉子和藤蔓，枝葉的縫隙間，偶爾還冒出幾張小臉蛋瞪著人看。

下午過了一半，我放下手邊的工作，一抬起頭，發現弄臣從柴火堆那兒，捧著一堆風乾硬化了的木料進來。我從書桌邊探出頭來看，只見弄臣反覆地考量每一根木柴，仔細研究、並以精技之手撫過木柴上的紋理，彷彿他能讀出我眼睛所看不出的祕密似的。最後他終於選了一根有木瘤的，開始著手雕弄。

他一邊哼著小曲一邊刻，而我也就任由他去玩了。

白天的時候，夜眼醒來了一次。牠嘆了一口氣，吃力地從我的床上下來，走到外面去。牠進來的時候，我幫牠弄好了吃的，不過牠對吃的連正眼也不瞧一下。牠剛才喝飽了水，此時在屋裡清涼的地板上躺下來，又睡著了，只是睡得沒那麼沉。

於是我玩了一天，我的意思是說，我這一天做的，都不是我認爲自己該做，而是我自己想做的那種事情。我好幾次想起切德。我以前從沒想過，但今天卻不時納悶著，在我去老刺客那裡當學徒之前，孤獨的他是如何在塔裡打發漫漫長日和長夜的。然後我又對這種想像嗤之以鼻。在我拜他爲師之前，切德曾做過皇家刺客，只要有需要，他就會靜悄悄地執行國王的正義。他房裡收藏了可觀的典籍，而且他對於藥劑、毒素的實驗從不間斷，這都是他深知如何打發時間的明證。況且他還享有瞻遠王室的月俸，足以讓他的人生有個目標。

而我也曾經跟他一起爲同樣的目標效力。可是我後來又擺脫了那個目標，好讓我能夠擁有自己的人生。諷刺啊，眞是諷刺；在我爲了擺脫那個目標，好讓自己能夠擁有自己的人生的過程中，我卻連自己曾經擁有過的眞正生命，也都連根拔除了。爲了得到享受自己人生的自由，我切斷了舊日生活的一切聯繫；我與那些深深愛著我，而我也深深愛著的人們失去了音訊。

其實這樣講有失公允，但是這個想法頗適合我此時的心情。過了一會兒，我發現我沉溺在自憐自艾之中。我最後三次試做的紫墨水，都在乾去後變成棕色，不過其中一種色澤頗美，介於棕色與玫瑰紅之間。我記下自己是如何調製出這種顏色之後，把紙筆放下。我心裡想道，這種顏色的墨水，用來畫植物圖鑑倒是不錯的。

我原本盤著腿坐在椅子上，此時我站了起來，伸展筋骨。弄臣做到一半，抬起頭來。「餓了嗎？」

我問道。

他想了一會。「是可以吃點東西。我來煮好了。你做的菜，塡飽肚子是夠，但是除此之外就有限了。」

他把手邊正在做的小雕像放下來。他一發現我在看他的作品，便連忙以幾乎可稱之爲戒備的心態，把那小雕像蓋起來。「等我做好了再給你看。」弄臣對我保證道，然後開始刻意在我的碗櫥裡東挑西揀，等到他開始大嘆我這兒沒有美味的香料時，我已經閒逛到外頭了。順著小溪走，會經過和緩的山坡，一路到達海邊，但我越過了小溪。我信步走上山坡，經過了正在自由地吃草的大馬和小矮馬；到了山丘頂上，我走得更慢了，最後走到了我的長椅那兒。我坐了下來。幾步之外，覆著草的山丘便突然陷落爲岩石嶙峋的懸崖，而懸崖下則是碎石海灘。坐在長椅上，映入我眼簾的，盡是無垠的海洋。我骨子裡再度升起一股不足之感。我想起半夜時夢到那個男孩和獵貓的事情，不禁笑了起來；猶記得那時貓催促著那男孩子說，逃離那一切吧，而就我而言，我是對這個思緒寄以無限同情的。

然而多年以前，我所做的就是逃離那一切，而我逃離了那一切所得到的結果，就是平靜且自給自足的人生。這樣的人生應該會令我很滿足，可是如今我卻坐在這裡。

過了一會，弄臣來了；夜眼也一同前來，一走到我的腳邊，牠便發出一聲烈士般的嘆息，然後躺了下來。「這就是精技飢渴？」弄臣問得平靜且關心。

「不。」我答道，幾乎笑了出來。弄臣昨天在不知不覺的情況下挑起我的精技飢渴，不過那精技飢渴已經因爲我喝了精靈樹皮茶而暫時抑制下來。我也許渴望著要施展精技，然而此時我的心情卻已經麻痺，不知精技爲何物了。

「我把晚餐放在火上，用小火燉煮，這樣我們就不必急著趕回去。我們時間多得是。」弄臣停頓了一下，謹愼地問道：「你們離開了原血者的聚落之後，到哪裡去了？」

我嘆了一口氣。狼說得沒錯，跟弄臣講講的確有助於我自己思考；不過弄臣似乎引得我思考太多了。我回憶那幾年間的生活，理出個頭緒。

「走遍了天下各地。由於沒什麼目標，所以我們離開那裡之後，就漫無目的地四處漂泊。」我眺望著海洋。「我們遊蕩了四年，足跡遍布六大公國。我見識過提爾司的冬天；冬天的提爾司，雪不過幾吋厚，但是風一颳起來，寒氣卻凍到了骨子裡。我穿越了法洛國，抵達瑞本國，然後走到海邊。有時候我跟常人一樣地做工、買麵包吃，有時候我們兩個則像狼兄弟一般打獵，血淋淋的生肉便囫圇地吃下肚。」

我看了弄臣一眼。他豎耳傾聽，那金黃色的眼睛專注地看著我講故事。就算他聽了此言，心裡有什麼評斷，他的臉上也沒露出任何跡象。

「我們到了海邊之後，便搭船北上，雖說夜眼討厭搭船。我在隆冬之際，抵達畢恩斯公國。」

「有一陣子，你與畢恩斯公國的婕敏小姐有婚約。」他的聲音很尋常，但是他的臉色卻在問我問題。

「你也知道，那樁婚事非我所願。但我去畢恩斯公國，並不是爲了要去找婕敏。不過，我倒是碰巧在街上跟畢恩斯公爵夫人妡念驚鴻一瞥；她騎馬過街，正要前往漣漪堡。她並未看到我，然而我敢說，就算她看到我，她也一定想不到那個衣衫襤褸的流浪漢就是蜚滋駿騎大人。我聽人說，婕敏嫁給了既對她專情、轄下又有廣袤土地的領主，如今她是冰城附近的冰塔夫人了。」

「我眞爲她高興。」弄臣嚴肅地說道。

「我也是。我從沒愛過她，不過我很敬佩她的勇氣，而且她這個人也挺不錯。我很慶幸她的婚事如此順遂。」

「然後呢？」

「然後我前往近鄰群島。我本想從近鄰群島渡海到外島，親眼看看曾經在我們的海岸肆虐良久、使我們如此苦難悲慘的那些劫匪，到底他們的故鄉是何風貌；不過到外島去的行程太遠，所以夜眼那邊根本沒得商量。

「所以我們又回到大陸，開始南下。我們大部分都是步行，但是我們搭船繞過公鹿堡，並未在公鹿堡停留。我們走過了瑞本公國和修克斯公國的海岸，更走到六大公國之外。我不喜歡恰斯國；所以我們從那裡搭船，盡量離恰斯國遠一點。」

「你們最遠走到哪裡？」弄臣催促道，因為我靜下來沒講話。

我感覺到我一邊咧嘴笑著，一邊大剌剌地說道：「一路直到繽城。」

「是嗎？」弄臣顯得很興奮。「你覺得繽城如何？」

「很活潑、很繁榮。看到繽城，使我想起商業灘。人們穿著優雅，而他們的豪宅不但華麗，而且每一扇窗戶都裝了玻璃。那邊的人賣書是沿街擺攤子，而且市場裡有一條街，兩旁的每一家店鋪都有各自的獨門術法。光是逛過去，我就眼花撩亂了。他們的魔法到底是怎麼一回事，我雖說不上來，但我感覺得到店家的法術壓迫著我的感官，然後我便像是吸了太強的香水味一樣地頭昏腦脹……」我搖了搖頭。「我覺得我像是來自落後地區的外國人，而且繽城的人看我一身粗衣裳、身邊又帶了條狼，必定也覺得我文明未開。不過，我看過之後，倒覺得繽城的傳聞言過其實。以前我們是怎麼說的來著？什麼隨便什麼東西，只要是你想像得出來的，繽城都一定找得到。呃，我在繽城看到的買賣，許多都令我嘆為觀止，不過那種東西我可不見得想買。我也看到不少醜惡的事情；奴隸從船上列隊走下來，每個人腳踝上都銬著腳鐐鐵鍊。我以前還以為，所謂的會講話的船什麼的，都是捏造出來的；不過我真的親眼看到一艘那種會講話的船。」我停了一下，心裡揣想著要如何把夜眼與我在船邊感受到的那種嚴酷魔法表達出來。「那種魔法令我渾身不自在。」最後我終於說道。

繽城的人氣濃密到使狼感到侷促不安，所以牠一聽我提議要離開，就高高興興地應和了。見識過繽城之後，我覺得自己變得很渺小。我對公鹿公國那荒野孤寂的海岸線，以及公鹿堡那粗野的好戰性格，有了新一層體會。我以前曾以為，公鹿堡就是世界文明的核心，然而繽城的人卻認為我們既未開化又沒教養。我無意中聽到繽城的人這樣批評的時候，覺得像是針刺一樣地痛心，但是我也無法辯駁，因為這話的確有幾分真實。我離開繽城的時候變得很謙虛，而且我決心要發憤學習，多加了解這廣闊的世界。想到這裡，我搖搖頭讓自己回神過來：我真的實踐了自己的諾言嗎？

「就算夜眼肯搭船，我們也沒那個錢，所以我們決定要沿著海邊步行北上。」

弄臣轉過頭來，一臉不可置信地望著我。「但那是行不通的！」

「大家都這麼說。我本以為那是城裡人的迂見，畢竟那些人從沒刻苦且粗陋地旅行過，他們講了這種話能算什麼？但後來我發現他們講的句句實言。」

我們不顧眾人的反對，沿著海岸線步行北上。當年我們在群山國王之外所經歷的已經夠古怪的，然而繽城外圍的荒原，比起來幾乎猶有過之。那個地方被人叫做「天譴海岸」，還真是名不虛傳。我飽受迷茫之夢所苦，而且就連我在神智清醒時的心思，也令我昏頭轉向、驚惶怖懼。狼擔心我擔心得要命，因為我已經瀕臨發瘋的邊緣。到底為什麼會這樣，我也說不出個所以然來。我沒有發燒，而一切會侵蝕人類心智的疾病症狀，我也通通都沒有，不過我們走過那蠻荒且不宜人居的海岸時，我好像變了一個人似的。我夢到惟真和龍，而且夢境逼真、揮之不去；就連醒著的時候，我也不斷地以過去做過的錯誤決定來折磨我自己，而且還常常想到要了結自己的生命。還好有狼陪著我，我才沒有做出傻事。回想起來，那一段時間簡直就是一場晝夜連續的噩夢。自從我第一次走過精技之路以來，就沒有碰到思緒如此扭曲之苦。那種經驗，我避之唯恐不及。

而且無論是在那之前，或是在那之後，我都沒見過如此杳無人煙的海岸線。就連住在那裡的動物也與衆不同：在我以原智探索時，那些動物的迴響既尖銳又古怪。四周的景物不但陌生，氣氛也很詭異。那裡的海岸邊，有著冒著蒸氣、臭氣薰人的泥沼，也有茂密的溼地；特別的是那溼地上的植物，儘管長得又肥又大，卻個個都扭曲畸形。我們走到了雨河；不過繽城的人不稱雨河，而稱之爲「雨野河」。我實在說不上是什麼怪咒促使我順著雨野河進入內陸，但反正我眞的去試了就是；但不久之後，我們就因爲連綿的沼澤、茂盛的植被和可怕的夢境而折返。那裡的土地裡不曉得有什麼東西，反正夜眼的腳掌墊變薄了，連我穿的那雙堅固的皮靴，也爛成像是破布一般。我們承認此行失敗，但緊接著又犯下比岔出路來進入內陸更嚴重的錯誤：我們竟然砍了幾根樹椿綁成木筏，順流而下。夜眼的鼻子早就聞出這河水絕不能喝，但是我卻沒有完全領略出這河水對我們而言有多麼危險。我們那條因陋就簡的木筏，勉強撐到了雨河的河口；此時夜眼與我都因爲接觸河水而身上腫脹潰爛，所以當我們又回到正直誠實的海水裡的時候，我們兩個都鬆了一口氣。碰到海水雖然刺痛，但是治療潰爛卻很有效。

雖然恰斯國早就聲稱南至雨河的土地都爲他們所有，甚至還不時強調繽城也位於他們的領土之內，但是那裡的海岸邊卻人跡罕至，更沒有村莊聚落。夜眼和我離開雨河河口，朝北走了三天，才多多少少把那些怪異的景象拋在後頭，不過我們還得再往北走十天，才碰到第一個村子。到了這個時候，由於多用鹹水清洗，所以我們的傷口已經好了大半，而且我腦海裡轉的，也比較像是我自己的思緒了，不過我們表現出來的，卻是一副帶著癩皮狗的困乏乞丐模樣，所以村人都不歡迎我們。

穿過了恰斯國之後，我不得不相信恰斯人是全世界敵意最深的人。博瑞屈早就預先說過，我一定會對恰斯國深惡痛絕，今朝一行，果然如此。即使恰斯國的城市蓋得富麗堂皇，也無法使我動心；畢竟那些鬼斧神工的都城廟宇和高度的文明，乃是以人類的苦難爲基礎而建立起來的。恰斯國的奴隸制度之深之廣，使我駭然。

我停下故事，朝弄臣耳朵上那只象徵自由的耳環看了一眼。那耳環是贏得了自由身的奴隸的標記；那是博瑞屈的祖母費盡千辛萬苦得來的。弄臣舉起手，伸出指頭朝那耳環點了一下。雖然弄臣耳朵上另外掛了好幾個木料雕刻的耳環，但仍屬那自由耳環的銀絲網最是亮眼。

「博瑞屈。」弄臣平靜地說道。「和莫莉。這次我直問了：你到底有沒有去找過他們？」我發愣了好一會。「有。」我終於坦承道。「我是去找過他們。眞奇怪你竟然挑這個時候問起我來，因爲我是在穿過恰斯國的時候，突然興起了一股非要找到他們不可的衝動。」

有天晚上，我們在離大路頗遠之處紮營，我做了個非常強烈的夢。我之所以會有這麼鮮明的意象，大概是因爲莫莉在內心深處的某個角落，還幫我留了個地方吧。然而，我並不是像有情人夢見意中人那樣地夢見莫莉。我覺得我夢到了自己，而且我年紀小、渾身發燙又生著重病。那個夢很黑暗，只有感覺，卻沒有景象。我蜷得緊緊地靠在博瑞屈的胸膛上，在我的苦難煎熬之中，唯有博瑞屈的相伴與他的味道，能給我些許的寬慰。然後有兩隻冷得讓人受不了的手碰到我發燙的肌膚。那兩隻手想把我抱走，但是我又扭又叫，硬是要攀住博瑞屈。博瑞屈強壯的手臂再度把我抱緊。「就讓她待著吧。」博瑞屈以粗嘎的聲音命令道。

我聽到莫莉的聲音從遙遠的地方傳來，她的聲音飄動，而且有些扭曲。「博瑞屈，你自己病得跟她一樣重。像你這個樣子，還怎麼照顧她？把孩子給我，你去休息一下吧。」

「不行。就讓她留在我身邊。妳把妳自己跟小駿照顧好就行了。」

「你兒子好得很。我們都沒事;只有你跟蕁麻病了。博瑞屈,讓我抱著她,你去歇一下。」

「不行。」博瑞屈呻吟道。他的手臂緊緊地護著我。「我小的時候,我們那裡發生血瘟,就是這個情形;那場血瘟,把我所愛的每一個人都帶走了。要是妳把她抱走,然後她死了的話,我會受不了的。求求妳,就讓她待在我身邊吧。」

「好讓你們兩個死在一塊兒?」莫莉質問道,她那疲憊的聲音越來越尖銳。

博瑞屈決定聽天由命,這使得他的聲音聽起來特別可怕。「如果一定要死,就讓我們死在一塊也好。當死亡單獨找上你的時候,感覺上更加寒冷。我會一直抱著她,直到最後一刻。」

博瑞屈實在蠻不講理,而且我感覺到莫莉不但生氣,也害怕他發生不測。她端了水來,並讓博瑞屈半坐起來喝水,而我則開始大鬧。她把杯子端到我的嘴邊,然而我雖想喝水,但是我的嘴唇卻乾裂疼痛,頭脹痛難受,而且覺得光線太亮。當我把水杯推開時,水濺在我的胸膛上,冷冰冰的,我尖叫起來,開始哭號。「蕁麻,蕁麻,乖乖不哭。」她吩咐道,她的手碰到我,但是她的手實在是太冰了。在那個時候,我一點也不想要媽媽,而且我知道蕁麻的心裡多少也有同感,因爲此時莫莉大腿上的那個王座,竟然被別人佔去,所以她很嫉妒那個孩子。我抓住博瑞屈的襯衫,他再度把我抱緊,以他那低沉的聲音,爲我哼著溫柔的歌曲。我把臉壓在他身上,這樣光線就不會那麼刺眼,然後盡量入睡。

由於我急於要讓自己入睡,最後我竟把自己給弄醒了。我睜開眼睛,大口喘氣,渾身是汗,但是我實在無法忘卻方才在精技之夢裡的那種全身熱燙乾燥的感覺。我躺下來睡覺的時候,是用斗篷把自己裹起來的,此時我則努力地掙脫斗篷的束縛。原本我們就選在小溪的河床上過夜,於是我蹣跚地走到水邊,喝了個夠。當我把頭從水裡抬起來的時候,發現狼正坐在旁邊盯著我。牠的尾巴俐落地裹住牠那四條腿。

「牠已經知道我去找過他們。所以我們當晚就出發了。」

「這麼說，你知道要上哪兒去找他們？」

我搖了搖頭。「不。我除了知道他們剛離開公鹿堡的時候，先在附近一個叫做『胡瓜魚海灘』的小鎮落腳之外，別的什麼都不曉得。不過，怎麼說呢，我知道他們住在那個地方的『感覺』。我們靠著這點線索就出發了。

「流浪了那麼多年之後，突然有了個目的地，實在很古怪，而且我們還趕著朝那目的地而去，所以更怪。我從不反省我們所做的事情，也不去想我們這樣做有多麼愚蠢。我心底深處多少承認這樣做可能會徒勞無功；畢竟我們離得太遠了。等我趕到他們那裡的時候，他們不是死了，就是康復了。然而我一上路就停不下來。這麼多年來，我一直在逃避所有認得出我的人，爲什麼此時我卻突然急於讓自己捲入他們的生活之中？但是我什麼都不管了。我就是要找到他們。」

弄臣同情地點點頭。恐怕他已經猜到許多我不願意說出口的話。

多年以來，我一直在否認、拒絕精技的誘惑，但此時我卻投身於其中。精技的癮頭緊緊地抓住我，而我也緊緊地擁住精技的癮頭。精技的癮頭竟以萬鈞之力，再度緊緊地籠住我，實在是我的一大挫敗，但我並未掙脫。雖然我每次施展精技之後，就會頭痛到幾乎什麼也看不見，但是我仍然每晚都施展精技尋找莫莉和博瑞屈。不過結果實在令人失望。兩個受過精技訓練的心靈彼此碰上的感覺，像是迎頭對撞般地準確；但是那跟「精技視見」完全是兩回事。我從沒受過以精技來尋人的訓練，所以我只能靠我自己摸索而來的知識。我父親爲避免他人利用好朋友來對付他，所以封鎖了博瑞屈的精技天賦；至於莫莉，據我所知，她完全沒有這方面的天資。我在以「精技視見」看著他們時，是根本不可能有眞正的心情聯繫的；我只會因為自己看得到他們，卻無法讓他們感知到我的存在，而感到非常失落。不久之後，我就發現連「精技視見」也靠不住：由於長久不用，我的精技能力已經生疏了。即使只用了一會兒精技，我也會筋疲力竭、疼痛難耐；但我還是忍不住盡力嘗試。我盡可能多利用那短暫的聯繫來多知道一點消息。瞥見他們屋後的山丘、聞到海的味道、看到黑面羊在一處遙遠的山上吃草——每一個可能透露他們居家環境的線索，我都非常珍惜，希望能夠藉此找到他們住的地方。我實在忍不住一看再看；然而我看到的，往往是最家居的事情，像是一大籃待洗待晾的衣服、等著採收曬乾的藥草，噢，對了，還有蜂巢。我好幾次看到一個臉長得像博瑞屈、莫莉稱作「小駿」的孩子，使我又是嫉妒，又是詫異。

最後我終於找到一個叫做「胡瓜魚海灘」的小鎮。我找到一處荒蕪的破屋，也就是我女兒出生的地方。他們搬走後，又有別的人住在那裡；我的眼睛看不出任何他們曾留在此處的跡象，但狼的鼻子很靈，所以牠聞得出來。然而，莫莉和博瑞屈早就搬走了，而我卻不知道他們搬到何處。我不敢直接問村裡的人，因為我怕有人會向博瑞屈或莫莉傳話，說有人在找他們。我找了好幾個月。我經過的每一個村子都有新墳；不管先前流行的是什麼疫病，反正那疫病流傳甚廣，而且死了不少人。我在精技視見中，從未看到蕁麻；該不會是她也因為這一場疫病而喪命吧？我從胡瓜魚海灘鎮出來，開始探訪附近村莊的旅館和酒館。我變成一個有點狂亂的旅行者，我對養蜂非常入迷，而且假裝對於養蜂的事情無所不知。我不時與人爭辯，好引起別人糾正我，並說出他們知道哪些養蜂人家。然而即使我煞費苦心地想聽到別人說到關於莫莉的隻字片語，但是一切的努力還是付諸流水。不過有一天，我順著一條狹窄的路走到一處小山丘頂上，卻突然認出了一叢橡樹林。

就在那一剎那，我所有的勇氣突然消逝得無影無蹤。我離開了路，穿過路旁披覆著林木的山丘。我悄悄地接近我的舊人生；狼跟在我身邊，牠不但沒有多問，甚至還拘束牠自己的思緒，以免打擾我的心思。傍晚時，我們停在一處俯瞰他們小屋的山丘上。他們家看起來整齊且興旺，屋旁的院子裡有小雞，院子後頭的草原上，則有三個覆蓋著稻草的蜂箱；菜圃也種得很好。屋後有個馬廄，那馬廄顯然是比較晚才建的，旁邊有幾個用去皮原木圍起來的小型圈馬場。我聞到馬的味道。博瑞屈照顧馬兒是絕不含糊的。我坐在黑暗中，看著唯一一扇窗戶發出暈黃的燭光，然後又熄了。狼打獵去了，我則整晚目不轉睛地看著那幢小屋。我既無法趨前，也無法離去；我被困在原地，像氣旋邊緣的一片葉子，身不由己。我突然了解到，爲什麼所有傳說中的鬼魂，都永遠在同一個地方出沒。這輩子，不管我走到多遠的地方，我心裡總有一部分會永遠地鎖在那裡。

黎明之時，博瑞屈從門裡走出來。他的腳跛得比我記憶中還要厲害，而他的白頭髮也比以前多了不少。他抬起頭來望向新的一天，然後深吸了一口氣；在那一刹那間，我眞怕他會察覺出我就待在那裡。但他只是走到井邊汲了一桶水。他把水提回屋裡，過了一會兒又出來，撒了些穀子餵雞。煙囪裡升起一縷輕煙。這麼說來，莫莉也起床了。接著博瑞屈走進馬廄。他的行程我太清楚了，清楚得就像是我陪在他身邊一起走一樣；他一定是去把每一隻動物都巡察一遍，然後才會出來。他果然不久便出來，接著便開始汲水，提了一桶又一桶的水到穀倉去。

說到這裡，我的話哽住了。然後我大聲地笑了出來，我眼裡滿是淚水，但是我管不了那麼多。「我跟你發誓，弄臣，我最忍不住要衝下去的就是那一刻。我覺得我光是看著博瑞屈忙進忙出，而沒有跟在他旁邊幫忙，實在是太不自然了。」

弄臣點點頭，他不發一語，而且聽得入迷。

「他從馬廄裡出來的時候，手裡牽著一匹紅棕色的公馬。我看得呆了；『公鹿堡最好的馬』果然不負盛名；牠的精神寫在牠昂起的脖子上，而牠的肩膀及胸肌則顯出牠強健的力量。光是看到這樣的好馬，我的心便飛揚起來，而一想到牠現在受到博瑞屈的照顧，則使我感到非常開心。博瑞屈把馬牽到圈馬場裡，讓牠自由活動，而他自己則又提了水，倒在圈馬場的水槽裡。

「接著他把紅兒牽出來，我看得滿腹狐疑——當時我並不知道椋音已經找到博瑞屈，而且把他的馬兒和煤灰生的小馬都送來給他了。然而，看到人與馬重新相聚在一起，總是令我感動莫名。看起來，紅兒的性子已變得溫和又穩定，不過博瑞屈還是沒將紅兒放在那公馬隔壁，而是放在離那公馬最遠的圈馬場裡。接著博瑞屈幫紅兒提了水，最後親熱地在牠身上一拍，才走回屋子裡。

「然後莫莉就出來了。」

我吸了一口氣，憋在肚子裡。我眺望著海洋，然而我看到的卻不是海。我眼前只見到曾經是我女人的那個她。她那烏黑的長髮，以前是披在肩頭、隨風飄揚，如今則是編成辮子，尊貴地盤在頭上。一個年紀很小的男孩，搖搖擺擺地跟在她身後。她手裡挽著籃子，寧靜優雅地朝菜圃走去。她繫著白圍裙，小腹隆起，顯然是有了身孕。往日的那個矯捷瘦削的少女已經不見了，然而我發現這女人的魅力絲毫不減。我整顆心都在渴望著她，因為她就代表著溫暖的爐火和安適的家、與她多年相伴的好福氣、兒女成群和滿室溫馨。

「我輕輕地呼喚著她的名字。說也奇怪，她突然抬起頭來，霎時間，我還以為她發現我了。不過她不是抬頭看山，而是朗聲大笑，叫道：『駿騎，不可以！那不可以吃喔。』她彎下腰，從那孩子的嘴裡扯出一把結豆莢的花兒來；接著她把孩子抱起來，我看得出她抱得很吃力。她回頭朝屋子裡叫著：『吾愛，快來把你那小子帶走吧，要不然整個菜圃都會被他拔光了。順便叫蕁麻出來幫我拔幾個蕪菁。』

「然後我聽到博瑞屈應道：『馬上來！』不一會，他就出現在門口。他回頭叫著：『碗盤擱著，咱們待會兒再洗。快去幫媽媽的忙。』我看到博瑞屈三、兩步就穿過院子，一把將他兒子接過來。他把那小子甩得高高的，最後落在他肩膀上；那孩子樂壞了，咯咯地笑著。莫莉一手放在肚子上，笑著看著他們倆，她的眼神裡滿溢著幸福。」

我停下話來。因爲熱淚盈眶，所以我再也看不見眼前的海洋。

我感覺到弄臣伸手放在我的肩膀上。「你從頭到尾都沒有下山去找他們，對吧？」

我點點頭，不發一語。

事實上，我立刻就逃走了。我急著逃走，因爲我突然湧出滿腔的妒意，而且生怕一看到自己的孩子，就忍不住會衝下去。他們的世界裡沒有我的位置，就算我只想沾個邊也不成。我心裡明白得很。打從第一次聽說他們要結婚，我就知道會有今日的場面。如果我去找他們，就等於是把毀滅與苦難送上門去。

我並不比別的男人高明。我心裡有怨，遷怒於他們倆，而且感嘆命運玩弄了我們三人。我不能怪罪他們結爲連理；然而，我因爲他們結了婚，而永遠被排除在他們的生命之外，因此感到心如刀割，這也沒什麼好指責的。事情已成定局，再怎麼遺憾也無濟於事。我提醒我自己：畢竟死人沒有後悔的權利。我最多也只能聲稱說，我眞的走開了；我並未讓自己的痛苦侵蝕他們的幸福，或是破壞我女兒的家。這點自制力，我還有。

我深吸了一口氣，發現自己又講得出話了。「這就是故事的結尾，弄臣。接下來的那個冬天，我們被困在這裡；我們找到了這幢小屋，然後就待了下來。」我呼了一口氣，想想自己講的話，突然之間，我覺得這裡的一切都沒什麼好說的了。

弄臣接下來問的問題，使我整個人跳了起來。「那麼你另外的那個孩子呢？」他平靜地問道。

「什麼？」

「晉責啊。你見過他嗎?晉責不是跟蕁麻一樣,都是你親身所出嗎?」

「我……不。晉責不是我兒子,而且我從未見過他。他是珂翠肯的兒子,惟眞的傳人;我敢說,這就是珂翠肯認定的事實。」我感覺到自己漲紅了臉;弄臣提起這個話題,使我尷尬得要命。我把手放在他的肩膀上。「吾友,只有你知道惟眞如何利用了我……的身體。當年惟眞問我能不能應允他的時候,我並不知道他是這個用意。晉責是如何受孕的,我是一點印象都沒有。你一定記得:當時你我都困在惟眞那使用過度的肉體裡。吾王做了這樣的事,好讓自己有個繼承人。我是沒什麼怨言,但是我也不想成爲他的共謀。」

「椋音不知道?就連珂翠肯也不知道?」

「那晚椋音睡得很熟。她應該沒起疑心,若是有的話,一定老早就說出來了;吟遊歌者絕不會留著這麼好的題目不做,不管編這種歌曲有多麼不明智。至於珂翠肯,這個嘛,惟眞就像是精技的火團;那天晚上,她在她床上看見的,只有她的國王。我敢說,要是她有一絲一毫的懷疑……」我突然嘆了一口氣,坦承道:「我竟跟惟眞聯合起來騙她,我覺得很羞愧。我知道自己實在沒什麼立場去批評惟眞,但我還是……」我越講越小聲。就算是面對弄臣,我也無法坦承自己對晉責有多麼好奇。他是我兒子,然而又不是我兒子。我父親選擇了不認我這個兒子,如今我也選擇不認他這個兒子;因爲不跟兒子相認,就是對他最好的保護。

弄臣把手疊在我的手上,緊緊地按住。「我從未跟別人提起這件事。況且我也不能提。」他深吸了一口氣。「那麼,然後你就到這地方,清靜地安居下來。這眞的是你故事的結尾?」

的確如此。自從十五年前與弄臣道別以來,我泰半的時間都在躲躲藏藏;這個小屋乃是我自私的隱居之處。我就這麼跟弄臣說了。

「我看幸運可不會把這裡當作是長久之計。」弄臣溫和地應道。「雖說大多數人都會認為，拯救世界一次就已經很足夠，往後就不想再關心，但若是你興起了退隱之心，我一定會盡全力把你拉回來。」弄臣彷彿在勾引般地對我擠眉弄眼。

我縱聲大笑，但我笑得並不自在。「我犯不著當英雄，弄臣。只要我每日的生活能夠對別人產生一點影響，我就已經很滿足了。」

弄臣往長椅上一靠，嚴肅地對我所說的話想了一會兒，他聳了聳肩。「這話說得容易。幸運去當學徒的事情安頓好之後，你就到公鹿堡來找我吧。我跟你保證，你一定會轟轟烈烈地做一番大事。」

「要是死了就做不成大事囉；要是我被別人認出來的話。這年頭，大家對原智者都很反感，難道你都沒聽說？」

「我沒聽說，但是這種事情我倒不覺得意外，一點兒也不意外。不過，你唯恐被別人認出來？你以前是提過你怕別人認出你來，可是你講得頗為輕鬆嘛。就此而言，我倒不得不贊同椋音的看法。在我看來，會認出你的人，一定少之又少。人們記得的蜚滋駿騎，是十五年前的青年模樣，可是你現在的模樣與那時相去甚遠。如果人們先知道你的身分再看你的話，是會發現你臉上有瞻遠家族血統的特徵；可是跟王室通婚的人在所多有，所以許多貴族都有瞻遠家族的血統。誰會碰巧把你跟黑暗大廳裡的褪色畫像拿來相比？在你家系的成年男子中，到現在還活著的，就只有你了。黠謀虛擲了多年時光，你父親在被害死之前，就退隱到細柳林，而惟真尚在盛年之際，就已垂垂老矣。我知道你是誰，所以我知道你跟他們相像的地方在哪裡。但是我可不認為，公鹿堡的廷臣隨便朝你看一眼，對你會有什麼危險。」他停了一下，接著急切地問道：「怎麼樣？下雪之前，我們就會在公鹿堡碰面吧？」

「大概吧。」我決定先用緩兵之計。我大概是不會去的了，但是我知道還是少跟弄臣爭執，以免多費唇舌。

「一定會的。」弄臣鄭重地說道，他拍拍我的肩膀。「我們回去吧。晚餐應該已經好了。況且我的雕刻還沒弄好呢。」

10

寶劍與召喚

幾乎每一個王國，都有自己傳說中的祕密保護者，凡是王國危在旦夕，請託又夠懇切的時候，保護者就會起而抵禦外敵。在外島的傳說中，他們的保護者是冰華。在冰河覆蓋的艾斯雷弗嘉島的中心，有個冰雪巢穴，那便是神獸冰華的窩；外島人總是指天發誓說，當地震搖晃著他們位於島嶼上的家園時，就是冰華翻身了。六大公國的傳說中，則一再提到一支古老且強力的種族，也就是古靈；人們說，古靈住在群山王國以外的地方，而且在古代時，總是與我們聯合禦敵。然而，也只有像瞻遠家族的王儲惟眞那樣無計可施，而且不顧一切的人，才會不但把這種傳說當眞，還把整個王國託付給重病的父親與外國娶來的王后接管，然後親自出發尋求古靈的奧援。也許就是因爲那種不顧一切的堅定信心，所以惟眞不但叫醒了古靈所雕的石龍，還使石龍千里馳援，更親自爲自己雕了龍身，領著群龍來保衛家園。

弄臣待了下來，但是接下來這些日子，他故意避免談論任何嚴肅的話題。我恐怕也有樣學樣了。跟他講了我的沉潛歲月之後，使得那些舊日的鬼魂得以安歇，所以我應該是可以滿足地重拾日常工作了，然而我不但沒有平靜下來，反而被另外一種不安所擾。變動的時代，是該變一變了。改變者。催化劑。這些字眼與思緒，日則與我同行，夜則侵入我的夢境。我再也不是因為過去所苦，反倒變成是為了未來所苦了。回顧過去自己的青少年時光，使我突然備加關心幸運如何善用他的青春。我突然發現，我早就應該要教導那小子為自己的生活多做準備，但是我浪費了那麼多年，什麼也沒有教他。幸運這孩子心地善良，個性也好得沒話說。我擔心的是，我只給了他在這世界上求生存的最基本知識，所以他沒學會什麼可以進一步發展的技藝。在孤立的小屋裡生活、照顧田園以及打獵等一切生活的基本需求，他都很清楚，問題是眼前我要把他送進外頭的廣大世界，但他要如何在社會上立足？幸運要當學徒，也非拜在好師傅門下不可，而我往往因為這個大問題而從夢中驚醒。

我不知道弄臣曉不曉得我掛心著這事，但就算他知道，也沒表現出來。他的雕刻工具忙碌地在小屋裡四處穿梭，於是壁爐台長出了藤蔓，壁虎停在門頂的門楣處睨眼看人，小臉蛋從碗櫥門的角落或是門廊的台階上探出來盯著我。凡是木料做的東西，就逃不過他的利刀和快手。承雨桶上那些水精靈的活動，足以使粗野直率的衛兵也不禁臉紅。

我也選擇了安靜的工作，而且儘管天氣好，我還是盡量做屋裡的事情。這多少是因為我需要時間思考，不過主要還是因為狼康復得很慢。我知道就算我一直看著牠，也不能使牠好得快一點，但我就是掛慮牠的狀況，所以心裡老是放不下心。當我以原智探索牠的時候，牠靜默不語，悶悶不樂，跟平常的樣子差得遠了。有時候我事情做到一半，抬起頭來看牠時，發現牠也在看著我，而且深邃的眼睛露出了淡淡哀愁。我不想問牠在想什麼；要是牠肯告訴我的話，牠就會敞開心房，與我分享思緒了。

狼慢慢地恢復了往日的活動，但是卻不像以前那樣活躍有勁。牠行動的時候很是謹慎，絕不做難度太高的動作。我幹活的時候，牠不再尾隨在後，而是躺在門廊上看著我四處走動。傍晚的時候，我們還是一起去打獵，但是我們的步調變慢了，而且彼此都假裝是因爲弄臣所以才會比較遲緩。夜眼往往以指出獵物何在爲滿足，牠不再縱身撲上去，寧可等著我拉弓射箭。這些變化使我感到困擾，不過我盡可能把我的憂慮藏在心底。牠只是需要時間慢慢康復而已，我對自己說道，同時又想起狼在炎夏裡一向委靡不振。等到秋天來了，牠就會恢復舊日的活力。

我們三個的生活越來越有規律。晚上的時候照例聊天，聊些可有可無的生活小故事。最後白蘭地也喝完了，但是我們聊起來，還是跟有酒相伴時一樣地順暢溫暖。我跟弄臣說了幸運在哈定岬的親眼見聞，以及市集裡的人對原智者的看法；椋音告訴我的那個在春季慶上唱歌的吟遊歌者的事情，以及切德對晉責王子有什麼評價、對我有什麼期待等，我也都講了。這些故事弄臣都聽得十分專注，彷彿織工爲了做出繁複的刺繡而努力地收集各種彩線一般。

一天傍晚，我們試著把公雞尾巴的羽毛綁在王冠上，但是孔太大，而公雞尾羽的羽管太細，所以羽毛結不成一束，而是零落四散。弄臣與我都不說話，但我們彼此都知道用這雞羽毛實在錯得離譜。又有一天晚上，他把王冠放在餐桌上，從我的作坊那兒選了筆刷與墨水。我拉了張椅子，坐在一旁看著他弄。他小心翼翼地把一堆物品攤開來，拿筆刷沾了藍墨水，然後停下來，開始思索。我們兩個沉默地坐了好久，久到我都察覺到火花燃燒的聲音了。最後他把筆刷放下來。「不行。」他平靜地說道。「這感覺不對。現在還不行。」他把王冠包好，又塞回鞍袋裡去。另一天晚上，他唱了一首下流的小曲，使我笑到眼淚流出來；我還在揩眼淚的時候，弄臣把豎琴放在一邊，宣布道：「我明天一定要走。」

「不行！」我驚愕地反對他這個突如其來的決定，接口問道：「爲什麼？」

「噢，你知道的嘛。」他裝腔作勢地答道。「白色先知的人生就是這樣啊。我一定得預告未來，拯救世界——不就是這些無關緊要的瑣事嘛。再說，你也沒別的家具好讓我刻了。」

「那可不見得。」我抗議道。「難道你就不能再多留個幾天？至少也等到幸運回來，跟那孩子見個面。」

弄臣嘆了一口氣。「其實我已經多留很久了。尤其是因爲你還堅持說，你無法一起走。除非——」他充滿希望地坐直了起來。「你改變了心意？」

我搖了搖頭。「你明知道我心意已決。我怎能一走了之，遺棄自己的家園？幸運回來的時候，我一定得在家才行。」

「啊，是喔。」弄臣又軟癱在椅子上。「他要去當學徒。再說你那群雞也需要照顧。」

他那諷刺的語調刺痛了我。「你也許對這種日子不以爲然，但這是我的人生啊。」我乖戾地答道。他在戳我一刀之後，又堆出滿臉笑容。「我又不是椋音，親愛的，我才不會輕視別人的人生呢。你只需要看看我的人生，就知道我哪兒也不比誰高明到哪裡去。不，我有我自己的任務，雖說在有這麼多雞要養、有這麼大塊田地要耕種的人眼裡，我這些任務大概枯燥無味，但是我肩頭上的責任也一樣沉重。你有一群雞要照顧，我也有一籮筐的消息要講給切德聽，你有那一畦又一畦的田要犁，我在公鹿堡也有一列又一列的新知要結交呀。」

我感到一絲妒意。「想必大家都很期待再度與你相聚。」

弄臣聳聳肩。「也許有的人會期待與我重逢，但有的人卻巴不得我走呢。然而大多數人必定根本記不得我。如果我夠機靈的話，大多數——甚至是近乎全部的人，都不會知道我是誰。」他突然起身。「眞希望我能待在這裡。」弄臣平靜地坦承道。「你似乎相信，你就是你自己人生的主宰，要是我也能像你這樣就好了。不幸的是，我明知道你我都身不由己。」他走向敞開的大門，望向溫暖的夏夜。他深吸了一口氣，像是要開口講話，然而卻又呼了出來，不說了。他看了很久，最後他挺起胸膛，彷彿下定了決心，並轉過身來面對我。他臉上掛著冷峻的笑容。「不，我最好是明天就走。你很快就會跟上來。」

「你別指望我會去。」我警告道。

「啊，可是我非指望你去不可。」他乾脆地答道。「時機使然，我們兩個都不能身免呀。」

「噢，這次就讓別人去拯救世界吧。我敢說世界上一定有別的白色先知。」我輕快地說道，想講句俏皮話打趣一下；然而弄臣聽到這話，不但眼睛睜得大大的，我甚至還聽到他倒抽一口冷氣的聲音。

「那種未來，你連提都別提。光是想到你心裡起了這個念頭，我就涼了半截，因爲事實上，世界上除我之外，的確有一名女子自稱爲白色先知，而且還努力將世界推向她所設想的軌道上。打從一開始，我就盡全力遏止她的影響力。然而她在推動世界時，她自己的力量也增長了。現在你知道我爲什麼遲遲不肯把話說明白了；這是因爲我往後將會需要你的力量，吾友。你我二人聯手出擊，也許就夠了。畢竟，有時候只要在路上放一塊小石頭，就足以引得車輪逸出原本的軌道了。」

「嗯。不過那塊石頭想必不會認爲這是個愉快的經驗吧。」

弄臣直視我的雙眼，他那昔日蒼白的眼珠，如今則散發著金黃色的光暈，並反映著燭光。他的聲音既溫馨又疲倦。「噢，你別怕，你會熬過來的，因爲我知道你非熬過來不可。所以我會盡全力達成這個目標。也就是讓你活下去。」

我假裝很喪氣的樣子。「都這麼嚴重了，你還教我別害怕？」

他點點頭，他的臉色凝重得開不起玩笑。我試著轉移話題。「你說的那女人是誰？我認識她嗎？」

弄臣走進屋裡，再度在桌邊坐下。「不，你不認識她。但是我認識她，認識很久很久了。說得更確實一點，我不是認識她，而是知道她這個人，雖說我年紀還小的時候，她就已經是成年的女子了……」

他的眼光飄回我臉上。「很久以前，我跟你說過一些我自己的事情，你還記得嗎？」他也不等我回答，就繼續說下去。「我生於很南邊、很南邊的地方，出身於很平凡的人家，眞的是很平凡的人家……我有個疼愛我的母親，和兩個父親——他們是兄弟——這是我們那裡的風俗。但是打從我一出生，他們就知道古老的血統重現在我身上。在遙遠的過去，白色先知曾與我們家族通婚，而我之所以降生，就是要把那個古老傢伙的任務接續下去。

「雖說我的父母親既鍾愛又珍惜我，但他們知道我的命運絕不是留在家中，也不是要繼承父母親的行業，所以他們把我送到一個地方，讓我得以接受教育，並爲我的命運預做準備。那裡的人待我很好——簡直是好得不像話。他們也很珍惜我，不過他們珍惜我的方式另闢一格。他們每天早上都仔細地詢問我晚上做了什麼夢，並把我所記得的一切寫在紙上，送交給智者去思考。我長大了些，白天脫離軀殼的神遊比晚上做的夢還多之後，他們便教我寫字，好讓我自行記載，畢竟那些幻象乃我自己所見，所以任誰來寫，都不如我寫來得清楚。」他自嘲地大笑，不以爲然地搖搖頭。「用這種方式來教養小孩，這算什麼！連我隨便咿哦兩聲，也被解釋爲智慧的光彩。然而雖然我身上流著先知的血液，但我卻不比別的孩子高尚到哪裡去。我一逮到機會就惡作劇，說什麼我看到野豬在天上飛，又看到帶有王室血統的鬼魂等等的睜眼瞎話。我的謊一個扯得比一個大，故事也越編越離譜，不過我卻發現到有件事很奇怪，那就是無論我講得如何天花亂墜，我的話裡總是潛藏著眞相。」

弄臣朝我瞥了一眼，彷彿期待我講一、兩句反話似的。我仍保持沉默。

他看著地上說道：「然而最後我恍悟出最重大，而且最無可辯駁的眞相時，反而沒人肯相信我；不過我看這也怪不得別人，只能怪我自己。當我宣稱我就是這個時代所等待的白色先知之時，衆師傅連忙叫我噤聲：『快將你坐大的野心收回來！』這說的是什麼話，先知的命運有什麼好的，難道我還渴盼當先知不成！他們跟我說，繼承白色先知的衣缽的，另有其人。那女子早在我之前，便開始將世界的未來塑造成她眼中所見的模樣了。每一個時代只會有一名白色先知。這是大家都知道的；連我也知道每一個時代只會有一名白色先知。那我算什麼呢？我對衆師傅問道。然而他們雖說不出我是什麼人，卻很肯定我一定不是白色先知。我不是白色先知。他們早就讓她做好準備，讓她發揮她的使命了。」

他吸了一口氣，沉默許久。然後他聳聳肩。

「當時我很明白他們錯了。我深知他們的錯誤爲眞，就好像我深知自己的身分爲何一般。然而他們卻努力要讓我以自己的生命爲滿足。我敢說，他們連做夢都沒想到我會背叛他們；但是我的確背叛了他們，而且逃得遠遠的。我往北走，其路程之驚險困難，不能盡述。然而我不斷往北走，直到我抵達黠謀國王的宮廷爲止。我把自己賣給他，就跟你把自己賣給他差不多。我用我的忠誠來換取他的保護。過了兩、三個月後，由於你出現的種種傳聞，使得宮廷上下爲之撼動。私生子，你是不受衆人所期待的孩子；你雖是瞻遠家族的成員，卻不受認可。噢，他們都萬分驚訝。但我才不意外呢；因爲我早在夢中見過你的臉，而且我知道我必須找到你，雖然在這之前，每個人都跟我說你不存在，而且你這種人也不可能存在。」

他突然傾身向前，用包著手套的手握住我的手腕；他只握了一下子，而且我們的皮膚並未接觸，不過在那一刹那間，卻有一種牽繫的感覺一閃而過。除了稱之爲牽繫外，我眞不知道該怎麼形容才好。那既不是精技，也不是原智；那根本不是魔法，因爲魔法我是知道的。那感覺，有點像是人偶爾失了神、不知身在何處之際，所感覺到的那種似曾相識。在那一刻，我察覺到以前我們兩人曾像這樣地坐在一起，說著同樣的話，而且每次我們像這樣坐在一起、說著同樣的話時，總是以如此的一握來封存此刻。

我轉開眼睛，不再看他，卻與狼那炙熱燃燒的烏黑眼眸不期而遇。

我清清喉嚨，想要換個話題。「你說你認識那女人。她可有個名字什麼的?」

「你不可能聽說過她的名字，但是你可能聽說過她的事情。在紅船大戰的時候，劫匪的首領叫做科伯・羅貝，你記得嗎?」

我點點頭。這個科伯・羅貝是外島衆多的部落領袖之一；他以血腥的手法突然竄升起來，然而我們的龍驚醒之後，羅貝也迅速墜落。有的人說，惟眞變成的龍把羅貝吞吃了，有的人則說，羅貝是溺水淹死的。

「你有沒有聽說過羅貝有個軍師?叫做『蒼白之女』?」

這幾個字聽起來有點耳熟。我皺著眉頭努力回想。是了，是有些傳聞沒錯，但也僅止於傳聞而已。我再度點點頭。

「這個嘛。」弄臣往後一靠，以幾乎可稱之爲輕快的語氣說道：「那女人就是『蒼白之女』。而且我還要告訴你，她不但堅信自己就是白色先知，還堅信科伯・羅貝就是她的催化劑。」

「你是說，她就是以羅貝來促使別人成爲英雄?」

弄臣搖了搖頭。「她的催化劑所起的作用，不在於促使別人成爲英雄，而在於破除英雄；也就是說，原本會成爲英雄的人，會因此而成不了英雄。我全力建設，她則致力破壞。我團結衆人，她則拆散衆人。」弄臣又搖了搖頭。「她相信必須先終止一切，才能有全新的開始。」

我等著弄臣用相反的角度，把這段話平衡一下，但是他卻什麼話也沒有說，最後我只得催他說了：「那麼你相信什麼?」

弄臣的臉上露出笑容。「我相信你。你就是我全新的開始。」

我想不出該回什麼話，場面越來越僵。

他突然將手伸到耳邊。「從我們上次分手，我就一直戴著這個；但我想，我也該把耳環還給你了。我要去的地方不適合戴這耳環；這個樣式太特殊了，說不定有人會想到，你，或者是博瑞屈，或者是你父親，曾經戴過這個耳環。這耳環可能會勾起人們的舊時記憶，然而舊時記憶還是不要驚擾爲妙。」

我看得出弄臣雖然不捨，但仍努力把話講得很漂亮。那是個銀網子、中間鑲著著藍色寶石的耳環。當年博瑞屈把耳環送給我父親；在我父親之後，戴這耳環的人則是我。我最後則將耳環託付給弄臣，叮囑他在我死後，將耳環交給莫莉，做爲我從未忘記她的象徵。弄臣智慧過人，所以將耳環留在身邊。如今呢？

「等等。」我突然制止他，然後接口道：「別。」

弄臣困惑地望著我。

「如果需要的話，就把耳環改裝一下也可。但是這耳環還是請你戴著吧。」

他慢慢地把手放下來。「你確定？」弄臣不可置信地問道。

「對。」我答道，而且我眞的很確定。

我隔天早上起床的時候，弄臣已經梳洗乾淨、打扮好了。他的鞍袋放在桌上；我環顧室內，發現他的東西都收起來了。此時的弄臣又是一身尊貴的裝束；他穿著如此華麗，卻在做攪拌湯粥的這等卑微小事，實在很不搭調。

「看起來，你是眞的要走了？」我笨笨地問道。

「吃飽了就走。」弄臣平靜地說道。

我們應該跟他一起去的。

夜眼最近都不大搭理我，然而牠這個思緒卻明白地投射到我心中，其清晰程度乃是數日來僅見。一感知到夜眼的這個思緒，我嚇了一大跳，並立刻望向牠，而弄臣也轉過來看著夜眼。「要是我們就這麼走了，那幸運怎麼辦？」我對狼問道。

夜眼以望著我做為回答，彷彿在說，我應該早就知道答案了。但我才沒有答案呢。「我必須留在這裡。」我對夜眼和弄臣說道；不過他們兩個似乎都不為所動。同時違背夜眼和弄臣的心意，使我覺得這氣氛十分嚴肅凝重；我可不喜歡這兩種感覺。「我的責任在這裡。」我說道，幾乎生起氣來。「我怎麼能就這麼走開？那孩子回來時家裡怎能空無人在？」

「不能，你當然不能這樣。」弄臣立刻應和道，然而就連他的應和也令我感到刺痛，因為他這麼說只不過是在安慰我而已。我越想越生氣。這頓早餐吃得味同嚼蠟；當我們吃飽飯站起來的那一刻，我突然對黏答答的粥碗和鍋子感到十分痛恨，而接下來要做的那些日常瑣事也突然變得令我難以忍受。

「我去備馬。」我鬱鬱寡歡地對弄臣說道。「別把你的好衣服弄髒了。」

我一下子站起來往門外走，弄臣什麼話也沒有說。

今天麥爾妲似乎察覺到即將遠行，所以非常興奮，因為今天牠變得急躁不安，但還不至於讓我為難。我發現自己竟然好整以暇地整備，不但馬毛刷得發亮，連馬具也都擦得亮晶晶。我壓抑著自己的心情，然而當我牽著麥爾妲走出來時，發現弄臣已經站在門口，一手放在夜眼的背上。我突然興起不滿之情，而且還很幼稚地責怪這都是弄臣搞出來的；要是他不來看我，我根本就不會想起自己有多麼想念他；要是他沒來的話，我頂多只會繼續因為昔日而神傷，根本不會渴望要有個未來。

他走上來抱住我的時候，我只覺得自己乖戾且衰老。我明知道自己的態度沒什麼可取之處，卻也沒努力改進。弄臣臨別時跟我一握手，我只隨便回握他的手、做做樣子而已。我想他大概覺得很受不了，然而他卻把嘴湊到我耳邊，然後萬分感傷地說道：「再會了，小親親。」

我雖然心煩，但還是努力擠出個笑容來。我抱了他一下，然後放開。「一切小心，弄臣。」我暴躁地說道。

「你也是。」弄臣一邊翻身上馬，一邊嚴肅地答道。我的眼光跟隨著他；馬上坐著的那個尊貴優雅的青年人，與我年少時印象中的弄臣完全不同；唯有在他與我四目相對的時候，我才會看到舊日的朋友。我們彼此凝視了好一會兒，兩人都不說話。然後，他輕輕一碰馬轡，改變一下重心，馬兒便邁開步伐。麥爾妲一甩頭，要求弄臣讓牠自由奔跑。弄臣由牠去了，於是牠急切地邁開大步、往前奔去；那絲緞般的馬尾隨風飛揚起來。我目送他遠去；直到弄臣的身影消失在林木中，我卻仍捨不得離去，就站在那裡呆望著私家小徑上揚起的飛塵。

最後我終於走進屋裡，發現弄臣已經把碗盤都洗淨擺好了。餐桌的正中央，原來被他的鞍袋蓋住的地方，清清楚楚地刻著瞻遠家族的公鹿標記，而且是一頭壓低著鹿角準備衝刺的公鹿。我伸手撫摸刻痕，心裡則沉到谷底。「你到底要我怎樣？」我對著一室的沉靜問道。

在那一天之後，時間還是照樣流逝，但是日子卻很不好過。每天似乎都一樣沉悶，而漫漫長夜，則彷彿怎麼過都過不完。這裡自然有不少工作可以打發時間，然而我做歸做，卻覺得工作似乎越做越多。做好一頓飯，只意味著有碗盤要洗；撒一把種子，則表示來日必須除草澆水。簡單生活所帶給我的滿足感突然不見了。

我很想念弄臣，並領悟到這些年來我一直很想念他；感覺上，彷彿是一道舊傷因為新近的抱怨而重新裂開似的。我的日子很難熬，然而夜眼卻沒有伸出援手。夜眼常常在想事情，而夜晚時，牠與我往往各自陷入沉思之中。有次我就著燭光補襯衫，牠走了過來，嘆了口氣，把頭擱在我膝蓋上。我伸手搔搔牠的耳朵。「你還好吧？」我問道。

你這樣獨處不好。我很慶幸沒有氣味的人回來找我們。我很慶幸你知道要上哪兒去找他。

然後夜眼哼哼呀呀地抬起頭來，回去躺在門廊邊涼快的地板上。

夏末的炙熱，彷彿一條包著毯子似的令人透不過氣來。我每天要挑兩次水，每次都熱得滿身大汗；雞也不下蛋了；這暑熱實在難熬。接著，在我種種不滿的情緒中，幸運回來了。我本以為要到收成季節過了顛峰之後才會看到他，然而有天傍晚，夜眼突然抬起頭來。牠僵硬地爬起來，走到門邊，瞪著我們的私家小徑。過了一會兒，我把磨到一半的小刀放下來，走到夜眼身邊。「是誰？」我對牠問道。

那孩子回來了。

*這麼快？*但我心裡轉著這念頭的同時，也想到其實這也不算早了。他跟椋音待了幾個月，蹉跎掉了春日；盛夏時他陪著我，但是收成期初始的那一整個月他都不在家，直到收成顛峰期過了一半他才回來。雖然才過了一個半月，但我卻覺得他已經離開好久。我看到小徑遠處有個身影；夜眼與我都急急地走上去迎接他。幸運一看到我們過來，就疲憊地跑上來，在半路上與我們相遇。我一摟住他，就立刻發現他人抽高，而且瘦了；我放開他，退一步好好端詳的時候，則發現他眼裡滿是喪氣與羞愧。「歡迎回家。」我對幸運說道，但他只是遺憾地輕輕擁了我一下。

「我是像喪家之犬一般地逃回來的。」他坦承道，蹲下去擁抱夜眼。「牠怎麼瘦得只剩下一把骨頭！」他吃驚地喊道。

「牠病了一陣子，不過牠已經好起來了。」我對幸運說道。我盡量讓聲音顯得熱忱些，並把擔憂的心情按捺下來。「瞧你，怎麼也瘦得皮包骨呢？盤子裡有肉，再切點麵包就成；你進來吃點東西，再告訴我們你在外頭的情況如何。」

「邊走邊講就行了，只要幾句話就說完了。」幸運一面回答，一面與我們走回小屋；他的聲音低沉得像得成人，而那苦澀不滿也像成人。「情況不妙。今年雖是豐收，但無論是哪裡的東家，都是最後沒別人了才找我，因爲他們總是先僱用親戚，或者是親戚的朋友。我走到哪裡都被人當作是外人，總是被派去做最髒最苦的工作。我做的是成年人的工作，湯姆，但是他們卻只給幾個彎曲缺角的銅板，把我當作是小老鼠般打發掉。還有，他們對我疑心很重；他們不讓我睡在他們的穀倉裡，也不准我跟他們家的女兒講話。在等工作的空檔時，我還得吃飯，我壓根沒想到我會花那麼多錢。所以我現在的錢，只比我出門前多了一點而已。我眞是笨啊，我何必出門呢？要是留在家裡賣雞、賣醃魚的話，說不定還賺得比較多。」

幸運不斷說著，重話源源而出；我沒答腔，而是讓他把話都發洩出來。這時我們已經走到門前。他把頭埋入我裝得滿滿的、準備用來澆花的承雨桶裡，我則進門去把吃的擺出來。幸運走進屋裡，四下環顧；他雖不說，但我知道他一定覺得屋子變小了。「回家眞好。」幸運說道；然而下一刻，他便接口說道：「但我眞不知道要上哪兒去籌錢當學徒。我看只得明年再打零工了。可是若是等到那時候，有的人可能會覺得我年紀太大、什麼都學不來了。我在路上碰到的一個人就跟我說，他從沒見過哪個出色的師傅，是在過了十二歲以後才拜師的。那是蜂蜜嗎？」

「是啊。」我把鍋子、麵包和冷肉放在餐桌上，幸運狼吞虎嚥地吃起來，彷彿已經好幾天沒吃飯了似的。我幫我們兩人泡了茶，然後在幸運對面坐下來，看著他吃。他雖餓，卻沒忘記掰些肉，餵給坐在他椅子旁邊的狼吃。夜眼雖沒什麼胃口，卻還是吃了，這一來是爲了要讓那孩子寬心，二來則是因爲此舉乃是與狼群成員分享肉食之意。幸運把那鳥肉吃得一乾二淨，直到剩下的肉連用來熬湯都不夠了，才往椅背上一靠，嘆了一口氣。然後他突然傾身向前，急切地撫摸著桌面上那頭低頭準備衝刺的公鹿。

「雕得眞美！你哪兒學來的手藝？」

「不是我刻的。有個老朋友來我們這裡，閒暇時順便幫我們的家具刻花。」我說著不禁笑了起來。

「你有空的時候，不妨去看看那個承雨桶。」

「老朋友？我還以爲你除了椋音之外，就沒別的老朋友了。」

他講這話雖沒譏刺之意，但我還是覺得痛。他的指頭順著公鹿的線條摸下去。想當年，瞻遠家族的蜚滋駿騎的衣物上，都繡著這個公鹿紋章啊。「噢，我是有幾個老朋友，只是很少往來而已。」

「啊。那新朋友呢？吉娜回公鹿堡去的時候，有沒有到我們這裡來坐一坐？」

「有啊。爲了答謝她能在這兒過夜，她還送我們一個祝福田園花草長得更好的護符。」

幸運斜睨了我一眼。「這麼說來，她在我們這邊過夜囉。她人滿不錯的，對不對？」

「是啊，她人不錯。」他等著我多講兩句，但是我不肯多言。他垂下頭，以手遮掩住嘴角漾出來的笑容。我伸手橫過桌子，溫情地銬住他的手腕；他假意地跟我拆了兩招，然後突然緊緊地抓住我的手。他的笑容消退了，焦慮取而代之。「湯姆，湯姆，我該怎麼辦？我本以爲打零工很容易，但其實不然。我是很願意努力地賺取公平的薪水，而且我也誠以待人，彬彬有禮，可是他們對我總是另眼看待。我該怎麼辦？我可不能一輩子住在這種偏僻地方，我住不下去啊！」

「的確不行。」在那一刻，我領悟了兩件事。第一，我這種孤獨的生活方式，使得這孩子毫無謀生的準備。第二，當年我宣布我再也不當刺客的時候，切德的感受大概就像我現在一樣吧。我心裡五味雜陳：你把自己最好的東西給了孩子，然而孩子卻因此而傷殘難行啊。他那狂亂的眼神，使我倍加覺得自己羞愧渺小。我早該幫他做好周全準備的。我應該要幫他做好周全準備的。我聽見自己講出了連我都不知道自己已經想到了的話：「我在公鹿堡還有幾個老朋友。學費的事情，你不用煩，我去跟朋友借好了。」一想到借錢的利息之高，我的心臟就幾乎跳不動，但是我硬是挺起身來。我要先去找切德，如果他跟我要求的回報太過高昂，那我就去找弄臣。低聲下氣地跟人借錢是不容易，但是——

「你肯去借錢？好讓我去當學徒？但我不是你的親生兒子耶。」幸運一臉無法置信的神情。

我握住他的手。「我當然肯。因爲你我親得就像你是我親生兒子一樣。」

「我會幫你還債的，我發誓。」

「不，債不用你還。債掛在我頭上，至於錢，你就自由地拿去用吧。我希望你多用心，好好地跟著師傅把手藝學到純熟，這就好了。」

「我一定會好好學的，湯姆。我跟你保證。而且我敢發誓，你到了老年的時候，一定會生活無虞。」幸運以年輕人的熱忱與抱負，信誓旦旦地篤定說道。他有心就好，我心裡想道，至於夜眼那一副越看越有趣的神情，我則不予以理會。

看到了吧，當你蹣跚地走向墳墓的時候，還有人肯好好照顧你，那是多麼地高尚呀！

我從沒說你快要死了。

你是沒說過；你只是把我當作是一把脆弱的老骨頭似的來看待。

你難道不是一把脆弱的老骨頭？

才不是。我的力氣回來了。等到落葉的季節、天氣涼快的時候你就知道了；到時候，我又能像以前一樣，陪著你一起走到你走不動爲止。

但是如果不到秋天，我就得出門怎麼辦？

狼嘆了一口氣，把頭枕在前爪上。要是你朝公鹿撲上去，但是卻失手了怎麼辦？事情既然沒發生，你何必多擔這個心？

「你是不是正在跟我想一樣的事情？」幸運焦慮地打破了看似無語的沉默。

我抬頭望著他憂煩的眼神。「大概吧。你剛剛在想什麼？」

他遲疑地說道：「我在想，你越早跟你在公鹿堡的朋友提一提，我們就越早知道冬天的時候要怎麼安排。」

我慢慢地答道：「你沒法在這裡再多待一個冬天了，是不是？」

「的確如此。」幸運天性誠實，所以他馬上就應了這四個字；然後他想一想，又修飾一下：「倒不是說我不喜歡跟你和夜眼待在這裡，只是……」他辭窮了。「那種你彷彿感覺得到時間一點一滴地從你身邊溜走的感覺，難道你從來都沒有過？那種彷彿生命不斷流逝，而你卻困在窮鄉僻壤之中，與死魚和老舊魚叉為伍的感覺，難道你從沒經歷過？」

你可以當死魚，我可要當魚叉。

我不理會夜眼。「我是有過這種感覺，一、兩次吧。」我朝惟真那一幅未完成的六大公國地圖瞥了一眼。我呼出了一口氣，並盡量不讓幸運覺得我在嘆氣。「我會盡早出門。」

「我明天早上就能準備好。我只要睡一晚的好覺就可——」

「不。」我堅決但溫和地打斷他的話。我開始跟他說，我必須見一些人，而且必須跟他們獨自見面才行，不過我在自己可能會越講越多，多到他開始起疑之前就住了嘴。結果我不跟幸運解釋，反而朝夜眼的方向點了個頭。「我出門的時候，家裡有些事情需要打點。這些事情就留給你照料了。」

幸運立刻就像是洩了氣一般，但為了不辱他自己的名聲，他還是深吸了一口氣，挺起胸膛，點了點頭。

坐在桌邊的夜眼則側身躺下，然後就地一滾，四腳朝天。這裡有隻死狼喲。這狼竟然什麼也不能做，只能躺在滿是塵土的院子裡，看守一群只能觀望、卻不能撲殺的雞；這樣的死狼，還不如埋了吧。狼仰躺在地，四條腿在空中撲著、擺動。

你這白癡。我是叫那孩子留下來看雞，不是叫你留下來看雞。

哦？這麼說來，如果你明早醒來的時候，發現雞通通都死了，那麼你就沒理由不讓我們一起出門了？

你別搞花樣。我對夜眼警告道。

夜眼張開嘴，讓舌頭從嘴邊垂下來。那孩子親熱地對著牠笑笑。「每次做這個動作的時候，我總覺得牠在哈哈大笑。」

隔天早上我並沒有走。我比那孩子早起得多。我把我那些因為收藏太久而發霉的衣服拿出來吹風。那件亞麻襯衫已經舊得泛黃。這襯衫是椋音送的，都多少年了。我記得我只在她送我襯衫的那天穿了一次。我懊悔地盯著襯衫，這樣的衣服絕對會使切德看得瞠目結舌，並使弄臣大樂。然而這襯衫就像其他許多事情一樣，是無法挽救的了。

另外，我作坊的屋梁上，擱著一個多年前做的箱子。我費了一番工夫把箱子拿下來，把箱蓋打開。惟真的劍雖包著油布，卻仍因為久未使用而起了鏽斑。我繫上配著劍鞘的皮腰帶，發現我得在皮帶上多打一個孔，繫起來才會舒服。我憋著氣，照著原有的孔把皮帶扣上。我用油布擦了劍刃，然後把劍收在劍鞘裡。當我拔出劍時，感覺這劍很沉，然而重量的比例恰到好處。為了到底該不該帶劍出門，我心裡爭戰了很久。如果有人認出這把劍，而問了難以回答的問題，那我就是大傻瓜；然而，如果我因為身邊沒有武器而被人砍斷脖子，那我就更傻了。

最後我採取折衷的作法，那就是用細的皮條把鑲著珠寶的劍柄裹起來。劍鞘本來就有些破舊，但還很好用，看起來倒跟我的處境頗為相稱。我再度抽劍，弓步上前、凌空一刺，伸展一下早已不習慣如此活動的肌肉；然後收身回來，虛劃幾招。

夜眼大樂。你還是帶斧頭吧。

我現在沒斧頭了。這劍是惟真給我的，不過惟真自己和博瑞屈都說，依照我打鬥的風格來看，我與其用這種優雅高尚的武器，還不如使用殘酷的斧頭來得合適。我再刺了一劍，心裡憶起了浩得師傅所教我的一切，但是我的身體卻無法做出那些高難度的動作。

你砍柴的時候就是用斧頭呀。

那不是戰斧。我要是帶著那個斧頭四處走，豈不讓人笑掉大牙。我收劍，轉過身去看著夜眼。

夜眼坐在作坊門口，尾巴俐落地裹住牠的腿；牠那烏黑的眼裡冒出笑意。牠轉過頭去，假裝很無辜地望向遠處。昨天晚上死了一隻雞哪。眞慘。可憐的老傢伙。不過眾生都難免一死啊。

牠在說謊，但是說謊歸說謊，牠就是要看我收了劍就連忙跑到院子去看看是否眞有其事。我那六隻老母雞通通健在，此時正一邊咯咯叫著、一邊在陽光下沙浴*，以便除去蝨子；而公雞則棲在圍欄上，看好自己的妻妾。

太奇怪了。我敢發誓，昨天那隻白色的老母雞看來一副熬不過今天的模樣。那我就待在樹蔭下看著牠好了。夜眼說到做到，牠趴在樺樹下斑斑點點的樹蔭裡，同時虎視眈眈地望著那群雞。我不管牠，自顧自地走回屋裡。

幸運醒來時，我正在為繫劍的腰帶鑽洞；他睡眼惺忪地走到桌邊來看我做事。然而當他一看見收在劍鞘裡的寶劍時，整個人都醒了。「我從來就沒在家裡見過這個。」

「這劍跟著我很久了。」

「可是我們上市集的時候，你從不佩劍；你一向都只帶你那把帶鞘的小刀。」

「一樣是出門，但是到市集跟到公鹿堡是不大一樣的。」幸運的問題使我想到自己想要帶這把劍上路的動機：當年我離開公鹿堡之前，那裡有好多人巴望著我趕快死掉；萬一我碰上這些人，而他們又認出我來的話，我可要做好萬全的準備。「鄉下的市集比較單純，然而像公鹿堡城那樣的大城，可有不少流氓惡棍。」

我鑽好洞，重新繫上皮帶試試。好多了。我抽出寶劍，並聽到幸運吸了一口氣。雖然劍把已經用平實的皮條裹上，但是任誰都不會誤以爲這是一把便宜的長劍。這劍一看便知道是大師打造出來的武器。

「能讓我試試嗎？」

我點了點頭，幸運便躍躍欲試地接過去。他先拿在手裡，掂掂重量，然後怪裡怪氣地模仿劍客的樣子，擺出個姿態。我從沒教幸運使劍。此時我心裡想著，我一直不教他如何與別人過招，這到底是不是很糟糕的決定？我原本是希望他永遠都用不上打鬥技巧的。然而我不教他，若是別人跟他對上了，他一

*譯注：沙浴（dusting）不是把身上的沙子抖掉，而是把沙子撥進羽毛裡，以熱沙消除寄生蟲。生活在乾旱、開放環境棲地的鳥類，進行沙浴是一種很普遍的現象。以家麻雀爲例，牠們常常數十隻聚集在一起，各自挖了一個身體大小的沙坑，一邊把牠們的胸部深壓入沙，一邊活潑地拍動翅膀並張開尾羽。浴畢後，牠們會用力抖掉多餘的沙粒，抓抓頭，整理羽毛。沙浴可以幫助牠們消除如羽蝨等的寄生蟲，順便也能用以除去身上多餘的油脂、皮屑，以及水分等引起羽毛糾結雜亂的東西。大部分沙浴的鳥類很少會用水洗澡。

定會手忙腳亂。

這狀況，跟我不肯爲瞀責上精技的課滿像的。

我把這念頭推到一邊；我看著幸運淩空挑刺，什麼話也沒有說。過了一會，幸運就失去興趣了。務農的人雖肌肉結實，但是那跟使劍是兩回事；使劍要有耐力，而這耐力不但得訓練，還得經常練習。他把劍放下來，一語不發地看著我。

「明天一大早我就出門。我還得清一清刀刃，替我的靴子上油，收拾些衣服和吃的——」

「還得剪頭髮。」幸運平靜地插嘴道。

「嗯。」我走到房間的另一頭，拿起那面小小的鏡子打量一番。我的頭髮，通常是椋音來這裡的時候順便幫我剪的。我瞪著鏡子，發現自己的頭髮已經長得很長了。接著我把頭髮攏到頸後，綁成戰士的馬尾；我已經好多年沒梳這個髮型了。幸運皺著眉頭看著我的戰士打扮，但是他沒說什麼。

早在天黑之前我就已經做好旅行的準備，於是我轉而把注意力放在我這小小的產業上。爲了確保家裡的一切不至於在我出門時出什麼差錯，我跟那孩子忙了一天；等到我們坐下來吃晚飯的時候，我想得到的一切雜務都已超前進度。幸運跟我保證，他一定會定時澆水，並把剩下的豆子採收下來，也會把其餘的柴火劈好、堆好。我發現我自己在絮絮叨叨地跟那孩子唸著他早已知道，而且多年前就已經曉得的事情，終於住口不談。幸運對我的憂慮只是笑笑。

「湯姆，我連出門打工都平安地回來了，我待在家裡沒問題。我只希望要是能跟你一起去就好了。」

「如果一切順利，等我回來的時候，我們就一起去公鹿堡。」

夜眼突然坐起來，耳朵也豎了起來。馬，不只一匹。

我走到門邊，狼跟在我身旁。過了一會，我聽到馬蹄的聲音。馬穩定地以小跑步朝我們奔來。我走到能夠環顧我們那狹窄私家小徑的彎道處，看到一名騎士的身影。我本希望來人是弄臣，但那人是個陌生人。他騎著一匹四肢修長、適於遠行的紅棕色馬，身後牽著另外一匹馬。他身下的馬大量發汗，汗水從肩膀上一條一條地流下來，而塵土便黏在汗漬上。我看到那一人兩馬來了，心裡便冒出不祥的預感。狼也跟我一樣不寒而慄，牠從頸子一路到背脊上的毛髮都站了起來，而牠從喉嚨深處冒出的咆哮聲則使得幸運也緊張地跑到門口來。「那人是誰？」

「不大清楚。不過那人既不是四處飄蕩的流浪漢，也不是沿街叫賣的小販。」

那人一看到我，就收韁讓馬慢下來。他舉起手跟我打招呼，然後稍微放慢速度，但繼續朝我們奔來。我發現那兩匹馬都因為聞到狼的氣味而警戒地豎起耳朵；我感到牠們都很焦慮，同時也都急著想要喝水，因為牠們也聞到了水的味道。

那人還在安全距離之外，我便對他招呼道：「你迷路了嗎，陌生人？」

那人沒有回答，而且還繼續朝我們奔來。狼的咆哮聲越拉越高，但那人卻似乎絲毫沒有察覺如此尖銳的警告。

等等。我對狼囑咐道。

我們站著見那人越騎越近。他牽著的那匹馬，從馬鞍到轡頭等馬具一應俱全。我心裡猜想道，若不是他同行的同伴死了，就是他從什麼地方偷了這麼一匹馬。

「夠近了。」我突然對那人警告道。「你來這裡有什麼事？」

那人一直很專注地盯著我。他聽了這話並未停下來，而是開始比手勢；他一邊騎馬前進，一邊用手指一指耳朵、又指一指嘴巴。我伸出手臂。「停下來。」我再度警告道，這次他看懂了我的手勢，並立刻遵行。他胸前斜揹著一個信使的背袋；他也不下馬，便從袋裡掏出一個卷軸擲給我。

隨時準備。我一邊走上前去撿那卷軸，一邊對夜眼吩咐道。我一眼便認出卷軸封蠟上的印璽：大紅的封蠟上，端正地印著衝刺的公鹿，也就是我的徽章。我渾身像觸電般打了個冷顫，但是原因與先前完全不同。我盯著手裡的信，然後打個手勢，叫那個又聾又啞的信差下馬。我吸了一口氣，以穩定的聲音對幸運說道：「帶他進去，給他準備吃喝。然後打點他的馬的食料與飲水。麻煩你了。」

接著我對夜眼示意道：盯著他，兄弟，待我瞧瞧這信上說了些什麼。

夜眼收到我的思緒，也就不再隆隆地怒吼，而是緊緊地跟在那信差身後，而幸運則一臉迷惘地比著手勢，招呼那人跟著他進屋子裡去。那兩匹疲憊的馬兒則待在原地。過了一會兒，幸運走出來，牽著那兩匹馬去喝水。我獨自站在門庭上，瞪著手裡捲成圓筒狀的信；最後我終於弄破封蠟，就著將逝的日光，展讀切德的字跡。

親愛的表親，

家中有事，務必早回。切莫耽擱。你必知道，若非緊要，我決不會召你返家。

這封短箋末尾的簽名非常潦草，認不出是什麼名字，反正不是切德就對了。這封信眞正要傳達的訊息，其實在於卷軸的彌封印。除非事態眞的很緊急，否則切德是不會用這個章的。我把卷軸捲起來，眺望著西沉的夕陽。

我一走進屋裡，那信差便立刻站起來；他仍在嚼著，但他用手背揩了揩嘴，並示意說他已經準備好，隨時都可以上路。我心裡猜測道，切德給他的命令一定非常明確：也就是無論人馬，都不得多耗時間吃食或是歇息。我比個手勢，叫他繼續用餐。我很慶幸我的帆布背包已經收拾好了。

「我把馬鞍卸了下來，並稍微幫牠們刷了一下。」幸運一邊進門，一邊對我說道。「看那副光景，那兩匹馬今天一定是跑了很遠的路。」

我吸了一口氣。「把馬鞍裝回去。遠道的朋友一吃飽，我們就要上路了。」

那孩子像是被雷打到一樣呆住了。過了一會兒，他小聲地問道：「你要去哪裡？」

我盡量裝出眞心微笑的笑容。「我要去公鹿堡，年輕人。而且速度會比我原先預期的快得多。」我估量了一下情勢，實在無從預估我何時能回來，我甚至連能不能回得來都不知道。切德既發了這樣的信，就表示這其中必有幾分凶險。於是我下了個決定——連我自己都很驚訝，我怎能這麼快就打定主意：「明天一大早，你和狼就跟上來。你把小馬跟板車套好，好讓夜眼走累的時候可以坐板車。」

幸運瞪著我，彷彿我在狂亂地囈語一般。「那雞怎麼辦？還有你吩咐我在你出門時要做的那些活兒怎麼辦？」

「雞就只好讓牠們自己保護自己了。不行，不出一個星期，牠們一定被黃鼠狼吃掉。你把雞送到貝勒家；貝勒看在有雞蛋可吃的份上，總會多少餵點糧食，並且好好保護牠們。你多留個一天好了；還有出門時記得把門閂緊。我們兩個可能都要出門一陣子。」幸運一臉不解，但是我望向別處，不去看他。

「可是……」幸運語露恐懼，所以我又轉過去看他。他盯著我看的眼神，彷彿我一下子變成陌生人似的。「到了公鹿堡城之後，我要上哪裡去？你會在公鹿堡等我嗎？」我聽得出那孩子覺得自己被拋棄了。

我開始思索，在我記憶中，公鹿堡有什麼正派的旅店。但是我還沒想出來，幸運便充滿希望地搶道：「我知道吉娜和她外甥女住哪兒。吉娜說，我下次到公鹿堡的時候可以去找她。她家門口有個鄉野女巫的標誌，也就是一隻畫著掌紋的手掌。我們可以約在她家見面。」

「這樣很好。」

幸運的臉色輕鬆了下來，現在他知道自己要上哪兒去了。我很慶幸他能有這麼一點安全感；我自己倒對接下來會發生什麼事情一無所知。然而儘管緊張，我心中卻生出一股莫名的興奮感。昔日切德呼喚我的那兩個魔咒又重新發威了：祕密與冒險！我感到狼在磨蹭著我。

是該變一變了。然後牠蠻橫地表示：我跟得上馬的腳步。公鹿堡又不遠。

我不知道你這話是什麼意思，兄弟。不過在我想通之前，我還是希望你待在幸運身邊。

這樣就能挽救我的自尊嗎？

倒不是。這樣才能紓解我的恐懼。

你放心，我會把他安全地帶到公鹿堡。不過到了之後，我要跟在你身邊。

當然。我們一直如此。

夕陽尚未完全沉入地平線下，我便跨上那匹平凡無奇的灰馬；我腰上繫著惟真的寶劍，帆布袋則緊緊地綁在我的馬鞍後面。我跟隨著那個安靜的同伴，快速地朝公鹿堡馳騁而去。

11

切德之塔

六大公國與外島之間，既有切不斷的血緣關係，也有長年不斷的流血紛爭。雙方雖在紅船之戰中劍拔弩張，而且戰爭之前六大公國的海岸不時受到外島人的劫掠，但是六大公國沿岸的每一戶人家，幾乎都有「住在外島的堂親和表親」。大家也都知道，沿海諸公國的人，是跟外島人混了血的。文件上早有詳細記載，瞻遠王室的第一任統治者，很可能就是來自外島，本欲劫掠，後來卻定居了下來的劫匪。

六大公國地理風貌決定了六大公國的歷史，外島也是一樣。遍布高山的外島諸島終年積雪，懸崖上裂開的深窄峽灣，以及湍急的河流，將島嶼切得破破碎碎。我們認爲外島島嶼的面積廣大，然而島上全爲冰河所封，唯有岸邊能住人；而島上僅有的耕地則很貧瘠，收成很少。因此，外島撐不起人口眾多的大城市，連鄉鎮都很少。外島的土地特徵，就是重重阻隔與分離孤立；而住在外島那些艱苦的孤立村落與城邦國家的人們，亦有如此特性。在過去，外島人由於生活所迫，以及天性所趨而成爲劫匪；他們不但彼此劫掠，也渡海前來騷擾六大公國的海岸。然而在紅船之戰期間，科伯·羅貝的確迫使外島諸島的人形成暫時的聯盟，並以這個聯盟爲基礎，建立了一支強大的劫掠艦隊；其勢力之大，若非六大公國的群龍摧毀外島，否則不足以瓦解羅貝對於族人無情的掌控。

外島村落的各個首領在見識過強大的聯盟之後，更領略到集體的力量，除了用於打仗之外，更可以應用在其他領域上。紅船之戰結束後，外島諸島一邊重建，一邊建立起「首領團」；外島各首領組成了聯盟，但這個聯盟相當脆弱。一開始，「首領團」只希望能以個別首領之間的貿易協定，來取代各島之間煩不勝煩的劫掠事件；後來首領團中的阿肯．血刃*率先指出，首領團亦可利用其聯合力量，將外島與六大公國之間的關係正常化。

——布肯納，《外島紀事》

切德一向計畫周詳，這次也不例外。他那個沉默不語的信差，似乎非常習於切德的做事方式。隔天中午之前，我們在一處年久失修的農舍裡，換掉那兩匹疲憊不堪的坐騎，另騎兩匹新馬。我們騎過被太陽曬成枯黃一片的山坡，然後把那兩匹馬留在一處漁人的小屋裡。屋旁有小船在等我們，船上那幾個乖戾暴躁的船員划著槳，迅速地載著我們破水前行。我們在一處小小的貿易港上岸，港邊一處破落的小旅館裡，已經安排好兩匹馬。我跟我的嚮導一樣沉默，而且沒人問我任何問題；就算有金錢的交換，我也沒看見。事情本來就是這樣，既是該遮掩的安排，就應該避開眾人耳目。馬兒載著我們來到另外一艘小船的船邊；這船的甲板上都是魚鱗，而且瀰漫著魚腥味。我心裡一驚，因為我突然想到，我們這並不是沿著最快的路徑，而是在沿著最迂迴的路徑前往公鹿堡；如果有人守在通往公鹿堡的大道旁等我們，那麼他必定是要大失所望的。

公鹿堡建立在荒涼的海岸上，高高地聳立在懸崖頂；不過從公鹿堡望出去，公鹿河河口的景象一覽無遺。無論是誰，只要他能控制公鹿堡，就能控制公鹿河上的貿易；而公鹿堡就是因為這個因素，所以才蓋在此處。而難以逆料的歷史發展，則使公鹿堡成為瞻遠家族統治各地的都城。公鹿堡城則像依附在岩石上的青苔一樣，攀附著城堡下的懸崖；這城有一半是建造在泊船的船埠，以及從碼頭上凸出去，以便兩邊可以泊船的突堤上。小時候，我總以為公鹿堡城已經大到極限了，畢竟這裡的地理條件太過嚴苛；然而當我們的船在午後駛近公鹿堡城的時候，我發現我想錯了。人類的巧思突破了自然的障礙；如今崖壁上凸出一條條懸空的走道，以及一座座小屋和商店。看到那些房屋，使我想起泥燕的巢，並不禁想道，在冬天的暴風雨中，那些房子要承受多少打擊。昔日我與莫莉和別的孩子一起奔跑、玩耍的黑沙沙灘和岩礁上，立起一根根支柱，而倉庫和旅館便停歇在這些支柱上，而且漲潮的時候，客人就直接把船繫在房舍的門邊，就像我們乘的這艘小漁船這樣。我跟著嚮導「上岸」——其實我只是走上了木頭走道。

小船一把我們丟下離去後，我便東張西望，活像鄉巴佬進城。房舍的增加以及船隻貿易的活躍，表示公鹿堡繁榮起來了，不過我很難高興得起來。在此，我兒時印象的最後一處明證也被摧毀了。以往我最怕回去，也最想回去的地方已經消逝，被這蒸蒸日上的港口吞噬掉了。當我回頭探看我那位沉默嚮導時，他人已經不見。我在他棄我而去之處閒蕩了一會，不過我心裡認為他大概是不會回來了。畢竟他已經把我帶到公鹿堡城；由此開始，我是不需要嚮導的。通往切德門口的這條蜿蜒路上有許多環節，而他

＊譯注：以實物做為姓名的傳統，常見於原住民之間。有點像中國人取的「號」。因此這裡不以其發音來翻譯姓名。如美國的印地安人便有姓名叫做「黑腳」、「大熊」之類。

從來就不想讓任何一個接頭的人知道這路上的每一個環節。

我一邊走過公鹿堡城那陡峭狹窄的街道，一邊想道，說不定切德甚至還顧慮到，我可能會想要獨自完成旅程的最後一段，所以才這麼安排。我用不著趕時間。我知道我非得等到天黑之後，才能聯絡上切德。我探索著我曾經很熟悉的街道和小巷，卻找不到任何我覺得完全熟悉的處所。感覺上，似乎每一棟能夠加蓋二樓的房子都加蓋了二樓，而且在一些狹窄的街道上，兩旁的陽台幾乎相連，所以走在路上，彷彿永遠置身於永恆的黃昏之中。我找到一些以前經常光顧的小旅店和商家，甚至還看到幾張熟悉的舊面孔，只是添加了十五年的滄桑。然而沒有人驚訝或高興地大聲宣稱他們認識我；我是個陌生人，會注意到我的，只有端著熱騰騰的魚餅在街上穿梭的少年。我用一塊錢銅板跟其中一名少年買了個魚餅，邊走邊吃，那摻著胡椒粉的肉汁以及大大的河魚塊的滋味，就是公鹿堡的招牌風味。

莫莉父親以前開的那家蠟燭店，如今變成了裁縫店。我沒走進裁縫店去回憶舊事，而是走進一家我們一度經常光顧的小酒館。小酒館跟我記憶中的一樣，煙霧瀰漫，而且很擠。當年凱瑞隨意亂刻的痕跡，至今仍留在角落那張沉重的大桌子上。幫我端啤酒來的那孩子年紀太小，不可能認識我，但我從他眉宇間的模樣，就知道他父親是誰，而且很高興這酒店的生意仍掌握在同一個家族手裡。一杯酒變成兩杯，兩杯又變成三杯，到了夕暮的光線探入公鹿堡城的街頭時，我已四杯酒下肚。沒人向我這個獨自喝酒、滿面愁容的陌生人搭訕，但是我一樣聽遍了整個酒館前後的各種聊天話題。不過無論切德是因爲什麼緊急事故而召我前來，都絕不是市井小民會知道的事情。我只聽到人們閒談王子的訂婚大典，繽城與恰斯國的戰爭阻撓了貿易，以及當地人抱怨天氣實在太奇怪，什麼閃電在寧靜的夜晚打中了公鹿堡外層的廢棄倉庫，當場就把屋頂轟掉云云。我聽了搖搖頭，多留了個銅板給送酒的少年，然後再度揹起我的袋子。

我最後一次離開公鹿堡，是被人當作死人一樣地裝在棺材裡抬出來的。我是不可能用同樣的方式混進去，不過我還是不敢接近城堡大門。我以前經常在大門的守衛室裡出沒；雖然我變了很多，但是我可不想冒著被人認出來的危險，從大門走進去。所以我走到一處切德跟我都知道的地方，也就是夜眼在牠還是小狼的時候就發現的那個祕密通道。當年珂翠肯和弄臣就是靠著這個防衛上的小小疏漏而逃出城堡，不然的話，帝尊王子要對付珂翠肯的奸計就會得逞。而今天晚上，我就要靠這個密道回去。

然而當我走到密道入口的時候，發現牆腳下地裡凹陷下去的洞穴，老早就被人補起來了；如今此處長了濃密多刺的薊叢，把洞口掩了起來。離薊叢不遠之處，擺著個極大的繡墩，繡墩上坐著一名顯然出身高貴的金髮青年，正在以熟練的技巧吹奏笛子。我走上前去，那青年餘音繚繞地結束曲調，然後把笛子放在一邊。

「弄臣。」我親熱地對弄臣招呼道，看到他我倒不驚訝。

他側著頭，做出咂嘴狀。「小親親。」他甜膩膩地招呼道，然後咧嘴大笑，一骨碌地站了起來，把笛子塞在飾了絲帶的襯衫裡。他指著繡墩說道：「還好我帶著這個來。我有預感你會在公鹿堡城裡逛逛才來，卻沒想到我會等這麼久。」

「城裡都變了。」我拙劣地辯解著。

「我們不都變了嗎？」弄臣答道。在那一剎那間，他的語氣透出無限淒涼，但是那一刻一下子就過去了。他小題大作地把整齊的金髮順一順，又把黏在長襪上的一片葉子丟掉。接著他再度指著繡墩，對我說道：「你拿起繡墩跟我走。我們得快了。有人在等我們呢。」弄臣裝起那種急躁地發號施令的樣子，眞是把那種浮華的貴公子模仿得唯妙唯肖。接著他從袖子裡掏出手帕拍拍上唇，以揩去想像中的汗水。

我非得微笑不可，因爲他毫不費力地就把自己的角色演得很高明。「那我們怎麼進去？」

「當然是從前門進去。你別怕。我已經放出風聲，說黃金大人對於他在公鹿堡找到的僕人素質非常不滿。這裡的僕人一個都不適合我，所以今早我要去接一個雖然可能有點粗魯，但是還算不錯的人選，是我遠房堂親的貼身近侍替我介紹的；而這人的名字呢，就叫做湯姆・獾毛。」

弄臣領頭走出去，我拾起他的繡墩跟在他身後走。「這麼說來，我是你的僕人囉？」我大樂地挖苦道。

「當然了，這是最完美的掩飾身分。公鹿堡的所有貴族都將對你視而不見，只有別的僕人會跟你講話，然而你的主人是個目空一切、專橫傲慢又難服侍的年輕領主，而我會把你變成被壓迫得喘不過氣來、工作多得做不完，又不給好衣服穿的僕從，所以你大概連停下來跟別人說兩句話的時間都沒有。」他突然停下腳步，轉過頭來。他以修長的指頭支著下顎，眉頭皺在一起，琥珀色的眼珠也瞇起來，暴躁地責備道：「而且你可別大著膽子直視我的眼睛，你這傢伙！我絕不容許你妄尊自大。站挺，守本分，沒我的許可絕不可開口；這些都聽清楚了沒有？」

「聽清楚了。」我咧嘴笑道。

弄臣繼續趾高氣昂地看著我，然後那睥睨的神情突然不見了，取而代之的是鬆了一口氣的臉色。「蜚滋駿騎，要是這個角色你無法演得入木三分，那麼這一局我們就完了。不是只有我們站在公鹿堡大廳裡的時候要演得像，而是每一天從頭到尾，只要是稍有可能會被別人窺視到的場合，都容不得些許差錯。我從一到公鹿堡，就以『黃金大人』的身分現身，不過我初來乍到，人們還是會瞪著我看。切德和珂翠肯王后都盡力幫我建立這個新角色；切德會這樣做是因爲他領略到這個新角色的用處之大，而珂翠肯這樣做則是因爲她認爲我值得被人當作領主來看待。」

「這麼說來，沒有人把你認出來？」我不可置信地插嘴道。

弄臣偏著頭，說道：「你教他們怎麼認出我來？靠我蒼白的皮膚與淡而無色的眼珠？靠我穿著小丑服、臉上塗了油彩？靠我四處惡作劇、翻騰戲耍與大膽的玩笑話？」

「可是我一眼就認出你來。」我提醒道。

弄臣溫馨地對我笑笑。「就像我也認得出你，而且我往後十輩子都認得出你來那樣。但是除了你之外，認得出我的人少之又少。切德以他那刺客的眼光，一下子就認出我來，然後安排了個私下的場合，把我介紹給王后。偶爾有些人會對我投以好奇的眼光，但是沒人膽敢唐突地對黃金大人問說，黃金大人是否就是十五年前，活躍在同一個宮廷裡的那個服侍黠謀國王的小丑；畢竟我的年紀不對，服飾不對，舉止風度不對，財富也相去甚遠。」

「他們怎會如此盲目？」

弄臣搖搖頭，對於我的無知一笑置之。「蜚滋啊，蜚滋。其實他們不是認不出我，而是他們打從一開始就沒看到我；在他們的眼中，我只是畸形的怪物兼小丑。當年我初抵此地時，刻意不取名字。對於公鹿堡的衆領主與夫人而言，我不過就是個弄臣而已；他們聽聽我講笑話，看看我騰躍翻跟斗，但是他們從未眞正地看到我這個人。」他輕輕地嘆了一口氣，打量著我，說道：「把『弄臣』二字變成我的名號的，是你。你看到我。當別人都把頭轉開、漠不關心的時候，你卻直視著我的雙眼。」弄臣張口欲言；我看到他的舌尖。「你有沒有想過，當年的你，可把我大大地嚇到了？我精心設計出來的局面，竟然被一個小男孩給看穿？」

「當年的你，也只是個孩子啊。」我不安地指出。

他欲言又止，當他接口時，他既不予以應和，也不加以否認。「你就成爲我忠實的僕人吧，蜚滋。

你在公鹿堡的每一分、每一秒，都是湯姆・獾毛。這是唯一能夠保護你我的辦法，也是你能夠幫助切德的唯一掩護身分。」

「到底切德要找我做什麼？」

「最好還是由他親口告訴你吧。走吧，天色晚了。公鹿堡城變了，而公鹿堡本身也變了。如果我們天黑之後才進城，那麼我們很可能會被擋在外面。」

在我們閒談之際，天色漸漸暗了下來，冗長的夏晝慢慢消退。弄臣與我一前一後地繞了個大圈子，走向一條通往公鹿堡大門的陡峭大路；他先在樹林間徘徊了一會，等到一名酒商繞過彎道，我們才踏上大路。接著黃金大人帶頭走向城堡，而他那卑微的僕人湯姆・獾毛則抱著他的繡墩，亦步亦趨跟在他身後。

到了大門，守衛什麼也沒問就讓他進去，而跟在他腳後跟進去的我，則完全沒人注意。大門守衛穿著公鹿堡標準的藍布衣服，胸口繡著瞻遠家族的飛躍公鹿標記。像這樣的小事情反而會意外地使我心裡一下子反應不過來。我眨眨眼，咳嗽一聲，揉了揉眼睛；弄臣很體貼，沒有回頭看我。

公鹿堡的變化，跟攀附在懸崖上的大城一樣大。整體而言，我覺得這樣的改變滿好的。我們經過一棟嶄新而且比以前更大的馬廄；昔日泥濘的走道，如今鋪成石道。堡裡的人雖比我記憶中的更多，但是看來更乾淨，也打點得更好。我心裡納悶著，這到底是因為珂翠肯王后的群山式紀律在堡內雷厲風行，還是純粹因為國內戰火不興之故。我住在堡裡的那幾年，外島的劫掠從不間斷，最後更發展成戰爭；相對的，和平活絡了貿易，而且不只是六大公國與南部各邦的貿易變得更為興旺。我們與外島之間的貿易史，就跟我們與外島之間的戰爭史一樣地久遠；而我抵達公鹿堡的港口時，還看到不少外島的船隻，划槳和架風帆的船都有。

我們穿過大廳，黃金大人不可一世地大步走，我則匆匆忙忙、眼神低垂地跟上去。兩名仕女打著招呼，把他纏住了。我心想，這下子我的掩飾身分可維持不下去了。然而，當年的弄臣只會使人們感到侷促不安、直截了當地表示憎惡，可是迎接黃金大人的，卻是諂媚逢迎與眼波勾引。他以優雅且精心織就的言語，誇讚她們的衣裳、頭髮與香水味。她們不情不願地放他走，而他則對二位仕女安慰道，他也很不願意離開她們，不過他得跟新來的僕人交代工作，相信她們一定了解這種事情有多麼無趣。他補充道，這年頭根本沒處找，而這個僕人雖然是別人大力推薦的，但光是相處了這麼一會兒，就看得出這人腦筋有點轉不過來，而且土得無可救藥。唉，這年頭，有個過得去的人選，就得將就著用了，而他希望明天能夠與她們爲伴。明天早餐之後，他打算到百里香花園去散步，不知道她們可有興趣一起走走？

當然了，她們樂於從命，於是再經過幾回合的客套話往來，我們終於得以繼續前進。黃金大人的房間位於公鹿堡的西側；在黠謀國王的時代，西側的房間比較乏人問津，因爲西側的房間面對的是公鹿堡所賴以屏障的山丘與日落，而非大海與日出。在那個時代，西側的房間裝潢得比較簡單，而且是分派給較不顯赫的貴族來使用。

然而，要不是西側房間的地位大爲提升了，就是弄臣拿了自己的錢來大肆揮霍。在他的示意之下，我打開一扇沉重的橡木門，隨他走進無論是在品味或是品質上都講究至極的一系列房間。腳下踩的長毛地毯與色彩絢麗的椅墊，多爲深綠色與豔棕色；我從門縫裡窺視到一張放著許多抱枕、蓋著羽毛被的廣大眠床，而且那床帷之厚重，想必就算是在公鹿堡最冷的冬日，也沒一絲寒風透得進去；在這亮麗的夏日，厚重的窗帷都捲了起來，以繫著流蘇的絲線綁住，只放任蕾絲細布懸垂下來，把所有飛蟲擋在外面；雕鏤精美的櫥櫃輕鬆地分散擺放，裡面衣物之多，幾乎要蹦入房裡。總而言之，這一系列房間有一種豐美且愉悅的混亂，與我記憶中，當年弄臣那個彷彿是給苦行僧住的塔頂房間，差得天南地北。

黃金大人投身於椅子裡，而我則輕輕地把我們身後的門關上。夕陽的最後一抹光線從高高的窗戶裡照進來、照在他身上，彷彿是個不經意的巧合；他頭輕靠在椅背的繡枕上，修長的雙手，則在身前交握，於是我恍然大悟：原來這椅子的位置與他擺出來的姿態，都是精心安排的結果。這整個房間的布置，都是為了要襯托他那金黃色的肌膚與髮絲；房裡的每一個色調，與每一件家具的擺設，都是為了要達成這個目的。於是此時此地，他全身沐浴在蜂蜜般的西沉陽光之中。我抬起頭看看燭臺的配置，以及椅子擺設的角度。

「你坐上了那把椅子的模樣，彷彿是畫中人物踏入一幅精心彩飾的圖畫裡似的。」

他微微一笑，既然他顯然對我的恭維樂在其中，可見得我這話說中了他的用意。然後他如同貓一般輕盈地站了起來，並指著客廳周邊的每一扇門介紹道：「我的臥室。盥洗室。我的私人房間。接下來這間是你的房間，湯姆．獾毛。」最後面那兩個房間的門是關著的。

他的私人房間如何，我並未多問，因為我早就知道他需要獨處的空間。我走到客廳另一頭，打開我自己的房間；我一探頭，只見這房間又小又暗，一扇窗戶也沒有。我眼睛適應了暗處之後，才看出角落有一張狹窄的木床，一個臉盆架，和一個小小的衣櫃；臉盆架上有個淺碟子，上面擺著這房間裡唯一的一根蠟燭。就這樣子了。我轉過頭，納悶地看著弄臣。

「黃金大人。」他狡黠地笑著說道。「是個既膚淺、又唯利是圖的傢伙。他這個人嘛，機伶、快嘴，在同儕間魅力十足，但是他對下人卻一點兒也不體諒。所以啦，他的性格就反映在你的房間上頭啦。」

「沒窗戶？沒壁爐？」

「這層樓大多數的傭人房都是這樣。不過，你這個房間沒別的好處，就是有個其他房間沒有的優點。」

我再度探頭環顧那房間。「什麼優點嘛，根本看不出來。」

「重點就是要讓人看不出來。你跟我來。」

他拉著我的手臂，伴我走進那個黝黑窄小的房間，並把房門緊緊地關上；於是我們一下子陷入了完全的黑暗之中。接著弄臣悄悄地在我身邊說道：「你記得，門一定要關緊，不然機關就不起作用。機關在這裡。你的手過來。」

我伸出手，弄臣便引導著我的手，在門口的那一面粗糙石牆上摸索。「難道我們非得在黑暗中摸索不可嗎？」我質問道。

「在黑暗中摸索，可比點了蠟燭再看快得多吧？再說，這個機關用看的看不出來，只能用摸的。就是這個，你感覺到了沒有。」

「大概有吧。」那一處跟他處沒什麼不同，只不過是石面上的起伏有著非常細微的差異，如此而已。

「你用手量一量距離，好把這個位置算準了。」

我依言而行，並發現此處約在從牆角算起，離我的手掌六個手掌長的地方，而上下約莫是我下巴的高度。「現在呢？」

「推一下。輕一點，用不著大力推。」

我輕輕一推，並感到我手下的石磚微微地動了一下。我聽到細小的喀答聲，但那聲音卻不是我身前的石牆傳出來的，而是來自於我的身後。

「跟我來。」弄臣一邊說道，一邊領著我，穿過這黑暗小室，走到對面的石牆前；接著他再度引導我把手放在牆上，然後一推。牆裡傳來上過油的鉸鏈聲，理應是石牆的地方，原來不過是一層偽裝，一推就開了。「很安靜嘛。」弄臣讚許地說道。「一定是他來上過油了。」

我眨了眨眼，以適應從高處透下來的微弱光線。過了一會，我便看到一道沿牆而上、越爬越高的狹窄樓梯。「我敢說已經有人在盼著你了。」弄臣以他那種貴族口氣嘲弄地說道：「而黃金大人呢，也已經有人在盼著他快來，只是期盼你我的人大不相同哪。我要讓你放個假，今晚你身爲近侍的職責就免了吧。你可以退下了，湯姆・獾毛。」

「謝謝您，大人。」我也裝模作樣地虛應一下。我抬起頭，眺望著樓梯；這樓梯是石造的，顯然是當初蓋城堡的時候就一併蓋好了。從高處漏下來的光線有點灰灰的，可見得那是日光，而非燭光。

弄臣把手放在我肩膀上，叫我稍停一下，然後他以截然不同的語氣說道：「我會在你房間裡點枝蠟燭。」他親熱地在我肩膀上一捏。「還有，瞻遠家族的蜚滋駿騎，歡迎你回來。」

我回頭看著他。「謝謝你，弄臣。」我們彼此點點頭——竟是以正式的方式道別了，然後我才爬上樓梯。我踩到第三階的時候，聽到身後有細微的聲響，我一回頭，發現門已經關了。

我上了不知多少台階，最後樓梯終於轉了個方向，而我也看到光線的來源。外牆上有著比射箭的孔還窄的隙縫，而西沉的陽光便由此透進來。光線越來越暗，我突然想到，一旦太陽西下，我便得在黑暗中摸索了。此時眼前出現了岔路。切德在公鹿堡裡佈下的狹窄甬道、樓梯和走道網絡，的確比我想像中的更爲綿密。我閉上眼睛想一想城堡的位置圖。過了一會兒，我猶豫地選了其中一條路往前走。我走著走著，偶爾似乎聽到人聲。牆上的細小窺孔，既能讓我窺見臥室與起居室，也能讓漫長黑暗的通道裡稍微有點光線。走道的凹處，放了一張因爲久未使用而滿是灰塵的凳子。我坐上凳子，從窺孔望出去，於是認出了一處我當年在爲黠謀國王效勞時便出入過的私人會客室。壁爐左右的那些精雕細琢的木作裝飾，顯然把這個間諜觀察站遮掩得神不知、鬼不覺。看出了這一點之後，我又急忙前行。

最後，我終於看到祕密通道的遙遠處有個黃光。我匆匆走上去，發現走道轉彎處，放了個玻璃燈罩，裡面有枝粗大的蠟燭。我又走了好遠，才又瞥見第二盞燭光。由此之後，便有點點燭光引導我向前，最後我爬上一道非常陡的樓梯，並且突然發現自己置身於小型石室之中。石室有個窄門，我一碰便開，於是我便從酒架後頭，走進切德位於塔頂的房間。

我以全新的眼光看著這個房間。房裡沒人在，但是壁爐裡燃著小小的火，而且桌上擺了滿滿一桌的豐盛大餐，看來的確是有人在盼著我來。那張大床仍弄得很舒服，抱枕毛毯一應俱全，就像以前那樣，不過滿是灰塵的床帷皺摺間，多了一張精心織就的蜘蛛網，顯然是久未使用了。看來切德還是常用這個房間，只是他不再睡這裡了。

我經過一個個堆滿卷軸、擺著無人能懂的儀器的架子，走到房間另一頭做爲工作室的地方。人們一回到童時熟悉的場景之中，往往會覺得周遭的東西都變小了。小時候，這是你唯一所知的成人場所，而且你覺得此處很神祕，然而長大後回來一看，卻只覺得這裡再普通尋常也不過了。

切德的工作室可不是這樣。他以果決的字體，仔細地在一個個小罐子上標出了名字；而那些燒黑的水壺、染著污漬的杵臼、散落出來的藥草與飄浮在空氣中的氣味，對我而言仍有著莫名的吸引力。原智與精技乃是任我施展的魔法，然而切德在這裡研習的怪異化學變化，則是我從未學透的魔法。在這裡，我仍是個小學徒；師父所知浩瀚如海，我只習得皮毛而已。

四處旅行使我長了不少見識。桌上有個上釉的淺碗，上面蓋著一塊布；那必是讓人判讀未來的水晶球。我曾在恰斯國的鄉鎮上，看到人家用水晶球幫人算命。我想起有一晚我喝得醉醺醺的，而切德把我搖醒，對我說，潔宜灣正遭受紅船劫匪的攻擊。那天晚上我忙得沒機會問他說，他怎麼會知道這個消息；我以前一直推測道，大概是切德收到飛鴿傳書送來的消息，但現在我就沒那麼篤定了。

工作室這邊的壁爐冷冷清清，但是比我記憶中的整齊。我心裡納悶著，不曉得切德的新學徒是誰，而我會不會遇上這個年輕人。此時門關上的一聲輕響，打斷了我的遐思。我轉過身來，看到切德·秋星站在其中一個卷軸架附近。這時我才第一次想到，切德這個房間並無顯而易見的門；就連這裡的一切，也是僞裝的騙局。他以溫馨的笑容招呼我，但臉上似乎有點疲憊。「你終於來啦。當我看到黃金大人笑咪咪地走進大廳的時候，我就知道你會到這裡來等我。噢，蜚滋，一看到你，我心裡就放下了一塊大石頭。」

我咧嘴而笑。「我們在一起那麼多年，就數你這次的招呼最令我忐忑不安。」

「這裡情況不妙呀，孩子。來，坐下來，吃嘛。咱們兩個總是在吃東西的時候最能釐清事情的脈絡。我有好多話要告訴你，你可別空著肚子聽。」

「你那個信差沒跟我說什麼。」我一邊坦承道，一邊在那張不大但是布了滿滿一桌菜的桌旁坐了下來；桌上有乳酪、蛋糕餅乾、冷肉、散發出熟透芳香的水果，以及香料麵包。桌上有葡萄酒，也有白蘭地，不過切德一坐下就將掛在離爐火不遠處保溫的那把陶壺拿下來，並爲自己倒了茶水。我伸手過去拿燒水壺，但是切德卻做了個手勢把我擋下來。

「我另外再爲你泡一壺新的。」切德對我說道，然後便在壁爐裡掛一只茶壺燒開水。我看著他把嘴靠在杯緣，輕輕地啜了一口黝黑的液體。看起來那濃茶並沒什麼好滋味，但是切德喝了那一口，便嘆了一口氣，往後一靠。我讓我腦海裡轉的念頭，留在自己心裡。

我開始把吃的往我自己的盤子上堆，而切德則說道：「我那個信差把他所知的一切都告訴你了——然而他什麼都不知道，所以也無話可說。讓這件事情保持祕密，是我有史以來最艱鉅的任務。啊，我該從哪裡說起？眞難以決定，因爲我不曉得這個危機的前兆是什麼。」

我吞下一口夾著冷肉的麵包。「就從最核心的事情開始說起吧，我們可以從此往後倒述回去。」

切德的綠眼睛甚是苦惱。「很好。」他吸了一口氣，然後便猶豫起來，接著他為我們兩人倒了白蘭地。他一邊把白蘭地杯拿到我身前，一邊說道：「晉責王子失蹤了。我們認為他可能是自己跑掉的，如果真是如此，那麼他八成有援手。當然他也有可能是被綁架走的，但是王后和我都認為這不太可能。哪，你的酒。」他重新坐好，靜待我的反應。

我花了好一會才理出一點頭緒。「怎麼會發生這種事？你們懷疑是誰？他失蹤多久了？」

他舉起一手，示意我不要再問下去了。「連今晚算在內，就六天七夜了。他會不會在明早突然重新現身呢？我不知道，不過果真如此，我一定樂得登天。這事是怎麼發生的？這個嘛，不是我要批評王后的不是，不過她那種群山式的教養方式，我往往難以苟同。王子十三歲了，所以她讓王子可以隨意進出公鹿堡和公鹿堡城。她似乎認為，王子最好是以尋常人的角度去認識自己的子民。有的時候，我認為這樣做頗為明智，因為人民因此而比較喜歡他；不過，我自己認為，王子也到了該有衛隊隨行的時候了，至少也得找個孔武有力的家教老師陪著他。但是珂翠肯這個人你是知道的，她硬起性子來，簡直像顆石頭似的。所以這方面，她就照她的方式去處理了。王子可以隨意來去，而城堡的守衛則奉命要讓他們自由通行。」

水已經滾了。切德的茶葉仍放在老地方，而我起身去為我自己泡茶的時候，他什麼話也沒說。他似乎在釐清自己的思緒，所以我就任他去了，因為我的思緒也像驚惶之下四處奔竄的羊群一樣混亂。「他們有可能已經死了。」我聽到自己大聲說道，下一刻我看到切德觸電般的臉色，則巴不得把自己的舌頭給咬斷。

「是沒錯。」老人坦承道。「他是個熱情洋溢、健康強壯的男孩子，就算碰到難關也不可能退縮。

要讓王子失蹤，一定要設個局讓他上鉤；只要安排個平常的意外也就夠了。這一點，我是想過的。我手下有一、兩個可靠的人手，他們已經搜索過他可能去打獵的地方，像是靠海的懸崖底下，和一些比較陡峭的山溝。不過我認爲，若是王子受傷，他那隻獵貓應該老早就回到堡裡來了。不過這也難說，畢竟是貓嘛。我看若是狗的話，是一定會回堡裡來通報，不過貓的話，說不定就乾脆返回山林去了。不管怎麼說，雖然我不願去想他已經死了，但我已經派人尋找他的屍體，而且什麼也沒發現。」

獵貓呀。我心裡有個呼之欲出的念頭，但是我不去理會，反而問道：「你是說，王子可能是離家出走，或是被人擄走。爲什麼你會這麼說呢？」

「第一，因爲他是個正要轉變成大人的男孩子，而他身在宮廷之中，所以他無論是要好好地當個男孩子，或是好好地當個男人都不是易事。第二，因爲他是個王子，不久就要與外國公主訂婚，而且市井傳聞說他有原智。而最後這一點則使得好幾個派系有了將他納入控制，或是予以摧毀的理由。」

切德停了好幾分鐘，讓我好好消化這諸多線索。如果是這樣的話，光是這幾天的時間還不夠。我覺得天旋地轉，而我的模樣看起來也一定很糟糕，因爲切德最後終於溫柔地說道：「我們想，就算他被綁架了，綁匪一定也覺得讓他活著最有價值。」

我好不容易呼出了一口氣，然後張開乾燥的嘴唇說道：「有沒有人聲稱王子在他們手裡？或是要求贖金？」

「沒有。」

我咒罵自己平時不注意六大公國的政治動態。但是，我不是發誓說不再沾惹政治了嗎？這個承諾，突然變成像小孩子糊裡糊塗地發誓說以後再也不要被雨淋到一樣地可笑。我說得很小聲，因爲我覺得自己不知道這些事情很羞恥：「什麼派系？爲什麼控制王子對他們有利？什麼外國公主？還有——」我自己問出最後面這個問題的時候差點噎到。「怎麼會有人認爲晉責王子有原智呢？」

「因爲你有原智啊。」切德簡短地說。他伸手向他的茶壺探去，重新爲自己添滿了茶。這次茶的色澤變得更深了，而且我還聞到一絲甜孜孜卻又帶點苦澀的香氣。他飲了一大口，含在嘴裡，配了一口白蘭地沖下去。他的綠眼睛與我四目相接，然後他靜靜地等我開口。我什麼也沒說。有些不可告人之事，應該留存在我自己心中就好——至少，我自己希望這些祕密不至於走漏出去。

「你有原智啊。」切德接口道。「有的人說，你的原智一定是從母親那邊遺傳來的，而且，艾達神饒恕我，我還鼓勵大家這麼想。然而有些人追溯到花斑點王子，以及瞻遠家系裡的幾個異能者，然後說：『這個家系從根源就有污點，而晉責王子係出於此源。』」

「但是花斑點王子死後無嗣，而晉責又不是花斑點那一系的；那麼人們怎麼還會認爲晉責會有原智呢？」

切德瞇著眼睛瞪著我。「你在跟我玩貓抓老鼠嗎，孩子？」他兩手按住桌緣，用力得青筋都浮起來了；接著他傾身向前，直截了當地質問道：「難不成你以爲我失能了嗎，蜚滋？你最好別這樣想，因爲我可以跟你保證，我可沒有失能。我也許老了，孩子，但是我還是跟以前一樣敏銳。你別把人看扁了！」

其實，直到此刻之前，我都沒有懷疑切德失能。但是這個情緒失控的場面實在太不像切德的作風，所以我發現自己往後靠在椅子上，憂心忡忡地望著他。他一定是把我的眼神咀嚼了一遍，因爲他也跟我一樣坐回椅子裡，並把雙手放到大腿上。當他再度開口的時候，我那睿智的導師又回來了。「椋音跟你說過春季慶上那個吟遊歌者的事情，所以你知道原智人衆蠢蠢欲動。你大概也知道那些自稱爲『花斑幫』的人。有人給花斑幫取了個很缺德的名字，叫做『雜種幫』。」他不懷好意地朝我看了一眼，但是沒有給我額外的時間去吸收這個消息。他舉起手揮了揮，教我別那麼震驚。「不管他們自稱爲什麼幫派，反正他們最近採用了一種新武器，那就是他們會將有原智污點的人家揭示給大衆知道。他們的用意，到底是要證明原智甚爲普遍，還是要給那些不肯與他們同流合污的人家好看，這就不知道了。他們在人來人往的地方立了告示，上面寫道：『坦能家的吉爾有原智，他的牽繫動物是一隻黃狗』、『溫森夫人有原智，她的牽繫動物就是她那隻灰背隼』之類的。每一張告示都畫了他們的標誌，也就是一匹有斑點的馬。近來宮廷閒話的重要話題，就是誰有原智、誰沒有原智。人們不是否認流言，就是逃之夭夭——在鄉間有產業的就隱遁到鄉間，在鄉間沒產業的，就逃到偏僻的村落裡隱姓埋名地住下去。如果這些告示所說爲眞的話，那麼擁有這種野獸魔法的人，絕對比你想像中的更多。還是——」切德歪著頭看我。「說不定你知道的遠比我還多呢？」

「不。」我溫和地答道。「這些我都不曉得。」我清了清喉嚨。「此外，我也不曉得椋音跟你報告得有多詳細。」

切德以雙手支住下巴。「我講這話冒犯到你了。」

「才沒有呢。」我扯謊道。「不是冒犯什麼的，只是——」

「我眞該死。雖然我極力避免，但我終究還是變成討人厭的老人！我講話冒犯到你，你則扯謊說沒有；眼下只有你能幫我，而我還把你往外推。我的判斷力竟然在我最需要判斷的時候出了差錯。」

他突然與我四目相對，而且他眼裡充滿了驚懼不安。我眼前的這位老人家似乎縮小了。他的聲音變成猶豫遲疑的低語。「蜚滋，我很擔心這孩子。擔心死了。指控譴責有原智的訊息，不是張貼在市井之間，而是寫在一張密封的書信裡送進來的。這信上什麼簽名都沒有，就連花斑幫的標誌也沒有。這信上寫著：『乖乖照辦，就不必鬧得衆人皆知。膽敢不從，我們就採取行動。』但是信上沒寫說要我們做什麼，那我們怎麼做？我們並未不從，只是等著聽對方把話說明白一點而已。然後他就失蹤了。王后唯恐……王后害怕的事情太多了，說也說不完。她最怕的是他們把他給殺了。不過我害怕的是，殺了他也就罷了，萬一他們做出比殺了他更糟糕的事情怎麼辦？要是他們不只把他殺了，還將他貶抑爲……貶抑爲當我跟博瑞屈剛把你從假墳墓裡挖出來時的模樣，那他就成了困在人身裡的野獸了。」

他突然站了起來，走離餐桌。我不曉得他是因爲深愛著那孩子而導致自己驚惶恐懼，所以感到羞愧呢，還是他想藉此讓我免於憶起當年不愉快的種種場面。其實他用不著多此一舉；我早就慣於否認當年的一切記憶了。切德視而不見地看著一面織錦掛毯，看了好一會。當他接口說話的時候，已儼然是王后顧問的身分了。「果眞如此，瞻遠家族就別想稱王了，蜚滋。然而我們需要國王已經很久了。就算有人證明那孩子眞有原智，我也能扭轉情勢，讓人們以不同的角度來看待這事；然而，要是他彷彿野獸般地出現在諸位大公之前，那麼一切就完了。而六大公國不但永遠不會變成七大公國，反而會變成每個城市各自成爲一個國家，然後一大群城邦彼此爭吵不休，永無寧日。這些年來，沒有你的幫忙，珂翠肯與我走得很艱難，孩子。無論她或是我，都無法樹立衆人都毫無異議的權威，因爲唯有眞正出身於瞻遠家的國王，才會有這樣的威信。這些年來，我們藉著不斷與不同的人結盟來保持地位，我們隨時要撐起一張能網羅多數意見的網子，才能再熬過一季。現在我們已經很近了，非常接近了。再過兩年，晉責王子就不再是王子，而是換成『王儲』的頭銜；當個一年的王儲，我大概就能說服諸大公承認晉責是個眞正的國王。然後，依我看，我們就可以高枕無憂一陣子。當群山王國的伊尤國王過世時，晉責便承襲他的王位，於是我們就能以群山做爲後盾，而如果珂翠肯與外島首領團談妥的這一宗聯姻行得通，那麼一路到北邊的大海都會成爲我們的朋友。」

「『首領團』？」

「就是外島的貴族聯盟。他們沒有國王，沒有最高領導人。就外島而言，科伯・羅貝這種能夠號令各地的人物，乃是個特例。不過這個『首領團』裡面，有好幾個有力人物，包括阿肯・血刃在內，而阿肯・血刃有個女兒。我們彼此之間多次往來，發現他女兒跟晉責似乎頗為登對。首領團已經正式派出一個特使團來公鹿堡認可這個訂婚大典，再過不久便會抵達。如果晉責王子符合他們的期待，那麼下一次上弦月時，便會舉行訂婚大典。」切德轉過來面對著我，一邊搖頭一邊說道：「我怕我們現在就跟外島訂定盟約是太早了些。畢恩斯公國不表贊同，瑞本公國也很保留；這兩個公國雖很可能會因為新興的貿易而受益，但是他們先前所受的創痛仍記憶猶新。我個人是覺得，這盟約若能等個五年更好；五年之內，兩國之間的貿易漸漸興盛起來，而晉責也掌控了六大公國，屆時再度提議跟外島結盟。到那時候，也不必王子出面，安排哪位大公之女或是長子以外的兒子就可以了……不過這只是我的建議。我不是王后，而王后已經把她的意願表達得很清楚了。我認為王后有點好高騖遠：她不但要把群山王國融合為第七個公國，還同時要讓外島女人坐上我們的后座。這工程太過艱鉅，而時間又太倉卒了……」

聽切德的口氣，彷彿他已經忘了我人在這裡似的。他竟然侃侃地大聲講出自己的心思；以前黠謀國王在位時，他從來就不會如此粗心。當年的切德即使對國王的決定有任何懷疑，也絕對不會透露自己的心聲。我不禁納悶道，到底是他認為我們這位外國出生的王后不免有錯，還是他認為現在我年紀夠大，可以聽聽他不滿的嗟嘆了？切德在我對面的椅子上坐下來，我們兩人再度四目相對。

在那一剎那間，我突然了解到我所面對的是什麼，並感到一陣寒意掃過背脊。切德已經不再是以前的那個模樣了。切德已經老了；儘管他一再否認，但是那敏銳的心智，卻得艱難地突破上了年紀的軀殼，才能放出智慧的光芒。如今他還能維持不墜的權力，靠的全是他多年來不辭辛勞地建立起來的間諜網。不管切德茶壺裡熬的是什麼，都不太足以穩住表面這層虛殼了。領悟到切德已經外強中乾，使我感到彷彿在摸黑爬高梯時，突然踩空跌了下去似的。我一下子就想到，要是眞有個萬一，我們會從多麼高的地方跌下去，而掉的速度會有多快。

我伸手橫過桌面，把手壓在他的手上。我發誓，我努力要將力量貫注在他身上。我急切地探尋他的眼光，希望能給他信心。「就從他失蹤之前那天晚上開始講吧。」我平靜地提議道。「把你知道的都告訴我。」

「過了這麼多年，竟然是我反過來向你報告，好讓你根據諸多線索做出結論？」我本以爲我觸怒了切德，不過接下來他便展露笑顏。「啊，蜚滋，謝謝你。謝謝你，孩子。苦了這麼多年，現在有你在我身邊，眞是太好了。總算有個我信得過的人了。晉責王子失蹤前的那天晚上。這個嘛，讓我想想看。」

那一對綠眼睛望向很遠的地方；有一會兒，我還擔心這問題是不是讓他的心思飄搖不定，不過接下來他突然望向我，而且眼神相當銳利。「我要回溯到更早一點。那天早上，王子跟我吵了一架。呃，其實也不算是吵架；晉責這個人守禮得很，說什麼也不會跟長者鬥嘴。不過當時我好好訓了他一頓，於是他就惱怒起來，就像你以前那樣。老實告訴你吧，那孩子常常使我想起你小時候的樣子來。」切德悠悠地吐了一口氣。

「反正哪，我們針鋒相對就是了。那天早上他來上精技課，不過他卻魂不守舍。他眼下有黑眼圈，所以我知道他一定又跟他那隻獵貓出去玩到半夜三更了。我明白地警告他說，如果他無法調整作息，以便精神百倍、全神貫注地來上精技課的話，那麼，那隻貓就可能會被送到馬廏去，跟其他的獵犬獵鷹等關在一起，好讓王子每天晚上都能有充足的睡眠。

「這樣的話，他當然聽不進去。自從人家送貓給他之後，他就跟那隻貓形影不離。但是他沒提起那隻貓，也沒提起他的深夜遠遊之事；大概是因爲他以爲我不曉得這些，其實我可清楚得很。這些他都絕口不提，反而開始數落課程與老師有什麼不好。他說，他不是精技的料，也無法培養，不管他睡多少覺都一樣。我叫他別說這些傻話，他是瞻遠家族的人，所以天生就有精技的潛能。而他竟有那個膽子回嘴說，我講的才是傻話，因爲我只消照照鏡子，就會找到沒有精技潛能的瞻遠子弟。」

切德清了清喉嚨，往椅背一靠。我打量了好一會，才了解到切德倒不是氣，而是覺得有趣。「這孩子有時候滿自大的。」切德忿忿地抱怨道，不過我聽得出他其實很疼那孩子，而且對他的氣魄感到很驕傲。我聽了也覺有趣，不過我覺得有趣的面向，倒與切德不同。我在晉責的那個年紀時，別說講得這麼唐突，只要是稍微發出不平之鳴，切德就會敲我的頭，而且下手很重。這老傢伙軟化啦。那孩子妄尊自大，切德還百般容忍，希望不會把那孩子給慣壞了。在我認爲，王子所受的紀律訓練，應該要比別的男孩子多，而不是比別的男孩子少。

我插了句話，以把話題岔開來：「然後你就開始爲他上精技課了。」我的聲調裡毫無褒貶之意。

「我已經在努力了。」切德抱怨道，而且他的語氣很退縮。「感覺上，彷彿是地鼠想跟貓頭鷹描述陽光是怎麼一回事似的。我讀了卷軸，蜚滋，卷軸上提到的靜坐和別的練習，我也做了；而且有時候，我彷彿感到……彷彿感到什麼東西似的。只是我不曉得那到底是我應該感覺到的東西，還是只是老人家一心以爲是的想像。」

「我跟你說過。」我盡量讓語氣聽來溫和。「光靠經卷是教不來，也學不會的。以靜坐來做準備是很好，但是接下來要有人把你引入門才行。」

「所以我才派人去找你呀。」切德立刻接口道；他應聲得太快，令人想到其中是不是有什麼蹊蹺。「因爲你能夠好好教導王子精技，除你之外不做第二人想；況且你還是世上唯一一個能夠運用精技去把他找出來的人。」

我嘆了一口氣。「切德，精技沒法子做到那個程度，因爲——」

「你可別說以前你從沒學過如何以精技尋人。經卷裡都有寫的，蜚滋。經卷上說，如果需要的話，兩個藉由精技而結合在一起的人，可以藉著精技而找到對方。我用盡其他一切辦法去尋找王子，但是都徒勞無功；獵犬循著他的氣味，順利地追索了半個早上，然後就開始一邊不斷地繞圈子，一邊困惑地嗚咽。我手下最出色的間諜找不到任何線索，連重金賄賂都買不到消息。我告訴你，剩下的只能靠精技了。」

那些卷軸令我萬分好奇，但我把這好奇心推到一旁。我可不想去看那些卷軸。「就算卷軸說那樣子行得通好了，問題是，那也得是兩個已經藉著精技而結合在一起的人，才找得到對方；可是王子與我可沒有——」

「我看有吧。」

切德的口氣意有所指，所以我住口不說。那口氣似乎在說，他知道的遠比你想像中的多，所以你最好是別睜眼說瞎話。切德這一招，在我少年時非常有效；如今我成人了，而切德這一招仍功效十足，想來眞有點震撼。我慢慢地吸了一口氣到肺裡，但是我還來不及說話，他就開口了。

「起先是王子跟我描述幾個他做過的夢，使我開始起疑。他從很小的時候，就偶爾會做精技之夢了。他夢見一頭狼把母鹿撲倒，然後一名男子衝上來，割斷了母鹿的喉嚨；在夢中，他就是那男子，可是他還是看得見那人。他第一次做這種夢的時候非常興奮；整整有一天半的時間，他光講夢的事情，別的都不談。他講得彷彿他人就在當場似的。」切德停頓了一下。「當時晉責才五歲。而夢境的細節遠超過他自己的體驗。」

我什麼也沒說。

「過了好幾年，他才又做了這種夢。然而，也許他做的精技之夢不只這一、兩次，只是他過了好幾年才又跟我提起這種夢境。他夢到一名男子涉水過河；河水差點把那人沖走，但是那人好不容易渡了河。渡了河之後，那人溼答答、冷兮兮，卻沒力氣生火取暖，但是他找了棵倒下來的樹做為屏障，然後躺下來休息。有頭狼躺在他身邊，幫他暖身子。這一次，晉責又講得彷彿是他自己親身經歷的事情一樣。晉責跟我說：『我很喜歡這個夢；感覺上，好像我有另一個離此很遠，而且毫無王子的束縛的人生。我只有一個人生，然而我在這個人生中，卻有一個近得像是我身上皮膚一樣的朋友。』就是因為這樣，我才懷疑他是不是做過其他的精技之夢，卻不肯跟我多提。」

切德等我開口，而這次我非得打破沉默不可。

我吸了一口氣。「就算我曾經與王子共享我生命中的片刻時光，我自己也不知情。不過你說的沒錯，那些事情的確發生過。」我停頓下來，心裡突然開始納悶，不知道除此之外，晉責還分享了我哪些人生時光？我還記得惟眞曾經抱怨，說我並未把自己的思緒保護得很好，所以有的時候，我的夢境和經驗會侵入惟眞的心中。我想起我與椋音的幽會，並暗暗祈禱自己別羞紅了臉。我已經很多、很多年不豎立精技牆了——我一直認為這是多此一舉。如今的情況則是擺明了，我非得像以往那樣，重新豎立精技牆不可。接著我心裡冒出了另外一個念頭：我一直認為自己的精技衰退了很多，但事實顯然並非如此。想到這裡，我一下子感到大為興奮；我殘酷地告訴自己，這大概就跟酒鬼在床底下找到一瓶放到忘記的酒，是一樣的感覺吧。

「那麼，你曾經分享過王子的生活片刻嗎？」切德立刻追問。

「大概吧。應該有。我常常做那種夢境很鮮明的夢；不過對我而言，夢到自己變成小男孩，而且住在公鹿堡裡，其實跟我自己的親身體驗相去並不遠。」我又吸了一口氣，並逼著自己繼續說下去：「重點是那隻貓，切德。那隻貓跟著他多久了？你認爲他有原智嗎？他是不是跟那隻貓牽繫在一起？」

我覺得自己像個騙子一樣，因爲我早就知道這些問題的答案。我開始在我過去十五年來做過的夢境中東挑西揀，以找出那些夢境特別鮮明、醒來後仍揮之不去的夢。有的夢顯然是王子的生活片段；有的夢——一想起博瑞屈發高燒的夢，我便怔住了——連蕁麻也遭殃？我還跟蕁麻分享夢境？這個全新的觀點，使我又把夢境的記憶庫重新整理了一遍。看來我不但以蕁麻的眼光目睹了這些情景，而是以精技爲橋樑而分享了她的生活。而從晉責王子的情況來看，我跟蕁麻的精技交流也很可能是雙向的。以前我最珍惜蕁麻的生活片段，有這麼個機會一瞥莫莉與博瑞屈的情況，我求之不得；然而現在看起來，這全怪我自己太粗心而使她不得不隨之起舞。想到這裡我不禁畏縮了一下，然後便決心要豎立更堅固的精技牆來維護自己的思緒。我怎麼會那麼不小心？我到底對這兩個最無法抵擋原智洪流的孩子透露了多少自己深藏的祕密？

「我怎麼會知道那孩子有沒有原智？」切德不耐煩地答道。「要不是你自己說出來，我根本不知道你有原智；而且你告訴我說你有原智的時候，我一開始還聽得不明就裡呢。」

我突然覺得很疲憊，累得不想撒謊。謊言能保護得了誰？謊言瞞不了多久，而且到最後會變成人們盔甲上最大的漏洞；這個道理我知道得再清楚也不過。「我猜他有原智。而且跟那隻貓牽繫在一起。從我的夢境推斷出來的。」

老人在我眼前衰老下去。他無言地搖了搖頭，幫我們兩人添了酒。我將我的酒一口喝盡，而他則小口小口地啜個沒完。最後他終於開口說道：「這太諷刺了。諷刺啊諷刺；我們的希望，竟然跟我們的恐懼綁在一起。我原本指望你跟那孩子有夢的牽繫，果眞如此，你便可以運用精技去把他找出來。結果呢，你的確與那孩子有夢的牽繫，然而你卻藉此而印證我最害怕的事情。那就是晉責有原智。噢，蜚滋，我眞希望回到從前，讓我的恐懼顯得愚蠢，而不要讓我的恐懼成眞。」

「貓是誰送的？」

「那貓是某個貴族送他的禮物。他收到的禮物可多了；人人都想找機會巴結他。那種名貴的禮物，珂翠肯會回絕掉，因爲她怕孩子太驕縱。不過那不過是隻小小的獵貓……然而，說不定就是這個看似平凡的禮物葬送了他的一生啊。」

「貓是誰送的？」我逼問道。

「我得回頭去查查我的日誌才知道。」切德坦承道。他陰鬱地朝我看了一眼。「你總不能指望老人家的記性還跟年輕人一樣好吧。我已經盡全力了，蜚滋。」他那自責的神情勝過千言萬語。要是我回到公鹿堡，重新跟在他身邊做事，那麼我一定會知道這些關鍵性的答案。想到這裡，我的心裡就冒出新的問題。

「發生這事之後，你那個新學徒做了什麼？」

切德猶疑地望著我；過了一會兒，他答道：「他的程度尙不足以處理這類事務。」

我直視著他的雙眼。「他該不會是，好比說，因爲晴空雷劈，把廢棄倉庫炸掉了，所以仍在床上養病？」

切德眨了眨眼，但是他神態自若，不理會我出言刺激，就連他答話的語氣也很穩定。「不，蜚滋駿騎，這是你的任務。這個任務需要特殊的能力，唯有你才能勝任。」

「你到底要我做什麼？」問了這個問題，等於是對切德豎起白旗。我已經迅速地趕到他身邊了。他知道我仍然是他的人；而這點我心裡也很明白。

「把王子找出來，送回我們身邊，要做得神不知、鬼不覺，而且——但願艾達神保佑——這孩子能夠毫髮無傷地回來。我對外宣稱王子靜修去了，這藉口能擋一陣，但是也擋不了多久；前來見證訂婚大典的外島特使團抵達本地之前，你務必得把他安全地送回來。」

「他們什麼時候到？」

切德無助地聳聳肩。「端視風向、海流與划槳手的力氣。我們已經收到飛鴿傳書，說他們離開外島了。訂婚大典是訂於新月初升之時。如果外島的特使團早到了，我大概可以編造說，婚姻乃是人生大事，所以王子在訂婚之前閉關靜修去了。不過要是王子沒在訂婚大典上出現，這個幌子就拆穿了。」

我點點頭。「那還有兩個多星期的時間。要勸服倔強的孩子回心轉意，速速返家，是綽綽有餘了。」

切德嚴肅地望著我。「不過，要是王子是被人擄走的，而且我們既不知歹徒是誰，也不知道他們有何居心，更不知道要怎麼把他找出來，那麼十六天的時間，可能猶嫌不足。」

我把頭埋在手裡好一會兒。當我抬起頭來的時候，我師父仍充滿希望地看著我。他相信我一定看得出他沒看出來的解法。我眞想遠走高飛，眞希望我自始至終都不要知道此事。我吸了一口氣，讓自己定定神；然後我就像當年訓練我的時候，對我孜孜訊問那樣地對切德吩咐道：「我需要線索。你別假設我知道任何內情，因爲我差不多什麼都不知道。首先，我要知道貓是誰給他的。還有，送貓給他的那個人，對於原智與王子的訂婚典禮有什麼想法。然後再從這個圈子擴大出去。誰跟送禮的人作對？誰跟送禮的人結盟？衆朝臣之中，誰最力主處決原智者，誰最明顯反對王子的訂婚典禮，而誰又最大力支持？哪些貴族的家人，最近曾經被指控爲具有原智？如果王子是離家出走的話，誰有辦法幫助他逃家？如果他是被擄走的，那麼誰有機會下手？誰知道他有夜半漫遊的習慣？」我問的問題環環相扣，然而切德聽到我連珠砲般地問個沒完，反而穩住了陣腳。這些問題之中，有些是他答得出來的，而由於他有能力答出這些問題，所以他更堅信我們一定能夠破解這個難題。我停下話來，喘了一口氣。

「此外我還得跟你報告接下來這幾天的近況。不過，你似乎忘了，如果你施展精技的話，我們可能可以省下好多工夫。我先帶你去看卷軸；說不定我看不懂的地方，你一見便知了。」

我東張西望，但是切德搖了搖頭。「我沒把王子帶來這裡。他不知道城堡裡有這個地方。我把精技卷軸放在惟真的塔裡；我就是在那裡給那孩子上精技課。我把那房間保護得很嚴，而且門前隨時都駐守著可靠的守衛。」

「那我還怎麼去看那些卷軸？」

切德歪著頭看我。「從我這兒到惟真的塔裡，有路可以通啊。這路彎彎曲曲、又小又窄，又得上上下下地爬樓梯；不過你年輕力壯，一定不成問題。先吃飽再說吧，吃飽了，我再告訴你怎麼走。」

12

護符

群山王國的珂翠肯，不到二十歲就嫁給六大公國的王儲，惟眞。他們的婚姻乃是政治上的權宜之計；六大公國與群山王國都希望能鞏固貿易聯盟與彼此屏障的關係，而這個婚姻乃是其中的重要一環。珂翠肯的哥哥在她結婚前夕暴斃，使得六大公國得到意外的利益：旣然她兄長已死，那麼珂翠肯的孩子，除了六大公國的王位之外，也會繼承群山王國的王位。

從群山王國的公主變成六大公國之后，這段路珂翠肯走來艱辛；不過群山的統治者，一向把職責擺在第一位，所以珂翠肯走得無怨無悔。她隻身來到公鹿堡，連一個女僕都不帶：她倒是把她的標準帶到公鹿堡來了，而她的標準就是，無論她的新地位要她做何犧牲，她都會隨時挺身而出。這是因爲，在群山王國，統治者只能扮演一種角色：那就是人民的犧牲獻祭。

——畢德爾所著的《群山王后》

深夜將盡，黎明將來之時，我才循著陰暗的樓梯，摸黑回到我自己的床上。我的頭裡塞滿了各式各樣的消息，不過這裡面似乎沒有幾件有助於解開這個謎團。我下了決心：我一定要睡。等我醒來時，我的腦袋就會自動把線索釐清了。

我伸手摸到可以打開我的臥室的那個機關，然後停了下來。使用這些密道該注意什麼，切德已經都跟我說了；於是我屏住呼吸，從石磚間狹長的隙縫窺視進去。我的視野非常有限；我只看到房間中央的桌子上有枝蠟燭，如此而已。我側耳傾聽，但是房裡沒有聲響。我悄悄地鬆掉一根平衡桿，以啓動底下的平衡錘。門開了，我閃身回到房間，又輕輕一撥，門便回復原狀。我瞪著牆壁，這時門與牆又復融爲一體。

房間小且密不透風，不過黃金大人體貼地在那個狹窄的木床上留了幾件粗劣的羊毛毯子。雖然我人倦得不得了，但是看到這樣的床我還是睡不下去。我提醒自己，我可以走回塔頂的房間，睡在切德那張舒服的大床裡。反正切德現在已經不睡那裡了。不過那張床也有讓我睡不下去的地方：不管最近切德睡不睡那裡，那總是切德的床。那塔頂的房間，放著地圖和卷軸的架子，神祕的實驗儀器和那兩個壁爐，都屬於切德所有，而我也無意藉著多方使用而把那一切變成自己所有。比較之下，這裡就好多了。這張硬邦邦的床與這間密不透風的房間，等於是個溫柔的提醒，教我別在此地久留。聽了一晚的祕密與運作機制之後，我已經開始對公鹿堡的政治圈感到厭煩。

我的背包和惟眞的劍都在床上。我把背包放在地上，把惟眞的劍立在牆角，把我散落的衣物踢到桌子底下，吹熄了蠟燭，在黑暗中摸索上床。我毅然決然地把晉責、原智與所有相關的線索都推到一旁。我打算立刻就睡著，不過事與願違，我只是睜著眼瞪著黑暗的房間。我自己的煩心事情，越想就越放不下。我那孩子和我的狼，今晚就要上路前來公鹿堡了。以前狼與幸運在一起，總是牠在保護幸運；如今這一趟路，我卻得指望幸運把老狼照顧周全了。幸運帶著弓，而且他彎弓射箭的技術很好；他們一定是沒問題的。除非他們碰上了強盜。就算他們碰上了強盜，幸運大概也能在陷入歹徒手中之前，先重創個一、兩人吧。不過這一來，可能會激怒其餘的盜匪。夜眼的個性，是會爲了保護幸運不讓歹徒拿下而奮戰至死。於是我眼前便出現了我的狼死在路上，而我的兒子被盛怒的盜匪挾持的美好畫面。而我遠隔重山，根本就束手無策。

羊毛毯子在人汗溼之後變得更癢。我翻了個身，瞪著另一處黑暗。我不要再想幸運了。大禍尚未發生，我多擔心也沒用。接著我不智地讓自己的思緒轉到切德的精技經卷和當前的重大危機上。我本以爲精技卷軸只有三、五個，然而切德展示給我看的那些保存狀況不一的卷軸，竟有好幾個架子之多。雖然切德已經大致將卷軸依照主題與難易程度分類，但是就連他也還無暇把所有的卷軸通通讀完。切德帶我走到一張大書桌前，桌上放了三個攤開的卷軸。我看了心裡一沉。其中兩個卷軸乃古語所寫，幾乎無法解讀；另外那個卷軸的年代比較晚近，然而我隨便一瀏覽，就碰上雖看得懂字，卻不解其意的字句。那卷軸上建議人們要達到「入定（anticula trance）」狀態，而且要喝一種名叫「牧羊人之麥芽汁（Shepherd's Wort）」的藥草泡的茶；此外經卷還提醒人們在「破解同伴的阻礙牆（dividing my partner's self barrier）」時要特別當心，以免「化解其志（diffuse his anma）」。我茫然地抬起頭來望著切德。切德立刻就說中了我的問題所在。

「我本來還以爲你會知道這些話是什麼意思。」切德洩氣地說道。

我搖了搖頭。「就算蓋倫知道，他也從未對我透露隻字片語。」

切德不屑地啐了一聲。「恐怕我們那位號稱『精技師傅』的傢伙，連這些字都看不懂。」他嘆了一口氣。「不管是哪一行，總是得先把行話學得透徹，才算是入門。如果有時間的話，我們倒是可以把從各經卷裡找出來的線索，拿來比對驗證。不過眼前我們的時間少得可憐。每多過一刻，歹人就可能把王子帶得更遠。」

「然而，王子也可能一直都沒有離開公鹿堡呀。切德，以前你再三跟我耳提面命，絕對不能光是爲了採取行動而採取行動。如果我們唐突前進，說不定會陷於錯誤的方向之中。一定要先考慮周全，再開始行動。」

這其實是我師父的智慧結晶，所以此時竟然是由我來提醒他這點，感覺上眞的很怪。我還得眼睜睜地看著他不情不願地點頭稱是。他一邊凝神閱讀古體文的經卷，一邊動筆把譯文清楚地寫在別的紙上；而我則仔細地展閱那份比較好懂的經卷。唸了一次不夠，我又再唸了一次，希望這些艱澀的篇章會生出幾分道理來。等到我讀第三次的時候，我發現我一邊看著那些古老模糊的文字，一邊打起盹來了。切德橫過桌子，捉住我的手腕。「去睡吧，孩子。」他霸道地說道。「睡眠不足會使人變笨，然而這件事我們非得使出全力來不可。」於是我也不辭讓了；我先行離去，獨留切德在桌前翻譯古文。

我翻身平躺在床，因爲今天爬了許多樓梯而渾身痠痛。唉，既然睡不著，我乾脆看看我能做到什麼程度好了。我閉上眼睛，擋住逼人的黑暗，並鎭定下來。我把憂慮拋到腦後，澄清了心神，除了努力回憶自己最後一次夢到那孩子和貓的景象之外，什麼別的都不想。我觀想人貓在半夜出門打獵的興奮感；我召喚自己在夢中聞到的氣味，並重現非屬於自己夢境的那種難以捉摸的氛圍。我幾乎就進入了那個夢境之中，然而我的目的並不是要進入那個夢境中，而是要重新鞏固我當時做夢的時候渾然不知的精技聯繫——那精技聯繫雖然淡薄，但那孩子與我之間的確有這樣的關係。

晉責王子。我身傳的兒子。在我心中，這兩個封號不具任何意義，然而說也奇怪，這兩個封號竟阻礙了我想做的事情。雖然我很想解開那些脆弱的精技聯繫的線頭，但是我對晉責先入爲主的觀念，以及我對於自己親生兒子的理想化期待，卻橫擋在中間，使我徒勞無功。接著城堡的石牆，不曉得把多遠的樂聲餘音，傳到我耳中。我一聽就分心了。我眨了眨眼，瞪著眼前的黑暗。我根本就不曉得時間，身旁盡是無垠的夜。我最厭惡沒窗戶的房間，因爲這種房間把人跟大自然切開。我最厭惡這種監禁的感覺，但是我一定要忍耐。只是我跟狼生活了太久，所以這些都變得難以忍受。

我在失望之中放棄了精技，改以原智探索我的同伴。夜眼經常巡夜，而方才牠才巡過一趟。我感覺得到牠在睡覺，而且當我貼靠在牠的牆上時，我還感覺得到牠的背部與臀部疼得如雷鳴一般響。我發現我一專注在牠的疼痛上，就立刻把牠的疼痛帶進自己心裡，所以我馬上就縮回來了。我感覺到夜眼無畏無懼，只是疲倦且關節痠痛而已。我以思緒包住牠；我心裡很感激，因爲我還有夜眼的感覺可以依靠。

我在睡覺。牠不耐煩地告知我。然後，你是不是在擔心什麼？

沒什麼。我只是想看看你們兩個好不好。

噢，我們好得很。天氣很好，我們在一條乾燥多沙的路上走了一天。現在我們睡在路旁。牠溫柔地補上一句：你不能改變的事情，就別擔心了。我馬上就到了。

幫我看著幸運。

當然。你去睡吧。

我聞得到潮溼的青草、將熄的營火，甚至連躺在牠身邊的幸運的汗味都聞得到。我感到信心大振。這麼說來，我的世界一切都好。我丟下一切，只留下這一分單純的滿足感，最後終於沉沉地入眠。

「容我提醒，您是來這兒當我的近侍，而不是讓我來服侍您吧？」

一聽到黃金大人那傲慢自大的譏刺，我一下子便從床上跳起來，不過他的神情與笑容，則是十足的弄臣本人無疑。他手上掛著一套衣服，而且我還聞到帶著溫香的洗臉水味。他已經著裝完畢，全身上下找不出一點瑕疵，而且打扮得甚至比昨天更華麗高雅。今天他穿著一身奶油色與青綠色，袖口與領口則奢侈地鑲了一圈金絲。他戴著個新耳環，是個金絲織成的金球。那金球裡是什麼，我清楚得很。他看來清爽且警覺。我坐了起來，把疼痛的頭沉入手中。

「精技頭痛？」他同情地問道。

我搖了搖頭，那痛感在頭裡晃動。「要眞的是精技頭痛就好了。」我嘟噥地說道，抬起頭來望著他。「我只是累了而已。」

「我還以爲你會在塔裡睡。」

「總覺得睡在那裡不大對。」

我坐了起來，想要伸展一下筋骨，但我的背卻抽筋了。弄臣把衣服放在床尾，然後在凌亂的毯子上坐下來。「是這樣啊。有想到現在王子可能在什麼地方沒有？」

「可能的地方太多了。都過了六、七天，他現在既可能在公鹿公國的任何一個角落，也可能出了公鹿的國界了。畢竟有可能會綁架他的貴族實在太多。而如果他是離家出走，那麼他可能會去的地方就更多了。」水還熱得冒氣，水盆是式樣簡單的陶盆，水面上浮著幾片檸檬香蜂草的葉子。我感激萬分地把臉整個浸到水裡去，然後才抬起頭，用手摩擦臉。我覺得人比較清醒，也比較感覺得到外面的世界了。「我得洗個澡。守衛宿舍後面的那個蒸氣浴室還在嗎？」

「是還在，不過僕人是不去那裡洗澡的。你得小心別不知不覺地流露出舊日的習性哪。一般而言，私人僕從是用主人用過的洗澡水洗澡，要不然就自己從廚房提水來洗。」

我瞪了他一眼。「晚上我自己去提水。」我開始把這一小盆水做最佳運用，而弄臣則靜靜地在一旁看著。我刮完鬍子之後，他平靜地評論道：「明天你得起早一點。廚房的人都知道我這個人一向早起。」

我疑慮地望著他。「所以呢？」

「所以他們認為，我的僕人會去廚房把我的早餐端上來。」

我好一會兒才恍悟出這箇中的情理。他說得沒錯；如果我想找出任何有用的線索，就得把這個新角色扮演得更好才行。「我現在就去。」我提議道。

他搖了搖頭。「你這個樣子不能見人。黃金大人傲慢自大，脾氣又差；現在的你看來粗魯不文，黃金大人怎麼會把這樣的僕人留在身邊？我們得讓你看起來有模有樣才行。你到這裡來。」

我跟著他走到客廳。他已把梳子、髮刷和剪刀都放在桌上，並在桌上立了個大鏡子。我鼓起勇氣面對這一切。我走到門前，確認一下門鎖緊了，以免有人意外闖進來；然後我坐下來，等著他把我的頭髮剪成僕人的短髮。我把髮帶取下來，黃金大人則拿起剪刀。我望著弄臣那個鑲著華麗鏡框的大鏡子，卻發現鏡子裡的那個男人，我幾乎認不出來。大鏡子讓人一下子便一覽無遺地看出自己的模樣。當我稍微傾身向後，離鏡子稍遠些時，又發現到我的傷疤已經褪得幾乎看不出來了；我很驚訝。疤痕雖仍在，但已經遠不如當年刻在年輕時光潔無紋的臉上那麼明顯。弄臣不發一語地打量我好一會，最後終於把我的頭髮集攏在他手裡。我一瞥弄臣映在鏡子裡的臉；他因為猶豫不決而痛苦地緊咬著下唇。他突然把剪刀放回桌上。「不行。」他重重地說道。「我下不了手，再說我看我們也不需要這樣做。」他吸了一口氣，迅速地把我的頭髮綁成戰士的馬尾。「你去試試衣服。」弄臣催促道。「尺寸我只能用猜的；不過在人們的印象裡，僕人穿的衣服，是少有大小剛好，一點不差的。」

我回到我那個小房間，看了看弄臣垂掛在我床尾的衣物。衣服是我熟悉的藍色粗布裁成的；公鹿堡的僕從一直都是穿這種衣服。這衣服的形式與我小時候所穿的衣服倒相去不遠，不過我穿上衣服的時候，感覺上卻大相逕庭。我穿上了這衣服之後，別人一看到，就認定我是僕人了。我跟自己說，這不過是個幌子，其實我才不是任何人的僕從呢。接著我突然一驚，因為我心生一念：不知當年莫莉第一次穿上侍女衣服的時候作何感想。不管我是不是私生的，我畢竟是王子之子；沒人會認為我該穿僕從的衣服。以往衣服胸口上，繡著我那衝刺公鹿的紋章；如今則繡著黃金大人的紋章：黃金孔雀。不過衣服倒很合身，而且……「說句老實話，這些年來我穿過的衣服，就屬這件料子最好。」我煩悶地承認道。弄臣在門口探看，眼裡飄過一絲憂慮。不過他一看到我就咧嘴直笑，然後裝模作樣地繞著圈子打量我。

「你這樣行啦，湯姆．獾毛。門邊有雙靴子，足足比我的腳長上三根指頭，而且也比較寬。你最好把你的東西收在櫃子裡，這樣萬一有人好奇地探探我們的房間，就不會看到什麼惹人起疑的玩意兒了。」

於是弄臣俐落地整理他的大房間時，我則連忙收拾自己東西。我把惟真的劍放在櫃子裡，用衣服蓋起來，不過我的衣物少到難以妥當地把劍蓋好。靴子挺合適，就是有點緊；新靴子都是這樣，不過穿久了就舒服了。

「我敢說你一定記得到廚房的路怎麼走。我一向是在自己房裡就著大托盤吃早餐的。廚房的小傢伙看到你出現，省了他們把我的早餐端上來的工夫，大概很高興，說不定你還可以藉此閒聊兩句、探探消息。」他停頓了一下，說道：「你跟他們說，我昨晚上吃得少，所以今早胃口大開，然後就帶夠我們兩個吃的上來吧。」

由弄臣這麼鉅細靡遺地交代我做事，感覺還眞奇怪，不過我提醒自己這是常態，我還是趕快習慣得好。所以我頷首為禮，嘗試著說了一句：「遵命，大人。」然後才走向房門；他臉上浮出一抹笑容，後來又突然發現不對，趕緊糾正，只是輕輕地對我點了個頭。

在我們的房間之外的公鹿堡早就甦醒。我眼裡所見的僕人都很忙碌，或是補充燈油，或是掃地擦拭，或是抱著乾淨的床單衣物、提著一桶桶的洗臉水匆忙地跑來跑去。不曉得是不是因為我的觀點不同，但我總覺得現在公鹿堡的僕人遠比我記憶中的更多。變的還不只是僕人的數量。珂翠肯王后的群山風格，也比以往更為明顯。她治理公鹿堡的這幾年來，堡內的清潔程度提升到全新的標準。數十年來，公鹿堡一直都裝飾得繁複華麗；如今我經過的房間，則是以精簡的風格取勝。而繼續留在牆上的那些織錦畫與錦旗也都很乾淨，看不到蜘蛛網。

而廚房則一如以往，仍是主廚莎拉的天下。我一走進充滿蒸氣與香味的廚房，就像走回到童年的時光。莎拉不像以往那樣在這個、那個爐火前忙碌，而是像切德所說的，盤據在椅子上統管一切，不過公鹿堡的廚房顯然是按照著以往的老方式準備食物。我硬把自己的眼光從莎拉微胖的身形上轉開，以免她發現我在凝視她之後，會覺得我這人有點眼熟。我謙卑地拉拉一名廚房幫手的袖子，把黃金大人的囑咐說了一遍；那少年指指大托盤、碗盤和餐具，朝整個烹飪區揮了揮手。「該伺候他的，是你不是我。」他斷然地說道，然後便繼續切蕪菁。我皺起眉頭瞪了他一眼，不過我心裡其實覺得很慶幸。我一下子就在托盤上裝了夠兩個人吃得非常豐盛的早餐，接著便連忙端起托盤溜了出去。

我爬樓梯爬到一半的時候，聽到了個熟悉的講話聲音。我停下來，靠在欄杆上傾身俯瞰。我臉上不自覺地浮現一抹笑容。珂翠肯王后大步走過大廳，六、七名仕女吃力地跟上她的腳步。她的女伴我一個也不認識；她們都太年輕了，沒有一個超過二十的。我離開公鹿堡時，她們還是小孩子。其中一名仕女看來有點眼熟，不過那也許是因為我認識她母親的關係。我的眼神定定地凝視著王后。

珂翠肯那一頭耀眼的金髮結成了辮子，鬆鬆地盤在頭上；她沒戴王冠，只戴了個式樣簡單的銀圈。她穿的是褐色上衣和刺繡的黃色長袍；那一群侍女雖都學著她的風格，穿起式樣簡單的服飾，卻沒有掌握到這種打扮的精髓，因爲珂翠肯是因爲內在氣質使然，才使得那一身毫不矯飾的衣裳顯得如此優雅高貴。雖然過了這麼多年，她的身形和走路的姿態仍然堅拔挺立、靈活律動。珂翠肯走路的步調果決，但我仍看出她臉上有一點僵硬之處。她內心深處隨時在擔心著失蹤的獨子，不過她仍以王后的身分在宮廷裡往來。一看到她，我的心幾乎停住了；我心裡想道，若是惟眞看到他的妻子，不知會有多麼驕傲，並且不禁喃喃地對自己輕聲說道：「噢，吾后。」

珂翠肯走到一半，突然停了下來。我幾乎聽到她倒抽一口氣的聲音。她四下張望，一抬頭，與我的目光相交。大廳陰暗，彼此距離又遠，我看不清她那藍眼睛裡是什麼神情，不過我多少可以感覺得到。我們彼此對望了一下，不過她並未認出我，而是感到困惑。

我突然感到有人大力地用指頭在我頭側叩了一下。我轉過頭去看是誰在攻擊我；我實在太驚訝了，驚訝到來不及生氣。那人一副仕紳模樣，個子比我高，很不以爲然地睥睨著我。他乾脆明白地說道：「你這土呆，一看就知道你剛來公鹿堡。在我們這裡，僕人是不許這麼大剌剌地望著王后的。把你自己的差事管好。以後你要牢牢記住自己的身分，要不然你甭想在這裡混飯吃。」

我低頭望著自己手捧著的這一托盤吃食，並努力克制自己的臉色。我氣得要命。我知道自己臉上一定因爲血氣上衝而漲得黑紫。我用盡每一分修爲，好不容易命令自己別抬頭瞪他，並點了點頭，說道：「大人寬諒。我會牢記在心。」希望他認爲我之所以說話哽咽，不是因爲我怒不可抑，而是因爲我慚愧難當。我捧著托盤繼續往上走，而雖然那仕紳下樓去了，我仍不准自己倚欄眺望王后有沒有看著我離去。

我是僕人。我是僕人。我是受過良好訓練的忠誠僕人。我剛從鄉下來，不過我是受人大力推薦的，所以我是個中規中矩的僕人，而且慣於遵守命令，也慣於受人侮辱。然而我果眞慣於受人侮辱？我跟著黃金大人走進公鹿堡的時候，腰上繫著惟眞的劍；那個場面，總是有人會記在心裡。由我的面容與手上的痂繭看來，我這個人過的不是屋子裡的斯文日子了，而是經常日曬雨淋地幹活兒。如果我要演這個僕人的角色，就一定得演得讓人不得不信。我一定得耐得住當僕人的苦楚，而且言談舉止還必須惟妙惟肖。

到了黃金大人的門前，我敲敲門，謹守分寸地等一下，讓家主人期待我的出現，然後才進門去。弄臣正站在窗前眺望。我小心地關上門，上鎖，把托盤放在桌上。我一邊把餐具餐點鋪設好，一邊背對著弄臣說道：「我是湯姆．獾毛，您的僕人。人家之所以把我推薦給您，是因爲我的舊主在寵溺我之餘，讓我受了比尋常僕人更多的教育，不過之前的舊主之所以把我留下來，是因爲我會使刀使劍，倒不是因爲我馴良有禮。而您之所以選了我，是因爲您想找個既能做近侍的工作，也能當保鑣的僕人。您聽說我這人憂鬱沉悶，偶爾還會大發脾氣，不過您倒願意看看我能不能符合您的需求。我今年……我今年四十二歲。我臉上的傷疤，是我爲了保護舊主而受的傷，當時有三個——不，有六個攔路劫匪找上我們。結果我把那六個強盜都殺了。不過我這人，其實不會因爲別人隨便撩撥就被激怒。舊主過世之時，給了我一筆小錢，夠我過簡單日子了；但如今我兒子到了年紀，而我希望把他安置在公鹿堡城裡當學徒，所以大人勸我重操舊業，以便多攢點錢。」

黃金大人已經轉過身來對著我了。他優雅地交疊著雙手，專心地聆聽我的獨白。我說完之後，他點了點頭。「很不錯，湯姆．獾毛。黃金大人找了個有可能會危險到管不住的教頭來當貼身僕人，妙呀，眞是妙招。我應該要擺出姿態，讓大家認爲我雇了這麼個人手！你一定行的，湯姆。你一定會幹得有聲有色。」

他向餐桌走來，而我則幫他拉開椅子。他坐了下來，看了看我擺設的餐具與我挑選的餐點。「好極了，樣樣都合我胃口。湯姆，照這樣下去，我很快就得幫你加薪了。」他抬起頭來望著我。「坐下來，跟我一起吃吧。」弄臣提議道。

我搖了搖頭。「我還是把禮貌儀節練好比較重要，閣下。茶？」

在那一刹那間，弄臣似乎非常驚駭。然後黃金大人拿起餐巾，拍了拍嘴唇。「麻煩了。」

我幫他倒了茶。

「你說你有個兒子嗎，湯姆。我還沒見過他。他現在人在公鹿堡城，對吧？」

「我叫他隨後出發，閣下。」我突然領悟到，我除了吩咐幸運隨後出發之外，別的什麼都沒跟他說。他到公鹿堡城的時候，身邊會跟著一匹年老疲憊的小馬、馬後拖著吱嘎作響的板車，而且板車上還有隻老邁的狼。我還沒去吉娜那兒，跟她說幸運會去找她。要是她一聽到就生氣，怒責我自以爲是地教幸運去找她，那怎麼辦？我另外的那個人生趕了上來，像一陣波浪似的打在我頭上。我還沒幫幸運安排拜師的事情。幸運在公鹿堡城沒熟人，除了椋音之外，然而我不曉得此時椋音人在不在城裡；再說，她跟我之間關係緊繃，幸運不太可能會去找她幫忙。

我這才想到，我得去找那鄉野女巫，務必請她收容我那孩子幾天。我可以留個話，教幸運待在她那裡。還有，我得立刻去找切德，請他幫忙安排幸運拜師學藝的事情。根據我現在已經知道的消息，向切德求援無異於與虎謀皮；所以我一想到這個念頭，心裡就沉了下去。當然，我隨時可以跟弄臣借錢。但是我想了想，便縮了回去。到底我現在的薪水是多少？我逼自己把這個句子講出來。問題是這幾個字我怎麼也說不出口。

黃金大人食畢，說道：「你很沉默，湯姆．獾毛。你兒子到城裡的時候，帶他來見我。至於現在，我看第一天早上，你就自由活動吧。把桌上收拾一下，到堡裡、城裡四處走走。」接著他以挑剔的眼光打量著我。「準備紙、筆和墨水。我要寫個信用狀給裁縫史寬頓。我想，你大概毫不費工夫，就能找到他的店舖；那地方你熟得很。你得去量量尺寸，做幾套平日穿的衣服，另外也做幾套在大場合上穿得得體的衣服。畢竟既然你是保鑣兼近侍，那麼我出席正式晚宴時，你就守在我椅子後面，而我騎馬之時，你則陪在旁邊。然後你去找克洛伊。克洛伊有個賣兵器的舖子，就在鐵匠街那一帶。你去他那兒瞧瞧現成的二手兵器，然後買個上手的刀劍來使用。」

他每交代一樣，我就點個頭。接著我到房間角落的小書桌上，把紙筆等用品擺好。弄臣在我身後悄悄地說道：「在公鹿堡，浩得師傅的手藝，和惟真用過的兵器，都太惹人注意了。我勸你最好將那把劍擺在切德的塔頂房間裡。」

我也沒抬頭，便答道：「就這麼辦。此外我也會去找堡裡的兵器師傅，請他幫我找個練劍的對手。我會跟他說，我用劍的技巧有點生疏了，所以想找人琢磨琢磨。平常跟王子練劍對招的人是誰？」

弄臣果然知道答案。他總是知道這些有的沒有的事情。他一邊回答，一邊在寫字桌旁坐下。「王子的師傅是魁斯維，不過魁斯維通常是安排王子跟一個名叫黛樂莉的年輕女子配對拆招。不過你又不能直截了當地說你要找黛樂莉對招……嗯。你就說，我想找個使雙劍的，好磨練你的防守技巧。黛樂莉善使雙劍。」

「就這麼辦。謝謝您。」

他的筆忙碌地在紙上寫了許久，而且他寫著寫著，還抬起頭來瞅著我思索，看得我渾身不自在。我眼光四處遊走，最後望向窗外。今天天氣很好。眞希望這一天的時光都是我自己的。我聞到溶蠟的味道，轉過頭來，發現黃金大人已經用蠟封好兩封信，此時正把他的印璽蓋在封蠟上。他等封蠟乾了，才把信遞給我。

「你去找裁縫師和兵器商吧。至於我呢，我想我會到花園去走一走，接下來，王后邀請我到她那兒去——」

「我剛才看到她。珂翠肯。」我嗄啞地苦笑。「我們在石頭花園漫步，以及後來發生的那一切，彷彿是很久以前的事，卻又清楚得像是昨天才發生的。我最後一次見到珂翠肯時，她騎在惟真所化身的龍身上，揮手跟我們道別；今日重逢，往事一下子鮮活了起來。如今她已經以王后之尊，統管此地十幾年了。

「後來我退隱山林，一方面是爲了讓自己復元，另一方面，則是因爲我認爲自己再也無法參與那一切。現在我回到公鹿堡來，四下環顧，只覺得我眞的很想念舊日的生活。當我形單影隻地離去時，公鹿堡雖少了我，卻也運作如常；所以我這一輩子是注定要成爲我自己家族裡的陌生人了。」

「遺憾無濟於事。」弄臣答道。「你唯一能夠做的，就是裹著一切往前走。誰知道呢？說不定人們所需要的，正是你從自我放逐的生活中得到的經驗呢。」

「而且光陰似箭，就在我們講話之際悄悄地流逝。」

「的確如此。」黃金大人答道。他朝他的衣櫥揮了揮。「我的外套，獾毛。綠的那件。」

我打開衣櫥，從衆多外套中找出他指定的那一件，然後盡我所能地把滿爆出來的衣物塞回去，把衣櫥的門關起來。我拿著外套，按照以前我看恰林幫惟眞著裝的場面，讓黃金大人穿進袖子、套上衣服；接著他把手腕伸到我面前，而我則把袖口調正，並把袖口裡的襯衫拉得平平整整。他眼裡閃過一絲笑鬧的眼神。「非常好，湯姆．獾毛。」他喃喃地說道，率先走到門邊，等我幫他開了門，走了出去。

他人一走，我便把門閂好，迅速地把已經涼掉了的早餐呑下果腹，然後把盤子疊回大托盤裡。我朝弄臣的私人房間望了望。我點了枝蠟燭，走進我的小房間，把門關緊。要是沒有這一點燭光，此時房裡就漆黑得伸手不見五指了。我花了點時間，才找到那個機關，又試了兩次，才按對了地方，把牆上的暗門推開。雖然我那一雙瘦痛的腳不斷抗議，但我還是揹起惟眞的劍，爬上無數個台階，然後把劍放在切德塔頂房間的角落裡。

我一回到弄臣的房間，就開始收拾桌子。我一瞥鏡中身影，此時我手捧一托盤的餐具殘餚，儼然是公鹿堡僕人的模樣。我嘆了一口氣，提醒自己眼神要放低，接著離開房間。

我是不是曾經害怕我一回到公鹿堡，衆人就會馬上認出我來，而擔心得不敢想像歸鄉之路？然而事實上，根本就沒人看見我。別人一見到我的僕人服飾與低垂的眼神，就根本不把我放在心上。是有幾個同爲僕人的朝我看了幾眼，不過大部分的僕人都因爲自己手邊的事情而忙得不可開交。有幾個僕人匆忙卻誠意地跟我問好，而我也親切和藹地打招呼。我會好好地跟僕人們建立交誼，因爲在任何深宅大院之中，難有什麼事情能夠瞞得過僕人的耳目。我把托盤還給廚房，便離開了公鹿堡。門口的守衛沒問什麼就放我走了；不久我便踏上了通往公鹿堡城的陡峭坡道。今天天氣很好，而路上往來的人馬不少。看來夏天似乎打算再多盤桓一些日子。我走在一群手上挽著籃子的侍女後面，她們擔心地回頭瞄了我一、兩次，然後就不管我了。於是下山的這一路上，我飢渴地傾聽她們的閒聊，但是卻沒發現什麼線索。她們聊的是王子的訂婚大典上會有什麼慶祝活動，以及她們家的夫人要穿什麼衣裳。切德和王后似乎把王子失蹤的消息掩飾得很好。

到了公鹿堡城裡，我一邊快速地辦理黃金大人交代的事情，一邊眼觀四面、耳聽八方地打探任何可能與晉責有關的線索。我不費吹灰之力就找到裁縫師的店舖。誠如黃金大人所言，我對那地方熟得很，因爲那就是昔日莫莉的蠟燭店的所在。那裁縫毫不猶豫地收下了我帶來的信用狀，但他對於黃金大人勒令他趕工縫製一事，則頗有怨言。「不過，橫豎他所給的衣金豐厚，我今晚不睡也値得了。你的衣服明天就好。」從他話裡聽來，黃金大人以前給過他不少好處。我沉默地站在矮凳子上，讓裁縫師量尺寸。

他什麼問題也沒問，因爲黃金大人已在信上明白交代，他要自己的僕人穿什麼樣的衣服了。我樂得靜靜站著讓他量，心裡則納悶道，不知還能不能在這裡聞到蜂蠟和香味藥草的味道，也不知我能不能騙得過自己？離去之前，我跟裁縫打聽，公鹿堡城裡什麼地方有鄉野女巫，我想找個鄉野女巫幫我算算，這個新工作跟我合不合適。他聽到我有這種下等人的迷信，搖了搖頭，但仍告訴我到鐵匠街那兒去問一問。

這一來，我倒方便不少，因爲我接下來就要去克洛伊的舖子。我心裡納悶道，黃金大人是不是從沒來過這裡，因爲這屋子裡都是歪扭破舊的兵器和盔甲。不過店東照樣毫不遲疑地收下了黃金大人的字條。我好整以暇地找了一把過得去的劍。我想要一把式樣簡單、手藝精良的劍；不過，這當然是所有戰士選擇兵器的要件，所以這種兵器少之又少。克洛伊拿了幾把劍柄上的護手精雕細琢、刀刃卻平凡得緊的出色兵器，想要引起我的興趣，但最後終於放棄，任我自行在他的收藏品中挑揀篩選。我一邊找兵器，一邊絮絮叨叨地嘆道，公鹿堡眞是跟我以前在這裡時大大不同。要讓克洛伊打開話匣子並不難，而且接下來我慢慢把話鋒轉到惡兆、預言和算命師上。我用不著提吉娜，克洛伊自己就把她的名字講出來了。最後我終於選了一把眞正與我生疏的技術相稱的劍。克洛伊不以爲然地說道：「好人，你家大人有的是錢；你好歹選把光鮮些的，不然也選把劍柄的護手做得比較講究的。」

我搖了搖頭。「不，不。我才不要那種會在近身熱戰時勾在人衣服上的兵器。我就要這一把劍；不過我還要一把短刀來搭配。」

我離開了克洛伊的店舖。這樣已經很快了。我走過鐵匠街，耳裡聽到的盡是打鐵的鏗鏗聲，以及鼓風爐的呼呼聲。豔陽雖熱，打在人身上卻寂靜無聲；打鐵則是恰恰相反，這一條街上的鐵匠此起彼落的打鐵聲，眞令人震耳欲聾。隱居慣了，我都忘了城裡就是這麼嘈雜。我一邊走，一邊回想以前是不是跟吉娜講過什麼話，會使她覺得我這樣突然改變人生軌道非常可疑。最後我決定了，我這套說辭非得奏效不可；如果她覺得我這套說辭有什麼地方不合情理，那就讓她當我在扯謊好了。一想到那個情景，我煩擾得皺起眉頭。

據克洛伊說，吉娜的門上有個深綠色的標誌，上面畫了白色的手。那手的掌紋漆成紅的，而且上色上得很漂亮。矮矮的屋簷邊垂下了幾個護符，在陽光下閃耀、翻轉；幸而那幾個護符之中，沒有一個是用以驅趕獵食動物的。我一下子就猜到那些護符是什麼用意：歡迎；它們吸引著我走向她家，來到她的門前。我在門上敲了敲，良久之後才有人應聲，接著門的上半片拉開，然後吉娜便出現了。

「獾毛！」吉娜一邊叫道，一邊朝我打量；我覺得很欣慰，還好她並沒有因爲我綁了戰士的馬尾，或是穿了這一身新衣服而認不出我來。她立刻就把下面那半片門也拉開了。「進來！歡迎來到公鹿堡城。上回承蒙你盡情款待，這次你可得讓我盡盡地主之誼了！快進來吧。」

人生之中，很少有比誠摯的歡迎更令人安心的事情了。吉娜牽著我的手，把我拉進涼爽陰暗的屋裡，彷彿我是個意料之中的訪客似的。這屋子的屋頂低，家具很平實。我看到一張圓桌，桌邊有幾張椅子；旁邊的架子上，擺著她營生的器材，包括好多個各有不同顏色，不過袋口都紮得緊緊的袋子。圓桌上放著碗盤菜餚；看來她方才在用餐，而我打擾到她了。我停下腳步，覺得很彆扭。「打擾了，我不是有意的。」

「沒有的事。坐下來一起吃吧。」她一邊說，一邊在桌邊坐了下來，而我好像不跟著她坐下來也不行。「好啦，你是怎麼會到公鹿堡來的呢？」她說著，便把裝菜的大盤子往我這邊推過來一點。那大盤子上放了果醬蛋糕、燻魚和乳酪。我拿了個果醬蛋糕，好給自己爭取一點思考的時間。她一定已經注意到我穿的是僕人的服飾，但是她等著由我自己告訴她這一身衣服是什麼意思。我喜歡這樣。

「我已經接下新職，到公鹿堡來做黃金大人的僕人。」雖然明知道我當僕人是假，但這些話我還是難以啓齒。如今以黃金大人的侍從做爲幌子，我才領悟到原來我這個人如此驕傲。「我出門的時候，叫幸運一把事情打點好，就到公鹿堡來找我；可是那時我還不知道這差事能不能順利獲得。我看幸運到公鹿堡城的時候，大概會先來找妳。到時候能不能請妳轉達一下，叫幸運來堡裡找我呢？」

我把自己武裝起來，等著她問出各種無可避免的問題；例如，爲什麼我突然接下新職，爲什麼我不乾脆帶著幸運一起來，還有我是怎麼認識黃金大人的？然而她什麼都沒問，反而眼睛一亮、高聲說道：「那有什麼問題！不過我有個更簡單的作法。幸運到的時候，我先把他留在我這兒住幾天，再找人去堡裡傳話。後面有個小房間，原來是我外甥住的，如今他結了婚，搬走了；幸運可以睡那裡。就讓那孩子在我這兒待個一、兩天吧；春季慶的時候，我看他是滿喜歡公鹿堡城的，再說你既然任了這個新職，恐怕沒多少時間帶他四處逛逛。」

「我敢說他一定很喜歡這個安排。」我順勢說道。如果不把幸運扯進來，我會比較容易維持黃金大人僕人的這個身分。「我是希望能在公鹿堡多賺點錢，好把幸運安排在名師手下當學徒。」

上來囉。一隻身軀龐大的黃貓對我朗聲宣布道，同時就輕盈地躍到我大腿上了。我吃驚地瞪著牠。除了跟我牽繫過的動物之外，從來就沒有別的動物如此清晰明白地跟我講過話；再者，從來就沒有哪個動物像牠這樣，才剛與我做過心靈的溝通，但下一刻就當作我完全不存在。那貓的後腳放在我大腿上，前爪靠在桌上，專心地審視起菜餚。牠那條蓬鬆的尾巴在我眼前左搖右晃。

「茴香*！羞羞臉，不可以喔。到這裡來。」吉娜說著，便傾身過來，把貓從我大腿上抄起來。她一邊抱起貓，一邊重回方才的話題，接口道：「幸運把他的志願跟我說了，年輕人能夠夢想成眞，眞是美事一樁。」

「這孩子，好得沒話講。」我熱烈地應和道。「所以他理應要有機會大展身手的。只要他好，我什麼都願意做。」

此時茴香坐在吉娜的大腿上，隔著桌子凝視著我。她喜歡我遠勝過你。接著牠從吉娜的盤子裡偷了塊魚吃。

貓族跟生人講話都這麼粗魯嗎？我駁斥道。

牠往後一靠，彷佛宣示主權似的用頭在吉娜的胸前撞了一下；牠的黃眼睛瞪著我，而且眼神很嚇人。貓族都是愛講什麼就講什麼；愛跟誰講就跟誰講。只有粗魯的人類才會隨便插嘴。你給我乖乖閉上嘴。她喜歡我遠勝過你。牠抬起頭望著吉娜的臉。再來一點魚如何？

「看得出來。」吉娜應和道。我一邊努力回想方才我跟她說什麼，一邊看著吉娜切了塊魚給茴香。我知道吉娜並沒有原智。我心裡納悶道，那貓兒說所有的貓都會講話什麼的，是不是信口開河。我對貓知道得很少；博瑞屈的馬廄裡養過各種動物，就是沒養過貓。有老鼠也不怕，因爲我們有捕鼠狗。

我怔怔地發呆，然而吉娜並不知道我發呆的眞正理由。她憐憫地對我說道：「不過，人在家中，就是自己當家做主，像你這樣到城裡來服侍別人，一定是很辛苦的，不管黃金大人這個人有多麼好。我希望他付錢給你，就像他到公鹿堡城裡來買東西的時候那麼大方。」

我強迫自己裝出個笑容。「這麼說來，妳是認識黃金大人的了？」

吉娜點點頭。「碰巧他上個月才來過我這裡。他想買個能把衣櫥裡的飛蛾趕走的護符。我跟他說，趕飛蛾的護符我從沒做過，不過我可以試做一個。這位爵爺出手眞闊綽；他光聽說我肯試做看看，就付

＊譯注：茴香葉是適合搭配魚類料理的香料。

了錢。他堅持要看看我店裡的每一個護符，然後一次就買了六個。六個耶！一個是做好夢的，一個是心情輕鬆的，一個是吸引飛鳥的——噢，他好像被這個護符迷住了，彷彿他就是隻飛鳥一般。不過當我請他把手伸出來給我看看的時候，他說這些護符都是要送人的禮物。我跟他說，如果收禮的人願意的話，不妨請他們來找我，好讓我微調一下護符；然而直到現在，也沒看到收了那些護符做禮物的人來找我。不過，這些護符是我做的，所以功效原本就很夠。可是我還是希望能把那些護符微調一下。照著一成不變的老辦法做出來的護符，跟大師創造出來的護符，可是有天壤之別的；我也不怕你見笑：我可自認為是大師呢。」

我越聽，眉頭皺得越緊，所以吉娜講到末尾，便笑意盈盈地逗我，最後我們兩人一起大笑；我覺得很自在，雖說我理應不該這麼自在的。「妳可讓我放心了。」我宣布道。「我知道幸運這孩子很乖，也不大需要我多關照；不過恐怕我老是在想像他會碰上最糟糕的事情啊。」

*不得忽略我！*茴香威脅道，接著便跳到桌子上。吉娜把牠放到地上，接著牠又彈回吉娜的大腿上。她心不在焉地拍著茴香。

「做父親的都是這樣。」吉娜安慰我道。「而做朋友的也會這樣。」她臉上浮起古怪的神情。「雖說擔心這個那個的，未免有點愚蠢，但我自己仍忍不住掛念。雖說那些事情都輪不到我擔心。」接著她以明白而且憂心忡忡的眼光看著我，使我原有的自在感一下子全部蒸發光了。「我要跟你講白了。」吉娜警告道。

「請說。」我嘴上雖這麼說，但是我心底卻巴不得她什麼都別說。

「你有原智。」她說道。聽她的口氣，倒不像是在指控我有個污點，而是在陳述我有個身體畸形的隱疾。「我因為做這一行的關係，去過不少地方；我去過的地方，可能比你近幾年去過的地方來得多。

一般人對於原智者的看法已經變了，湯姆。近來不管我到哪裡，原智者的處境都變得很嚴峻。我雖沒親眼看到，但是我聽說法洛公國那邊的人，不但屠殺原智者，還公開展示屍塊；而且他們將屍塊分裝在好幾個籠子裡，以防止原智者死而復生。」

我表面上不動聲色，但其實背脊直冒冷汗。晉責王子。他也許是被人擄走，也許是離家出走，但是無論是哪一種，他的處境都岌岌可危。人們的確有可能會幹下這種惡行，然而少了公鹿堡的高牆屏障，年輕的王子何以保護自己？

「我是個鄉野女巫。」吉娜溫柔地說道。「所以我很明白天生就具有法力的天賦，是怎麼一回事。人既有天生的天賦，就注定一輩子擺脫不了這個天賦；這是就算你想要改變，也無法改變的事實。除此之外，我還有個姊姊是天生就缺乏鄉野女巫的天賦，所以我也很明白，一個人生而缺乏特殊天賦是什麼感覺。有的時候，她好像很自由；她可以盯著我父親做好的護符直看，因為對她而言，那不過就是些小枝子和珠子而已。她從來就不覺得那些護符彷彿在對她低語，或者在使勁拉扯著她。我待在父親身邊學習鄉野術法的技巧時，她則待在廚房與母親一起下廚。從小到大，姊姊與我之間總是彼此互相嫉妒；不過我們是一家人，所以我們學會了容忍彼此的不同。」她一邊回憶著，一邊露出笑容，然後她搖了搖頭，臉色變得嚴肅起來。「外頭的世界就不同了。別人是不會威脅說要把我肢解或是放火燒死，但是我倒是看過一些人露出痛恨或是嫉妒的眼神。一般人總認為這樣不公平，因為他們一輩子也無法求得我天生就有的天賦，要不然就是唯恐我會用什麼怪招去對付他們；其實他們也都有自己的特長，是我怎麼也學不來的，但是他們卻從不往這個方向去想。一般人對我頂多粗魯一點，當街嘲笑我，或者擋著不准我在市場裡擺攤子，但是他們不會殺我。你就沒這份自信了。若是一不小心露出破綻，可能就會丟了性命；要是有人故意挑釁……這個嘛，你就完全變了一個人。我得老實承認，從上次見過你之後，我就一直記掛著這些事情。這個嘛……爲了讓我自己心頭平靜下來，所以我給你做了個小東西。」

我很困難地吞了口口水。「噢，謝謝妳。」我連開口問她給我做了什麼東西的勇氣都沒有。雖然這個房子陰暗且涼快，但是我的背脊卻在滲汗。她的用意雖不在於威脅我，但是她這一番話，卻不啻在提醒我，我在她面前有多麼脆弱。接著我發現到，我所受的刺客教育，還眞是根深蒂固。我心底有個聲音在說，把她殺了。她既知道你的祕密，就有可能威脅到你。快把她殺了。

我將雙手放在桌上交握著。

「你一定覺得我很奇怪。」她一邊喃喃說道，一邊走到碗櫥前。「竟然才見過你一、兩次面，就想介入你的生活。」我看得出她雖左右爲難，但仍打算把她做好的禮物送給我。

「我覺得妳很好心。」我尷尬地說道。

她一起身，茴香便不得不換到地上坐著，此時牠的尾巴纏繞在腿上，抬起頭，用力瞪著我。沒得坐了！都是你害的。

吉娜從碗櫥裡拿出一個盒子。她拿著這個盒子回到桌邊，打開盒蓋。盒子裡是一條串了珠子、綁了些小樹枝的細皮繩。她把皮繩拿起來一抖，就看出是條項鍊了。我盯著那項鍊看，但卻什麼感覺都沒有。「這是做什麼用的？」我問道。

她快活地笑了起來。「只怕這用處很小呢。護符既不能讓你的原智憑空消失，也無法讓你刀槍不入，甚至也無法幫你紓解高壓的情緒。我是試做過一個能幫助你抑制怒火上升的護符，但是那個護符既大又笨重，戴上去不像項鍊，反倒像是枷鎖似的。我跟你說件事情，你可別見外：我第一次看到你的時候，只覺得你一副拒人於千里之外的樣子。我過了好一會兒才跟你熱絡起來，而且要不是先前幸運把你捧了上天，我根本連一句話都不想跟你多講；要不是幸運的話，我絕對會把你認定爲危險人物。此外那天我們在市場裡碰到的人，也都對你讚不絕口。後來你不加修飾地表現出你自己的本色：原來你的確是個危險人物，但是你這個人沒有邪氣——這話我就明說了，還請你多包涵。不過由於習慣使然，你的面容總是顯露出你的黑暗面；而如今你腰上佩了劍，頭髮又梳成戰士的馬尾，怎麼說呢，這可不會使你看來和藹可親。然而，人們若是先怕了你，就很容易對你投以怨恨。所以啦，我做的這個護符，是以一種非常古老的愛情魔咒稍加變化而成。我之所以做了這種護符，並不是爲了要吸引戀情，而是爲了讓人們多看看你好的那一面，如果這護符能發揮我所設想的效果的話。當我們在既定的標準主軸上做變化的時候，成品往往會缺乏強度。你坐好，別動。」

她拎著項鍊，走到我椅子後面，然後將項鍊從我眼前降到脖子上；我不待她吩咐就低下頭，讓她把項鍊扣在我頸後。這護符沒讓我覺得有什麼不同，倒是她冰涼的指頭碰到我皮膚時，讓我心頭一沁。她的聲音從我身後傳來：「你瞧我把這護符的長度算得多準！這護符若是做得太長，就會垂下來，若是做得太短，又會勒得不能呼吸。讓我看看你戴起來的模樣，你轉過身來。」

我照吉娜說的，坐在椅子上轉了個身。她先凝視著項鍊，然後凝視著我的臉，接著燦爛地笑開了。「噢，行啦，這一定成的。雖說你比我記憶中的更高；我當初眞應該用更窄細的珠子的……嗳，可以的啦。我是想過要把這護符稍微調整一下，不過恐怕我一動手做，就會把整串項鍊拆散了。好，平常時候，把領子拉起來，像這個樣子，只讓護符露一點點出來。好了。碰上了你需要讓護符多發揮一點功效的時候，就找個理由把領口鬆開。你一讓護符顯露出來，人們就會覺得你能言善道；就連你不開口，人們都會覺得你風采迷人。」

她一邊調整我的領口，讓護符多露一點出來，一邊凝視著我的臉；我抬起頭與她四目相對，然後突然覺得自己滿臉羞紅。我們兩人相視不語。

「效果真的非常好。」吉娜一邊評論道，一邊落落大方地低下頭來，把她的唇湊到我面前。要我不親她，那簡直是不可能的。她把唇緊緊地壓在我的嘴上。她的唇很溫暖。

門把吱嘎地轉動，我們兩人倏地彈開。門一打開，便洩入燦爛的日光，而門框裡則出現女性的窈窕身影。接著那人走了進來，把門帶上。「呼。感謝艾達神，屋裡比外面涼快多啦。噢。抱歉，妳在為人看相嗎？」

她跟吉娜一樣，鼻子和前臂上都有雀斑。不言可知，這人必是吉娜的外甥女。她看來約二十歲上下，手上挽著一籃子鮮魚。

茴香跑過去迎接她，並緊緊地環住她那一雙腳踝。*妳最疼我。妳心裡曉得妳最疼的就是我。快把我抱起來。*

「不是看相，是在試護符。這護符看來還挺有效的。」吉娜講得很逗趣，使我也感染了她愉快的心情。吉娜的外甥女看了看吉娜，再看看我，就知道這話裡有話，一定是瞞著什麼好笑的不讓她知道，但是她倒不以為意。她抱起茴香，而茴香則在她臉上磨蹭，以昭告眾人：此人乃歸茴香所有。

「我該走了。恐怕我還得先去辦幾件任務，而且上頭還等我回去呢。」倒不是我很想走，而是我想不想留下來，跟我應該在公鹿堡裡做的事情無關。更重要的是，我需要點時間想一想方才是怎麼回事，以及那到底是何意義。

「你一定要馬上走嗎？」吉娜的外甥女對我問道。看到我從椅子上起身，她似乎真的很失望。「魚多得很，你何不留下來跟我們一起吃魚呢？」

她這番即興的邀請，以及她那興味盎然的眼神，使我大吃一驚。

*我的魚。我馬上就要吃魚了。*茴香低下頭來，滿心歡喜地看著牠的食物。

「看來那護符眞的很有效呢。」吉娜在一旁說道。我一聽，連忙把領口拉到幾乎合緊。

「恐怕我眞的得走了。我還有工作要做，而且我還得早點回堡裡去。不過眞的很謝謝妳的好意。」

「也許下回再來吧？」那女子又邀請道。此時吉娜補了一句：「當然下回再來囉，親愛的。趁他還沒走，讓我跟妳介紹一下，這位是湯姆．獾毛。湯姆請我幫他注意著，因爲他兒子，也就是我認識的那位名叫幸運的年輕朋友，不久就要來公鹿堡城。幸運到的時候，大概會在我們這裡住個幾天；屆時湯姆當然會跟我們吃頓飯囉。湯姆．獾毛，這位是我外甥女，米絲佳。」

「米絲佳，很榮幸認識妳。」我請米絲佳放心。接著我又多待了一會，講些臨別的客套話，然後我便匆忙地走入充滿陽光與噪音的大城。我一邊加快腳步走回公鹿堡，一邊注意從我身邊經過的人有何反應。感覺上，對我微笑的人似乎變多了，不過我也想到，這可能只是因爲我直視著別人的眼睛，所以他們才對我一笑罷了。平常我在街上走的時候，通常會避開陌生人的眼光；畢竟如果別人沒注意到我，就不會記得有我這個人，而對於刺客而言，這最好不過。然後我提醒自己，我已經不是刺客了。但我還是決定，等我一回到家裡，就把這項鍊拿下來。有好些陌生人滿臉堆笑地朝我走來，與我擦身而過；然而對我而言，這可比別人一見面就對我面露凶相更令我緊張萬分。

我爬上陡坡，到了城堡的大門，大門警衛讓我進去了。此時日正當中，天空清澈蔚藍，而看這光景，往來的人們就算知道瞻遠王座的唯一繼承人已經失蹤，也絲毫沒露出什麼跡象；衆人忙著手邊的事情，就算有什麼苦惱，也是因爲工作而起。馬廏附近，有幾個高個子男孩，朝一名胖胖的年輕人聚攏過去。我知道那年輕人有點遲鈍，因爲他臉孔扁平、耳朵小，而且不時吐著舌頭。那幾個男孩子把他團團圍住；他那小小的眼睛露出了恐懼。馬廏裡有幾個人在忙著，其中一個比較老成的馬廏幫手，很厭惡地看著那些男孩子。

不，不，不。

我東張西望，想要看看是誰傳出這個思緒，但是當然我什麼也看不出來。某處一陣若有似無的音樂使我分了心。一名在馬廄幫忙的男孩子，不曉得被派去做什麼急事，慌慌張張地撞上了我；一看到我震驚的表情，便立刻卑躬屈膝地乞求我的原諒。原來我連想都沒想，手便已經摸到劍把上。「這沒什麼。」我要那孩子放心，然後又問道：「借問，此時要找兵器師父的話，要上哪兒去找他呢？」

那孩子突然站直了起來，朝我仔細打量了一下，露出笑容。「到練習場去就對了，先生。穀倉再過去就是練習場。」他用手比了方向。

我謝過他，一邊轉身走開，一邊把領子拉緊。

13

一言爲定*

在公鹿公國，獵貓並非前所未聞，但是多年來，以獵貓追逐獵物，一直都算是殊象。一方面是因爲公鹿公國的地形比較適合獵犬，另一方面，則是因爲獵犬適合追逐大型獵物，而騎馬獵人的目標通常也是大型獵物。一群活蹦亂跳、熱烈吠叫的獵犬群，益加增添王者出獵的派頭。而斯文的獵貓適於獵捕鳥、兔，所以多與貴婦相伴出獵。黠謀國王的第一任妻子，堅媜王后，就養了一隻獵貓，不過堅媜王后養獵貓，主要是爲了多個玩伴，而不是爲了要打獵；這隻獵貓，名叫「嘶荳」。

*譯注：本章名「Bargains」，文意爲「協定、協議、買賣、交易」，應是意指三二二頁處，晉責以婚約與外島締結的停戰協定，以及珂翠肯以婚約讓群山與六大公國結爲聯盟的這兩個協定；最重要的是指珂翠肯要蜚滋以精技尋找王子之約定。

「王后要見你。」

「什麼時候？」我驚訝地問道。我壓根沒想到切德會劈頭就說王后要見我。我才一打開暗門，進到切德的塔頂房間裡，就發現他已經坐在火爐前的椅子上等我了。他見我到了，便立刻站起來。

「當然是現在。她要知道我們有什麼進展，所以她自然想盡早聽聽你的消息。」

「可是我什麼進展都沒有。」我抗議道。別說是跟王后報告了，我都還沒跟切德報告我這一天的見聞。我在兵器練習場練習了一陣子，此時我大概是汗臭逼人了。

「就算沒進展，她也要聽你親口說啊。」切德無情地答覆道。「走吧，我帶你去見她。」切德動了個機關，帶我離開塔頂的房間。

此時已是晚上。這一下午，我謹遵弄臣的勸告，扮好僕人的角色，並把新地方摸熟。因此，我跟好些同為僕人的同儕小聊了一番，到兵器師父魁斯維面前自我介紹，並巧妙地讓魁斯維主動提議說，我應該跟黛樂莉過招，以便重溫使劍的技巧。黛樂莉果然是個可敬的對手；她幾乎跟我一樣高，不但精力充沛，而且敏捷靈動。她打不進我的防衛圈，我是很高興，然而過不了多久，我就因為防守太過費勁而累得氣喘吁吁。就目前而言，我也別想打進她的防守圈。浩得師父在一、二十年前教我的功夫，我都還記得很清楚，只是我心裡動得雖快，手腳卻跟不上；知道招式怎麼打，與把招式使出來，畢竟是兩回事。

我兩次請她讓我休息一下，喘口氣，她都露出年輕人那種討人厭的、得意洋洋的模樣。我試著引導她談談晉責王子，不過她守口如瓶，直到第三次休息時，我把領口解開，讓襯衫透點涼風進來，情況才開始改觀。老實說，做這種事情，我心裡有點愧疚，不過我得承認，我的確想試試看這護符能不能誘使她多講一點。

這護符真的奏效了。我待在兵器室的屋蔭裡休息，等自己呼吸平緩了，便抬頭看看她的臉色。我們的眼光相交之際，她那棕色的眼睛突然變大了，彷彿是她的意中人映入眼簾似的；而我則如直朝目標疾射而去的長劍一般，拋出問題、刺破她的防線。「妳倒說說看，妳跟晉責王子過招的時候，也一樣逼他逼得這麼緊嗎？」

黛樂莉笑了。「那倒不會，因為我在跟王子過招的時候，常常連抵擋他的攻勢都來不及呢。王子劍術高明、招式新穎、出人不意。往往我才想出個新招來防守，隨即就被他學了去，反而用同樣的招式來防我呢。」

「這麼說來，王子頗愛使劍，畢竟劍術高明的人通常都對劍術有所偏好。」

她停頓了一下。「不。我看倒不是這樣。他是那種凡事都全力以赴的年輕人。所以不管他做什麼事，都力求盡善盡美。」

「那麼他一定很好鬥囉？」我裝作不經意地隨便一問，兩手忙著順順紛亂的頭髮。

她又想了好一會。「不。他固然求好心切，卻跟一般人的好鬥不同。我也碰過那種一心只想擊敗對手的人；而我往往可以利用對方因為好勝而露出的破綻來取勝。至於王子，我看他根本不在乎輸贏，只在乎每次過招的時候，是不是做到完美無瑕。他看起來也不像是要跟我拚個高下……」她邊說邊想，聲音也越講越小聲。

「他是要跟他自己，跟他理想中的自我比個高下。」

我提了這句話，似乎使她很驚訝，她咧嘴笑道：「正是如此。你碰過他，是不是？」

「還沒。」我答道。「但是他的傳聞，我聽得多了，所以我很期待見到王子呢。」

「噢，那有得等了。」黛樂莉直率地說道。「他的行事帶有幾分其母的群山作風。有的時候，他把整個宮廷的人丟下不管，好一陣子不見蹤影，然後把他自己關在高塔裡沉思。有人說，王子閉關的時候，其實是在齋戒禁食，但是他重新恢復日常作息的時候，我可看不出他有什麼齋戒禁食的跡象。」

「那他到底關在高塔裡做什麼？」我問道，眞的感到很困惑。

「我怎麼知道？」

「妳從沒問過他？」

她冷冷地打量了我一會，淡淡地答道：「我只是在王子練劍的時候跟他過過招，又不是他傾吐心事的密友。我是個練武的，而他是王子。我才不會假裝熱絡地追問王子私底下在做什麼。全堡的人都知道王子注重隱私，而且很需要獨處。」

於是我發現到，不管有沒有戴這項鍊，我都問得太多了。我微微一笑，希望自己的笑容能讓她鬆懈下來，然後嘆了一聲，站挺了起來。「說到練劍過招，我還眞沒碰過像妳這麼厲害的能手呢。王子能跟妳切磋劍術，眞是幸運。而我也很幸運。」

「你客氣了。希望有機會再跟你切磋切磋。」

於是我對黛樂莉的探尋到此爲止，沒有再往下追問。我試著跟別的僕人打探消息，但無論我直接地問，還是迂迴地問，也都是徒勞無功。倒不是說僕人不願多說；若是提到黃金大人或是雅緻夫人，他們都有許多傳聞可說，但是講到王子，他們卻像是什麼都不知道。至此我對晉責的印象是，衆人雖不至於討厭他，但是王子由於自己地位崇高，又天性孤僻，所以與別人頗爲隔閡。我並不覺得振奮；我怕的是，在這個情況下，萬一是他自己離家出走的，那麼恐怕除了他自己之外，誰都不曉得他的打算。而他好獨處的這個習性，也會使得綁匪容易下手。

我的心思轉到王后收到的那張字條上。那張字條寫著，王子有原智，並要求王后乖乖照辦。到底「乖乖照辦」那四個字所指爲何？對方是要王后宣布王子有原智，並昭告原智者應受到社會的接納嗎？

還是對方要摧毀王子，以滌洗瞻遠王室的血統？寫這字條的人，是否也跟王子有所聯絡？

我打算在晚餐時分來個探險，而切德的工作台上，開鎖的工具應有盡有；再說王子用的是以前帝尊所用的廣大房間，而那房間的鎖頭跟我已經是老朋友了，所以我應該可以毫不費力地溜進去瞧瞧。我趁著全堡的人都在餐桌邊的時候，不動聲色地走近王子的房間。在此，我再度看到了王子母親所樹立的風格，因爲那房間門口不但沒有警衛，而且根本沒有上鎖。我悄悄地溜了進去，又輕輕地把門關上。我四下環顧，並感到大爲不解。我本以爲這房間會有點凌亂，因爲幸運走過之處，通常總是一片狼藉；然而王子僅有的家具物品等不但少，而且一切都井然有序，整齊到使得這寬敞的大房間顯得空空如也。我心裡想著，也許是王子的近侍一絲不苟到近乎偏執吧。然後我想起珂翠肯是在群山王國長大的，那麼王子可能是連一個貼身的侍僕都沒有的。畢竟就群山王國的習俗而言，王室是不用僕人的。

我三兩下就把他的房間探索完畢。王子的衣服裡各式的衣服都有一些，看不出是不是少了什麼；他的騎馬靴還在，不過切德早就跟我說過，王子的馬仍在馬廄裡。他的髮刷、梳子、臉盆和鏡子都一塵不染，而且整整齊齊地排成一直線。這房間是王子讀書寫字的地方，不過他的墨水瓶蓋得很緊，而且寫字檯上從沒染過什麼污漬，也沒潑灑到什麼髒東西。四處都見不到打開來看到一半的卷軸。他的劍掛在牆上，不過牆上還有別的掛勾，也許原來掛著別的兵器也說不定。房裡沒有寫了字的紙條，衣櫃的角落裡不見一絡頭髮或是一條絲帶，連床底下都找不到黏膩的酒杯或是隨便亂塞的襯衫。總而言之，這個房間給我的感覺，就是根本就不像是男孩子的房間。

壁爐附近有一只編得很結實的籃子，籃子裡鋪著一個很大的靠墊，靠墊上黏了幾根短且細的毛髮，籃子上則有些爪痕。就算我的鼻子不及狼的鼻子那麼靈，也聞得出房裡有貓味。我拿起墊子，發現墊子下有一、兩樣東西：一根粗棍子，棍子的一端繫著一張兔皮，另外有個以貓薄荷塡塞的帆布玩具。我有點驚訝，因為我不知道尋常家貓玩的東西，能不能引得起獵貓的興趣。

除此之外，這房間裡幾乎沒別的東西。房裡並未藏著日記，也找不到離家出走的人留下的臨別字條，而且也沒什麼跡象顯示王子是被人強行押走。我靜靜地離開王子的房間。

由於路線使然，所以我經過了我年少時所住的房間。我停下腳步，心裡很想進去看看。現在這房間是誰在住？走廊裡四下無人，所以我決定順從這一股衝動。門上的鎖頭是我設計的，所以我得努力運用已經生疏的技巧去開鎖。那鎖頭幾乎轉不動，所以我敢說一定好久沒有人碰過了。我帶上了門，動也不動地站著，並聞到一股塵土味。

窗戶上的水平護窗板是關著的，不過那護窗板本來就不大密合，至今也仍然沒變；所以屋裡雖暗，卻透了一點日光進來。眼睛適應了昏暗的光線之後，我四下張望。床上掛著的，仍是我所熟悉的那個床帷，只是上面織了不少精細的蜘蛛網。床尾的杉木櫃上積著厚厚的灰塵。壁爐裡空曠、烏黑，而且冰冷。壁爐上掛著的，是睿智國王招待古靈的織錦畫，已經褪了色了。我朝那織錦打量著，當我還只有九歲大時，光是這個就夠我晚上做惡夢了。時光飛逝，卻沒有改變我對古靈那長蛇般的金黃色身形的看法。衆古靈俯瞰著這個空蕩蕩，而且毫無生機的房間。

我突然覺得我好像走進墳墓裡。於是我一如進來時靜悄悄地走出去，並把身後的門鎖鎖上。

我本以為黃金大人在房間裡。「黃金大人？」我喚道，走上前去，輕輕地在他私人房間的門上敲了一下。我發誓我沒動到門閂，但是我一碰到門，它就開了。

陽光傾洩而入。這房間雖小，卻有窗戶，此時西下的斜陽，映得一室黃澄澄的。這是個令人愉快的開闊房間，房裡飄著顏料味和雕刻的木屑味。角落裡有一盆順著格子架攀藤的植物。我認出了牆上掛著吉娜做的護符。房間中央是個工作台，工作台上除了散落的工具和顏料罐之外，還有一些細枝、線頭和珠子，看來是他把哪個護符給拆了。桌上有個卷軸，用重物壓著，卷軸上畫了幾個護符，不過那些護符跟我在吉娜店裡看到的護符差了十萬八千里。雖然只瞄了一眼，但是那些圖像仍令我心神不寧。我心裡想道，我好像記得這樣子的東西，等到湊上去一看，我便很確定自己絕對沒見過這種玩意兒。我背脊起了個冷顫。那些小珠子個個都有臉，小枝子上則刻著螺旋紋。我看得越久，心裡就越是混雜迷亂；那些圖像彷彿要把我拉進去似的，我覺得自己好像快喘不過氣來了。「離遠一點。」弄臣溫柔地在我身後說道。但我無法應聲。

我感到他的手放在我肩上，於是那魔咒就破解了。我轉過頭來看著他。「對不起。」我立刻說道。「那門開著，我——」

「我沒料到你會這麼快回來，要不然我就會把門鎖上了。」

他只說了這麼一句話，便把我從房裡拉出來，並把門關緊。

我在感覺上，彷彿他是從峭壁懸崖上把我拉回來似的。我顫巍巍地吸了一口氣。「你畫的是什麼東西？」

「只是實驗之作。你跟我講了吉娜的護符之後，我感到很好奇，所以我到了公鹿堡城之後，便決心要親眼瞧瞧那些護符到底長什麼樣。等我看到了，便想弄清楚那是怎麼回事：到底護符必須得要鄉野巫師動手做才會生效呢，還是只要把小枝和珠子照樣組合起來就會生效？此外我還想知道，我能不能加強護符的效力。」他淡淡地說道。

「你待在那些東西附近怎麼受得了？」我追問道；直到此時，我頸後仍寒毛直豎。

「護符對人有效。你可別忘了我是白者。」

他這話跟那些狡詐圖像一樣，使我啞口無言。我看著弄臣，而且在那一剎那之間，覺得自己彷彿是跟他初次見面。雖然他的膚色髮色都很特殊，但我從來不覺得他有異於常人；然而除此之外，他還有些地方與衆不同，像是他的手與手臂接合的方式，以及他那蓬鬆的頭髮……然而我們四目相交之時，我覺得我的老朋友又回來了。感覺上，彷彿是我彈得老高，然後又掉回地上。我突然記起我剛才的作爲不大妥當。「抱歉。我不是有意的……我知道你需要隱私——」我感到羞赧，一股熱血衝上臉來。

他沉默了一會兒，然後持平地說道：「我去拜訪你的時候，你從不藏私。」我覺得他這話反映出他對「公平」的看法，而不是他對於這件事的情緒反應。

「我以後再也不會進去了。」我熱切地保證道。

這話讓他臉上露出一點笑容。「我看那地方你大概也不想走近吧。」

我突然很想換個話題，不過當下我只想得到這句話：「我早上去找吉娜。她給我做了這個。」我說著便把領口打開。

他先是瞪著護符，然後抬起頭來凝視著我的臉；看起來他好像麻木了似的。最後他臉上冒出蠢蠢的傻笑。

「這護符的用意是要讓人們多看我好的那一面。」我解釋道。「大概是要把我冷峻的面貌中和一下吧；不過她把這點直截了當地講出來，可見得她並沒有多看我好的那一面。」

他吸了一口氣。「蓋起來。」他一邊大笑，一邊乞求道；而我把領口收緊之後，他便趕緊移開目光，忙不迭地走到窗邊，眺望出去。「護符雖非針對白者而設計，但這並不表示我就完全不受護符的影響。你常常令我想起，在某些方面，我還是非常貼近人類的。」

我把護符從我頸子上解下來，遞給弄臣。「如果你喜歡的話，就拿去研究研究吧。我不大想戴這個。我想，我還是寧可知道人們對我的眞正看法。」

「那不大好吧。」弄臣一邊喃喃地說道，一邊轉過身來，把護符接過去。他舉起護符，打量了好一會兒，然後才看看我。「這是特別針對你微調過的？」

我點點頭。

「眞有趣。這護符就讓我留個一、兩天吧。我保證不會把它拆散了。不過我把護符還你之後，你還是戴著比較好，而且要時時戴著。」

「我會考慮看看。」我嘴上雖說得篤定，但心裡卻不想再碰那項鍊了。

「切德要你一回來就去找他。」他突然說道，彷彿此時他才想起來似的。

因此我們談到此爲止，而且我覺得，方才我去了不該去的地方，這事就算弄臣還沒原諒我，至少也已經寬恕我了。

此時我跟在切德身後，循著狹窄的通道前行，並問道：「這密道是怎麼蓋的？這密道蓋得四通八達，堡裡的人怎麼可能渾然不知呢？」

切德手持蠟燭走在我前面，他回頭輕聲地答道：「這密道有些是當年蓋城堡的時候，就同時做起來的；咱們的祖先並不是什麼光明正大之徒。另外有些密道是爲了在危急時逃生之用；有的則是從一開始就是用以窺看隱私。有些密道原來是僕人往來的走道；而公鹿堡發生大火之後，便在重建之時，將僕人走道納爲密道網絡的一部分。還有一些密道，是你來堡裡之後才蓋的。你還記不記得，你小的時候，黠謀國王下令重建守衛室的壁爐？」

「不大記得了。當時我才不注意這些。」

「當時誰也沒把這事放在心上。不過你也許曾注意到，守衛室那兩面牆上，多添了木板牆面。」

「你是說碗櫥櫃的那面牆？我認爲在牆上加蓋碗櫥櫃，爲的是要讓廚娘有多一點地方擺放乾貨，而且又能防鼠。後來房間變得比較小，不過也因此而變得更暖。」

「而碗櫥櫃之上，就有一條密道，而且還設了好幾個窺孔。黠謀國王喜歡探聽守衛對他有什麼看法、他們怕什麼，以及有什麼期待等等。」

「但是蓋密道的人總會曉得吧？」

「這密道工程切成了好幾份，而且每一份都找不同的人來做。窺孔是我最後加上去的。就算有人曾經納悶過，碗櫥的天花板何必蓋得這麼結實，也沒人多說什麼。我們到啦。噓。」

他把牆上的皮罩拉開，從窺孔裡看出去。過了一會兒，他輕聲地說道：「走吧。」

推開壁上的暗門，便進了一間小室。切德又停了一下，一邊從窺孔觀望，一邊輕輕地在壁上敲了一下。「進來。」珂翠肯輕聲答道。

我跟著切德走進一間位於王后臥室隔壁的小起居室。連到王后臥室的那道門不但關緊，而且上了門。這小起居室的家具放得很空曠，帶有群山的樸素風格，但是別有恬靜的味道。房裡沒有窗戶，亮光來自於桌上那幾枝香味蠟燭。這裡的桌椅都是平實的淡色木頭做的，並未油漆上色。地上鋪的是草墊，牆上掛的是草簾，所以房裡散發出如同山間瀑布的風味。我認得出這草墊和草簾都出自於珂翠肯自己的手工。除此之外，房裡沒放什麼別的。然而房裡的布置我無暇多注意，因爲珂翠肯就坐在房間正中央。

她正在等我們。她穿著一件公鹿堡的藍色樸素長袍，配上白、金相間的長裙。她的金髮收攏在頭上，而且頭上只戴著簡單的銀圈，手上也沒有任何首飾。換作是別的女人，大概會一邊做著針線活，一邊等我們，或者是擺出一盤點心。但我們的王后不是這樣的人。她什麼都沒做，就是在等我們，然而我既未感到她有什麼不耐煩，也沒感到她有什麼焦慮。我想她也許正在沉思，因爲她的周遭散發出一股靜止的氣氛。我們的眼光相交時，我只覺得她嘴角與眼角的小細紋似乎靜止了十幾年，因爲在彼此凝視之際，我們絲毫不曾感覺到時光的飛逝。我一直敬佩她的勇氣，而她眼裡的勇氣依然炯炯發亮，此外，守身謹嚴的標準，至今亦仍與她如影隨形。不過她看到我的時候，喊了一聲：「噢，蜚滋！」而她的聲音裡，盡是溫馨的歡迎與寬慰。

我對她一鞠躬，單膝下跪。「吾后！」我招呼道。

她走上前來，伸手在我頭上碰了一下，給予我祝福。「請起。」她平靜地說道。「你陪我走過太多磨難，多到我再也不想看到你在我面前跪下。更何況，我記得你以前都是直接叫我珂翠肯的。」

「那已經是多年前的往事了，夫人。」我一邊提醒她，一邊站了起來。

她以雙手握住了我的雙手。我們差不多一般高，而此時她的藍眼睛直視著我。「太多年了。然而我們多年不見，這都要怪我。只是切德以前就跟我說，你可能會選擇以孤獨和休息來度過餘生；而當你做此選擇時，我並未多加挽留。畢竟你爲了盡一己之責而犧牲了一切，而如果孤獨是你唯一想要的報償，那麼我也會歡喜地讓你如願。不過我得承認，其實我看到你歸來，比看到你隱居更加高興，尤其是因爲此刻時局艱難哪。」

「如果您需要我的話，那麼我很慶幸自己人在此處。」我毫不保留地答道。

「看到你在公鹿堡裡往來，卻沒有人知道你曾經爲大家做了多大的犧牲，我心裡是很難過的。其實，即使安排讓你英雄般地凱旋歸來也不爲過。然而，我們不但沒有盛大歡迎你歸來，反而讓你隱姓埋名地以僕人的工作來掩飾身分。」她那誠摯的藍眼睛探索著我的心思。

我露出微笑。「這大概是因爲我在群山王國待得太久吧；大家都知道，在群山那裡，王國的眞正統治者，就是全民的僕人。」

她聽了這話，眼睛睜得大大的，接著臉上彷彿陽光穿過陰霾般地綻放出眞誠的笑容，不過接下來，她的眼睛卻突然湧出淚水。「噢，蜚滋，聽到你講這樣的話，眞令我寬慰不少。你的確已經成爲你的子民的犧牲獻祭，而且我對你甚爲敬佩。不過聽到你親口說出你早就深明自己的職責，並且不吝犧牲自己，則使我感到歡愉。」

我並沒說那些話，是她把我的話加以引申了，不過她的讚美緩解了我心中的積久舊傷，這點我是不會否認的。不過我教自己別再深究，趕快回到正題。

「晉責。」我突然說道。「我就是爲了他才回到這裡，而且與您相聚固然美好，但是若能找出他的下落，我會更加高興。」

吾后緊握著我的一隻手，拉著我往桌邊走。「噢，你一直都是我的朋友；你在我以陌生人的身分來到公鹿堡之前，就已經是我的朋友了。而如今在犬子的事情上，你的心亦與我心相隨。」她吸了一口氣，接著她身爲母親的恐懼與擔憂，突破了她身爲主政者的心防，她以顫抖的聲音說道：「無論我在宮廷上如何掩飾——而我必須如此欺騙自己的子民，使我更加難過——其實我心裡一直無時無刻地在思念著我兒。蜚滋駿騎，這事都是我的不對，然而我實在不知道這到底是因爲我管教太多，還是因爲我管教太少而起？到底我對那孩子要求太多，還是要求得不夠，才會——」

「吾后，您不能用這個角度來想問題。怪罪自己是無濟於事的，我們必須從當下的處境做爲起點。我得明白地說，在我來到堡裡的這短短一、兩天內，我尙未發現什麼線索。我問過的人都很誇讚王子，而且沒有一個人提到王子有什麼煩憂或是不滿的跡象。」

「這麼說來，你認爲他是被人強行帶走的了？」她插嘴道。

這樣插嘴實在太不像是珂翠肯的作風，不過我由此看出她內心有多麼苦悶。我幫她拉出椅子，讓她坐了下來，然後我直視著她的臉龐，以我所能表現出來最鎭靜的神情對她說道：「我還沒有定論。我所知太少，不足以讓我下任何結論。」

她不耐煩地做了個手勢，於是切德與我都在桌邊坐了下來。「但是你的精技呢？」她追問道。「你既會精技，難道你沒有因此而得知什麼線索嗎？切德告訴我說，他懷疑你跟那孩子在夢境中多少有點牽繫。我是不大了解你們是如何在夢中有所牽繫，然而果眞如此的話，你的夢境一定會透露點線索。他最近這幾晚做了什麼夢呢？」

「多年前我們搜索惟眞的時候，您並不喜歡我給您的答覆，吾后，然而這次恐怕您又要失望了。我的精技天賦跟從前一樣：時來時去，而且不大可靠。從切德告訴我的事情來看，我是可能偶爾對王子傳夢；但即使如此，我在傳夢之際，並不知道我自己在跟王子傳夢。而且我也無法隨意地侵入王子的夢境。如果最近這幾晚他有做夢的話，那麼他是獨自做夢的。」

「也許他這幾天根本就沒有做夢。」珂翠肯傷心地說道。「說不定他已經死了，或者被折磨得既不能睡，更無法做夢。」

「吾后，您想的都是最糟糕的狀況，而當您想著最糟糕的狀況時，您的心思便停在問題上，無法考慮解決辦法。」切德的聲音非常嚴肅。我知道他也因爲那孩子失蹤而心煩意亂，所以這番嚴詞倒令我有點驚訝，不過等到我看到珂翠肯的反應，我就想通了。珂翠肯是從切德的堅決果斷之中汲取力量。

「當然，你說得一點也沒錯。」她吸了一口氣。「不過我們能有什麼解決辦法？不但我們沒找到線索，就連蜚滋駿騎也摸不著頭緒。你建議我不讓外人知道王子失蹤的消息，因爲我們不得輕舉妄動，也不能引起衆人的恐慌。然而至今仍沒有人要求贖金。也許我們應該將此事公諸於世，讓大家知道王子已經失蹤。總會有什麼人知道一點蛛絲馬跡吧。我認爲我們應當發布消息，並籲請衆人協助。」

「還不行。」我聽到我自己說道。「因爲您說『總會有什麼人知道一點蛛絲馬跡』，而這句話講得很對。而這樣的人如果知道王子已經失蹤，卻未挺身而出，那麼他們有其理由；而且我得知道他們的理由為何。」

「那麼你有什麼建議？」珂翠肯追問道。「我們還有什麼路可以走？」

我知道她聽了一定會光火，但是我還是說道：「再多給我一點時間。再一天，最多兩天。讓我多打聽打聽。」

「但是等到那個時候，難保他不會出事！」

「事到如今，如果他會出事的話，早就已經出事了。」我堅定地指出，並盡可能平靜地說出這些殘酷的字句。「珂翠肯，如果是為了殺他而綁架的話，那麼他現在早就性命不保；如果是為了利用他而綁架的話，那麼對方還在等我們的下一步行動；而如果他是離家出走的話，那麼他可能會自行返家。只要我們將他失蹤的事情保密，那麼我們就可以決定下一步棋要怎麼走；如果妳公布消息，那麼其他人就會幫我們走下一步。妳一說出去，衆權貴便會上山下海地找他，然而並不是所有人都會把他的最佳利益放在心上；有的人之所以要『救』他，是為了要得點好處，而別的人之所以要找他，只不過是想把別隻黃鼠狼已經叼在嘴裡的獵物給搶過來。」

她閉上眼睛，雖不情願，但還是點頭同意。當她開口的時候，聲音很緊張。「但是你知道我們時間越來越緊迫了。切德已經跟你說過，有個外島特使團要來見證晉責王子的訂婚典禮了吧？他們大約會在兩週之後抵達此地，而屆時我一定得讓王子公開現身，不然我不但會蒙羞、受辱，甚至我小心翼翼地與外島締結的停戰協定，都可能會毀於一旦。」

「那個協定，是用妳兒子去買回來的。」我還不知道我想到這些，這兩句話便從我嘴裡漏了出來。

她睜大了眼睛，直視著我。「是的。這就像群山王國是以我來買到群山與六大公國之間的盟約，是一樣的道理。」她側頭看著我。「難道你認爲這宗買賣不划算？」

我受她這一頓搶白是活該。我低頭以表示歉意。「不，吾后。我認爲那是六大公國有史以來最划算的買賣。」

她聽到我的稱讚，點了點頭，同時臉上浮現若有似無的紅暈。「依卿所議，蜚滋。我們再找兩天，屆時若是不成，我就發布消息。在這兩天，我們要動用我們已有的每一種管道去探聽王子的消息。切德已經帶你走過公鹿堡的密道網。我是不大喜歡這密道網，因爲這意味著我們努力地探聽我們自己人的一舉一動，但是我允許你有自由使用密道的權利，蜚滋駿騎。我知道你不會濫用；你就盡量以你認爲最明智的作法去運用密道吧。」

「謝謝您，吾后。」我不大自在地答道。我並不是很歡迎這個禮物，因爲密道所見，乃是權貴男女的骯髒瑕疵。我並未朝切德那邊看去。然而，誰知道切德既獨享王家的龐大機密，同時又窺見堡內衆人見不得人的骯髒事，要使他付出多大的代價呢？他曾在不意之間目睹什麼惡行，瞧見什麼人的痛苦缺陷，而切德每天在寬廣明亮的廳堂裡遇見這些人的時候，又要如何迎接對方的目光呢？

「……該做的就去做。」

我的心思已經走遠，不過吾后還在等我答腔。

於是我講了我唯一能講的答案：「是的，吾后。」

她重重地嘆了一口氣，彷彿生怕我拒絕似的。要不然，就是她接下來要對我說的話，她很難說出口。「那麼你就去做吧，蜚滋駿騎，我永遠的朋友。要是能避免的話，我絕對不會如此地磨耗你。請你多加保重。使用藥材與藥草時務必謹慎，因爲縱然你這位老師父知識淵博，但是從古文翻譯出來的今譯，本來就不應當全信的。」她吸了一口氣，然後以不同的語氣說道：「如果切德逼你太緊，或者我逼你太緊，你就直說。你一定要時時提防我母親的召喚*。你可別……別讓我因為要求你去做超過你力量所及之事，而感到懊悔……」她越說越小聲。我想，她相信我一定懂得她話裡的意思。她又吸了一口氣，然後轉頭望向他處，彷彿這樣子我就不會發覺她淚水盈眶似的。「你今晚就開始嗎？」她以很不自然的高音調對我問道。

原來我方才答應的是這件事。當時我就知道我站在深淵的邊緣了。

但我還是奮不顧身地縱身跳下。「是的，吾后。」

我該如何形容我爬上切德的高塔那段冗長的階梯的感覺？切德在前領路，帶著我走過堡裡最祕密的所在，而我則跟著他那搖晃的燈光前行。絕望與期待在我身體裡交戰；我覺得彷彿自己的腸胃掉落在後方遠處，但同時又巴不得切德趕緊加快腳步。我就要享受久久不曾有的興奮感；我本來應該把全副心思與希望用於找到王子，可是我腦中所盤據的，卻是我整個人即將沉浸在精技之中的前景。而一想到這個前景，我是既恐慌，卻又躍躍欲試。我整個人繃得緊緊的，感知的五官彷彿要從我的血肉之軀裡蹦出來似的。我似乎隱約聽到音樂聲。

切德打開門的機關，並示意我先進去。我挪身經過他面前時，他有感而發地評論道：「你緊張得像是要當新郎似的，孩子。」

我清了清喉嚨。「長久以來，我一直約束自己絕對不能跟精技混攪在一起，如今我卻要一頭栽進去，這豈不是很怪嗎？」

切德把暗門帶上，我則四下張望。壁爐的護柵裡燃著小小的火堆，即使在盛夏，公鹿堡厚重的石牆仍滲出陣陣的寒意。惟真的劍靠在壁爐邊，正是我原來擱劍的地方，不過劍把上的皮條已經被人解去。

「你已經認出那就是惟眞的劍。」我有感而發地說道。

「怎麼會認不出來？我很慶幸你把他的劍保護得這麼周全。」

我大笑。「我看是他的劍把我保護得這麼周全吧。呃，接下來你要怎麼安排？」

「我建議你放輕鬆點，然後嘗試以精技尋找王子。就這樣。」

我四下環顧，想找個地方坐下來。我可不能大剌剌地在壁爐前坐下來；是的，全室唯一一張舒服的椅子就放在爐火邊。「那王后提到的藥材和藥草是怎麼回事？」

切德意味深長地朝我一瞥，他眼裡似乎流露出幾分疲憊。「那些東西，我看我們是用不著了。她提到藥材和藥草，是因爲我們的精技書庫裡有好幾個卷軸提到，對於難以進入接受狀態的精技學員，可以讓他們喝一些藥草茶、吃點特別的方子。我們曾經考慮要以那些東西來誘發晉責王子的精技天賦，但後來我們決定暫時擱置下來，等到我們確認藥物實屬必要時再使用。」

「蓋倫教我們精技的時候，從來就不用藥草那些東西。」我從工作台那裡拉了張高腳凳過來，擺在切德的椅子面前，然後便盤據在那凳子上。切德安穩地沉入他的椅子裡，不過他得抬頭才看得到我。我猜這種坐法讓他有點惱怒，因爲他答腔的時候，音調顯得有點暴躁。

「應該說是，蓋倫教你精技的時候，從來就不用藥草那些東西。難道你從來就沒有懷疑過，跟你一起上精技課的那些同道，都曾經得到蓋倫的特別關照，唯獨就你沒有嗎？我就懷疑過。當然了，答案到底爲何，已經永遠不得而知了。」

*譯注：原文寫的是「提防我母親之心」；珂翠肯欲言又止，想提醒蜚滋莫被死亡擄獲（珂翠肯母親已死），又不想明說。

我聽了只是聳聳肩。要不然能怎麼樣呢？他們通通都死去多年，而且其中有好幾個人還是我下的手。那早就無關緊要了！然而這個思緒卻引得我努力躲避精技的念頭死灰復燃；我從對精技無比期待，一下子變得萬般懼怕。我換了個話題。「是誰送貓給王子的，你找出來了沒有？」

我突然轉向，似乎使切德感到很驚訝。「我——噢，那是當然。送貓的是長風鎮的貝馨嘉夫人，以及她的兒子儒雅。貓是給王子的生日禮物，當初送貓的時候，還附了一條鑲了小珠寶的項圈和貓鍊。那貓約莫兩歲大，身軀狹長，毛皮上有橫紋，臉扁扁的，尾巴跟身軀一般長。據我所知，這種貓沒有家生的，如果要把這種動物訓練成獵貓，非得在小貓尚未睜眼之前，就把小貓從野外的貓窩裡抱回來養大才行。以貓做為獵伴是很罕見的，而且獵貓適合單人打獵。王子馬上就把禮物收下來了。」

「當初是誰把小貓從貓窩裡抱出來的？」

「我不曉得。大概是他們的獵人吧，我猜。」

「那貓喜歡王子嗎？」

切德皺起眉頭。「其實我不大關心那些。就我記憶所及，他們母子兩人走到高台前的時候，是貝馨嘉夫人牽著貓鍊，而貓其實是由她兒子抱在懷裡。那貓似乎是因為慶典的光線與嘈雜而感到茫然。我當時還納悶，他們是不是給貓吃了什麼迷藥，所以那貓才沒有驚慌地掙扎著要逃跑。不過他們說完客套話之後，貝馨嘉夫人就把貓鍊交到王子手中，而她兒子則把貓放在晉責的腳邊。」

「當時貓有想要逃走嗎？有沒有拉扯貓鍊？」

「都沒有。那貓很鎮定，鎮定得很不尋常。我記得那貓端詳了晉責好一會，然後用頭磨蹭著晉責的膝蓋。」切德的眼神變得很遙遠，我看得出他那老練的心智正在鉅細靡遺地追憶當時的景象。「接著晉責彎下身去拍拍貓，那貓退開了，然後又上前聞聞晉責的手。接著那貓做了件怪事：牠把嘴張得大大的，在晉責的手邊呼吸，彷彿那貓能夠從空氣中品嘗出晉責的味道似的。之後那貓就接受他了。那貓像一般的小貓那樣，在晉責的腳上磨蹭。後來有個僕人要把貓牽走，貓卻不肯走，所以當天晚上，就讓那貓留在晉責王子的椅子旁了。而王子有貓相陪，顯得非常開心。」

「他是什麼時候開始帶貓打獵的？」

「我記得他跟儒雅隔天就開始打獵了。儒雅跟王子差不多同一個歲數，而且王子急著想試試獵貓，你也知道，男孩子都是這個性子。儒雅跟他母親在堡裡待了一個星期，而儒雅跟王子每天早上都帶貓去打獵；因爲王子要趁機跟熟悉帶貓打獵的人多多學習。」

「他們打獵的成果豐碩嗎？」

「應該是吧。當然不是什麼大獵物啦，不過他們帶了什麼回來呢……噢，我記得有鳥，嗯，還有野兔。」

「所以那貓一直都睡在他房裡？」

「據我所知，那種貓要隨時跟人在一起，才不會變得野性難馴。不過當然啦，要是把貓留在馬廄裡的話，馬廄裡的獵犬是不會放過牠的。所以呢，是的，那貓睡在他房裡，而且王子走到哪裡，就跟到哪裡。蜚滋，你在懷疑什麼？」

我坦白地說道：「我的疑慮跟你一樣。我們的王子有原智，而且王子與他的貓伴同時失蹤。送貓爲禮、原智牽繫、然後失蹤，我看這不是偶然；這絕對是有人設計的。」

切德皺起眉頭，因爲他不願承認他心裡所確信之事爲眞。「那貓可能在王子遭到綁架的時候就被人殺了；要不然，貓也可能逃走呀。」

「確實如此；不過如果王子有原智，而且與那隻貓牽繫在一起，那麼王子被人擄走時，那貓就不會棄他而逃了。」這張凳子很不舒服，但我還是固執地盤據在凳子上。我閉上眼睛。有時候，當身體感到疲憊，心靈反而得以翱翔。我放任自己的思緒隨意飛躍。「我牽繫過三次，這你是知道的。第一次是跟大鼻子；後來博瑞屈把那小狗從我手裡抱走了。第二次是跟鐵匠，當時我年紀還小。最後一次是跟夜眼牽繫在一起。我每一次牽繫的時候，都立刻就有一種心心相繫的感覺。跟大鼻子牽繫的那一次，我根本連自己在做什麼都不知道，就已經跟大鼻子牽繫在一起了。我猜我之所以牽繫得那麼快，是因為我很寂寞；好比說，鐵匠給我溫柔的愛，於是我就懵懂地接受了。而我碰到夜眼的時候，牠對於困陷著牠的牢籠感到憤怒且痛恨，就跟當時我在那個處境下的感覺一模一樣，所以我也分不清彼此了。」我睜開了眼睛，並迎向切德震驚的眼神。「當時的我，是不設牆的，你看出來了吧。」我轉開頭，望向越來越小的爐火。「據我所知，原智家庭會護著家裡的孩子，不讓他們在年紀尚小的時候，就跟動物伴侶牽繫在一起；家裡的長輩會教孩子們從小就要豎立原智牆，直到一定年紀，才讓孩子去尋找適合的牽繫伴侶——而尋找牽繫伴侶的過程，幾乎與尋找適合的嫁娶對象一樣慎重。」

「你在暗示什麼？」切德平靜地問道。

我循著自己的思緒講下去。「王后為了在政治上結盟，而替晉責王子擇定了新娘。要是哪個原血家庭也幫晉責王子擇定了牽繫的對象呢？」

我沉默良久。然後我回頭望著切德；他望著爐火，我幾乎看得出他心裡正發狂也似的釐清我這個推想的諸多可能因果。「某個原血家庭刻意地幫王子選定了牽繫對象。而這假設的前提為：貝馨嘉夫人有原智；她出身於你所謂的『原血』家庭；他們或多或少知道，或者懷疑王子也有原智。」切德停頓了一下，噘著嘴思量。「也許那張聲稱王子有原智的紙條，就出自於那些人……不過我還是想不出，他們能夠從中攫取到什麼利益。」

「我們藉由讓晉責娶個外島女子而得到什麼利益？政治聯盟啊，切德。」

切德皺著眉頭看我。「你是說，那隻貓是貝馨嘉家族的一份子，而且能夠一直維繫自己與家族的聯繫？而且那隻貓還能多多少少能影響王子的政治決策？」

切德把這個推測，講得像是胡思亂想一般地不堪。「我還沒想透。」我坦承道。「不過我認為貝馨嘉一定脫不了關係。也許他們的目標很單純，只是要證明王子本人有原智，所以社會上不應該因為一個人有原智就將之殺頭肢解，然後燒掉。也許他們想要博取王子對原智者的同情，並藉此而影響王后。」

切德意味深長地看著我。「如果是這樣的動機，那我就可以接受了。這個局勢可能還跟勒索有關：一旦他們將王子與動物牽繫在一起，他們就可以藉由威脅要把王子有原智的事情公諸於世，來勒索政治上的好處。」切德轉頭望向他處。「或者他們想要讓王子淪落為動物的層次，若是我們膽敢不順從他們的政治需求的話。」

每次碰上這種需要反覆推敲的事情，切德總是想得比我快得多。有他來潤飾我的粗糙想法，我覺得很寬慰。我可不希望我導師的心靈或是身體衰老下去。在許多方面，他仍舊像是幫我把外面的世界擋下來的盾牌。我聽了猛點頭。

他突然站了起來。「既然如此，那麼我們就更應該依計行事了。來，坐我的椅子吧。你坐那裡，活像是棲在樹枝上的鸚鵡似的，那樣子怎麼會坐得舒服呢。所有的精技經卷都強調一個道理，那就是在施展精技的時候，應該要找個舒服的地方；你必須要讓身體放鬆，不至於妨礙心靈的行動。」

我想開口跟切德說，當年蓋倫完全是反其道而行。他教我們精技的時候，總是把我們的身體弄得苦不堪言，苦到心靈變成我們唯一的解脫。然後我閉上了嘴，這些話就省了吧。我何必去反對，或是考慮蓋倫對我們做了什麼事呢？那個心靈扭曲、毫無樂趣可言的傢伙把我們折磨得死去活來，並把成功結訓的學員，扭曲為毫無心肝、只對帝尊王子效忠的精技同道。也許蓋倫之所以反其道而行，跟這個有一點關係；說不定他本來就是想要破解身體的抗拒與心靈的判斷力，這樣他才能隨心所欲地把他們塑造成他想要的那種精技同道。

我坐在切德的大椅子裡。椅子已經被切德坐得暖暖的，而且印出了他的身形。當著切德的面坐在他的椅子裡，感覺怪怪的；彷彿我變成了他似的。切德盤據在我原來坐著的凳子上，高高在上地俯瞰著我。他兩手抱胸，身子傾向前，得意洋洋地看著我。

「舒服嗎？」切德問道。

「才不呢。」我坦承道。

「那眞是物我相宜了。」他喃喃地說道，然後大笑兩聲，從凳子上下來。「在這過程中，我若是能幫上什麼忙，你且直說無妨。」

「你指望我坐在這裡就能施展精技，把王子找出來？」

「有那麼難嗎？」切德眞誠地問道。

「我昨天晚上試了好幾個鐘頭，然而除了頭痛欲裂之外，什麼結果也沒有。」

「噢。」在那一瞬間，他似乎很喪氣。但接著他堅定地宣布道：「但我們非得再試一次不可。」然後他放低了聲音，喃喃地問道：「除此之外，我們還有什麼別的路可走？」

我實在答不上來。我往後靠在切德的椅子上，努力讓身體放鬆下來。我凝視著壁爐檯，想讓自己集中心思，結果反倒注意起插在壁爐檯上的那把水果刀來了。那刀子是我多年前插上去的。但現在不是想那些舊事的時候。不過我卻聽到我自己說：「我今天經過我以前的那個房間。看起來，那個房間好像自從我睡過之後就沒人住了。」

「的確是沒人住。堡裡傳說那房間鬧鬼。」

「你在開玩笑！」

「才不呢。你想嘛，瞻遠家的原智私生子住過那個房間，而他最後死在城堡的地牢裡；這可不是鬼故事的最佳素材嗎？更何況，有人在半夜時分，看到護窗板的縫隙裡透出搖曳的藍光，而且有個馬廄幫手還宣稱，他在有月光的夜晚，發現窗子裡有個痲臉人俯看著他。」

「你是故意讓那房間空著的。」

「我又不是完全不會傷感。有好長一段時間，我一直盼著有一天你會重新回到那個房間。不過，聊得夠多了。我們有任務在身。」

我吸了一口氣。「剛才王后沒有提到宣稱王子有原智的那張紙條。」

「是沒有。」

「爲什麼她絕口不提？」

切德猶豫了一下。「也許有的事情實在太可怕，可怕到連我們這位堅毅剛強的王后都不敢去想吧。」

「我想看看那張紙條。」

「一定會讓你看，不過回頭再說吧。」切德停了一下，凝重地問道：「蜚滋，你到底是要靜下心來做正事，還是要繼續拖延下去？」

我深吸一口氣，慢慢地吐出來，然後盯著逐漸小去的爐火。我凝視著火焰的中心，慢慢地把我的心智從種種思緒中解放出來。我對精技敞開大門。

我的心開始開展。多年來，我一直在思考如何描述施展精技的感覺，然而不管如何比喻，都不免失貞。有一種比喻是，人的心彷彿層層堆疊的絲緞一般，不斷地開展、擴大，但也變得更輕薄。另外一種比喻是，精技彷佛一條人眼看不見，卻時時刻刻都在流動的洪流，當一個人刻意地注意精技洪流時，便會被精技洪流捲進去，在其中載浮載沉；而不同的心智，則可在這東刷西沖的洪流之中，彼此碰觸、融合。

然而不管怎麼形容、怎麼比喻，都說得不夠貞切，這就好比言詞無法解釋剛出爐的麵包香味，也無法解釋黃色是怎麼個黃法。精技就是精技。精技是瞻遠家族代代相傳的魔法，不過這卻非國王專屬的魔法；在六大公國，具有精技天賦的人在所多有，而且有些人的天賦還強到可以讓精技人聽到他們的心思。有的時候，如果對方在精技方面多少有一點能耐，我甚至還可以影響他們的想法。不過，能夠伸出精技的觸角、去跟別人接觸的人，就很罕有了。然而能夠伸出觸角、去與別人接觸的天賦固然罕有，但若是未經訓練，有了這種能耐也不過像是虛弱地在暗中摸索罷了。我對精技敞開大門，讓我的意識不斷伸展，但是沒有特別期待要碰觸任何人。

我像是被水草糾纏住似的被種種念頭絆住了。「她看著我男友的樣子貞是討厭。」「貞希望我能跟你再多說一句話再睡著，爸爸。」「趕快回來吧，我病得不能動了。」「妳貞美。求求妳，求求妳轉過頭來看我一眼，至少妳也看我一眼吧。」那些如此急切地釋放出自己心思的人，多半都不知道自己具有特殊力量。此外這些人都不知道我感受到了他們的心思，然而我也無法反過來讓他們感受到我的心思。這些人個個都耳不能聽聞，而他們大聲疾呼的時候，還堅信自己並未叫出聲音來。不過這裡面沒有一個人是晉責王子。堡裡的遠處傳來陣陣樂聲，使我一時分心。我把樂聲推到一旁，然後再度努力。

我不知道我在這些絲毫沒感知到我的存在的心靈之間徘徊了多久，也不知道我的心智去了多遠的地方。精技搜尋範圍的大小，視精技能力的高低而定，與距離無關。我並未測量我自己精技能力的高低，而一個人在施展精技之際，根本就不曉得時間過了多久。我再度走在那狹窄的界線上，我的感知緊緊地攀附著自己的身體，雖然精技的洪流一直慫恿著我放開一切、永遠擺脫自己的身體。

「蜚滋。」我喃喃地說道，我像是在回答別人的問話，然後我大聲地對自己說道：「蜚滋駿騎。」

一根柴薪丟進了爐火的餘燼之中，這一撞之下，把原本那些溫紅的柴火撞成了一塊塊木炭。我呆呆地望著爐火看了好一會兒，想辦法搞清楚我到底在看什麼。然後我眨眨眼，並感覺到切德把手放在我的肩膀上。我聞到熱騰騰的食物味道，並慢慢地轉過頭來。椅子旁的矮桌上擺了一大盤吃的；我瞪著那一盤吃食，心裡納悶道，這些東西是怎麼跑到這裡來的？

「蜚滋？」切德又問了一次，而我則努力回想他方才的問句。

「什麼？」

「你找到晉責王子了沒有？」

我好不容易領略了他問的問題，那幾個字的意義逐漸地浮現出來。「沒有。」我開口說話的時候，一波疲憊感襲來，我感到全身無力。「什麼都沒找到。」在這一波疲憊感之後，我的手開始顫抖，頭上則像是被人連續敲擊般疼痛。我閉上眼睛，但是閉上眼睛也沒有比較好。就連我閉著眼的時候，也能看到黑暗中有許多光蛇飛竄；而當我睜開眼睛的時候，光蛇則在室內遊走。感覺上，彷彿我的腦子裡竄進了太多光線似的。頭痛一波一波的，打得我天旋地轉。

「把這個喝了。」

切德把一個暖暖的大陶杯放在我手裡，我感激地舉起杯子湊近嘴巴。我喝了一大口，然後差點就吐了出來。這只不過是牛肉湯，並非能夠紓解頭痛的精靈樹皮茶。我不甘不願地把那口湯吞了下肚。「精靈樹皮茶。」我提醒道。「我現在需要的是這種茶，不是食物。」

「不行，蜚滋。想想看，你自己曾經跟我說，精靈樹皮會使精技暫時中止，並使你的精技天賦麻痺掉。現在我們可不希望發生這種事情。你還是吃點東西吧，吃點東西才有力氣。」

我順從地看了看大托盤。托盤上擺了剛出爐的麵包、浮在白奶油上的切片水果、一杯葡萄酒、幾片烤河魚的魚排。我小心地把大陶杯放在那些我一看就想吐的東西旁，然後改看別的地方。火又燒旺了，此時火舌跳躍。實在太亮了。我把頭埋在手裡，希望能找到一點黑暗，但即使如此，我眼前仍閃耀著亮光。我對著自己的手說道：「我需要精靈樹皮。我好幾年沒痛得這麼難過了。打從惟眞死後，打從黠謀吸走我的力量之後，我就沒有痛得這麼厲害過。拜託你，切德。我連思考都沒辦法了。」

切德走開了。我坐在椅子裡數自己的心跳聲，等著他回來。心臟的每一次跳動，都使我的太陽穴裡燃起了彷彿火燒般的痛苦。我聽到切德的拖鞋聲，便抬起頭來。

「哪。」切德霸道地說道，然後就把一條冰涼的溼布放在我額頭上。在冰冷的衝擊之下，我終於能好好地喘氣。我把溼布蓋在額頭上，並感到脹痛的感覺稍微緩解了一點。溼布聞起來有薰衣草的味道。

我痛得眼睛蒙翳，但我仍看出切德兩手空空。「精靈樹皮茶呢？」我提醒切德。

「沒茶，蜚滋。」

「切德，求求你。我頭痛得好厲害，都看不見東西了。」我講每一個字都很吃力。聽在耳裡，只覺得自己的聲音太大聲。

「我知道。」切德平靜地說道。「這我都知道，孩子；但是你得忍過去。經卷上說，有時候施展精技會使人頭痛，但是假以時日與不斷的練習，便可以超越這種痛苦。雖說我對經卷的領略有限，然而從經卷上的描述看起來，你之所以頭痛，似乎是因爲你的力量互相衝突之故：你既想要不斷延伸出去，又想要緊緊攀住自己。時間一久，你將學會如何化解這兩股力量之間的緊繃局勢，然後——」

「切德！」我並不想吼出來，但我卻吼出來了。「我只想要那該死的精靈樹皮茶。拜託！」然後我突然能把自己控制住了。「拜託。」我懺悔般地柔聲說道。「拜託，只要給我茶就好。我痛得受不了，只要能紓解一下，我就能好好聽你講話了。」

「切德，」我把我隱瞞不說的恐懼講了出來。「痛得這麼厲害，有可能會引發癲癇發作。」

我看到切德的眼神動搖了一下；然後接著他又說：「我看應該是不會。再說，我就陪在你身邊，孩子；我會照顧你的。你得試著不用藥物就把這次的頭痛熬過去。這是爲了晉責，也是爲了六大公國。」

切德嚴詞拒絕，使我震驚得說不出話來。我一方面大受挫折，另一方面又想跟切德作對。「好。」我咬牙切齒地說出了這個字。「沒關係，我房間的背包裡有。」我努力地集中意志力，讓自己站起來。

一陣沉默。然後切德不情不願地坦承道：「應該說是，以前你房間的背包裡有。但是現在已經沒有了。連包在同一個紙包裡的『帶我走』也沒有了。」

我把蓋在額頭上的布拿開，瞪著切德。我的憤怒是建立在疼痛的基礎上。「你沒權利拿我的東西。你怎麼敢拿我的東西！」

切德吸了一口氣。「我就敢，因爲我有個重大需求，而爲了這個重大需求，我非去拿不可。」他的綠眼睛直接迎向我的目光。「此刻王室需要唯有你才有的特殊天賦，所以我絕不容許你的精技力量被任何東西削弱。」

切德並未轉開目光，而是我無法直視著他。切德周身放光，而我的腦子裡像是有人在戳刺。要不是還有一點殘存的自我控制力，那麼我大概會把溼布朝他丟過去。切德大概是猜到我的心思了，因爲接著他把我頭上的溼布拿走，換了條冰涼的新溼布蓋在我頭上。這麼點安慰實在少得可憐，但我還是把溼布按在額頭上，並且往後靠在椅子裡。我既喪氣又憤怒，眞的很想大哭一場。我把溼布壓在額頭上，對切德說道：「痛。對我而言，身爲瞻遠家的人的意義，就是痛。不但痛苦，還要被人利用。」

他什麼話也沒說。沉默就是他最有力的反駁；因爲他的沉默，所以迫使我一再重複聽取我剛才說過的話。當我把額頭上的溼布拿開時，切德已經想好了另外一個反駁。我把溼布按在眼睛上的時候，切德溫和地說道：「不但痛苦，還要被人利用。我身爲瞻遠家的人，該有的痛苦與被人利用，也少不了有我的一份。然而不只我，惟眞也一樣，駿騎也一樣，而比他們高一輩的黠謀也是一樣。但是你明知道，我們這樣做，爲的是比痛苦與利用更崇高的東西。如果不是這樣的話，你現在不會待在這裡。」

「大概吧。」我怨恨地說道。疲憊感逐漸佔上風。此時我只想帶著痛苦入眠，但是我仍努力掙扎。

「也許吧，但是那不夠。不值得苦成這樣。」

「那要怎麼樣才夠，蜚滋？你來這裡爲的是什麼？」

我知道切德講這話是要誘我高談闊論，不是眞的在問我究竟爲何而來；然而我已經苦惱得太久，而且心底的答案呼之欲出，所以我頭痛得連想都沒想，就把話給講出來了。「我之所以做這些事情，是因爲我想求個前途——不是我的前途，而是我那孩子的前途。這都是爲了幸運。切德，我誤了幸運的人生哪。我從來也沒教他什麼，既未教他打鬥，也沒教他謀生。如今幸運需要拜在良師門下爲徒。晉達斯。他就是想跟著晉達斯學習。幸運想當個做櫥櫃的木匠，而我本來就該料想到他有朝一日會走上此途，並提早攢錢給幸運的師傅當學費，但是我卻沒存什麼錢。所以現在幸運到了該拜師學藝的年紀，我卻沒什麼可給他。我存的銅板還不夠——」

「這我可以安排。」切德平靜地說道，然後他氣極敗壞地追問道：「難道你以爲我不會幫忙嗎？」我臉上一定是透露了什麼跡象，因爲接著切德傾身靠近我，眉頭打結地大聲說道：「之前你以爲，你非得做這些事情，才能求我幫忙，是不是？」切德手裡仍握著那塊溼布；此時他在盛怒之下，用力一擲，把溼布摔在牆面上。「蜚滋，你——」他開口講了這幾個字，然後就講不下去了。他站起來，走了開。我以為他會就此一去不返；不過他走到房間另一端的工作台，和目前沒使用的壁爐那邊，慢慢地在桌邊梭巡，看看桌子，又看看卷軸架和各式設備，彷彿在找件他放錯地方的東西似的。我把第二塊布重新摺過，壓在額頭上，但還是偷偷地從手下的隙縫間瞄著切德的舉動。我們兩人靜默不語了好一陣子。

切德走回來時，看起來比較平靜，但是更顯老態。他從陶盆裡拿起新布，扭乾，摺好，然後遞給我。我們交換溼布時，他柔聲說道：「我會把幸運拜師的事情安排好。其實，你只要在我去看你的時候跟我講一聲就可以了。要不然，你也可以在早幾年的時候，把那孩子帶來公鹿堡，那麼我們自然會讓他接受妥善的教育。」

「他能讀、能寫，也能算術。」我為自己辯護道。「這我都有教。」

「很好。」切德冷冰冰地答道。「聽到你還保有這麼點常識，我十分欣慰。」

我想不出要怎麼辯解。我頭既痛、人又疲乏。我知道我傷了他的心，但我卻不覺得是自己的錯。我怎麼會知道他這麼樂意幫我？不過我還是道了歉。「切德，抱歉。我早該知道你會幫我的。」

「是啊。」切德無情地應和道。「你早該知道的。而且你還很抱歉。你大概道歉得很誠懇，這我是不懷疑啦，不過我隱約記得，多年前我就警告過你，這種話只能奏效個幾次，說多就無效了。蜚滋，你這樣子眞是傷透了我的心。」

「頭已經比較不痛了。」我扯謊道。

「我說的不是你的頭，你這笨瓜。我之所以傷心是因為如今你還是……你老是這樣，打從你……該死。打從你被人從母親身邊帶走，你就是這個樣子。警戒、孤僻，而且對誰都不信任。縱使我已經……都過了這麼多年了，難道你從來就沒有信任過任何一人嗎？」

聽了切德的話，我久久沉思不語。我曾愛過莫莉，然而我從來就不把我的祕密託付給她；我與切德之間的牽繫至為重要，但是我並不相信切德光是看在我們過去共患難的份上，就會盡全力幫助幸運。博瑞屈、惟真、珂翠肯、耐辛夫人、椋音，我對他們每一個人都有所保留。「我信任弄臣。」我終於說道，然後我又納悶自己究竟相不信任弄臣。我的確相信他，我對自己保證道。我的大小事情，他幾乎沒有不知道的；這就是信任，不是嗎？

過了一會兒，切德沉痛地說道：「呃。你有真心信任的人。那很好。」他轉開臉，看著爐火，對我說道：「你應該勉強自己吃點東西。也許你的身體會抗議，但是你的確需要食物。你記得吧，當年惟真施展精技的時候，我們都想辦法強迫他吃點東西。」

切德的口氣，平淡得讓我覺得難過。我這才知道，原來他是希望我堅持說，我的確很相信他。不過我如果說那種話，就是自欺欺人，而且我並不想對切德撒謊。我在心裡胡亂搜尋，希望能找點別的給切德。這話幾乎連想都沒想，便衝口而出：「切德，我真的很敬愛你。我只是——」

切德突然轉過身來面對著我。「別說了，孩子。別再說了。」切德的聲調幾乎像是在懇求似的。「對我而言，這就夠了。」他把手放在我肩膀上，用力一捏，我痛得幾乎叫出來。「你既無法給予，我就不會強求。你現在這樣子，是人生所造就的；同時——艾達神慈悲——也是我所造就的。現在你注意聽我說。你得吃點東西。如果必要的話，就強迫自己吃。」

就算我跟切德反駁說，光是看到食物或是聞到氣味，就足以使我作嘔，也是無濟於事。我吸了一口氣，將牛肉湯一飲而盡，中間也不喘氣。奶油裡的水果吃來黏膩噁心，魚排臭味沖天，而麵包則差點把我鯁得窒息，不過還是強迫自己隨便嚼兩口，然後囫圇地吞下肚。當我把酒杯放下來時，我的頭天旋地轉，而胃腸則翻攪不已。那葡萄酒的酒力比我預料中的還強。我抬眼瞄著切德。他失望地張開嘴巴。

「我沒教你吃得這麼急。」他喃喃地說道。

我舉起手，比了個不必多說的手勢。我根本不敢開口答腔。

「你最好是去睡吧。」切德銳氣盡失地說道。

我點點頭，努力讓自己站起來。切德幫我開門，給我一根蠟燭，然後站在門邊，舉著一盞燈照亮走道，直到我走得看不見為止。我的房間彷彿遠在天邊，不過我最後總算走到了。我雖然作嘔得很難過，但仍不忘先把蠟燭吹熄了，從窺孔裡探視一下，然後才按下機關，回到我那個伸手不見五指的房間。今晚房裡並未點著蠟燭；那也沒關係，我踉蹌地走進房間，把暗門緊緊關上，再走個幾步，砰的一聲倒臥在床上。我熱得受不了，而且衣服包得我人很不舒服，不過我累得沒力氣解開衣服。房間裡暗得我根本不知道自己閉上眼了沒有。至少我眼皮底下的白光已經消退了。我瞪著黑暗的房間，心裡很渴望清涼安寧的森林。

房間的牆壁厚重，阻絕了外界的一切聲響，也把我與夜晚切分開來。感覺上，彷彿我是被封藏在墳墓裡似的。我閉上眼，聽著頭痛隨著心跳的起伏而一脹一縮。我的胃裡攪得天翻地覆。我深吸了一口氣，然後平靜地對自己說道：「森林。夜眼。樹。草原。」我朝著熟悉而且令我放心的大自然伸展而去。我為自己而在心中描繪出自然風采：輕風拂過樹梢、繁星在片片白雲間閃耀、大地那清涼且豐富的各種氣味。緊繃感逐漸散去，並將我的頭痛一併帶走。我在想像的空間裡飄蕩。我腳下踩的是土質厚實的獸徑，而我正隨著同伴，不動聲色地走過黑暗大地。

她的舉止非常安靜，比黑夜本身還安靜，而且每一步都既肯定又靈活。我雖盡了全力，卻仍無法趕上她。我甚至未能一瞥她的身影。我從飄浮在夜晚空氣中的氣味，或是我身前仍然搖晃不定的枝葉，得知她走過的路徑。我的貓跟上了她，但是我卻不夠敏捷。「等等！」我對她們呼喊道。

等?她對我嘲弄道。等你來破壞這一晚的狩獵?才不呢。我不等。你應安靜速行。難道你不曾學到我的榜樣?你應輕行如夜,無聲無息,才能與我共享黑夜。

我快步追趕,因爲我貪飲那夜,也貪飲她的存在;我就像飛蛾一般,毫無抵抗之力地朝燭光而去。她是綠眼黑髮,這她曾跟我提過。我渴望要碰觸她,然而她既然善於隱藏,又言詞犀利,所以她總是趕在我前頭,從未讓我看到她的身影,更沒有讓我碰她一下。當她在黑夜中彷彿影子一般倏地飛去時,我只能氣喘如牛地跟在她後面跑呀跑。但我並未抱怨。我要證明自己有能耐,並以實力贏得她的芳心。

然而此刻我心跳如雷,胸口燥熱。我在山頂上停下來,讓自己喘一口氣。我眼前是個開闊的河谷,暈黃渾圓的月兒懸在天上。我們才狩獵一晚,就走得這麼遠嗎?我腳下的長風鎮的房舍,彷彿是河谷邊的石頭堆似的。鎮上有幾扇窗戶,仍點著孤零零的燭光。我心裡納悶道,這些是什麼人家,爲什麼全鎮的人都在睡夢中,而他們仍點著蠟燭呢?

你是否渴望著在被毯與密不透氣的房間裡睡覺?你竟要讓如此甜美的夜白白浪費掉?且莫睡覺,等到陽光能將你照暖、獵物也藏躲在穴窩地洞裡再睡吧。現在要狩獵,你這笨拙的小東西。與我一起狩獵吧!好好證明你自己。學著跟我同進退、與我同心思考,不然就永遠別想追到我。

我開始追著她跑。不過我的思緒絆到什麼東西,拖住了我的腳步。我現在得去做一件事。我得去跟某個人通報個什麼事情,而且現在就得去。我在震驚之餘,停下了腳步,站在原地。這個思緒把我切成兩半。我一方面覺得自己非走不可,非得追上她,以免她把我丟下來。但是另一方面,我卻站著不動;我非得現在去通報他。現在就得去。於是我把自己剝離出來,一邊分離,同時把自己得到的知識緊緊抓住。那知識閃爍了一下;要是不好好掌握,這個線索說不定會變成褪色夢境中的荒謬胡言。我讓其他一切淡去,只緊扣住那個思緒。握緊。大聲說出來。攀住那幾個字,攀住那個思緒。千萬別讓那幾個字跑了，千萬別讓那思緒與夢境一起淡去。

「長風鎮！」

我大聲地把這三個字說了出來，並一骨碌地在床上坐挺起來。我的襯衫因為汗溼而黏在身上，我的精技頭痛回來了，而且痛得更厲害。我蹣跚地走到牆邊，開始在我看不見的牆上摸索。「長風鎮。」我大聲地說道，以免這三個字從我腦海裡溜走。「晉責王子在長風鎮。」

14

月桂冠*

古靈的建築廣泛運用一種夾雜著白色或銀色細紋的特殊黑岩。開採這種黑岩的採石場，至少在群山王國之外的野地裡有一處，但是除此之外，相信其他地方，應該也有類似的礦脈，否則我們很難想像，古靈的建設極多，散落天下各地，如果世上只有一處採石場，那麼古靈是如何搬運這些笨重的礦石？古靈不但以黑岩做為建築素材，也在某些岔路口豎立黑岩的巨石柱。由於古靈設計的道路有幾種特異的性質，所以我們可以導出一個結論，那就是古靈的建設必以整塊黑岩，或者黑岩的碎石做爲地基。古靈無論建造什麼建築物，都偏好以這種黑岩做爲建材，就連似乎只是古靈偶有涉足之地，也可找到黑岩遺跡。將這種黑岩與公鹿堡的「見證石」仔細比較，必會發現，儘管「見證石」的表面因爲嚴苛的氣候而有所磨損，而且可能曾在遠古時代遭到人們的惡意破壞，但是二者其實是同一種岩石。有些人認爲，公鹿

*譯注：月桂樹是榮譽的象徵。由於月桂樹枝葉茂密、芳香撲鼻，所以被認爲是有靈氣的樹木而受到尊敬。所謂「桂冠詩人」的桂冠，即是指用月桂葉編成的頭冠。

堡的見證石、與六大公國各地所謂的「誓言石」等，皆為古靈所立，而且當年立石的目的，與今人所想的大異其趣。

我醒來的時候，人躺在切德塔頂房間的四柱大床上。我昏昏沉沉的，過了好一會才弄清此時並不是在做夢，而是眞的醒了。我不記得自己是怎麼睡著的，只記得我在床邊坐了一陣子。我身上仍穿著昨天穿的衣服。

我小心地坐起來；幸而腦袋裡那種每次痛起來，就像是鐵鎚奮力打在鐵砧上的劇痛，已經消退為千篇一律的鼓聲了。房間裡似乎空無一人，但是剛才一定有人來過。壁爐邊的臉盆裡冒著熱氣，而桌上有一小碗蓋了蓋子保溫的粥。我一發現這兩樣東西，就立刻將之做了最佳應用。我的胃還是不大願意接受食物，不過我照樣勉強吃了，因為我知道我該吃點東西。洗了臉之後，我踱到工作台去；工作台上展開了一張公鹿公國的地圖，四角則以一臼兩杵以及一只茶杯鎮住。地圖上有個放大鏡；我移開放大鏡，赫然發現放大鏡壓住的就是長風鎮。長風鎮在公鹿河的支流上，公鹿堡的西北方，而且是在河的對岸。我從沒去過那裡。我努力回憶我聽過的任何有關長風鎮的消息，結果是一無所知。

我的原智天賦使我知道切德走近了；所以那暗門轉開的時候，我已經轉過頭去等著他出現。他生氣勃勃地走了進來，兩頰紅紅的，白髮上閃耀著銀色的光芒。對於這位老人家而言，再也沒有比一夜的困頓疲倦更能令他振奮精神的事情了。「啊，你醒了。好極了。」切德招呼道。「我好不容易跟黃金大人安排了一場大清早的早餐約會，雖說他的僕人並未出現，但他跟我保證說，他在幾個鐘頭之內就可以做好上路的準備，而且他也已經把出門的理由想好了。」

「什麼？」我聽得一頭霧水。

切德開懷大笑。「羽毛呀，雖說其實另有重點。黃金大人興趣廣泛，有許多風雅的嗜好，而他最近迷上了羽毛，而且是越大越鮮豔的羽毛越好。長風鎮在山邊，又早以孔雀、松雞和大尾鳥而出名。大尾鳥毛色華麗，尾羽尤其出色。黃金大人已經打發人去長風鎮，希望能在貝馨嘉夫人府上叨擾幾日。這種請求是說什麼也不會被人回絕的；黃金大人乃是這十多年來，公鹿堡的宮廷裡最受歡迎的新奇人物。貝馨嘉夫人的莊園裡若是有這樣的貴客，絕對會讓夫人在社交圈裡大大露臉。」

切德停了一下，他沒喘氣，我倒聽得喘氣了。我搖了搖頭，希望這樣就能讓我的腦袋清楚一點，以便跟上切德的話鋒。「弄臣要去長風鎮找晉責？」

「啊哈！」切德糾正道。「是黃金大人要去長風鎮獵鳥，而他的僕人，湯姆·獾毛，當然會跟著去囉。我希望你們在獵鳥的時候，會找到王子的蹤跡；不過，這當然是我們私下的任務。」

「所以我會跟他去。」

「當然。」切德斜睨著我。「你還好吧，蜚滋？你今早好像有點鈍鈍的。」

「是啊。這一切好像進展得太快了。」我並未跟切德說，我早已習慣自己安排自己的時間和旅程了，如今我竟然每一天要怎麼過日子，都要聽從別人發號施令，感覺實在很怪。我把抗議嚥了下去。我在指望什麼哪！如果我們要把晉責王子找出來，就非得這麼做不可。我奮力為自己的思緒找個新的出口。「貝馨嘉夫人有女兒嗎？」

切德想了想。「不，她只有一個獨子，就是儒雅。我相信她曾經從遠親那兒過繼了女兒來養。那女孩子名叫妃麗·貝馨嘉。她的年紀嘛，我算算看，現在差不多十三歲。她在春天的時候，就回她家裡去了。」

我搖了搖頭，這搖頭既是否認，也是納悶。切德昨晚聽到新線索之後，顯然對貝馨嘉家族的傳聞下了一番工夫。「我感覺到的是個成年女子，不是小孩子。那人很有……魅力。」我差點就把「很有性魅力」這幾個字說了出來。我回想起晚上的夢境，只覺得那像是我自己的親身體驗，而且她當時如何挑逗得我熱血僨張，我是記得很清楚的。她令我目眩神迷。她令我奮不顧身。我轉頭看著切德；他正盯著我看，而且他毫不掩飾他的失望之情。我繼續問下一個問題：「晉責曾經對女人感到興趣嗎？他會不會是跟哪個女人一起逃家了？」

「這是什麼問題哪？願艾達神饒恕你。」切德激動地說道。「沒有，也不會。」他氣急敗壞地否認道。「晉責的人生裡沒有女人，連女孩子都引不起他的興趣。我們一直很小心地不讓他有機會發展男女關係。珂翠肯與我在很早以前就一致認為這樣子對他最好。」然後切德比較平靜地補充道：「珂翠肯並不想讓她兒子像你一樣，在愛情與職責之間兩難。難道你從來就沒有想過，如果你沒愛著莫莉，如果你接受安排、好好地娶了婕敏夫人為妻，你的人生風貌會有多麼不同？」

「我是想過。不過我從不後悔我愛上莫莉。」

我想我話裡的強硬態度，使得切德又轉回原題。「晉責的人生裡沒有這樣的愛情。」切德斬釘截鐵地說道。

「以前沒有，現在可能有呀。」我反駁道。

「如果現在有的話，我希望那是年輕人的一時迷戀，能夠迅速地——」切德停頓下來，思索了一會。「終止掉。」最後他終於說道，不過他聽到自己選擇的字眼時畏縮了一下。「那孩子已經有婚約了。你別那樣子瞪我呀，蜚滋。」

我順從地轉開眼光。「我看他跟那女子倒認識不久。那女子的魅力之一，就是她很神祕。」

「所以我們必須盡快在他越陷越深之前，盡早把他帶回來。」

接著我問了個我自己想問，而且是跟我自己有關的問題：「那麼，要是他不肯回來呢？」我低低地問道。

切德沉默了好一會，最後他誠摯地說道：「那麼你認爲怎麼對，就怎麼做吧。」

我臉上的驚訝表情大概十分明顯，因爲切德笑得很大聲。「因爲你明明就很有主見，就算我假裝你會樣樣言聽計從，也無濟於事呀，你說是不是？」說到這裡，他吸了一口氣，再慢慢呼出來。「蜚滋，我不求別的，只求你爲大局著想。少年的心是很珍貴的，就跟成年男子的生命一樣珍貴；不過六大公國與外島所有人民的福祉，卻比少年的心，或是成年男子的生命更加珍貴。所以，你認爲事情怎麼才對，就怎麼去做吧；只是你一定要好好權衡輕重就是了。」

「我眞不敢相信，你竟然給我這麼大的自主空間！」我叫道。

「你不敢相信？噢，恐怕未必見得吧；你也許沒料到，不過我說不定對你知之甚深呢。」

「也許吧。」我不情不願地承認了；不過我還是很納悶，切德說他對我知之甚深，到底他眞正對我知道多少呢？

「唉，你才到一、兩天，然而現在我又要把你送走了。」切德突然感傷地說道；他拍了拍我的肩膀，不過他臉上的笑容看來多少有點勉強。「你看你能在一個鐘頭之內整裝出發嗎？」

「我沒什麼行李好收拾的。不過我倒是得去公鹿堡城走一趟，到吉娜那兒留個話給幸運。」

「這我可以幫你處理。」切德主動要幫忙。

我搖了搖頭。「她不識字，況且如果我是湯姆．獾毛的話，那麼是不可能會有人專門幫我跑腿的。這我自己處理就好。」我沒跟切德說我打算自己去一趟。

「隨你吧。」切德答道。「我來幫你寫張短箋。你就叫那孩子帶著這短箋去找晉達斯，自然就能安頓在他那兒當學徒了；其餘的事情，我會不著痕跡地妥善打點好，這你放心吧。那木匠會認爲，他若收了幸運爲徒，就是給他的大客戶做了個人情。」切德停頓了一下，說道：「你知道吧，我們頂多也只能給那孩子有個機會，讓他好好表現；如果幸運笨拙或懶惰，那我也沒辦法勉強晉達斯把他留下來。」一看到我生氣的表情，切德咧嘴笑道：「不過我敢說幸運一定不是這樣子的。你只需要等一下，我馬上就把短箋寫好了。」

這短箋當然不可能在一時半刻之間就寫好。當我終於把信拿到手的時候，晨光已經消逝大半了。我匆忙回房，而我從我自己那間黑暗的小牢房走出來的時候，在大房間裡遇到黃金大人。他喟嘆我這一身皺巴巴、連睡覺時都穿在身上的衣服，並吩咐我到裁縫那兒去取我的新衣服，好在出門時穿得體面些。他告訴我說，我們就兩人同行，而且力求迅速。黃金大人已經立下了既特異獨行，又愛新奇探險的名聲，所以沒人會認爲此行有何古怪之處。他也告訴我說，他已經幫我挑好了馬，並送去裝新的馬蹄鐵了，我到鐵匠那兒將馬兒領回即可。他推測我會想要自己挑選轡頭和鞍韉等馬具，所以給了我一封信用狀，然後打發我出門。他從頭到尾都保持黃金大人的派頭，而我也時時維持湯姆・獾毛的謙遜態度；畢竟這種主僕的對應關係，我們是越快適應越好，到了大眾面前之後，可就一點差錯都出不得了。等到我終於出發前往公鹿堡城之時，手上已有一長串待辦的任務，而且太陽也迅速升到中天了。

裁縫想把我留住，他要我試穿新衣，然後幫我做點最後的修飾。我不但婉拒，而且連打開衣包、檢查新衣都免了。我看得出來，史寬頓這人慣於在試穿交衣的時候，弄得一副煞有介事的模樣，不過我直截了當地告訴他說，黃金大人已經吩咐我務必盡快；聽到這話，他皺皺鼻子，然後跟我說，要是衣服不合身的話，他恕不負責。我再三強調我絕對不會抱怨，便連忙揹起衣包走出店舖。我有點懊惱，因爲衣包大得驚人。

我的下一站是吉娜的店，不過我來得不巧。吉娜不在家，而且她外甥女也不知道她什麼時候才會回來。茴香走上前來歡迎我。你最疼我。你心裡曉得你最疼的就是我。快把我抱起來。

我好像沒什麼拒絕的餘地。我把茴香抱了起來；牠馬上就刻意地用爪子在我皮背心上留下到此一遊的痕跡。

「吉娜昨晚上山去了。她在山上過夜，以便一大早就能採收新鮮的香菇。她也許待會兒就回來，但也可能入夜了才回來。」米絲佳對我說道。「噢，茴香，你這樣會惹人厭喔，快下來。」她把貓從我手裡接過去，並對於留在我的皮背心上的黃毛不好意思地笑一笑。

「儘管放心，這沒關係的。不過有件事情要請妳們見諒。」我先道了歉，然後解釋說，我的主人突然決定要出門一趟，而我必須隨行。我把切德幫幸運寫的信，以及我寫給幸運的紙條交給她。夜眼若是在進城之後發現我已經走了，鐵定是要不高興的；而且牠一定不喜歡什麼都不做地待在城裡等我。我突然覺悟到，我託給吉娜照顧的，不單是兒子，還有狼、小馬和板車；但是現在才想到這一點似嫌太遲。我心裡千絲萬縷，不知道切德會不會幫我打點一下？我這麼麻煩人家，但是因為我身上沒錢，所以我連一個銅板都沒拿出來，只能再三道謝，並鄭重保證連人帶狼、馬與車的各種花費，我回來時一定奉還。

「這你已經說過了，湯姆．獾毛。」米絲佳笑笑，溫和地阻止我繼續說下去，她顯然是在幽我一默，笑我太緊張了。茴香用頭頂著米絲佳的下巴，而且毫不寬容地看著我。「你很快就回來，而且會把各項花費奉還的事情，你已經講了三次。你儘可安心，我們很歡迎你兒子，也會善待他，不管你給不給錢都一樣。我想，當你招待我阿姨在你家住宿的時候，你大概也沒跟她要錢吧。」

米絲佳一說，我才發現自己正憂心忡忡地叨唸著不停。我本想再度解釋說，我這趟任務有多麼突然而且緊急，但想想又費勁地把話嚥下去。等到我亂七八糟地跟米絲佳道謝的時候，我已經完全暈頭轉向、糊裡糊塗的了。感覺上，好像我這一顆心破碎失散在各地，有的留在我隱居的小屋裡，有的跟夜眼和幸運在一起，甚至還有一部分留在公鹿堡那個塔頂的房間了。「呃，那麼再會了。」我對米絲佳告別。

米絲佳答道：「一路平安。」而此時茴香則建議我說：躺在陽光裡睡覺更好。跟貓一起睡午覺吧。

我離開吉娜家的時候，心裡覺得很愧疚；我竟把我自己的責任留給陌生人去扛了。離開時，我再度因爲沒有見到吉娜而覺得失望，但是我頑固地否認這個情緒。她給我的那一吻使我期待，就像一句話沒講完一樣，不過我不肯讓自己多想我們會由此而走到什麼地步。我的人生已經夠複雜的；我最不需要的就是節外生枝。不過我還是很想再度看到她，而我來此撲了個空，使我因遠行而起的興奮感冷卻了不少。

即將要出門，我自然是興致勃勃的。我必須把幸運的福祉託給別人打點的愧疚感，與我因爲這個任務而感到的海闊天空的感覺，正好成了強烈的對比。再過一會兒，弄臣與我就要出門，而且接下來會發生什麼事，只有埃爾神知道。這一路上，只有弄臣與我二人相伴；天氣這麼好，又有窩心的旅伴，想必這趟路途一定很享受。昨晚一夢之後，我對晉責的擔心大多都平息了下來。那孩子沒有生命危險；此時他耽溺在夜色與他所追求的那女子之中，他全身上下唯一可能受傷的，就是他青春的心，然而要保護青春之心不受傷害，無法靠別人，只能靠他自己。老實說，我並不覺得這個任務有什麼難的。我們知道要上哪兒去找那年輕人，而且不管有沒有大狼相伴，我畢竟一直都對於追蹤行蹤頗爲在行。如果黃金大人與我無法迅速地在長風鎮裡捕獵到王子，那麼我會一路追蹤到附近的田野裡去把他揪出來。這一趟勢必是快去快回的。我越想越安心，並帶著頗爲寬慰的情緒前去找鐵匠。

我倒不指望這馬能多好；我甚至還有點擔心弄臣會透過黃金大人爲下人選擇的坐騎，來表現他的幽默感。鐵匠的女兒正好在用門外承雨桶裡的水給自己清涼一下，我便跟那小女孩表明，我是來取黃金大人送來裝馬蹄鐵的那匹馬的。那孩子點點頭便進去了；我則留在原地等著。今天的天氣已經夠熱的，而鐵匠的舖子裡既有鎔爐的熱，又有打鐵的吵，我可不想進去瞎混。

那女孩一下子便領著一匹四肢修長、適於遠行的黑色母馬出來了。我繞著那馬走了一圈，然後抬頭一看，發現不但我在用警戒謹慎的眼光在打量牠，牠也正在以同樣的眼光打量我。這母馬似乎很健康，身上並沒有遭人虐待的痕跡。我輕輕地以原智對牠探索；牠戒備地噴了噴鼻息，而且拒絕與我接觸。牠根本就不想跟人類做朋友。

「這馬還眞難上蹄鐵。」滿身大汗的鐵匠一面從舖子裡走出來，一面大聲地通報。「牠根本就不懂禮貌，不曉得要提起腳來，讓人爲牠上蹄鐵；這就罷了，牠還一逮到機會就踢人，所以你務必提防。而且我女兒差點就被牠咬了一口。不過牠也只有在我們幫牠上蹄鐵的時候脾氣差，別的時候也都滿規矩的。」

我謝過鐵匠對我的告誡，並把黃金大人給的那只裝著工錢的錢袋轉交給他。「據你所知，這馬有沒有名字？」我對鐵匠問道。

那鐵匠噘起嘴，搖了搖頭。「我今早第一次看到牠，之前從未見過。就算牠以前取過名字，大概也在易手之間散佚掉了。你愛叫牠什麼名字就叫什麼名字吧；橫豎你怎麼叫牠，牠都不會理你。」於是我就不去想名字的事情了。這馬原來就套著個破爛的籠頭，所以我就牽著牠的籠頭，走到賣馬鞍的店舖去。我買了一套還過得去的平實馬具，而且雖然我拿出最好的工夫來講價，但還是被馬具的高昂價格氣得怒火沖天。老闆的表情明白地道出，他認爲我不可理喻。我拿著轡頭和馬鞍走出舖子，心裡納悶著我是不是眞的不可理喻。我以前從沒有自己買過馬具；也許博瑞屈之所以一天到晚修理馬具，其實是因爲這些東西所費不貲而起？

我在那母馬背上試了幾副馬鞍，而牠從頭到尾都不願配合；等到我試圖騎上去時，牠更側步走開了。我騎上去之後，牠倒還肯回應我以轠繩和膝蓋發出的命令，但是很不情願就是了。我氣得皺緊眉頭，但是我約束自己要對牠耐心一點。也許等我們彼此掂過彼此的斤兩之後，牠會比較肯配合；然而要是過一陣子牠還這麼倔強呢，呃，不管是什麼馬，要把馬的壞毛病改掉，都少不了耐心。我最好是多磨練自己的耐心吧。我一邊小心地騎著這匹母馬，爬上陡坡前往公鹿堡，一邊想道，我大概是小時候被寵壞了，雖然當時我並未意識到這點；當年的我，竟把上好的坐騎、出色的馬具、精良的武器、高尚的服飾，和豐盛的食物都視爲理所當然。

馬？我最會教馬了；我一出手，沒有什麼教不會的。你要馬做什麼？

夜眼輕而易舉地溜進我心中，我根本就沒察覺牠已經知道我在想什麼。我得去個地方。與沒有氣味的人一起去。

一定要騎馬去嗎？牠也不等我回答，就冒出了下一句；我感覺得到牠很不高興：等我。我快到了。

夜眼，別來找我。跟那孩子待在這裡。我馬上就回來了。

然而夜眼已經走了，只剩我自己的思緒飄蕩在心中，無人回應。我朝夜眼探索，卻只碰到迷霧。牠懶得跟我爭辯。叫牠留下來跟幸運待在一起的這種話，牠根本就不想聽。

城堡大門的守衛連看都不看一眼，就讓我進去了。我皺起眉頭，立定主意要跟切德提一提；守衛總不能光是看我身穿藍布衣服，就認定我要進堡裡辦正經事吧？我一路騎到馬廄門口，下馬，然後就停住了，心裡砰砰地跳著。馬廄裡傳來一名男子的聲音；那人正在教人如何正確地把馬蹄清理乾淨。相隔多年，如今他的聲音變得更低沉了，不過我仍一聽就知道是他。阿手，我少年時期的好友，同時也是現在的公鹿堡馬廄總管，就在敞開的馬廄大門裡面。我一下子變得口乾舌燥。阿手最後一次看見我的時候，大聲地呼叫警衛前來，不曉得是把我當成鬼魂，還是把我當成妖魔了。不過那是多年前的舊事了；我對自己說道，我大可放心，因爲我已經變了很多。然而我能不能仰賴歲月做爲唯一的掩飾？這我沒什麼信心。我還是躲在湯姆．獾毛的這個身分裡比較安全。

「喂，小子。」我對一名在馬廄附近晃蕩的年輕人招呼道。「幫我把這匹馬安頓一下。這是黃金大人的馬，所以千萬別馬虎。」

「遵命，閣下。」那少年答道。「黃金大人差人來告訴我們說，一看到湯姆．獾毛騎著黑色的母馬回來，就立刻給他的馬上鞍。而且黃金大人要你一回來就去他的房間找他。」那少年話畢便接手將我的母馬牽過去，沒再多說一句話。我呼了一口氣，心裡慶幸我這麼容易就通過難關了，然後轉身離開馬廄。然而我走不到十步，便有一名男子慌慌張張地從我身邊超過去，顯然是要辦什麼急事。那人經過我身邊時，連正眼瞄我一下都沒有。我凝視著阿手的背影；他的腰圍比以前寬了，不過話說回來，我自己也是一樣。他頭上的黑髮變疏了，不過他那強壯的手臂上的黑毛卻更濃密了。我目瞪口呆地凝視著他一路轉過屋角，接著消逝了蹤影，心裡覺得自己彷彿眞的成了鬼魂似的，怎麼阿手竟然會對我視而不見？然後我吸一口氣，趕緊去辦我的正事。我一邊疾走，一邊想道，往後阿手會這裡一點、那裡一點地聽到湯姆．獾毛的消息，而且等到我們終於面對面的時候，我會理直氣壯地以這個名字與這個身分出現，讓他一點也沒有質疑的餘地。

感覺上，我身爲蜚滋的那個人生，就像是布滿灰塵的地上的足印一般，早已被掃到一旁，且被別人踐踏過去了。我那低落的心情，並未因爲經過大廳的時候，突然聽到黃金大人高聲叫住我而開始回升。「啊，你可回來了，湯姆．獾毛！諸位夫人，容我告退，我的僕人已經回來了。再會吧，我不在時，各位且多保重！」

我看著他好不容易從一群饒舌的貴婦之間脫身。她們搖著扇子、眼波流轉，反正就是想多留他一刻，而他則滿口的好聽話，闡述自己如何不捨得離去云云。黃金大人一邊走上來找我，一邊滿臉堆笑地望著衆貴婦，並以他那優雅的手，無精打采地對她們揮別。「都辦好了？極好。這樣我們的準備工作就完成了，可以趁著日頭還高的時候上路。」

他快步走到我前面，而我則畢恭畢敬地跟在他後頭；這一路上他不斷叮嚀我該怎麼收拾他的行李，不過我們回到房間、我關上房門之後，發現他那幾個鞍袋都收拾得整整齊齊，擱在椅子上頭了。我轉過頭去看他，因爲我聽到他把房間的正門上閂的聲音；而他則朝我的房間比手勢，就在此時，我房間的門開了，切德走了出來。

「你們兩個可回來了，我等得好苦。王后已經得知你們的好消息，並交代你們立刻上路。依我看，除非王子回到堡裡，否則王后是放不下心來的；唉，其實我也是一樣。」切德咬住下唇好一會，然後才宣布道——看起來他是跟黃金大人，而不是對我宣布——「王后已經決定，要讓女獵人月桂與你們同行。此時月桂已經一切備妥，隨時可以上路了。」

「我們用不著她。」黃金大人煩躁地說道。「這事情越少人知道越好。」

「她是王后身邊的女獵人，而且王后有很多事情並不會避著不讓她知道。月桂母親的娘家離長風鎮很近，騎馬不到一天就可到；而她又因爲小時候常待在外婆家，所以對那一帶很熟，這一點大概多少可以派上用場。再說，珂翠肯已經打定主意要你們帶月桂同行了。別的我也許不知道，但有一點我倒是很清楚：如果王后心意已決，那麼再跟她爭論就是白費工夫了。」

「這一點，我自己多少也有點體會。」黃金大人答道，不過那遺憾的口吻，不但像是出自於黃金大

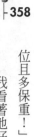

人，也像是出自於弄臣之口。我也知道吾后那堅定的凝視，令人一見就喪膽。我心裡納悶這個月桂到底是什麼人物，以及她到底是做了什麼事情而得到王后的信賴。我是不是因爲有人取代我成爲珂翠肯的密友而感到有點嫉妒？唉，珂翠肯對我無話不說，都已經是十五年前的舊事了；難道我還指望她十幾年來都別找人塡補我的空位？

黃金大人的話打斷了我的思緒；儘管他滿肚子不高興，但還是做了讓步。「嗯，如果避不開的話，那也只得這樣了。她可以跟我們一起走，不過我可不會等她。湯姆，你還沒打包好嗎？」

「馬上就好。」我答道，同時又想起自己的身分，所以趕快補上一句：「大人。我沒什麼行李，用不著多少時間。」

「好極了。切記要帶著史寬頓做的衣服；你在長風鎭服侍我的時候，可得穿得體面些。」

「那是當然的，大人。」我答道，然後便離開他們二人，回到我的小房間。我在房裡找到一個新鞍袋，上面繡著黃金大人的紋章，也就是黃金孔雀。我將衣包裝進鞍袋中；想到我在長風鎭不免有一些夜晚的活動，所以也把夜行衣塞進去了；然後我環顧房間。我已經帶了我那把堪用的劍；除了這些東西之外，行囊裡就沒什麼別的要帶的了。我既沒帶毒藥，也沒在身上藏些小巧的兵器。雖說我已經多年不帶這些東西，但是我卻突然覺得自己像是光著身子似的。

我揹著行囊走進大房間的時候，切德揮手要我停下來。「還有一樣小東西。」他害臊地說道，然後就低著頭把一個牛皮捲遞給我。我一接手，不用打開來看，就知道裡面裝的是什麼；這裡面裝的，是開鎖的尖頭起子，和刺客這一行的各種神祕工具。我把這牛皮捲放進鞍袋裡時，黃金大人轉頭望著別處。我以前的衣服有許多暗袋，可以把這些東西妥善藏好。當然，我希望我不必在這裡久待到有必要把製作衣服上的暗袋納入考慮的地步。

我們對切德的告別，既匆忙又古怪。黃金大人正經八百地對切德道別，彷彿身邊有滿堂的陌生人在盯著他們看似的。我想到我應該學學他們的榜樣，所以以僕人的身分對切德鞠了個躬；不過切德拉住我的雙臂，快速地擁了我一下，然後在我耳邊說道。「謝謝你，孩子。快去吧，早點把晉責帶回來。還有，你別對晉責太苛了；如果要追根究柢的話，不只他有錯，我也有錯。」

聽了這話，我壯膽應道：「那麼，也幫我看著我那孩子。還有夜眼。我原來並沒想到要把照顧夜眼的重任交給吉娜，更何況那小馬和板車也是大問題。」

「我會好好打點，保證他們一切周全。」切德說道。我知道他一定從我眼裡看到我的感激之意。然後我連忙去幫黃金大人打開門閂，並且扛著我們的行李，跟著他穿過公鹿堡。許多人對他道別，而他則溫馨但簡短地回禮。

如果黃金大人曾經誠心地想要獨自出發，把月桂丟在後頭的話，那麼他可要大失所望了，因為月桂就站在馬廄門口，而且她不但等得很不耐煩，手裡還牽著我們三人的馬韁。我看她年紀約在二十五到三十之間，體格健壯，骨架修長、肌肉結實，但是仍有女性的韻味，這倒跟珂翠肯有幾分相似。她不是公鹿公國這裡出身的女人，因為我們這裡的女人個子矮小，而且是黑髮黑眼。她雖不像珂翠肯那般容貌出眾，但是卻有一雙藍眼睛；她那一頭棕色頭髮，在陽光曝曬之下夾雜著金黃色的髮絲，而且近太陽穴的髮根處，更淡得近乎發白。她的鼻子窄且直，下巴很堅毅。她穿的是獵人的皮衣皮褲，而她的馬則是那種體格小且結實的馬兒，既能像獵犬般地躍過任何障礙，也能像黃鼠狼一般地鑽進糾結的灌木叢裡；那匹閹馬脾氣好，而且從那炯炯有神的眼睛，可以看出牠很有精神。月桂那一捲小小的行囊，就四平八穩地綁在她的馬鞍後頭。我們走近的時候，麥爾妲抬起頭來，十分期盼地對主人嘶叫。相形之下，我那黑馬的冷淡旁觀，則讓我丟臉得想要挖個洞鑽進去。

「女獵人月桂。看得出來妳已經準備好了。」黃金大人對她招呼道。

「是的，爵爺，只等爵爺就緒就可以出發了。」

說到這裡，他們兩人同時轉頭看著我。我猛然想起我是黃金大人的侍僕，所以趕緊把麥爾妲的韁繩從月桂手裡接了過來，然後牽著馬，讓黃金大人上馬。我把我們主僕二人的鞍袋繫在我那黑馬背上，不過我看得出月桂對我固定鞍袋的作法有點不以為然。當我把我自己的馬韁從月桂手裡接過來時，她對我笑笑，對我伸出一手。「我是草丘家族的月桂；我們家在河灣谷那一帶。我是王后陛下的女獵人。」

「湯姆．獾毛，我是黃金大人的手下。」我一邊答道，一邊在她手的上空鞠了個躬。

騎在馬上的黃金大人已經放馬走了出去，而且就像尋常的貴族那樣，對於下人的往來視若無睹。月桂與我匆忙上馬，追隨在黃金大人之後。「那麼你們家出於什麼地方？」月桂問道。

「嗯。靠近冶煉鎮。黑刺莓溪旁。」幸運跟我一向就把經過我們小屋旁的那條小溪叫作「黑刺莓溪」；我不知道那條溪有沒有別的名字，然而就算有，我也沒聽過。不過對月桂而言，我這個信手拈來的家世，似乎就已經夠了。這黑馬想要放腿跑到最前面，所以不斷地拉扯我手裡的韁繩發出抗議，讓我煩得很。牠顯然不習慣跟在別的馬身後走，更何況牠跨的步子比麥爾妲大得多。我努力地鎮住了牠，不過為了鎮住牠，我幾乎得時時不斷地與牠的意志決戰。

月桂同情地看了我一眼。「新坐騎？」

「這馬到我手裡還不到一天。在旅途中探索牠的性子，可能不是跟牠相識的最佳方式。」

她咧嘴而笑。「說得甚是，不過這可能是認識牠的最快辦法呢。再說，除此之外，還有什麼別的選擇呢？」

我們從城堡的西門出去。在我的少年時代，公鹿堡的西門幾乎總是關得緊緊的，而且從西門出去的路，也不過是一條羊腸小徑而已。然而現在西門洞開，門邊還有個小小的駐衛室。我們幾乎沒什麼停留，就從西門出去，而且出了西門之後，便踏上了一條行跡分明的大路；這路先穿過公鹿堡後的山丘，然後蜿蜒地通往河邊。舊日小徑經過陡坡，如今的新路則繞路而行，而且整條路都拓寬了。從路上的車轍可以看出，有不少馬車使用這條路往來公鹿堡，而且我在沿路而下、迂迴地前往河邊的途中，還看到平地上有小碼頭和倉庫；更驚訝的是，我竟然在路旁的樹影之間，看到小屋坐落其中。

「以前這裡是沒有人住的。」我說道。然後我咬住自己的舌頭，因為我差點就補上一句說，而且惟眞最愛在這一帶的山丘打獵了。我看如今這地方是打不到野味的了；因為砍除了林木之後，開闢了處處的小園圃，而驢子與矮種馬則在如茵的草原上嚼食。

月桂對於我的驚訝狀點了點頭，並補充道：「這麼說來，你是自從紅船之戰之後，就沒來過這裡了；這一切都是近十年才冒出來的。貿易增加了之後，想要住在公鹿堡附近的人變多了，而且大家都希望住得越近越好，免得萬一劫掠再起的話沒得照應。」

人們會這麼想也是其來有自；我實在想不出該應什麼才好。不過眼前的這個新城鎮還是令我嘖嘖稱奇。我們走近碼頭時，甚至還看到一間客棧，以及仲介僱用河工的大堂。我們走過碼頭邊，經過了一排倉庫。驢子似乎是最受重用的馱獸。船頭齊平的河筏繫在碼頭邊，從河筏上卸下來的，則是來自於法洛公國和提爾斯公國的糧貨。我們走著走著，又經過一間客棧，以及幾間應該是頗受河工歡迎的便宜宿處。大路順著公鹿河往河的上游而去；這路開得既寬又鋪了沙，如果經過會積水的窪地，則鋪上原木。黃金大人與月桂的馬，似乎都對於周遭的變化不以為意，然而我們每經過一處新景物，我這匹黑馬就會慢下步伐，警覺地把耳朵壓下來。牠一點也不喜歡自己的蹄鐵打在原木上時所發出的鼕鼕聲響。我把手放在牠的髻甲骨上，對牠發出原智的探索，期望使牠能安心下來。牠轉過頭來，冷冷地對我打量了一眼，但還是照樣對我保持距離。我看要不是前面有兩匹馬可以讓牠跟著走的話，牠大概會連步子都不肯邁開一步。牠已經表現得很明白：牠只對自己的同類有興趣，至於我所能提供的陪伴，則不足為道。

博瑞屈養出來的馬兒每一匹都性情宜人，相形之下，這匹馬差得天南地北，我一想起來就不禁搖頭苦笑，並納悶到底是不是因為博瑞屈有原智，所以才使馬兒與眾不同。母馬要生小馬的時候，博瑞屈總是在旁陪伴，而且小馬一生下來，除了感覺到母馬在舔著自己之外，同時也會同時感覺到博瑞屈的大手撫觸。博瑞屈養的馬，之所以每一匹都對我接納包容，到底是因為牠們從很小就與人熟稔，還是因為博瑞屈雖極力壓抑自己的原智，但是他的原智仍無所不在之故？

午後的陽光十分熾熱，寬廣的河面上映著陽光，閃爍著晶亮的光芒。這三匹馬噠噠的蹄聲，倒是我思緒穿梭起伏的良伴。博瑞屈一直把原智當作是黑暗且低落、誘我獸性大發的魔法。平民百姓間的傳聞不但應和了他的看法，而且更進一步地把原智視為邪魔的工具、可恥的法術，並認為任誰一使了這種法術，就會道德淪喪、心生歹念；在尋常人的觀念中，要糾正原智，唯一可靠的辦法就是將之置於死地，並且大卸八塊。想到這裡，原本對於晉責失蹤一事泰然自若的我，突然變得緊張起來。那孩子的確不是被人強行架走的。不過，雖然我是靠著精技的天賦來找到他，但是他在夜間狩獵之時，用的可是原智，而非精技。如果他讓別人知道他有這個能力，那麼他很可能會小命不保；而且恐怕就連他身為王子的地位，也不足以保護他免於這種厄運。畢竟我雖廣受沿海諸公爵的喜愛，卻只因為具有原智就被直接送進帝尊的地牢裡。

這也就難怪博瑞屈完全地放棄了他的原智天賦，而且還經常威脅我說，要是我敢施展原智，就要把我打個半死。不過我倒不覺得有這個天賦有什麼好遺憾的。不管這個天賦是惡魔的詛咒還是天賜的禮物，畢竟我這一生中，比較常因原智而得福，少因原智而遭禍。而且因為有原智之故，所以我不得不相信，由於對世上的眾生有著惺惺相惜之感，所以我的人生格外豐富。我深吸了一口氣，然後讓我的原智緩緩地開展，感受周遭的生命。於是我對於麥爾妲以及女獵人的馬的感知增強了，同時那兩匹馬對我的感受也更深刻。我感覺得到月桂，不過在原智的層次上，我並不覺得她是與我並轡而行的騎士，而是感知到那是大型且健康的生物。我施展原智的時候，完全探索不到黃金大人；弄臣一向如此。即使用的是如此精微的探索，他仍像是漣漪般地漾開了，不過我對他那神祕的存在，倒是再熟悉也不過。頭頂上枝葉間的棲鳥，彷彿是精采的生命光點。經過大樹時，我則感到低沉的綠意流動，那生命力與動物完全不同，然而卻一樣是不折不扣的生命。那感觸之深，彷彿是我親手撫摸到周遭的所有眾生似的。這世上生生不息，而我乃是這生生不息的一份子。我怎麼會因為這種與大地融為一體的感覺而遺憾？我怎麼會否認這種敏銳的觸覺？

「你很沉默嘛。」月桂有感而發地說道。她這麼一開口，使我重新體會到她是個人。方才我陷於沉思之中，幾乎忘了身邊有個女子與我同行。此時她正對著我微笑。她的眼睛是淡藍色，不過眼珠外緣則有一圈深藍；我注意到她其中一眼竟帶著點綠色，那綠意從眼珠中心幅奏散開來。我想不出要怎麼答腔，所以乾脆聳聳肩、點點頭。她的笑意漾得更開了。

「妳擔任王后的女獵人多久了？」我問道；我倒不是想知道，只是想找句話說。

月桂的眼神因為計算時間而陷入思考之中。「至今七年了。」她平靜地說道。

「噢，那妳一定對王后知之甚深。」我一邊應道，一邊納悶著她對此行知道多少。

「夠深的了。」月桂答道；我幾乎感覺得到她對我也有同樣的疑問。

我清了清喉嚨。「黃金大人為了獵鳥，所以要到長風鎮走一趟。他是很熱衷於收集羽毛的，這妳知道吧。」我並未直接地把問題問出來。

她用眼角瞄了我一眼。「黃金大人的愛好甚廣。」她低聲評論道。「而且他財力雄厚，足以讓他耽溺於所有的嗜好之中。」她說到這裡又瞥了我一眼，彷彿要看看我會不會爲自己的主人辯護，不過就算她講這話有何不敬，我也沒聽出來。她望著前方，繼續說道：「至於我呢，我不過是跟著黃金大人同行，以便幫王后探察，因爲王后打算在秋天的時候獵鳥。我想，我們很有希望在長風鎮找到王后最喜歡的鳥禽。」

「我們也希望此行收穫豐富。」我應和道。她講話很小心；這很好。我想我們一定會處得來。

「你認識黃金大人很久了嗎？」她對我問道。

「倒不是直接認識。」我說個最安全的講法。「我聽說他在找個人手，而且我很慶幸正好有個熟人，對方就把我推薦給他了。」

「這麼說來，你以前做過這種工作？」

「已經很久沒做了。這十幾年來，我住在鄉下，跟我兒子兩個相依爲命。不過那孩子年紀已大，該找個師父學學手藝，可是拜師的學費可是一點都不能少的。而我若要攢錢，就是做這行最快了。」

「那孩子的媽呢？」她輕輕地問道。「倘若你們兩個都走了，她不是很寂寞嗎？」

「她很多年前就不在了。」我說道。然後我想到幸運可能會偶爾到公鹿堡來走走，所以還是講得貼近事實一點比較好。「他是我的養子。我根本就不認識他母親。不過我把他當親生兒子看待就是了。」

「這麼說來，你沒結婚？」

她問這個問題，使我很驚訝。「是呀。」

「我也沒結婚。」她對我笑了一下，彷彿在說就這一點而言，我們兩個倒是滿像的。「嗯，你到公鹿堡來還習慣嗎？」

「還可以。我小時候就住在公鹿堡附近。不過這裡變了好多。」

「我是在提爾斯公國長大的。我們家就在布蘭迪草丘的起伏山陵上，不過我母親是公鹿公國的人。我母親的娘家離長風鎮不遠；長風鎮那一帶我很熟，這是由於小時候我常到外婆家玩。不過我們大部分的時候還是都待在布蘭迪草丘那邊，因爲我父親是坐穩爵爺的獵人。我父親把打獵的技術，都傳授給我們兄弟妹三人。我父親死後，我哥哥接了他的位子，我弟弟則去跟外婆家的人住。我留在布蘭迪草丘，而我的工作主要就是訓練坐穩爵爺的獵犬和獵鷹等。不過多年之前，王后跟大批隨行人衆前往拜訪坐穩爵爺；因爲賓客實在太多，所以我也幫著照應。王后覺得我還不錯，所以——」說到這裡，她驕傲地咧嘴而笑。「——我打從那時開始，就成了王后的女獵人了。」

我本來還想找話說，然而此時黃金大人示意我們二人上前。

我催促我那黑馬快走，月桂與我靠近之後，黃金大人宣布道：「前面那幾間房子再過去，就沒什麼人煙了。我不想讓人指指點點地說我們騎得有多急，不過我也不想錯過燈火渡口的渡船，因爲晚上的渡船就只有一班。所以呢，各位，我們得加緊一點兒了。獾毛，馬販子說你那黑馬跑起來像風一樣快，我們就試試看牠到底有沒有這般能耐吧。你盡量跟上我們。我會叫渡船等我們都到了再開。」黃金大人說著，便一夾腳跟，並撒開了韁繩。麥爾妲等的就是這一刻，牠躍上前去，把我們拋在身後。

「隨便你挑哪一天，我這匹白帽都不會輸牠！」月桂叫道，同時放馬衝去。

趕上去！我對我這匹黑馬建議道，而且我同時就因爲牠立刻激起高昂的鬥志而感到很驚訝。牠一下子從慢步走變成快跑。那兩匹體型較小的馬領先，牠們的蹄子揚起塵沙，而麥爾妲只是因爲路窄所以沒有被白帽超過去。我這黑馬的腿長、跨距也長，所以逐漸把牠們的領先幅度縮小，然而一接近了，我們就被那漫天的塵土泥塊罩住。我們逐漸趕上來的蹄聲，激得他們更使勁前衝，所以一下子又把距離拉了開去。不過我感覺得到我這黑馬的力氣還沒發揮到極限；牠的步子仍潛力十足，而且從牠跑步的韻律感可以看出，牠目前仍游刃有餘。我想拉住牠，免得一直被如雨的泥塊打到，可是不管我怎麼拉住韁繩，牠都不予理會。小徑一展開，牠就邁步衝向前去，而且幾個箭步就把麥爾妲和白帽趕過去了。我聽到他們二人對自己的坐騎吆喝的聲音，心想他們大概會再度把我們給趕過去。不過我這黑馬像是聞到了獵物味道的獵犬一般拉長了身子疾奔，牠的步伐越跨越大，把他們二人遠拋在後。我回頭看了一眼，只見他們二人臉上都因為這番挑戰而更加激奮。

再快一點。我對這黑馬說道。我心想牠其實大概沒有多餘的速度了，然而牠卻像是乾樹上燒起來的火舌般，頓時向前竄去。疾奔的純粹快感令我開懷大笑，而牠的雙耳也抖了一抖做為回應。牠並未對我送出任何思緒，然而我感到一抹似有若無的贊同。我們一定會合作得很愉快的。

結果，第一個衝到燈火渡口的，就是我們。

15

長風鎮

自從花斑點王子的時代以來，六大公國的人便認爲搜捕原智者乃是理所當然，就像欠債應該到債主家做苦力，或是小偷就該受鞭刑一樣。人們認爲搜捕原智者乃是常態，且對此信念深信不疑。尤其在紅船之戰後，人們更自然而然地決心要加強清除原智者。公鹿的光復，使得六大公國免於紅船劫匪之害，也免於紅船劫匪所造成的冶煉之害。於是老實的民眾進一步希望，他們能將六大公國境內的不自然污點徹底去除。因此有一段時間，光是指控某人爲原智者，無論是否屬實，就足以使人擔心自己性命不保。自稱爲「花斑幫」的這些人，則大肆利用這種猜忌與暴力的氣氛。花斑幫並不暴露自己的身分，而是把具有原智天賦，但從未公開譴責大眾不得迫害弱小的原智者的知名人物給公開出來。原智者團結一心以攫取政治資源，這乃是史上第一次。然而這個行動，並非這一群人爲保護自己免於遭受迫害而集結力量，而是一個言行不符的幫派，爲了不擇手段地奪權而使出的卑劣伎倆。他們對於集體的忠誠，不會比野狗對狗群的忠誠更多。

——摘錄自戴文所著之《花斑幫集團的政治運作》

以效果來看，我們疾衝到渡船口，並沒有多大用處。渡船就繫在渡口上，而船主則對我說，他在等兩車海鹽的貨，貨若沒到，船就不開。黃金大人與月桂隨後抵達——說句公道話，他們並未比我慢多少——不過船主的態度依然很倨傲。黃金大人要給船主一筆不少的賞錢，只要他別等運貨的篷車，立刻開船就行了；可是那船主笑著說：「你的錢我只能收一次，那叮噹作響的錢固然令人高興，但是花了一次也就沒了。所以我當然要等篷車，因為這是貝馨嘉夫人吩咐的。夫人的錢我每個星期都收得到，所以我才不要拂逆她的意思，以免惹得她不高興。恐怕你們只得等了，大人，還請多擔待哪。」

黃金大人不大高興，不過他也拿船主沒辦法。他叫我留在原地看馬，而他自己則走到渡口的小客棧去喝杯小酒，舒服地等船開。這是為了要維持我們彼此的角色，而我對此並無怨言。我一而再、再而三地在心裡對自己說這句話。要是月桂沒跟我們同行，也許他會趁一些不至於破壞我們公開角色的時機，與我暢談幾句。我原本很期望與他同享愉快的旅程，而且不必維持這個主僕的幌子，但是我堅決地告訴自己說，維持這個表面關係是必要的。然而我臉上想必多少露出遺憾，因為月桂走上來與我並行，一起在渡口旁的田野裡散步，並對我問道：「你是不是有什麼心事？」

她的音調裡露出同情，我瞄了她一眼，心裡有點驚訝。「只是想念個舊朋友罷了。」我老實地說道。

「我了解。」她答道，而她看我接下來就不再接腔，便有感而發地說道：「你這個主人真不錯。這次賽跑是你贏了他，而他也不氣你。換作是別的主人，就可能會耍什麼花招，使你懊悔不已，恨不得自己當初跑慢一點。」

這個念頭使我嚇了一跳，不過倒不是我以身為湯姆．獾毛的心情會嚇一跳，而是以我身為蜚滋的心情會嚇一跳。我從來就不認爲弄臣會因爲我公平地贏得競賽而懷恨在心；這也就是說，我從未完全地融入角色之中。「這倒也是。不過這不但是我的勝利，也是他的勝利，因爲這馬是他挑的，而且一開始的時候，我實在看不出這馬有何出色之處。不過，牠能跑快，而且牠跑起來精神抖擻；不瞞妳說，我原來還不曉得這馬這麼有精神呢。我想我終究會跟牠配合得很愉快的。」

月桂退了一步，挑剔地打量我這黑馬。「牠看起來滿不錯的嘛！你怎麼會懷疑這馬不好呢？」

「喔。」我心裡想著，要怎麼講，才不會讓人聽來覺得我有原智。「牠似乎有點冷淡。有的馬會取悅人；像妳那匹『白帽』和黃金大人的麥爾妲都是如此。不過這一點嘛，我這黑馬就很欠缺了。但也許等我們彼此熟絡一點就會改善。」

「黑瑪？牠就叫做『黑瑪』？」

我聳聳肩，笑了出來。「大概吧。我還沒給牠取名字，不過，是啊，我的確一直都是叫牠『黑瑪』的。」

她斜睨了我一眼。「嗯，這是比把牠叫做『小黑』，或是『冠軍』之類的稍微好一點。」

我把她那不以爲然的樣子看在眼裡，並咧嘴笑道：「我知道妳的意思。這個嘛，也許往後牠會有什麼表現，使我想幫牠取個更貼切的名字，不過暫且就叫做『黑瑪』吧。」

我們默默地走了一陣。她不時抬頭望著通往渡船口的那幾條路。「希望篷車趕快來。不過怎麼連個蹤影都看不見哪？」

「呃，這一帶的地形起起伏伏的，我們隨時都可能瞧見那篷車從山丘頂上冒出來。」

「希望如此。眞想趕快上路，趕在天色全黑之前抵達長風鎭。我眞想盡早站上長風鎭的山丘，四下展望。」

「以便幫王后探察獵場。」我幫她補了一句。

「是。」她轉頭望向他處；然後，彷彿是要讓我知道她並未背叛王后的信任似的，直截了當地說道：「珂翠肯王后告訴我說，你跟黃金大人都是可以信任的人。還跟我說，我對你們兩人可以直言無隱，不必藏話。」

我聽了這話，輕輕地鞠了個躬。「王后的信任使我備感光榮。」

「爲什麼？」

「爲什麼？」我很驚訝她會這麼問。「嗯，這麼重要的人物，竟對我這種身分的人寄予如此信任，實在——」

「是難以置信。尤其是你才到公鹿堡沒幾天。」她四目相對地凝視著我。

珂翠肯這個密友的確選得不錯，不過她這個密友的才智悟性令我如坐針氈。我舔了舔嘴唇，心裡衡量著要怎麼給她一個交代。最後我決定講一點事實；如果講的是事實的話，比較容易在日後的對話裡保持前後連貫。「我認識珂翠肯王后很久了。我在紅船劫匪肆虐的那段時間，曾經爲王后辦了幾個祕密任務。」

「這麼說來，你之所以來公鹿堡，是爲了王后，而不是爲了黃金大人囉？」

「平心而論，我是爲我自己而來的。」

接下來又是一段沉默。我們一起領著我們的馬兒到河邊喝水。黑瑪對於水毫無警戒，主動地涉入河裡喝水。我心裡納悶著，待會兒要牠登船的時候，不知會做何反應。牠的體型這麼大，河面又這麼寬，如果牠決心要找麻煩的話，那麼這趟過河勢必場面難看。我把手帕放在冰涼的河水裡浸溼了，拿來擦臉。

「你看王子是自己逃走的嗎？」

我把遮住眼睛的手帕拿開，驚訝地瞪著月桂。這女人講話還眞直。她並不避開我直視的眼光。我四下掃視，以便確定沒人會聽到我們講的話。「我不知道。」我明白地說道。「我懷疑他可能是被人誘走，而不是被人擄走的。不過我的確認爲，一定有人涉及王子離開公鹿堡的事情。」然後我咬了咬自己的舌頭，責怪我自己把話講得太明。我要如何支持我自己的論點？難道我要跟她透露說我是原智者嗎？還是多聽，少說的好。

「這麼說來，我們要找回王子，可能會遭遇阻力。」

「是有這個可能。」

「你爲什麼認爲王子是別人誘走的？」

「唉，我也說不上來。」我的話開始講得有點含糊了，這我自己清楚得很。

她直視著我的眼睛。「嗯。我也認爲王子如果不是被人強行架走，就是被人誘走的。王后打算讓王子與外島的『貴主』*，也就是他們的『奈琪絲卡』結婚；而我懷疑的是，把王子誘走的那些人，並不想看到這個局面。」她轉頭望向他處。「其實這個安排，我也不樂見。」

這一番話令我頓時答不上腔。月桂首次顯出了她雖忠於王后，卻不是毫無質疑的跡象。切德舊日的訓練一下子全湧了上來，而我首先思考的就是她與王后之間的歧見有多深。她會不會與王子的失蹤有關？「這宗婚姻有什麼不好，我倒看不大出來。」我如此答道，以引誘她進一步表態。

---

*譯注：「貴主」其實是公主的別稱，但由於「奈琪絲卡（the Narcheska）」身分特殊，是母系家族中的女兒，所以不直接翻譯爲公主。

「王子這麼年輕，現在就訂下終身大事未免太早。」月桂直率地指出。「外島是不是我們的最佳盟友，這我可沒有信心，而且我更懷疑日久之後，外島人會不會翻臉無情。他們怎麼配得上王子？外島不過是幾個散落在不毛大地的海岸邊緣的城邦國家罷了；他們沒有眞正握有權力的君主，而且彼此之間經常吵吵鬧鬧。我們不管怎麼跟他們聯盟，都可能會在未獲貿易之利之前，就捲入外島內部的傾軋之中。」

我非常驚訝。她顯然仔細思考過這件事情，而且她考慮的層次之深，已超過我對一般獵人的期待。

「那麼妳認爲誰才是好對象？」

「要是由我來做決定的話——不過當然了，做決定的輪不到我，這點我很清楚——我會拖延婚事，將王子保留爲後備的活棋，直到我看清時局的發展再說；而且說到時局，不只要看外島諸島，也要看恰斯國、繽城和繽城以外之地的變化。恰斯國與繽城之間一直謠傳要宣戰，別的荒誕消息也一直不斷。許多人信誓旦旦地說，他們眞的看到龍。倒不是說人家說什麼我都相信，可是紅船之戰的時候，龍的確曾經在六大公國現身。關於龍的種種傳聞實在太多，多到我無法將之拋在腦後；也許龍群所圖的是戰爭所能提供的奉饗，所以哪裡有戰爭，牠們就去哪裡吧。」

若要把龍的事情解釋清楚，只怕幾個鐘頭都講不完。所以我只是問道：「這麼說來，妳會安排我們的王子娶恰斯國的貴婦，或是繽城商人之女爲妻囉？」

「也許讓他與六大公國境內的家族聯姻最好。有人私下議論說，王后已是外國人，如果下一代又是個外國王后，可能不大恰當。」

「妳也這麼想？」

她瞪了我一眼。「你忘了我是王后的女獵人嗎？與其讓我以前服侍過的某些法洛貴婦當王后，還不如由像她那樣的外國人當王后。」

講到這裡，我們的談話暫時告一個段落。我們領著馬兒離開水邊；我把三匹馬的馬銜都拿開，讓牠們吃草。我自己也餓了。此時月桂彷彿猜到我的心思似的從她的鞍袋裡拿出兩個蘋果；她一邊把其中一個蘋果遞給我，一邊說道：「我總是隨身帶著吃的。我帶過許多貴族去打獵，而且其中有不少人，根本就不把坐騎、獵犬或是獵人的安適放在心上。」

我本想辯護說，黃金大人絕不是這種人，但是話到了嘴裡，我硬是嚥了下去。最好還是讓弄臣自己決定他要擺出什麼樣子吧。我謝過月桂，咬了一口蘋果。這水果的滋味又酸又甜。黑瑪突然抬起頭來。一起吃？我邀請道。

牠不屑地對我擺擺耳朵，繼續吃草。

*我才離開幾天，他就跟馬兒打情罵俏了。我早該想到的。*狼兒大剌剌地用原智對我傳話，不但我嚇了一跳，連馬兒也驚嚇不安。

「夜眼！」我高興地大叫，左右張望牠的蹤跡。

「你說什麼？」

「我的……狗。我的狗一路從家裡跑來找我。」

從月桂的眼神看來，她似乎是認為我是腦袋糊塗了。「你的狗？在哪兒？」

慶幸的是，此時大狼正巧從樹蔭下跑出來，映入我們的眼簾。牠喘得很厲害，而且直接跑到河邊去喝水。月桂瞪著大狼看，並說道：「那是狼啊。」

「牠長得的確很像狼。」我退讓一步。接著我拍拍手，又吹了聲口哨：「來這裡，夜眼。好乖，來這裡。」

我在喝水，你這白癡。我渴得要命。你若不是騎馬來，而是像我一樣一路跑過來，保證你也會這麼渴。

「才不呢。」月桂堅定地說道。「狗再怎麼像狼也不會長得那樣子。那是狼。」

「我在夜眼還很小的時候就把牠抱過來養了。」此時夜眼還在喝水。「牠一直是我的最佳搭檔。」

「貝馨嘉夫人可能不會歡迎犬類進入她家。」

夜眼突然抬起頭來，四下張望一下，然後連看也不看我一眼，便又藏身到林子裡去了。晚上見。夜眼在離開的時候對我承諾道。

晚上時，我人已在河的另一邊了。

那麼到時候，我也會在河的另一邊。晚上見。

黑瑪聞到夜眼的味道，一直瞪著牠瞧，並且不安地嘶鳴了幾聲。我回頭看看月桂，發現她正好奇地端詳著我。

「我一定是搞混了。那的確是狼。不過看起來跟我的狗很像就是了。」

瞧你把我弄得像是白癡似的。

這倒是輕而易舉。

「狼很少有養得馴的，像這樣的倒少見。」月桂有感而發地說道，她仍在用眼睛追蹤夜眼的身影。

「我好多年沒在這一帶看到狼了。」

我把蘋果核送給黑瑪。牠接受了，並回贈一團綠色的唾沫，滴在我的掌心裡。我並未對月桂多說什麼，因為我想最明智的作法，就是沉默以對。

「獾毛！女獵人！」黃金大人站在大路旁召喚。聽到他的叫喚，我鬆了一口氣，並領著馬朝他走去。

月桂跟在我們身後。我們穿過草原朝黃金大人走去時，月桂從喉嚨裡發出了個贊同的聲音。我驚愕地朝她瞥了一眼。她的眼神定定地望著黃金大人，不過被我這麼不解地一看，她立刻對我展開笑顏。我也轉過頭去望著他。

在我們的注視之下，他照樣好整以暇地等著我們。我對弄臣知之甚深，所以說什麼也不會被黃金大人這故作姿態的伎倆所愚弄。他知道河上吹來的風會輕輕揚起他的金髮；他身上穿著藍色與白色的衣服，這顏色選得很好，而且剪裁恰恰襯托出他修長的身形。他看起來彷彿是陽光與天空的結晶，就算他手裡拿著一包用純白亞麻餐巾兜起來的食物和一個水罐，他仍然刻意讓自己流露出優雅的貴族氣息。

「我幫你買了些吃喝，這樣你才不會偷懶，讓我們的馬兒沒人照顧。」黃金大人對我說道，接著便將那一包食物和罐口沾著泡沫的水罐交給我。接著他望向月桂，對她投以讚美的微笑。「如果女獵人願意的話，我倒很想與她共進餐點，順便等待那兩車該死的鹽貨。」

月桂迅速地朝我看了一眼，而她的眼神裡暗藏無限玄機。她懇請我寬諒她棄我而去，不過她確知我一定看得出，這個機會難能可貴，所以她無法拒絕。

「我當然願意，黃金大人。」她一邊答道，一邊點個頭。我在她還沒想到要問我之前，就從她手裡把白帽的韁繩接了過去。黃金大人伸出手臂讓她攀著，彷彿她是位貴婦似的；而月桂只稍稍地遲疑了一下，便將她那被陽光曬成棕色的指頭，搭在他淡藍色的袖子上。他立刻以優雅修長的指頭蓋上了她的手。他們兩人走了還沒三步遠，便熱絡地談起獵鳥、獵季與羽毛了。

我闔上了嘴；我的嘴從方才就驚訝得微微張開。眞是今非昔比。我陡然地領悟到，原來黃金大人這個人物，跟過去的弄臣一樣眞實鮮活。昔日的弄臣是個頭髮、眼睛與皮膚都淡而無色的怪胎，語多譏刺、伶牙利齒，而且認識他的人，不是毫無附帶條件地敬愛他，就是對他憎惡、害怕，避之唯恐不及。

當年我與黠謀國王的弄臣結爲朋友；我很看重我們的友誼，因爲那是少年與少年之間最眞誠的牽繫。許多人害怕弄臣那惡意且帶刺的戲弄，而且厭惡他那蒼白的皮膚與無色的眼珠；而在公鹿堡裡，幾乎全部的人都以這種態度對待他。不過方才，一名非常聰穎也極爲迷人——這點我得坦白承認——的年輕女子，卻寧可丟下我，而與黃金大人爲伴。

「人的品味啊，是說不得準的。」我對白帽說道；此時白帽正以委屈的神情，望著牠那逐漸走遠的女主人。

餐巾裡包的是什麼？

我剛剛就在想，你應該不會走遠。我看看。

我找了幾條繩子，湊合地把馬繫好，讓牠們可以自由吃草，然後走到田野與黑刺莓叢交界之處。此處有塊長著青苔的大石頭；我把餐巾放在大石頭上，將水罐的塞子拔開；原來裡面裝的是蘋果汁。餐巾裡包的是兩塊裝肉餡的餡餅。

一個給我。

夜眼並未從黑刺莓叢裡走出來。我擲了一塊餡餅給牠，然後就立刻張口大啃我自己這塊餡餅。餅還溫溫的，肉餡美味多汁，味道好極了。原智的最大好處之一，就是就算你在吃東西的時候用原智溝通，也不用擔心會噎到。那麼，你是怎麼找到我的，又爲什麼會大老遠跑來？我對夜眼問道。

我要找你，就像要把那隻在我身上咬了一口的跳蚤找出來一樣容易。至於我爲什麼要來，哼，你怎麼會指望我待在公鹿堡等你？有貓耶！拜託喲。你身上染了那傢伙的臭味就已經夠糟了；我是說什麼都沒辦法跟牠待在同一個屋簷下的。

幸運要是發現你不見了，一定很著急。

也許吧，不過我看那倒也未必。他回到公鹿堡城，連高興都來不及呢。爲什麼少年人會覺得那地方如此誘人，我想不透。那裡既嘈雜，灰塵又多，根本沒有値得一提的獵物；人太多，而且密密麻麻的。這麼說來，你來找我，只是爲了要訴苦，絕對不是因爲你關心我，還是想念我什麼的？

既然你要跟沒有氣味的人去打獵，那我就非跟來不可。這樣才說得通嘛。幸運這孩子是不錯啦，不過他打獵還是不行。最好還是把他留在城裡，比較安全。

可是我們騎馬，更何況，吾友，你的腳力已經不如從前，而且你的耐力也不如少狼了。你最好還是回去公鹿堡城看著那孩子吧。

要是我不回去呢？你不如乾脆在這兒挖個洞，把我埋了算了。

「什麼？」夜眼話裡的悲痛憤慨，使我驚訝地叫出聲來，而且也被喝到一半的蘋果汁嗆到了。

小兄弟，你別把我當作是已經死了，或是馬上就要嚥氣；如果你把我當作是已經死了，或是馬上就要嚥氣，那我還不如眞的死掉算了。你時時刻刻都在擔憂明日是否就是我的死期，然而你這等於是把我此刻當下的生命給偷走了。你的恐懼冷冷地掐著我，使我無法盡享溫暖白日的歡愉。

夜眼說著說著，便撤掉了我們彼此之間的心防；牠已經好久沒有這樣了。我突然領悟到，其實不是牠在避著我，而是我在躲我自己。近來我倆之間的冷淡關係，並非完全由夜眼所造成；這其中有一半是我自己的緣故：我深怕夜眼的死，會使自己痛苦得無法忍受，所以千方百計地避著牠。夜眼並不遠，是我在跟牠疏遠；夜眼沒怎麼防我，是我在防堵自己的心思不讓牠知道。然而儘管夜眼並不遠，也沒怎麼防我，我透露出來的心思，卻已足以讓牠備感心痛。原來這麼一段時間來，我幾乎拋棄了牠。我之所以慢慢地跟牠疏離，是因爲我被牠不免一死的這件事情給擊倒了。的確，自從我把夜眼搶救回來的那一天起，我就不再把牠當作是徹底活著的了。

我坐了一會兒，心裡只覺得自己既可鄙又卑微。然而我用不著告訴牠說我有多麼懊悔，因爲原智的牽繫本來就讓許多解釋變得多餘。但我還是大聲地把我的道歉講出來：「幸運都這麼大了，他自然會把自己打點好。從現在開始，不管未來如何，就我們兩個相依爲命。」

我感覺到夜眼與我心心相印。那麼，咱們獵什麼哪？

咱們獵的是一名帶貓的少年。晉責王子。

啊。就是你夢到的那個少年嗎。嗯，至少當我們找到他們的時候，我們一定認得出來。我一直都很抗拒，不願把晉責與貓跟我的夢境兜在一起，然而夜眼卻不費吹灰之力就想到兩者的關聯，使我覺得心裡有點不安。夜眼與我曾經和那貓與少年心靈相通過，而且不只一次。我把不安的情緒推到一旁。

不過你要如何渡河？還有，馬走得快，你怎麼跟得上？

別掛心這等小事，小兄弟；還有，你別那樣子呆呆地望著我，這樣眾人都知道我在草叢裡了。

我發現我摸不著頭緒，夜眼倒覺得很有趣，所以我也就不多問了。我吃了午餐，然後坐在地上，往方才當作餐桌的大石頭上一靠。石頭吸了陽光的熱，暖暖的。這幾天我睡得少，所以眼皮越來越沉重。

你睡吧。我會幫你看著馬兒。

謝了。我覺得很放心，便毫不擔憂地闔上眼睛入眠。我的狼在看顧著我呢。我們彼此之間深刻的牽繫，又重新無所攔阻地對流了；這可比飽餐一頓、曬曬暖陽更令我平靜得多。

他們來了。

我睜開眼睛。馬兒仍在安祥地嚼草，不過草地上的馬影已經拖長了。黃金大人與月桂站在田野邊緣。我抬起一手，算是招呼，然後不情不願地站起來。用這種姿勢睡，睡得我腰痠背痛，不過我還是很樂意繼續睡下去。稍後再睡吧，我對自己保證道。我已經看到運貨的篷車慢慢駛向渡口的斜坡了。

我以舌頭發出嘖聲，白帽與麥爾妲便走了上來，唯獨黑瑪一看到我，反而扯繩子往外走，所以我不得不用拉的把牠拉過來。等我一抓到牠的韁繩，牠就投了降，乖乖地跟著我走，彷彿牠從來就沒有打過要跟我形同陌路的主意似的。我拉著三匹馬，迎向運貨的篷車。我注意到其中一輛貨車上，露出了一雙灰色的狼腿，便故意轉頭望向別處。

渡船很大，是成排的原木釘成的平底船；船頭與船尾各有一條粗繩子，繫在左右兩岸上。渡船是靠著馬隊拖著過河，不過船上仍配置了撐篙的船員。貝馨嘉夫人的貨車先上船，接著才輪到乘客與牲口上船；我是最後上船的。黑瑪本來拗著不肯；我猜牠最後之所以上了船，是因爲船上有另外那兩匹馬與牠爲伴，而不是我對牠的百般哄騙和稱讚發揮了功效。渡船離開碼頭，開始艱難地渡過公鹿河；河水不時拍擊著載重沉重的渡船船緣。

等到我們抵達公鹿河北岸的時候，天色已經全黑。我們是第一個下渡口的，不過我們卻得等貨車下船。黃金大人已經宣布，我們不要在旅店過夜，乾脆就跟運貨的篷車，一路前往長風鎮的貝馨嘉大宅。趕車的人都已經把路走熟了；他們點了提燈掛在車側，所以路上雖黑，跟著貨車走倒不難。

圓圓的月亮高掛在天上。雖然我們跟運貨的篷車離了一段距離，但是篷車揚起來的灰塵仍飄浮在空中，黏在我的皮膚上。我沒料到這時我就已經這麼倦。我背上最痛的地方，就是舊時受箭傷之處。我突然很想與弄臣平靜地聊聊天，這樣我多少會覺得自己彷彿回到無痛無傷的健康少年時。不過我提醒自己說，不但弄臣不在這裡，連蜚滋也不在這裡。此處只有黃金大人與他的手下人，獾毛。月桂與黃金大人悄聲地聊天；月桂因爲能夠博取到黃金大人的注意力而備感榮寵，而且她根本就不想花工夫去掩飾她有多麼開心。他們並未把我排除在外，不過我卻沒辦法自在地湊上去跟他們一起講話。

最後我們終於抵達長風鎮。我們經過了幾處山石嶙峋的丘陵，穿過了山谷間的橡樹林子，等到我們又爬上一個小山頭的時候，便赫然見到底下的小鎮燈火。長風鎮瀕臨鹿角河；這鹿角河是公鹿河的小支流，其河道小得無法通行大船，所以送到長風鎮的貨物，最後這一程多半要靠篷車。鹿角河提供了牲口與田園所需的水源，也爲兩岸的民衆提供了漁獲。貝馨嘉大宅位於一處俯瞰這小鎮的台地上。在夜色之中，很難看出這房子有多大，不過從漏出燭光的窗戶與窗戶之間的距離來研判，這主屋必定佔地甚大。篷車入了大門，進入以石牆圍起的莊園，而跟在篷車之後的我們也通行無阻。馬車伕一將篷車停在主屋旁，便立刻有好些舉著火把的男子走上前去。我注意到莊園裡竟無犬吠的聲音，心裡覺得很詫異。黃金大人帶著月桂與我走向主屋的大門。雖然我們手裡沒燈火，但是主屋大門咿呀地開了，僕人們蜂擁出來迎接我們。

宅子的人早就在等著我們了。先遣的信差已趁著早上那班渡船前來通報。貝馨嘉夫人親自前來迎接。僕人把我們的馬接過去，並幫我們搬行李，而我則隨著黃金大人與王后的女獵人走進貝馨嘉大宅寬敞的接待廳。這幢氣勢不凡的大宅子，是以橡木與河石所造；舉目所見，皆是粗厚的原木與龐大的石材，使得身在其中的人備感渺小。

黃金大人乃是衆人注意的焦點。貝馨嘉夫人攀上了他的手臂，以示歡迎。身材嬌小豐滿的貝馨嘉夫人，一邊絮絮聒聒地聊著，一邊頗爲稱許地看著黃金大人；她滿臉堆笑，盡是說不盡的熱忱。她身邊那個瘦高的少年，大概就是儒雅・貝馨嘉。那少年比幸運還高，不過大約與幸運一般年紀；他直接把黑髮從額頭往後梳，露出了髮際的美人尖。儒雅經過我身旁時，怪模怪樣地瞥了我一眼，然後便把全副注意力放在他母親與黃金大人身上。我的皮膚上突然起了古怪的感觸。是原智。這屋子裡有原血者，而且這人還以莫測高深的技巧把原智探索隱藏起來。我如同呼吸一般輕微地發出一道思緒以警告夜眼。隱身。

夜眼打個訊號讓我曉得牠知道了，然而牠的答覆雖比夜晚怒放的花朵在日間所放出的香氣還要微弱，但是貝馨嘉夫人卻輕輕地轉頭，彷彿在捕捉遙遠的聲響似的。據此就下定論未免太早，不過我覺得切德與我的疑慮，恐怕是眞正的事實。

王后的女獵人周圍，自有另一群愛慕者在討她的歡心。貝馨嘉大宅的獵人頭子站在月桂的身邊，殷勤地表示，他很樂意明天一大早就帶她去看看高地上最好的獵場；而他的衆多助手，則機伶地站在周圍等候差遣。那獵人頭子稍後要擔任月桂的男伴，一起參加貝馨嘉夫人與黃金大人的晚宴。在籌畫打獵的時候，獵人是會獲邀與主人一同進餐的。

在這一團忙亂的歡迎場面中，沒什麼人會注意到我。我像任何僕人一樣，靜靜地佇立在旁，等待主人的命令。一名女僕匆忙地走上前來，對我說道：「我帶你去我們幫黃金大人準備的房間，麻煩你看看要怎麼安排，才合乎他的品味。黃金大人晚上要入浴嗎？」

「那是一定的。」我一邊答道，一邊隨著那少女離開。「還有，房間裡要準備些餐點。他有時候會想要吃點消夜。」這其實是我爲了預防自己飢腸轆轆而編造出來的藉口。畢竟衆人都認爲我一定會把主人的需要顧得周全了，然後才會想到自己。

對於黃金大人出其不意的拜訪，貝府所安排的是一間跟我的小屋一樣大的上房。房間中央是一張大得不得了的床，床上鋪著柔軟的羽毛被褥，又擺了不少蓬鬆的抱枕。一束又一束的新鮮玫瑰，散發出迷人的芳香；而羅列的蜂蠟蠟燭，不但讓房間亮了起來，也增添了特殊的香味。白天的時候，從這房間便可看到河與河谷，不過今晚窗戶則關得緊緊的。我打開了其中一扇窗戶的護窗板好透透氣。我再三跟那女僕保證，主人的衣裳行李，我大可自己整理，她只要盯著洗澡水就夠了。這房間有個連通的側室，是給我用的；這側室雖小，卻比我見過的許多傭人房裝潢得更好。

我本以爲把黃金大人的衣服取出來、掛在衣櫃裡，只要三、兩下工夫，誰知卻花了很久。他竟能把這麼多東西塞進行囊裡頭，我眞是佩服得五體投地。他那塞得緊密扎實的行囊裡不但有衣服和靴子，連珠寶、香水、綬帶、髮梳、髮刷等也一一出籠。我盡我的想像力，把每樣東西都擺好。我不禁想起惟眞的僕人兼近侍，恰林；從恰林的角度來看，惟眞所做過的每一件事情，突然都產生了不同的風貌。恰林時時刻刻跟著惟眞，而且爲了讓惟眞舒服一點，或是方便一點，他總是隨時忙這忙那的；他雖不會打擾到惟眞，但總是隨傳隨到。我心裡琢磨著，若是恰林與我易地而處，那麼他會怎麼做。

我在壁爐裡生了小火，好讓主人在入浴後覺得溫暖乾爽。我把黃金大人的床罩摺下來，並把他的睡衣放在亞麻布的床單上。然後我一邊傻笑、一邊回到我自己的房間，心裡想著弄臣看到這一切，會不會大受感動。

我本以爲收拾自己的行李很容易，不過我打開裁縫給我的衣包之後，情勢便完全改觀了。我一把袋口的結鬆開，衣服便像是綻放的花朵般地冒出來。黃金大人曾信誓旦旦地說，他一定會讓我穿得很粗陋，不過弄臣食言了。我這輩子所擁有過的衣服，沒有一件比得上那裁縫的手筆。衣包裡有一套僕人穿的藍布衣裳，比我現在穿的這套的手工更精緻，而且質料更細膩；又有兩件雪白的亞麻襯衫，比大多數僕人穿的都更爲高雅；此外有一件寶藍色的無袖外套，搭配灰色摺邊的長褲，另外一件無袖外套則是綠色的。我把那件綠色的無袖外套搭在身上；這無袖外套上密布著繁複的黃色織花，而且下襬長及膝蓋，比我習慣的長度長了許多。下身搭配的竟是黃色的緊身褲。我看得搖頭大嘆。衣包裡有一條寬版的皮腰帶；皮背心的胸口上則繡了黃金大人的紋章：黃金孔雀。我不禁翻白眼。弄臣的確妥善地藉由我穿的衣服來表達他自己了。我盡責地把這些衣服收好。想也知道，過不了多久，他就會找個藉口逼我穿這些衣服。

我還沒把行李放好，就聽到走廊上有腳步聲。門口有人敲敲門，然後通報說，是送黃金大人的浴缸來了。兩名少年抬著浴缸進來，後面跟著另外三名挑著熱水與冷水的僕人；按照常理，我應該要自己放冷、熱水，以便調出黃金大人喜歡的水溫。接著另外一個年輕人捧著一個大托盤走進來，托盤上放了各種風味的入浴用香精油，任由黃金大人挑自己喜歡的用；然後又一個年輕人捧著一大疊毛巾走進來。接著兩名男子抬著美輪美奐的屏風走了進來，以免黃金大人入浴時被穿堂風吹著了。我這個人從來就不善於評斷社交處境，不過我再怎麼遲鈍，也開始慢慢領略到黃金大人的社會地位之崇高。這樣的排場，不像是招待沒有領地而且出身可疑的貴族的規格，反而比較像是招待王室的場面。黃金大人在宮廷中所受到的重視，顯然遠超出我原先的想像。我竟到現在才體會到這一點，想起來就覺得懊喪；然而下一刻，我便精準確定地想到我之所以會錯估形勢的理由。

我早就知道他是誰。我知道他的過去，就算不是知道他全部的過去，至少也比他隨便哪一個愛慕者知道的更多。對我而言，他並不是那個來自於遮瑪里亞，頗富異國情調，而且富裕到近乎荒謬的權貴子弟。對我而言，他就是弄臣，他只不過是在跟大家開個超大的玩笑而已，而且我一直認爲，他隨時都可能會把他正在耍弄的那個戲法丟下來，任由所有的迷障落在地，露出眞相。然而未來根本就沒有眞相大白的時機；因爲黃金大人乃是實實在在的人，就像我心中的弄臣一樣，再眞切也不過了。這層層的因果，使我想得都傻眼了。原來黃金大人就跟弄臣一樣地眞實；所以反過來也可以說，弄臣就跟黃金大人一樣地眞實。

如果是這樣的話，那麼這個我認識了大半輩子的男子，到底是什麼人呢？

外頭有個微弱到難以察覺，與其說是思緒，不如說是氣味的動靜，將我吸引到窗前。我往外眺望，但不是遠望河水，而是低頭望著窗外的草叢。夜眼的心智輕輕地拂過我，告誡我要小心控制我們之間的原智牽繫。一雙深邃的眼睛從草叢裡往上望，與我四目相對。貓。我還沒想到要問，夜眼便輕巧地道了出來。馬廄裡和馬廄後面的草叢裡，到處都是貓的尿騷味。玫瑰花園裡是以貓糞為肥料。到處都是貓。

不只一隻貓？晉責的貓就是這家人送的禮物。也許這家人偏好以貓來狩獵。

那是必然的。貓騷味蓋過了一切，弄得我很不自在，我可一點都不想跟哪隻貓正面碰上。今天下午，幸運建議我要跟一隻貓和平相處；我才把鼻子探進門，那團黃毛便張牙舞爪地朝我飛過來。光是這樣，我對貓的認識就已經很夠了。

我對貓的認識也不比你多。博瑞屈從不養貓。

我看那男人很明智嘛，比你我所知的更為明智。

我身後有一扇門輕輕地關上了。我聽到聲響，連忙轉身，但原來只是黃金大人走進房裡來而已。不管他是弄臣還是黃金大人，他仍是世間極少數能夠趁我不備地嚇我一跳的人之一。我想起自己的身分，於是站直，鞠了個躬。「大人，我已將您的物事擺放妥當。入浴工作亦準備就緒。」

「很好，獾毛。晚上的空氣頗為清新。窗外的風景可好？」

「好極了，大人。這窗口可將河谷一覽無遺，而且今晚夜色極美，月兒近乎渾圓，任什麼野狼見了，恐怕都忍不住要嚎叫呢。」

「是嗎？」他快步走到窗邊，低下頭來看夜眼。他臉上一亮，露出真誠的笑容。他滿足地深吸了一口氣，彷彿在品味清新的空氣一般。「這夜色的確不錯。無疑地，今晚必有許多夜行者要出外狩獵了。但願我們明日的狩獵，就跟夜行者就著月色的狩獵同樣豐收。今晚我受邀與貝馨嘉夫人、其子儒雅共進夜膳。不過他們已經容我告退一下，稍事休息。當然了，我赴宴時少不了你服侍。」

「當然了，大人。」我嘴上這麼說，心裡卻不斷往下沉；事實上我原本是想從窗口溜出去，跟夜眼到附近探察的。

哪有什麼事是我自己處理不來的？我會四處嗅嗅看看。你在屋裡也要多聞多看。咱們早點把這任務辦好，就能早點回家。

這倒是。我應和道，不過我卻同時納悶著，我想到要回家的時候，心裡怎麼會有點失落？難道我不想早點離開公鹿堡、早點回復自己原本的生活？我譏諷地對自己問道，我該不會是給有錢的公子哥兒做傭人做上了癮吧？

我幫黃金大人脫下外套，然後把他的鞋子解下來。我把外套刷一刷再掛好，又迅速地把靴子的灰塵撢一撢；這些事情我不知看恰林做過多少次，只是以前從不留意罷了。黃金大人將手腕伸到我身前，於是我解開了綴著蕾絲的袖口，並把閃閃發光的珠寶首飾放到一旁。他往椅背一靠，說道：「晚上我就穿那件藍色的無袖外套，搭配有藍色細紋的亞麻襯衫；加上深藍色褲子，嗯，鞋子就穿有銀鍊裝飾的那一雙吧。幫我把這幾樣擺出來。然後就倒水，獾毛，而且要多灑點玫瑰油。你把屏風設好，讓我靜一靜。噢，還有，拜託你帶些水到你房間去充分使用。晚上用餐的時候，我要聞的是美味的餐點，可不是你從我身後飄過來的味道。噢。晚上你就穿深藍色那一套吧；我看那套衣服，應該可以把我的衣服襯托得更出色。還有，你把這個戴上，不過我勸你把這個隱藏好，真的需要的時候再露出來。」

他說著便從口袋裡掏出吉娜做的護符，遞到我的手中。

他高高興興地宣布了這些事情；看來黃金大人因為晚上即將要享受愉快的談天與珍饈美食，所以心情特別開朗。我照著他的吩咐一一把事情做好，然後滿懷感激地提著灑了一點蘋果油的水回到自己的房間。不久我就聽到黃金大人豪奢洗澡的潑水聲，又聽到他在哼一曲我從未聽過的小調。相形之下，我這種擦澡就節制得多了，不過能這樣也就很好了。我不敢耽擱，因為我知道待會還有別的任務。

我掙扎地套上我的無袖外套，並發現這件衣服做得非常合身，所以我穿得不太習慣。我本想隨身帶著我那把短刀，但這衣服緊得連藏切德給我的那一捲工具的餘裕都沒有，更不要說藏一把短刀了。我要是繫著長劍走進晚宴廳那種社交場合，一定是不合體統的，不過我卻不願兩手空空地赴宴。夜眼今晚神祕地用原智與我溝通，使我警覺到晚上絕不能放鬆。我扣上皮腰帶，將無袖外套固定住，然後將頭髮往後梳，攏成戰士型的馬尾。我抹了一點蘋果油，讓頭髮整齊平順。這時我突然發現我好一會兒沒聽到水聲了，於是匆忙地衝進黃金大人的房間裡。

「黃金大人，您需要我幫忙嗎？」

「免了。」黃金大人調侃的拖音裡，帶著點弄臣的俏皮味。他說著便從屏風後走出來，不但已經著裝完畢，而且連從袖口垂下來的蕾絲花邊都已經拉好了。他抬起頭看到我的時候，臉上帶著一抹愉快的笑容；不過那笑容卻突然消失了。他愣愣地看著我，看了好一會兒，連嘴巴也微微地張開了。最後他的眼睛亮起來。他朝我走過來的時候，臉上盡是說不出的滿足。「太完美啦。」他屏息說道。「與我所想的一模一樣。噢，蜚滋，我從很早就開始想像，如果我有機會的話，一定要讓你以與你相襯的風貌出現在眾人面前。所以啦，你瞧你現在這一身打扮。」

我驚訝連連，因為他不只叫出我的名字，還熱切地抓住我的肩膀，把我推到那面龐大的穿衣鏡之前。有好一會兒，我什麼都沒看，只是凝視著站在我身後的他在鏡子裡的映影；他臉上顯得既光彩又滿足。接著我轉頭朝前直視，並發現鏡子裡站著一名我幾乎認不出來的男子。

他給裁縫的指示一定非常完整。這件無袖外套包住了我的雙肩及胸膛，領口與袖口處則露出白色的襯衫。這無袖外套的藍，乃是公鹿堡的藍，也就是我的家族色彩；而且雖然我是以僕人的身分穿這衣服，但是這剪裁方式並不像僕人服飾，反倒像是戰士服飾，因為這裁縫的手藝，特別強調出我的寬肩與平腹。雪白的襯衫，格外襯出我偏黑的膚色與黑眼黑髮。我憂心忡忡地凝視著自己的臉龐。年輕時明顯可見的傷疤，已隨著青春一起褪去了。我眉間的皺紋，以及眼尾新生的細紋，多少減輕了橫過臉上的這道疤痕所帶來的肅殺感。我的鼻梁自從打歪之後就再也扶不正，這我早已習以為常。而頭上那綹白髮，因為我把頭髮後梳為戰士型的馬尾，所以變得更明顯了。這鏡中人的模樣，令我聯想到惟貞，然而再比較起來，這模樣其實跟至今仍掛在公鹿堡大廳的駿騎王儲畫像惟妙惟肖，與惟貞相似之處還算是少的了。

「我像我父親。」我平靜地說道。一思及此，我是既高興又警覺。

「除非是別人要刻意找尋你與你父親相似之處，才會看得出來。」弄臣答道。「除非對方對你知道得夠多，才能看破你臉上的傷疤，看出你的瞻遠血統。其實，吾友，你這模樣最像你自己——不如說，是更像你自己。你長得就像是一直都存在，只是被切德的智慧與似是而非的手段遮掩得好好的蜚滋駿騎。難道你從來就沒有納悶過，為什麼你的衣服總是簡單到幾乎可稱之為粗糙，以便讓你看起來比較像是堡裡的幫手或是士兵，而不像是王儲的私生子？急驚風師傅一直都以為，這是黠謀國王親自下的命令。就算她獲准稍微自由發揮一下，她能夠加在你衣服上的那些裝飾與式樣，也只會吸引人們注意衣服本身以及她的縫紉技巧，反而讓人少注意到你這個人。不過呢，蜚滋，在我心中，你一直都是這個模樣。而且你從來就沒有以這個角度來看你自己。」

我轉過頭去，重新看著鏡中人。我想，如果我大聲講出，我從來就不是個一事無成的人，應該算是很眞切吧。我瞪了好一會兒，才接受了這個事實：隨著年歲的增長，我變得更為成熟，而不是每況愈下。「我看起來還不壞嘛。」我坦承道。

弄臣笑得更開了。「啊，吾友，在我所去過之處，女人會為了你而爭風吃醋，甚至拿刀互砍。」他舉起他那修長的手指，若有所思地摩著下巴。「至於現在嘛，恐怕我得觀察觀察我這個別出心裁的花招會不會成功得過了頭。你出現的時候，一定會惹人議論紛紛。不過也許這樣反而好。你就跟廚房的女僕打情罵俏一番又何妨？說不定會挖到什麼大消息哪！」

被他這番玩笑一激，我無奈地翻了個白眼。然後我們兩人的眼神在鏡中相遇。「有史以來，在這晚宴廳裡進過餐的人，就屬你我二人穿的最好。」他愼重地下了定論，捏捏我的肩膀，接著挺直起來，一下子又變回黃金大人了。

「獾毛，開門。我們是貴賓哪。」

我躍起來爲主人開門。與弄臣相處的時機很難得，而這些珍貴的時刻，使我又重新比較能夠忍耐我們搬弄出來的這個主僕幌子了；我甚至還發現我對於這場夜宴的興趣也加了溫。我猜晉責王子就在長風鎭，而若果眞如此，那麼我們一定能在今晚結束之前探聽到王子的蹤跡。黃金大人走出房門，我則亦步亦趨地跟在他身後左方，離他兩步之處。

（上冊完）

中英名詞對照表

A

A History of the Earwood Line 耳木家系史
An Account of the Red Ship War 紅船之戰紀事
anticula trance 入定
Antler River 鹿角河
Arkon Bloodblade 阿肯・血刃
Arno 阿諾
Avoin 艾孚因

B

Baldric 勳綬（國王）
Baylor 貝勒
Bearns 畢恩斯
Beast Magic 野獸魔法
Bedel 畢德爾
Bingtown Traders 繽城商人
Bingtown 繽城
bit 馬銜
Black Rolf 黑洛夫
Blackness of spirit 晦澀性靈
Blade 布雷德
Bolt 波爾特
bond 牽繫
Bounty 慷慨（國王）
Bramble Creek 黑刺莓溪
Branedee Downs 布蘭迪草丘
Brawnkenner 布肯納
Bresinga 貝馨嘉
Buck River 公鹿河
Buckkeep Town 公鹿堡城
Buckkeep 公鹿堡
Burrich 博瑞屈

C

Capelin Beach 胡瓜魚海灘
carris seed 卡芮絲籽
Carrod 愒懦
carryme 帶我走
cataclysmic event 催化事件
catalyst 催化劑
Celerity 婕敏
Chade Fallstar 切德・秋星
Chaky 闞積鎮
Chalced States 恰斯國
Changer, The 改變者
Charim 恰林
Charm 護符
Chivalry 駿騎*（譯注：博瑞屈之子駿騎，也叫〔Chiv〕小駿。）

Chyurda 齊兀達人
Civil 儒雅
Cleansing of Buck 公鹿的光復
Clover 酢漿草
Constance 堅媜(王后)
Cormen 科門村
coterie 同道
Coteries 小組
Cotterhills 農工丘
Councilor 私人顧問
Counting-man 帳房
Cresswell 魁斯維
Crias 克利亞斯
Crowsneck 鴉頸鎮
Croy 克洛伊

D

dead-eye 三孔纜索盤
Deerkin 鹿親
Delayna 狄蓮娜
Delleree 黛樂莉
Delvin 戴文
Dewin 德溫
Diseases and Afflictions 疾病與病源
Divden 第維頓村
Dog-magic 狗崽子魔法
Don Needleson 唐・尼德森
Doplin 杜普林
Doublet 無袖外套
Dovlen 杜夫稜
Downs 草丘家族
Dream-sharing 傳夢
Duff 布丁
dusting 沙浴
Dutiful 晉責(王子)

E

Ealynex 易靈貓
Earwood 耳木家族
Eda 艾達
Eklse 愛克賽城
El 埃爾
Elderling 古靈
Elegance 雅緻
elfbark 精靈樹皮
Ember 餘燼
Eyod 伊尤(國王)

F

Faith 信念
Farrow 法洛公國
Farseer 瞻遠
Fedwren 費德倫
Fennel 茴香
Fillip Bresinga 妃麗・貝馨嘉
FitzChivalry 蜚滋駿騎
Fixation 迷心病
fjord 峽灣*(譯注:兩個懸崖之間窄而深的海灣,多見於挪威海岸。)
Fool 弄臣

Forge 冶煉鎮
Frugal 儉樸（王后）

G

Galen 蓋倫
Galeton 長風鎮
gates of death 死亡之門
Gindast 晉達司
Golden 黃金大人
Grayling 灰鱒家族
Grupard 速波貓

H

Hailfire 雹暴
Hallerby 郝勒比鎮
Hammerby Cove 漢莫比灣
Hands 阿手
Hap 幸運
Hardin's Spit 哈定岬
Hartshorn 賀瓊恩
Hasty 急驚風
Hedge Magics 鄉野術法
Hedge witch 鄉野女巫
Herbal 草本植物誌
hetgurd 首領團
Hilda 希爾妲
Hisspit 嘶苙
Hod 浩得
Holly 荷莉

I

Ice Towers 冰塔
Ice Town 冰城
Icefyre 冰華
Island Aslevjal 艾斯雷弗嘉島

J

Jack 傑克
Jaglea Earwood 佳蕾雅・耳木
Jamallia 遮瑪里亞
Jamallian 遮瑪里亞人
Jerrit 潔立德
Jinna 吉娜
Justin 擇固

K

Kebal Rawbread 科伯・羅貝
Keep 城堡*（譯注：字意爲城堡主樓，但就譯爲城堡。）
Kelstar's Riddle 凱士達的謎題
Kerry 凱瑞
Kestrel 紅隼
Kettle 水壺嬸
Kettricken 珂翠肯（王后）
King Charger 衝刺國王
King's Champion 吾王鬥士
King's Circle 吾王廣場

L
Lacey 蕾細
Lady Amity 親善夫人
Lampcross 燈火渡口
Lane 私家小路
Laudwine 路德威
Laurel 月桂(冠)
Lebven 莉柏嫩
Leggings 緊身褲
Lesser Tor 綠陵
link 牽繫

M
Malta 麥爾妲
Marple Pond 梅波湖
Meditation 靜坐
Meribuck 梅利巴克
Mishap 不幸
Miskya 米絲佳
Mistcat 迷霧之貓
Molly 莫莉
Moonseye 月眼城
Mountain Kingdom 群山王國
Mountain Queen 群山王后
Mountains 群山山脈
Myblack 黑瑪

N
Narcheska 奈琪絲卡
Narwhal 獨角鯨
Near Islands 近鄰群島
Neatbay 潔宜灣
Nettle 蕁麻
Newford 新渡河口
Nighteyes 夜眼
Nim 小敏*(譯注:「敏捷」之小名。)
Nimble 敏捷
Nosy 大鼻子

O
Oath stones 誓言石
Observation 心得
Old Blood Tales 原血者傳奇
Old Blood 原血者
Ollie 歐力
Otter 水獺
Out Islands 外島
Outislander delegation 外島特使團

P
Pale Woman 蒼白之女
Parela 芭蕾拉
Patience 耐辛(王后)
Peladine 佩娜汀
Piebald, Prince 花斑點王子
Piebald, the 花斑幫
Pitbank 河灣谷
Pocked Man 麻臉人
Pretender,the 王位覬覦者

Prince Rurisk 盧睿史王子
purple flag 紫招花

Q

Quilo 吉多

R

Rain River 雨河
Rain Wilds River 雨野河
Rain Wilds 雨野原
Reaver 瑞維
Red Ship War 紅船之戰
Red Ships；Red-Ship Raiders 紅船劫匪
Regal 帝尊
Regent 攝政王
Ripplekeep 漣漪堡
Rippon 瑞本
robe 袍子
Roving Grayson 羅文・葛雷森
Ruddy 紅兒
runes 符文

S

Sa 莎神
Sacrifice 犧牲獻祭
Sandsedge 沙緣
Sara 莎拉
Sarcogin 沙寇金
Scentless One 沒有氣味的人
Scrandon 史寬頓
Scroll 卷軸
Sefferwood 賽佛森林
Selkin 席爾金
Shoaks 修克斯
Shrewd 黠謀（國王）
Silva Copperleaf 銀瓦・銅葉
Sitswell 坐穩
Six Duchies 六大公國
Skill one 精技人
Skill 精技（n.）；技傳（v.）
Skill-dream（v.）做了精技奇夢
Skillmaster 精技師傅
Skill-pillar 精技石柱
Skill-Road 精技之路
Skill-seeing 精技視見
Sleet 阿霙
Slek 史列克
Slink 偷溜
Small Ferret 小白鼬
Smithy 鐵匠
smoke 燻煙
Sooty 煤灰
Spice Island 香料群島
Springfest 春季慶
Stablemaster 馬廄總管
Starling Birdsong 椋音・鳥轉
Stone game 石子棋
Stone Garden 石頭花園
Stubtail 扁尾
Svanja 絲凡佳
Swift 迅風
Sydel 惜黛兒

T

Tag Reaverson 泰格·瑞維森
Tallman 塔爾曼
Ten Voyages with Jack
傑克的十大海上歷險
The Cult of the Bastard 雜種幫
The Gray One 灰衣人
the Other 異類
The Out Island Chronicles 外島紀事
The Politics of the Piebald Cabal
花斑幫集團的政治運作
Thyme 百里香
Tilth 提爾司
Tom Badgerlock 湯姆·獾毛
Tradeford 商業灘
Travels in the Six Duchies
六大公國紀行
Trenury 傳紐利村
Tups 公羊(貓名)
Twinet 崔妮

V

Valet 近侍
Verity 惟真
Versaay's Uses of Pain
惟薩伊之痛苦大全
Verulean 凡樂林
vision 幻象
Vixen 母老虎

W

weasel 黃鼠狼
Wemdel 溫德爾
White Prophet 白色先知
White 白者
Whitecap 白帽
Wielder 威德(國王)
Will 欲意
Wisdom 睿智(國王)
Wit Magic 原智魔法
withers 鬐甲骨
Withywoods 細柳林
Witness Stones 見證石
Witted one 原智者

BEST嚴選 057

刺客後傳1
弄臣任務・上冊（經典紀念版）

原著書名／The Tawny Man Trilogy 1: Fool's Errand
作　　者／羅蘋・荷布（Robin Hobb）
譯　　者／麥全
企劃選書人／楊秀眞
責任編輯／楊秀眞、王雪莉
行銷企劃／周丹蘋
業務企劃／虞子嫺
行銷業務經理／李振東
總　編　輯／楊秀眞
發　行　人／何飛鵬
法律顧問／台英國際商務法律事務所　羅明通律師
出版／奇幻基地出版
城邦文化事業股份有限公司
台北市 104 民生東路二段 141 號 8 樓
電話：(02)25007008　　傳眞：(02)25027676
網址：www.ffoundation.com.tw
e-mail：ffoundation@cite.com.tw
發行／英屬蓋曼群島商家庭傳媒股份有限公司城邦分公司
台北市 104 民生東路二段 141 號 11 樓
書虫客服服務專線：(02)25007718・(02)25007719
24 小時傳眞服務：(02)25170999・(02)25001991
服務時間：週一至週五09:30-12:00・13:30-17:00
郵撥帳號：19863813　　戶名：書虫股份有限公司
讀者服務信箱 e-mail：service@readingclub.com.tw
歡迎光臨城邦讀書花園　網址：www.cite.com.tw
香港發行所／城邦（香港）出版集團有限公司
香港灣仔駱克道 193 號東超商業中心 1 樓
電話／(852) 2508-6231　傳眞／(852) 2578-9337
e-mail：hkcite@biznetvigator.com
馬新發行所／城邦（馬新）出版集團　Cité (M) Sdn Bhd
41, Jalan Radin Anum, Bandar Baru Sri Petaling, Lumpur,
57000 Kuala Lumpur, Malaysia.
Tel: (603) 90578822　　Fax:(603) 90576622
e-mail：cite@cite.com.my

封面設計／黃聖文
插畫繪製／郭慶芸（Camille Kuo）
書衣設計／楊秀眞
文字校對／金文蕙
排　　版／浩瀚電腦排版股份有限公司
印　　刷／高典印刷有限公司
■2005年（民94）1月6日初版五刷
■2019年（民108）3月28日二版2.5刷

售價／360元

國家圖書館出版品預行編目資料

刺客後傳1弄臣任務・上冊／羅蘋・荷布（Robin Bobb）著; 麥全譯 - 初版 - 臺北市：奇幻基地：家庭傳媒城邦分公司發行；民103. 09
面：公分. -（BEST嚴選：057）
譯自：The Tawny Man Trilogy 1: Fool's Errand
ISBN 978-986-7576-53-5
874.57　　103004840

ISBN　978-986-7576-53-5
EAN　471-770-208-740-1

Printed in Taiwan.

廣　告　回　函
北區郵政管理登記證
台北廣字第000791號
郵資已付，免貼郵票

104台北市民生東路二段141號11樓

英屬蓋曼群島商家庭傳媒股份有限公司城邦分公司 收

請沿虛線對摺，謝謝

奇幻基地

每個人都有一本奇幻文學的啓蒙書

奇幻基地官網：http://www.ffoundation.com.tw

奇幻基地粉絲團：http://www.facebook.com/ffoundation

書號：1HB057　　　書名：刺客後傳 1 弄臣任務·上冊（經典紀念版）

奇幻戰隊好讀有禮集點贈獎活動

活動期間，購買奇幻基地作品，剪下封底折口的點數券，集到一定數量，寄回本公司，即可依點數多寡兌換獎品。

點數兌換獎品說明：

- **5點** 奇幻戰隊好書袋一個
- **10點** 2012年布蘭登·山德森來台紀念T恤一件
  有S&M兩種尺寸，偏大，由奇幻基地自行判斷出貨
- **15點** 【蕭青陽獨家設計】典藏限量精繡帆布書袋
  紅線或銀灰線繡於書袋上，顏色隨機出貨

兌換辦法：

2014年2月～2015年1月奇幻基地出版之作品中，剪下回函卡頁上之點數，集滿規定之點數，貼在右邊集點處，即可寄回兌換贈品。

【活動日期】：即日起至2015年1月31日

【兌換日期】：即日起至2015年3月31日（郵戳為憑）

其他說明：

＊請以正楷寫明收件人真實姓名、地址、電話與email，以便聯繫。若因字跡潦草，導致無法聯繫，視同棄權

＊兌換之贈品數量有限，若贈送完畢，將不另行通知，直接以其他等值商品代之

＊本活動限臺澎金馬地區讀者

【集點處】

1	6	11
2	7	12
3	8	13
4	9	14
5	10	15

（點數與回函卡皆影印無效）

個人資料：

姓名：＿＿＿＿＿＿＿＿＿＿＿＿＿＿ 性別：☐男 ☐女

地址：＿＿＿＿＿＿＿＿＿＿＿＿＿＿＿＿＿＿＿＿＿＿＿＿

電話：＿＿＿＿＿＿＿＿＿＿＿＿ email：＿＿＿＿＿＿＿＿＿＿＿＿

想對奇幻基地說的話：＿＿＿＿＿＿＿＿＿＿＿＿＿＿＿＿＿＿

＿＿＿＿＿＿＿＿＿＿＿＿＿＿＿＿＿＿＿＿＿＿＿＿＿＿＿＿

請剪下右側點數，貼於背面的集點處，集滿5點以上，即可寄回兌換抽獎